LE CHANDELIER D'OR

LE CHANDELIER D'OR

Roman

David Gibbins

Traduit de l'anglais par Anne-Carole Grillot

Ce livre est une fiction. Tous les noms, personnages, institutions, sites et événements sont des créations imaginaires de l'auteur, ou sont utilisés dans un cadre fictif et ne doivent pas être considérés comme réels. Toute ressemblance avec des événements, lieux, organisations ou individus, réels ou fictifs, existants ou ayant existé, est purement fortuite. Le contexte factuel est décrit dans la note de l'auteur, à la fin de ce livre.

ISBN : 2-75400-262-6
ISBN 13 : 978-2-75400-262-2

Dépôt légal : 4e trimestre 2006
Imprimé en France
Mise en page : Marie Housseau
Conception couverture : Lee Gibbons/David Grogan

Éditions Générales First
27, rue Cassette
75006 Paris – France
Tél. : 01 45 49 60 00
Fax : 01 45 49 60 01
e-mail : firstinfo@efirst.com

Remerciements

Avec tous mes remerciements à mon agent, Luigi Bonomi de LBA, et à mes éditeurs, Harriet Evans, Bill Massey et Caitlin Alexander. Je remercie particulièrement Élodie Le Joubioux, éditrice aux Éditions First, pour l'édition française. Merci également à Tessa Balshaw-Jones, Gaia Banks, Jenny Bateman, Alison Bonomi, Sam Edenborough, Mary Esdaile, Nicki Kennedy, Colleen Lawrie, Rebecca McEwan, Tony McGrath, Amanda Preston, Rebecca Purtell, John Rush, Poppy Shirlaw et Ann Verrinder Gibbins. Comme *Atlantis*, mon roman précédent, ce livre s'inspire de mon expérience personnelle et je suis extrêmement reconnaissant aux personnes qui m'ont permis d'aller sur le terrain. À mes parents, qui m'ont souvent emmené à la cathédrale de Hereford quand j'étais petit et m'ont accompagné, des années plus tard, lors d'un voyage d'études inoubliable à Rome. À l'Institut britannique d'archéologie d'Ankara, pour la bourse de voyage qui m'a permis d'étudier la Corne d'Or, à Istanbul, et au président du Comité des biotechnologies et sciences de la vie de l'OTAN pour m'avoir invité à Kiev. À l'équipage du *RV Akademic Ioffe* pour m'avoir emmené au fjord glacé d'Ilulissat, au Groenland, une expérience véritablement exceptionnelle, et à Parcs Canada pour m'avoir ouvert le site de L'Anse aux Meadows. À Steve Aitken et Tom D'Entrement pour mes premières plongées sous la glace, au tout début de ma carrière de plongeur, et à mon frère Alan, qui a accepté de plonger avec moi au Yucatan, pour m'avoir fait bénéficier de son expertise technique. À Angie et Molly, avec toute mon affection, pour nos voyages à Stamford Bridge et à l'île sainte d'Iona, et à LNG pour sa présence.

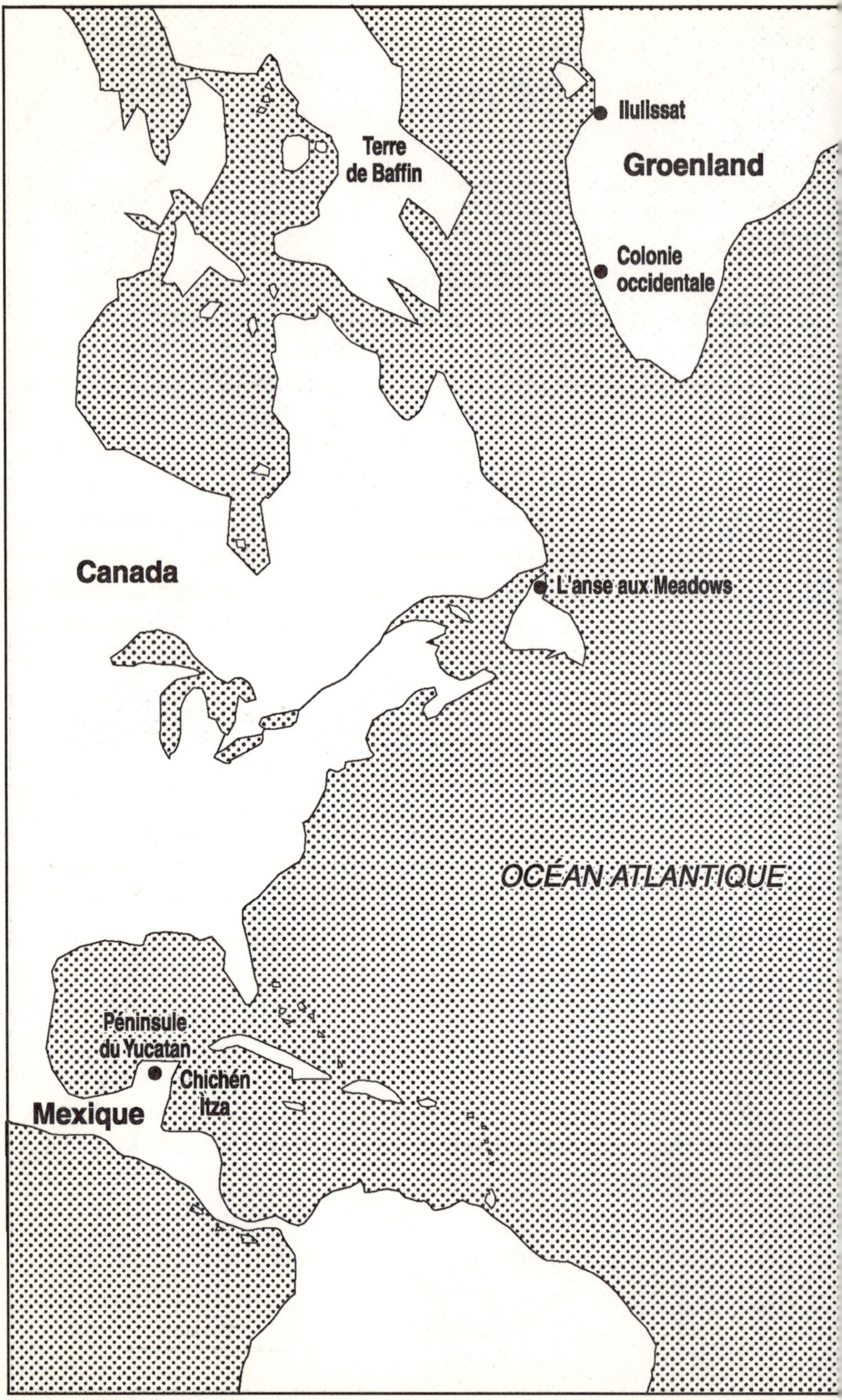
Ilulissat
Groenland
Terre
de Baffin
Colonie
occidentale
Canada
L'anse aux Meadows
OCÉAN ATLANTIQUE
Péninsule
du Yucatan
Chichén
Itza
Mexique

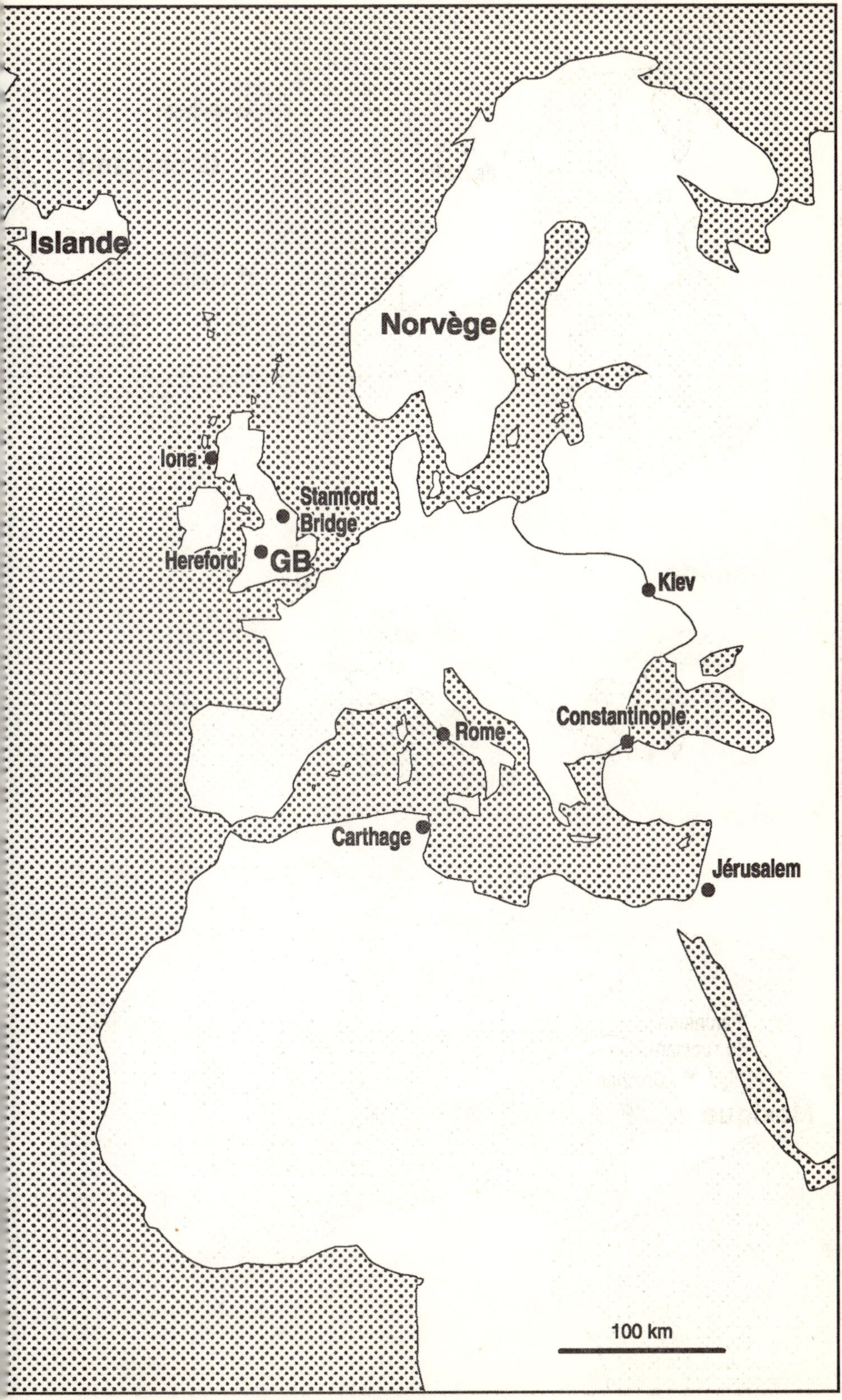
Islande
Norvège
Iona
Stamford Bridge
Hereford
GB
Kiev
Constantinople
Rome
Carthage
Jérusalem
100 km

Les dépouilles étaient portées sans ordre, mais on distinguait dans tout le butin les objets enlevés au temple de Jérusalem : une table d'or, du poids de plusieurs talents, et un chandelier d'or du même travail, mais d'un modèle différent de celui qui est communément en usage, car la colonne s'élevait du milieu du pied où elle était fixée, et il s'en détachait des tiges délicates dont l'agencement rappelait l'aspect d'un trident. Chacune était, à son extrémité, ciselée en forme de flambeau : il y avait sept de ces flambeaux, marquant le respect des Juifs pour l'hebdomade. (...) Après ce triomphe et le solide affermissement de l'Empire romain, Vespasien résolut de bâtir le temple de la Paix. (...) Il transporta et exposa dans ce temple toutes les merveilles que les hommes avant lui devaient aller chercher dans divers pays, au prix de longs voyages. Il y consacra les vases d'or provenant du temple des Juifs.

Flavius Josèphe, *Guerre des Juifs*, livre VII, 148-161

Prologue

Les deux aigles royaux surgis du couchant rasèrent la cité de quelques battements d'ailes amples et lents en suivant avec détermination la direction du podium. Dans la lumière pastel de l'aube, leurs ombres amplifiées semblaient ondoyer sur les temples et les monuments du forum, tels deux hôtes d'Hadès venant légitimement prendre place à la table de la victoire. Au dernier moment, rabattant leurs ailes, ils virèrent vers le nord pour longer la Voie sacrée. L'homme couronné de laurier, seul sur le podium, sentit le frôlement de leurs ailes, vit les bannières pourpres accrochées à leurs serres et l'éclat moucheté de leur plumage, là où celui-ci avait été teinté d'or. Ils formaient son plus beau couple. Ils descendaient tous deux des aigles redoutables qu'il avait arrachés à leurs aires, dans les sommets désolés bordant le nord de l'empire, pour les ramener à Rome lors d'un autre triomphe, il y avait presque une éternité de cela. Il les voyait désormais s'élever majestueusement au-dessus du cœur de la cité, les ailes déployées, comme portées par un courant ascendant issu du souffle du peuple, qui s'agitait tout en bas, de part et d'autre de la Voie sacrée. Au point culminant de leur ascension, ils parurent suspendre leur vol, immobiles, comme si Jupiter lui-même avait tendu la main pour les retenir. Puis, dans un cri rauque, ils donnèrent un coup d'aile et piquèrent vers le sol pour s'abattre sur le Temple capitolin et, désormais hors de vue, sur les légions rassemblées sur le Champ de Mars.

Dans le silence tremblant qui suivit, tous les regards convergèrent vers le podium. L'homme, comme le voulait la tradition, fit passer sa cape par-dessus sa tête et leva le bras droit aux yeux de tous, la paume en avant. Les augures avaient été favorables. Le plus grand triomphe de tous les temps pouvait désormais commencer.

Lorsque le sourd battement de tambour commença à résonner depuis le Champ de Mars, un esclave monta sur le podium et tendit la main.

– Fraîchement frappée, *Princeps*.

L'homme prit la pièce et se retourna rapidement, soucieux de ne rien manquer du spectacle. Il la leva devant lui, dans l'encadrement de l'arc de triomphe, à l'entrée de la Voie sacrée, où la procession allait faire son apparition. Il constata qu'il s'agissait d'un denier d'argent, battu à partir du butin de guerre acheminé la veille depuis le port fluvial d'Ostie. Il plissa les yeux et lut l'inscription gravée sur le pourtour. *IMP CAESAR VESPASIANUS AUG*. Imperator Caesar Vespasianus Augustus, investi du pouvoir tribunitien, consul pour la troisième fois, *pontifex maximus*. Il était empereur depuis moins d'un an et ces mots le faisaient encore frémir de plaisir. À la vue de l'image gravée au centre, il gronda. Il s'agissait d'un homme à la calvitie naissante, fort mais déjà âgé, le menton saillant et le nez crochu, les yeux et la bouche entourés de rides profondes et le front plissé. Ce visage n'était pas beau, mais c'était un grondement de satisfaction. Il avait demandé à ce que son portrait soit réalisé conformément aux canons républicains, avec tous ses défauts, contrairement à Néron, son prédécesseur honni, dont l'effigie efféminée de style grec était systématiquement détruite et effacée de l'empire. Vespasien était un homme robuste, courageux, honorable, qui avait les pieds sur terre. Un vrai Romain.

Il retourna la pièce en la tenant au-dessus de lui et les premiers rayons du soleil, qui se levait derrière lui, se réfléchirent sur l'argent. Au centre se trouvait une femme courbée, en larmes, dont les cheveux étaient relevés à la mode orientale. Elle était assise sous un trophée de la légion romaine, identique à ceux qui bordaient aujourd'hui la Voie sacrée. Au-dessous, l'empereur avait fait graver, comme sur toutes les autres pièces, le mot qui faisait de ce jour son plus grand triomphe.

IVDAEA.

Judée conquise.

À cet instant, la foule, qui s'était tue lors du passage des aigles, se fit entendre dans un brouhaha grandissant. Le battement de tambour en provenance du cirque Maximus devint soudain plus puissant. Un énorme éléphant africain franchit l'arc. Sa trompe se balançait d'un côté et de l'autre presque jusqu'aux mains des spectateurs, qui les tendaient pour la toucher. L'animal transportait deux immenses esclaves nubiens, dont les bras fort musclés frappaient à l'unisson des tambours suspendus à leurs côtés. Derrière suivaient les six vestales aux cheveux tressés, dont les robes blanches scintillaient comme de véritables émissaires des cieux. Vint ensuite une cohorte de la garde prétorienne, composée de géants resplendissants avec leur plastron noir et leur casque à plumet, sélectionnés parmi les meilleurs guerriers de l'empire. Puis apparut une longue procession d'hommes et de garçons, avec en tête des sénateurs, des cavaliers et des membres de la famille de Vespasien, tous vêtus de toges pourpres tissées d'or. Entre eux progressaient des chariots débordants de fabuleuses richesses, dont certaines avaient été déposées sur des brancards et des piédestaux tandis que d'autres étaient brandies par des esclaves issus des quatre coins de l'empire.

Vespasien regarda les chariots avancer lentement et bruyamment. Devant chaque nouvelle merveille, la foule suffoquait d'admiration. Il y avait de magnifiques statues de dieux en bronze doré, de somptueux trésors royaux en provenance des royaumes d'Orient, des esclaves aux cheveux en bataille portant de lourds torques en or originaires de Gaule et de Germanie, des montagnes d'émeraudes et de diamants venant de régions situées au-delà de l'Indus, et des tapisseries de soie chatoyantes issues d'une terre lointaine appelée *Thina*. Toutes les merveilles pour lesquelles les hommes avaient parcouru le monde entier se trouvaient aujourd'hui en ce lieu, dans cette cité éternelle.

Seul Vespasien savait que beaucoup de ces trésors étaient vus ici pour la dernière fois. Il avait à côté de lui, sur le podium, une feuille de marbre préparée par ses architectes sur laquelle avait été gravé un plan détaillé de la cité, dominé par une immense structure elliptique. Après le passage du dernier chariot, il regarda, au-delà de la procession, la maison d'or de Néron et la tête laurée de l'immense Colosse, qui dépassait du sommet des temples. Sur ce site, il bâtirait un grand amphithéâtre, le plus vaste de tous, le premier des nombreux projets qu'il avait élaborés pour offrir au peuple de Rome sa part du butin de la conquête.

Ce fut le tour d'une procession tumultueuse de nains et de personnages difformes, des monstres que les dieux avaient créés pour divertir le peuple, provenant eux aussi des régions les plus variées de l'empire. Certains étaient portés sur des plateaux d'argent comme des porcs pour un banquet, des enfants à tête bulbeuse, d'autres avaient les membres atrophiés et des excroissances éléphantines. Il y avait même un monstre aux cris perçants avec un seul œil sur le front, un futur cyclope. Derrière eux, un nain bavard et surexcité conduisait un char à quatre chevaux, un quadrige impérial, mais celui-ci était tiré par un attelage de chèvres. Il était vêtu comme un dieu grec avec une perruque dorée ridiculement surdimensionnée et portait une pancarte sur laquelle était écrit *damnation memoriae,* de triste mémoire. C'était une parodie grotesque de Néron, l'empereur méprisé. Vespasien, homme du peuple, se tapa sur les cuisses et rit de bon cœur avec la foule. Ce n'était pas seulement un triomphe. C'était une véritable fête épique. Et le meilleur restait à venir.

Il y eut un vide dans la procession, puis les trompettes retentirent. Deux cavaliers vêtus de rouge cramoisi et couronnés comme l'empereur d'un diadème de laurier, franchirent l'arc côte à côte dans un tonnerre d'applaudissements. Vespasien eut un accès de nostalgie en voyant ses fils Titus et Domitien ainsi acclamés par la foule. La suite du spectacle fut si stupéfiante qu'il en resta lui-même bouche bée. Aux cavaliers venait de succéder une série d'immenses scènes itinérantes tirées par des attelages de taureaux blancs ornés de guirlandes, qui transportaient de grands décors se dressant jusqu'au sommet de l'arc. C'étaient des tableaux vivants représentant des scènes de guerre où prisonniers et légionnaires jouaient leur propre rôle. On y voyait une campagne dévastée, dont les habitants étaient passés au fil de l'épée ; des engins de siège romains s'attaquant à un mur immense au-dessus duquel les occupants de la cité se défendaient vaillamment ; des scènes de destruction extrême ; des soldats ennemis anéantis sur le champ de bataille ; des hommes, des femmes et des enfants préférant se suicider en se jetant d'une citadelle à flanc de falaise plutôt que de se rendre ; un grand temple détruit et incendié tandis que les prêtres étaient enfermés à l'intérieur ;

une légion triomphante marchant sur une cité, accompagnée de prisonniers enchaînés et de son butin ; des scènes de désolation si saisissantes que même le peuple romain assoiffé de sang n'osa pas prononcer un mot et ne rugit de satisfaction qu'une fois le dernier tableau hors de vue.

Le triomphe progressait inexorablement jusqu'à son apogée. Vinrent ensuite les prisonniers, des hommes, des femmes et des enfants, par centaines, enchaînés ensemble et entourés de rangées de légionnaires armés d'une lance. Selon la tradition, on les avait vêtus de robes pourpres pour dissimuler leurs blessures et en faire de plus redoutables adversaires. Vespasien se pencha en avant et les observa attentivement. Ils étaient d'une espèce différente des sauvages au regard fou qu'il avait ramenés de Bretagne trente-cinq ans auparavant. Josèphe, son informateur juif, lui avait dit que son peuple avait vu à travers les Romains une manifestation de son dieu, qui avait purgé son temple et rasé sa cité afin de le punir de sa corruption. Pourtant, ce peuple semblait fier. La tête haute, les prisonniers n'étaient pas rongés par le remords. Parmi eux, enchaîné entre deux légionnaires, Simon, leur chef rebelle, s'efforçait de se tenir droit. Apparemment indifférent à son propre sort, le bel homme barbu planta ses yeux sombres dans ceux de l'empereur lorsqu'il passa devant le podium. L'espace d'une seconde, Vespasien eut l'impression qu'il lui avait transpercé l'âme, un trouble momentané qu'il chassa rapidement.

Les trompettes retentirent à nouveau pour signaler le temps fort de la procession. Vespasien se détourna des prisonniers et regarda en direction de l'arc. Josèphe lui avait parlé des dépouilles du temple et il était impatient de les voir. Les trésors arrivaient, non pas empilés de façon extravagante sur des chariots comme les précédentes richesses, mais portés individuellement afin d'être vus dans leur intégralité. On présenta à l'empereur le rideau sacré qui séparait le sanctuaire du reste du temple ; les vêtements sacerdotaux des grands prêtres, de lourdes parures teintes de pourpre tyrien et ornées de joyaux scintillants ; les rouleaux du Testament, des lois sacrées que Josèphe appelait le *Pentateuque* ; une longue série d'objets rituels issus du sanctuaire, des coupes, des plateaux, des vases d'ablution, tous en or massif ; et une lourde table d'or portée par quatre légionnaires, enrubannés de fumée s'échappant d'encensoirs fixés à chaque coin. Lorsque le parfum enivrant de la cannelle et de la casse flotta au-dessus du podium, Vespasien remonta le temps jusqu'à l'époque de son service en Orient. Quand il rouvrit les yeux, il fut confronté à une apparition qui le laissa stupéfait d'admiration.

À travers les volutes de fumée qui se dissipaient devant l'arc, il aperçut un trésor comme Rome n'en avait encore jamais vu. Josèphe le lui avait bien décrit, mais il ne s'attendait pas à une telle quantité d'or, à un objet si lourd que pas moins de douze légionnaires le portaient sur leurs épaules. Comme ceux-ci s'approchaient lentement, il commença à mieux discerner cette merveille étincelante au moins aussi grande qu'un homme. Sur un socle octogonal à deux niveaux se dressait une colonne fuselée très élaborée, de part et d'autre de laquelle s'élançaient vers le haut des branches symétriques de même taille. On aurait dit l'immense trident d'or du dieu de la mer, Neptune, à cette différence près que les extrémités des dents étaient surmontées de magnifiques lampes, sept en tout. Lorsque les porteurs eurent franchi l'arc, un esclave apparut avec une torche qu'il utilisa pour enflammer l'encens de chaque lampe. Une épaisse fumée blanche se répandit au-dessus de la foule attroupée le long de la Voie sacrée et l'enveloppa comme une brume matinale.

Vespasien savait qu'il s'agissait de la *menora*, le symbole le plus sacré du temple juif. Josèphe lui avait dit que le chiffre 7 avait pour son peuple une signification particulière, qui remontait à l'époque des tout premiers prophètes. Il avait affirmé que dépouiller le Temple de la menora revenait à voler la statue de la louve du Capitole, une profanation inimaginable qui ébranlerait les fondations de Rome.

Attirée par une soudaine agitation, la foule se détourna de la menora. Le peuple, qui avait eu son compte de richesses, était désormais avide de sang. Vespasien savait ce qui allait se passer. C'était un acte ancré dans la tradition depuis l'époque de Romulus et Remus. Au loin, au pied de la colline du Capitole, une partie de la foule avait formé un grand cercle autour d'un trou. Épées dégainées, un détachement de la garde prétorienne la retenait. C'était à cet endroit qu'avaient été emmenés Jugurtha, ennemi de la République, Vercingétorix le Gaulois, et les chefs bretons que

Vespasien avait lui-même escortés jusque-là. Les prisonniers juifs, entraînés à l'intérieur du cercle, n'avaient plus leurs chaînes mais restaient immobiles et silencieux. Au centre, l'homme barbu était traité comme un chien, tourmenté et poussé par les gardes comme une bête dans un amphithéâtre. Il faisait tout son possible pour rester droit et digne, mais n'opposa aucune résistance lorsqu'on lui arracha sa tunique avant de lui passer violemment un nœud coulant autour du cou. Précipité vers le trou à la pointe de la lance, il fut hué par la foule. Soudain, il s'effondra sur le sol. À cet instant, la scène fut illuminée par un rayon aveuglant de lumière. Derrière Vespasien, le soleil était monté au-dessus du temple de Mars, dieu de la guerre, et se reflétait de manière éblouissante sur la menora et les autres objets d'or rassemblés dans le forum.

La foule jubila. C'était encore un bon présage.

Vespasien se souvint de ces yeux sombres et détourna le regard imperturbablement.

Finissons-en.

Pendant un instant, on n'entendit que le silence, comme lors du vol des aigles, puis un homme cagoulé émergea du trou en brandissant quelque chose. La foule rugit. Maintenant, c'était au tour des autres prisonniers. Vespasien regarda sans s'émouvoir les enfants qui étaient séparés de leurs parents et poussés en avant. Une femme s'évanouit. Rattrapée par les cheveux, elle fut décapitée sur place. Un homme tenta de s'enfuir pour accourir vers son enfant. Un des Nubiens le tabassa jusqu'au sang à coups de pied. Les enfants, entraînés au bord du trou par groupes de trois, furent égorgés et leurs petits corps jetés dans l'abîme. Puis ce fut le tour des femmes, et des hommes. Ces derniers furent décapités. Des gladiateurs masqués abattaient leurs énormes épées recourbées au même rythme et chacun de leurs gestes était accompagné d'un battement de tambour, comme s'il s'était agi de rameurs dans une galère. Les corps s'entassaient les uns sur les autres. Les lames brillaient dans l'éclat du soleil. La foule se bousculait pour se repaître de sang. Vespasien regarda une nouvelle fois la menora. Les sept prisonniers qu'il avait fait épargner étaient attachés à des poteaux, de l'autre côté du trou. Leurs corps nus étaient tachés d'éclaboussures cramoisies. Ils iraient rejoindre leurs compatriotes dans le désert de Judée pour rapporter la vengeance de Rome et annoncer que leur objet le plus sacré se trouvait désormais dans les coffres du vainqueur. Tant que Rome détiendrait le trésor du Temple, les Juifs n'oseraient plus jamais se soulever contre elle. Au moindre signe de révolte, la lumière qui leur servait de guide s'éteindrait pour toujours. C'était la méthode romaine.

Les bourreaux avaient accompli leur tâche. Désormais, le triomphe, des jours de festin et de jeux dans la piété et les acclamations pouvait réellement commencer. Avant même que la foule n'eût crié son exaltation, les taureaux qui avaient tiré les chariots chargés de trésors avaient été conduits au pied du temple de Jupiter et, déjà, l'autel et la statue de la louve étaient souillés du sang du premier sacrifice.

Vespasien, qui tenait encore la pièce entre ses doigts, se retourna pour quitter le podium, laissa tomber sa cape pourpre de ses épaules et revêtit la robe cramoisie que lui tendaient deux esclaves. Il s'apprêtait à rejoindre Titus et Domitien à cheval pour conduire les prêtres fermant la procession à l'autel du temple de Jupiter, où il accomplirait les rituels traditionnels en sa qualité de *pontifex maximus*. Avant de partir, il regarda une dernière fois le plan de marbre et formula un vœu en silence. L'ère de la conquête touchait à sa fin. Il allait inaugurer une ère de reconstruction, de retour aux valeurs ancestrales en mettant un terme à la décadence. À l'endroit même où il se tenait, il bâtirait un temple de la Paix, le plus grand de tous les temples. Et il y déposerait pour toujours le trésor de ce peuple vaincu. Il se rappela une nouvelle fois ces yeux sombres. Il ferait tout ce qui était en son pouvoir pour s'assurer que la menora ne soit plus jamais exhibée en signe de triomphe à travers les rues de Rome. Il fit un pas en avant, se ravisa et jeta la pièce dans la foule. Elle décrivit un grand arc de cercle devant l'or étincelant du trésor pour disparaître à jamais dans l'Histoire.

Chapitre 1

– Je pense qu'on a trouvé le filon !

Jack Howard leva les yeux de la table à carte en entendant cette révélation enthousiaste qui provenait du pont avant. Il rangea rapidement le compas à pointes sèches qu'il était en train d'utiliser et passa la tête par la porte de la passerelle pour mieux voir. Quand il se rendit compte de ce qui se passait, il se laissa glisser le long de la rampe en métal sur trois étages jusqu'à la coursive située à bâbord. Quelques secondes plus tard, il se trouvait sur le pont avant avec l'équipage. Son pull bleu marine de pêcheur tranchait avec les combinaisons revêtues du logo de l'UMI, l'Université maritime internationale.

– Alors, qu'est-ce que vous avez trouvé ?

Avant que le chef d'équipage n'ait eu le temps de répondre, un des plongeurs remonta à la surface par bâbord avant, dans un bouillonnement d'eau blanche. Jack se pencha par-dessus le bastingage pour le voir. L'homme sortit l'embout du détendeur de sa bouche et injecta de l'air dans son gilet stabilisateur.

– Il est vénitien, dit-il à bout de souffle, j'en suis sûr. J'ai vu les inscriptions.

Il purgea son gilet et disparut à nouveau sous les vagues. Jack regarda les nombreuses bulles s'échapper de sa soupape d'expiration et les trois autres plongeurs, qui guidaient la plate-forme élévatrice vers la surface. C'était une opération potentiellement périlleuse, car la *Sea Venture* devait faire face à un courant de surface de cinq nœuds. Au moindre mouvement inattendu, les plongeurs et leur précieux chargement seraient projetés dans l'une des voies de navigation les plus empruntées du monde.

Le soleil se réfléchissait sur les vagues et Jack plissa les yeux, son visage hâlé et buriné concentré sur l'endroit où le plongeur avait disparu. Derrière lui, les machines du pont avant se mirent en marche dans un vrombissement sourd, et la grue s'abaissa sous le poids du chargement. Lentement, inexorablement, le câble remonta depuis le lit marin, situé trente mètres plus bas, en gémissant de façon alarmante dans sa lutte contre le courant. Les membres d'équipage alignés le long du bastingage semblaient retenir leur respiration tandis que le câble grinçait et progressait centimètre par centimètre. Enfin, les chaînes fixées aux quatre coins de la plate-forme apparurent. Jack sut que tout danger était écarté. Le côté bâbord de la *Sea Venture* se trouvait à l'abri du courant, du côté du littoral de l'ancienne cité, et la plate-forme élévatrice serait désormais protégée par le profond tirant d'eau du navire.

Une forme oblongue commença à émerger des profondeurs troubles. Jack ressentit une pointe d'excitation qui lui était familière, une poussée d'adrénaline comme il en connaissait toujours dans ces moments-là. Bien que témoin de certaines des plus grandes découvertes archéologiques du monde, il en éprouvait encore des frissons à chaque fois. Même l'objet le plus banal pouvait apporter un nouvel éclairage sur le passé, redonner vie à des événements capitaux dont la mythologie et l'Histoire n'avaient gardé que des souvenirs obscurs. Attentif, cramponné au bastingage, il vit les quatre plongeurs remonter à la surface à chaque coin de la plate-forme, pendant que celle-ci était hissée hors des vagues. Lorsqu'ils aperçurent l'artefact mis au jour, les membres d'équipage poussèrent des cris de joie. Il avait fallu des mois de préparation, des jours et des jours d'efforts sans relâche, mais cela n'avait pas été vain.

– Bingo ! lança le chef d'équipage. Tu avais encore raison.

– Nous n'aurions pas réussi sans votre formidable travail.

C'était un superbe canon, dont le tube en bronze étincelant mesurait au moins deux mètres de long, et la surface épargnée par la poussière de plusieurs siècles brillait comme de l'or. Jack constata immédiatement qu'il s'agissait d'un modèle ancien d'après à la culasse cylindrique décorée qui s'effilait pour se terminer en une extrémité octogonale. Il avait vu des canons comme celui-ci, qui dataient du XVIe siècle, dans le *Mary Rose*, le navire amiral du roi Henri VIII, à Portsmouth, et dans les épaves de l'Armada espagnole. Mais celui-ci semblait plus ancien, beaucoup plus ancien. Après que la grue eut lentement fait passer son chargement par-dessus le bastingage pour le déposer sur le pont avant, Jack avança à grandes enjambées pour le voir de plus près, tandis que l'équipage se pressait derrière lui. Sans se soucier de la boue étalée par la lance de nettoyage, il s'accroupit et tendit révérencieusement la main vers le canon.

– Le lion de Saint-Marc. Il est bien vénitien.

Il indiqua un moulage en relief près de l'extrémité de la culasse. Il s'agissait sans aucun doute d'un lion ailé, regardant de face et couronné d'une guirlande de feuilles, l'un des symboles les plus marquants de l'Europe médiévale. Il passa la main sur l'emblème et la laissa glisser vers l'arrière de la culasse. Soudain, il leva l'autre main pour signifier à l'homme d'équipage qui tenait la lance d'en détourner le flux.

– Il y a une inscription dans la fonte ! Juste en face de la lumière.

– C'est une date, observa le chef d'équipage, qui, penché au-dessus de Jack, se protégeait les yeux de l'éclat lumineux. *Anno domini*. Et des chiffres romains. Je les discerne à peine. M, C, D…

– 1453 ! s'exclama un des hommes.

– Ça alors, murmura Jack. Le Grand Siège !

Il n'avait pas besoin de commenter cette date, dont il n'avait cessé de rappeler l'importance à l'équipage lors de ses nombreux briefings. *1453*. C'était l'année de la plus grande épreuve de force entre l'Orient et l'Occident, un conflit de titans au carrefour de l'Europe et de l'Asie. L'année du dernier souffle de l'Empire romain, dont le territoire venait d'être diminué de ce promontoire menaçant, conquis pendant son âge d'or, près de mille cinq cents ans auparavant, quand Rome régnait sur la majeure partie du monde tel qu'on le connaissait à l'époque. Jack fut parcouru d'un frisson lorsqu'il appuya la main sur le métal froid du canon. Il laissa son regard errer le long du tube jusqu'à la ville, dont les minarets et les dômes se dressaient comme des joyaux ornant un mirage. Il touchait l'Histoire même, plongé dans le passé avec une instantanéité qu'aucun livre ne pourrait jamais véhiculer.

Au bout d'un moment, il se releva, le dos voûté. Sa longue silhouette mince dépassait la plupart des membres d'équipage.

– C'est un canon de campagne, une arme de siège, beaucoup plus grosse que les canons antipersonnel se chargeant par la culasse dont les navires de cette époque étaient équipés. Je pense qu'il s'agit d'un des canons utilisés par le sultan Mehmet II et les Turcs ottomans pour anéantir les ouvrages défensifs de la cité.

Il montra le littoral, où l'on pouvait discerner les vestiges dévastés des remparts byzantins, dont la taille impressionnante avait encore été réduite par les tremblements de terre et l'urbanisme moderne.

– Les Ottomans ont dû utiliser tous les canons qu'ils ont pu trouver. Celui-ci a été fondu à Venise la même année, pris lors d'une bataille ou saisi par des pirates, et utilisé contre les forces de Byzance regroupées derrière ces remparts, parmi lesquelles se trouvaient des Vénitiens. Les Turcs vont adorer ça. Les autorités sont pro-occidentales mais, pour une nation fondée sur la défaite de la chrétienté en 1453, les canons du siège de Constantinople par Mehmet ont un statut mythique. Notre autorisation pourrait bien être prolongée de quelques précieux jours.

Tandis que les membres d'équipage se dispersaient pour retourner à leurs tâches, Jack regarda encore une fois l'emblème ornant le canon. Comme ses propres ancêtres anglais, des capitaines et des explorateurs qui avaient voyagé jusqu'aux confins du globe, les Vénitiens étaient des aventuriers de la mer qui avaient déployé leurs tentacules dans tout le monde méditerranéen et même établi une colonie de marchands ici, à Constantinople. Ils étaient animés par le goût du commerce et du profit, non par celui de l'impérialisme et de la conquête. Pourtant, ils étaient à l'origine d'un des plus grands crimes de l'histoire de la civilisation et, si Jack était venu jusqu'à cet endroit, c'était parce qu'il voulait à tout prix en élucider les mystères avant la fin de l'expédition.

De retour à la passerelle de commandement, Jack se rassit derrière la table à carte et se retroussa les manches. C'était une fraîche matinée d'été, mais la brume se dissipait et le soleil commençait à taper. Il se tourna vers Tom York, le capitaine de l'UMI, un homme soigné aux cheveux blancs, qui s'entretenait au-dessus de l'écran principal du radar avec son second, un Estonien aux références irréprochables récemment recruté à l'école de la marine marchande de Russie. York leva les yeux vers Jack et fit un signe de tête en direction de la fenêtre de la passerelle, par laquelle il avait vu ce qui s'était passé sur le pont avant.

– D'ici, je dirais milieu du XVe siècle.

Il avait débuté sa brillante carrière dans la Royal Navy en tant qu'officier d'artillerie. Depuis, il était devenu un grand expert en pièces d'artillerie navale anciennes, un atout précieux pour les projets de l'UMI.

– Je suis impatient de voir ça de plus près. Nous sommes à l'aube de l'artillerie navale, mais c'est trop tard pour nous.

– 1453 pour être précis, confirma Jack. Près de deux cent cinquante ans trop tard. Ce que nous recherchons est largement antérieur à l'utilisation de canons en mer. C'est une fantastique découverte et je n'ai pas voulu décourager l'équipage, mais nous ne sommes pas au bout de nos peines.

Il regarda pensivement en direction du littoral, momentanément dissimulé par un ferry bondé qui passait dangereusement près de la zone de fouilles. Dans la phosphorescence miroitante que le bateau laissa dans son sillage, la ville semblait flotter sur un nuage, telle une apparition céleste. Elle constituait l'un des plus grands symboles de l'histoire de l'humanité, un palimpseste des plus grandes civilisations que le monde ait jamais connues. Pour Jack, c'était en quelque sorte la coupe transversale d'un site archéologique, mais ici les couches ne se superposaient pas : tout se mélangeait car les fils de l'Histoire étaient entremêlés, rien n'était clairement défini. Tout en bas subsistaient les vestiges craquelés et fissurés des remparts de Constantinople, dont les plans avaient été conçus par l'empereur Constantin le Grand lorsque celui-ci avait fait de cette cité la capitale de son empire, au IVe siècle apr. J.-C., abandonnant ainsi Rome au déclin et à la ruine. Au-dessus des remparts se dressaient les flancs beaucoup plus anciens de l'acropole grecque de Byzance, nom qui avait survécu pour désigner l'empire chrétien du Moyen Âge bâti autour de Constantinople, dont les origines remontaient à Rome. Plus haut s'étendait dans toute sa splendeur le palais de Topkapi, cœur de la cité que les Turcs ottomans avaient rebaptisée Istanbul après avoir vaincu les Byzantins en 1453, et siège rayonnant de l'État le plus puissant du monde médiéval. Plus haut encore, au-dessus des quelques maisons en bois de la vieille ville d'Istanbul, dominaient les minarets et la cascade de dômes de Sainte-Sophie, autrefois la plus grande cathédrale chrétienne d'Orient et, depuis 1453, lieu saint de l'islam. Et quelque part, Jack le savait, il était possible, seulement possible, que la cité tentaculaire renferme des preuves d'une migration survenue à l'aube même de l'Histoire, des traces de la présence de colons issus d'une civilisation précoce qui avait fui la citadelle d'Atlantis alors que celle-ci était inondée par les eaux à l'est de la mer Noire.

Il avait peine à croire que six mois s'étaient écoulés depuis que Katya et lui s'étaient perdus dans le dédale de la cité. Après l'ivresse de la découverte d'une vie, ils avaient éprouvé une sensation de vide et de perte. Katya avait été confrontée à l'horrible vérité concernant l'empire maléfique de son père, une révélation difficile à porter malgré tous les efforts de Jack, qui l'avait incitée à retourner en Russie pour reprendre son combat contre le trafic illégal d'antiquités. Pour Jack, le sentiment de perte avait été encore plus aigu et le taraudait encore aujourd'hui. Peter Howe était un vieil ami et il pensait à lui à chaque fois qu'il voyait Tom York, dont la claudication était la conséquence de la même bataille. Jack avait insisté pour rester à bord de la *Sea Venture*, au large de l'Atlantide, jusqu'à la fin des recherches. Pendant des jours, il s'était dit que son ambition avait été ensevelie dans la mer Noire avec l'épave de la *Seaquest*, qu'il n'avait plus le droit de risquer la vie d'autrui dans sa quête d'aventure. C'était Katya qui lui avait redonné confiance lorsqu'ils s'étaient plongés dans l'histoire de Byzance au cours de leur longue exploration d'Istanbul. Elle était parvenue à le convaincre de faire revivre le rêve d'étudiant qu'il avait partagé avec Peter Howe, celui d'un fabuleux trésor perdu, une passion devenue dévorante une fois leurs chemins séparés, qui l'avait ramené jusqu'ici.

– Je suis là, enfin !

Jack sortit brusquement de sa rêverie et se précipita vers la source du bruit qu'il venait d'entendre dans la salle de navigation, derrière la passerelle. Le radar et les consoles de détermination de la position avaient été entassés sur les côtés pour laisser de la place à un ensemble complexe de systèmes électroniques disposés autour d'un immense écran d'ordinateur. L'homme aux cheveux bruns, au teint basané et à la carrure de rugbyman qui était assis au milieu de tout ce fouillis ne remarqua pas sa présence. Les yeux rivés sur l'écran, il avait un casque à antennes sur la tête.

– Heureusement que tu as fini par perdre du poids, lança Jack. Sinon, il faudrait qu'on vienne te déterrer de là-dessous.

– Quoi ? demanda Costas Kazantzakis en lui jetant un regard impatient avant de se concentrer à nouveau sur l'écran.

Jack se répéta en criant plus fort.

– D'accord, d'accord, répondit Costas en retirant son casque et en se penchant en arrière dans le peu d'espace qu'il avait pour bouger. C'est vrai, c'est en m'écorchant dans ce foutu tunnel sous-marin que j'y suis parvenu. J'en ai encore des cicatrices. Tout l'intérêt de ce projet a reposé sur l'intervention des dieux de l'Atlantide, qui m'ont prévenu que je devais me restreindre sur les calories.

Il tendit la nuque en arrière et aperçut le pull couvert de boue de Jack.

– Tu t'es encore sali en jouant ?

– Canon de siège vénitien. 1453.

Costas grommela et remit brusquement le casque sur ses oreilles après avoir vu l'écran se transformer en un kaléidoscope de couleurs. Jack sourit en voyant son ami s'absorber à nouveau dans sa tâche. Costas était un ingénieur brillamment inventif, titulaire d'un doctorat de technologie des submersibles de l'Institut technologique du Massachusetts. Il l'avait accompagné dans beaucoup de ses aventures depuis la fondation de l'UMI, plus de dix ans auparavant. Ses connaissances scientifiques complétaient parfaitement les compétences archéologiques de Jack. Démêler les fils entrelacés de l'Histoire et faire des conjectures à partir de simples interprétations, ce n'était pas pour lui. À ses yeux, les seules vraies questions étaient celles auxquelles la science pouvait répondre et ses seuls problèmes étaient les pannes de matériel.

– Que se passe-t-il ?

Une autre silhouette, qu'on pouvait aisément qualifier de corpulente, apparut dans l'embrasure de la porte et vint se glisser derrière Jack. Maurice Hiebermeyer semblait être constamment trempé de sueur, malgré son bermuda ample et sa chemise ouverte. Jack se retourna et le salua d'un signe de tête.

– Je crois que Costas a enfin réussi à faire marcher ce truc.

Il connaissait la raison de la présence d'Hiebermeyer. Celui-ci était arrivé la veille en hélicoptère de l'Institut archéologique d'Alexandrie, avec l'espoir que son collègue soit contraint d'aller de l'avant, confronté à des problèmes insurmontables dans le port d'Istanbul. La dernière fois qu'ils s'étaient parlé, c'était sur le pont de la *Sea Venture*, six mois auparavant, lorsqu'il avait évoqué une autre découverte extraordinaire, un manuscrit ancien issu de la nécropole de momies dans laquelle il avait trouvé le papyrus d'Atlantis. Depuis lors, il ne cessait de bombarder l'UMI de messages téléphoniques et de courriers électroniques.

– Jack, il faut qu'on…

– Cela va devoir attendre, intervint Jack en adressant un sourire chaleureux à l'égyptologue trapu. Nous sommes près du but et il faut que je me concentre. Patiente un instant, c'est presque terminé.

Il se tourna à nouveau vers l'écran et Hiebermeyer garda le silence.

– Ça y est !

L'écran se rida de couleurs et les deux hommes se rapprochèrent de Costas. Ils virent une masse grise éclairée par des projecteurs, équipée d'un bras mécanique s'étendant au milieu.

– Nous sommes à près de seize mètres au-dessous du lit marin, précisa Costas en retirant son casque, à cinquante et un mètres de notre position actuelle en profondeur absolue. Dans quelques secondes, l'image va être automatiquement transférée au sonar et le VRE devrait être réactivé.

– Le VRE ?

Costas regarda Hiebermeyer d'un air confus et lui donna un modèle en plastique qu'il gardait sur lui comme un talisman, un objet cylindrique étrange ressemblant vaguement au véhicule téléopéré que Jack et lui avaient utilisé pour explorer le village néolithique de la mer Noire.

– Véhicule de renseignement électronique, répondit-il avec

enthousiasme. Il associe les fonctionnalités du véhicule téléopéré, de la pompe sous-marine et du sonar de sous-sol. Télécommandé depuis la salle de navigation grâce à un câble ombilical, il peut creuser dans la couche de sédiments avec une extrême précision et renvoie des images aussi nettes que celles d'un IRM. En ce moment, il s'attaque à des dépôts terrigènes, des tonnes d'apports sédimentaires provenant des terres. Nous sommes au bord du lit creusé par le Bosphore mais il y a tout de même de grandes quantités de sédiments, plusieurs mètres par siècle. Le poids de la chaîne va les enterrer encore plus profondément.

– Ah, la chaîne ! murmura Hiebermeyer. Rafraîchissez-moi la mémoire.

Jack se faufila vers une carte marine des abords d'Istanbul fixée au mur à côté de Costas. Leur position était clairement indiquée au bord de l'estuaire qui divisait la ville et dont la forme sinueuse évoquant un cimeterre délimitait le promontoire de Byzance et constituait l'un des plus grands ports naturels du monde. Les anciens Grecs appelaient cet estuaire *Khrysokeras*, la Corne d'Or, comme si un immense taureau mythique était resté coincé dans le Bosphore en essayant d'aller dans la mer Noire, un symbole qui n'avait pas échappé aux trois hommes, encore marqués par l'iconographie taurine de l'Atlantide.

Jack prit un crayon et traça une ligne à peine visible à l'entrée de l'estuaire.

– À l'époque byzantine, la Corne d'Or était fermée dans les moments critiques par un gigantesque barrage de près d'un kilomètre de long, composé d'immenses maillons de fer grossièrement forgés, soutenus par des pylônes et des chalands. Cette chaîne était fixée ici, sur une tour située à l'extrémité des remparts de la cité, là où l'estuaire rejoint le Bosphore, et là, à environ trois cents mètres de notre position, du côté de Galata. Mentionnée pour la première fois au VIIIe siècle apr. J.-C., elle a joué un rôle décisif dans le Grand Siège de 1453 mais nous savons qu'elle peut avoir été rompue à deux reprises. La première fois, au XIe siècle, une bande de mercenaires vikings l'aurait brisée avec ses drakkars. La seconde fois, en 1204, date plus précise, des galères vénitiennes seraient passées au travers avec un bélier. Elle a été reconstruite, mais un maillon a pu être perdu sur le lit marin. Si nous parvenons à le retrouver, notre projet sera en bonne voie.

– Ce sera le premier maillon de notre histoire, plaisanta Costas.

Son jeu de mots parvint difficilement à dissimuler son anxiété. Pendant que ses doigts tambourinaient sur le bureau, son regard voltigeait au-dessus de l'écran, qui était redevenu noir. Seul le bathymètre, dans un angle, qui progressait avec une lenteur insoutenable le long d'une barre de cinq centimètres, témoignait de l'activité du VRE.

– Comment pouvez-vous être certains de son emplacement ? demanda Hiebermeyer, qui avait mis sa propre quête entre parenthèses et se laissait absorber par le projet.

– Il a toujours été controversé, mais un manuscrit du XVe siècle découvert l'année dernière dans les archives de Topkapi indique une zone précise entre des monuments connus du littoral.

– Je n'aime pas ça, dit Costas en regardant l'horloge murale et en remuant sur son siège. Si ce canon date de 1453, alors nous avons encore au moins cinq mètres de sédiments à creuser avant d'atteindre la couche qui nous intéresse. Et il ne nous reste que vingt minutes avant que la *Sea Venture* ne doive changer de position.

Jack partageait son inquiétude. Il se mordit les lèvres. Ce projet était très différent de ce qu'ils avaient connu jusqu'alors. C'était un véritable jeu du chat et de la souris dans l'une des voies navigables les plus empruntées de la planète. Les autorités portuaires leur avaient accordé un créneau de six heures par jour, mais ils devaient néanmoins changer régulièrement de position pour libérer le passage aux ferries et aux cargos, dont certains avaient un tirant d'eau si profond que leur hélice remuait les sédiments du lit marin. Jack savait que Tom York était parfaitement capable de gérer les questions de navigation. De plus, grâce à son système de positionnement dynamique, la *Sea Venture* pouvait retrouver facilement son emplacement à partir des coordonnées précises. Mais la zone de fouilles n'était pas protégée sur le lit marin. Par ailleurs, Costas craignait de voir son bébé s'enliser pour toujours dans le sous-sol avec tous les autres débris de l'histoire.

Hiebermeyer perçut la tension ambiante et continua à interroger Jack.

– Alors ce rêve de jeunesse, de quoi s'agit-il ?

Jack prit une profonde respiration, hocha la tête et l'attira vers une console, de l'autre côté de la pièce. C'était une histoire qu'il avait déjà racontée une centaine de fois, à l'équipage, à la presse, et lors de ses nombreuses démarches pour obtenir le soutien du conseil d'administration de l'UMI ainsi que des autorités turques, mais il en frissonnait à chaque fois.

– Le Grand Siège de 1453 a été l'un des événements les plus déterminants de l'Histoire. Il a sonné le glas du plus grand empire du monde et permis à l'islam de s'implanter définitivement en Europe. Mais la cité de Constantinople avait connu un drame encore plus épouvantable deux siècles et demi plus tôt. La profanation et le viol à une échelle colossale, le paroxysme de la cruauté, même pour le Moyen Âge. Et les auteurs de ces crimes n'étaient pas des infidèles mais des chrétiens, les chevaliers croisés, s'il vous plaît.

– Souviens-toi de ce que le professeur Dillen nous répétait sans cesse à Cambridge, murmura Hiebermeyer. Les plus grands crimes contre la chrétienté ont toujours été commis par les chrétiens eux-mêmes.

Les deux hommes avaient fait leurs études ensemble et, lorsque Jack était revenu passer son doctorat après un petit détour par la Royal Navy, ils avaient tous deux étudié l'histoire chrétienne et juive auprès de leur célèbre mentor.

– C'était en 1204, poursuivit Jack. Le pape Innocent III avait appelé à une quatrième croisade, une nouvelle expédition vouée à l'échec pour libérer Jérusalem des infidèles. Mais les nobles chevaliers croisés furent détournés de leur cause et incités à piller le plus grand trésor de la chrétienté orientale, écrivant ainsi l'un des épisodes les plus sinistres de l'Histoire.

Le petit écran situé en face d'eux afficha soudain une image connue dans le monde entier, quatre chevaux de cuivre doré, magnifiquement travaillés, se dressant devant une architecture complexe.

– Les chevaux de Saint-Marc, commenta Hiebermeyer.

– Certains touristes laisseraient tomber leur appareil photo s'ils savaient comment ces sculptures sont arrivées à Venise, ajouta Jack, la voix désormais enrouée de colère. Les chefs de la croisade avaient besoin d'aide pour transporter les chevaliers et leur équipement de l'autre côté de la Méditerranée jusqu'en Terre sainte. Les Vénitiens étaient tout indiqués. Ils constituaient la plus grande puissance maritime de l'époque. Mais ils avaient une autre idée en tête. L'Empire byzantin fondé à Constantinople commençait à empiéter sur les terres situées à proximité de Venise, le long de la mer Adriatique, ce qu'ils n'appréciaient pas du tout. Des marchands vénitiens avaient été tués à Constantinople. Le doge de Venise, Dandolo, avait été emprisonné et rendu aveugle par les Byzantins quelques années auparavant et préparait secrètement sa vengeance. En outre, après avoir embarqué, les croisés se sont avérés incapables de payer leur traversée. Ils ont été quasiment réduits en esclavage par les Vénitiens. Si l'on ajoute à cela un prétendant au trône byzantin parmi les chevaliers croisés, le décor est planté. Malgré lui, le pape Innocent III a été à l'origine du sac de la seconde ville de la chrétienté, le siège de l'Église d'Orient. Une fois arrivés à Constantinople, les croisés ont oublié leur mission et se sont conduits comme tous les soldats en maraude du Moyen Âge, mais avec une férocité et une barbarie inégalées, même à cette époque.

– Que s'est-il passé ?

– Imagine qu'une armée incontrôlable marche sur Londres et déboulonne les statues des espaces publics, profane l'abbaye de Westminster, vide le British Museum et incendie la British Library. Tous les symboles de l'identité nationale et tous les trésors du pays seraient perdus en une journée lors d'un saccage sanglant. À Constantinople, les croisés, dont on vantait la ferveur chrétienne, s'en sont pris aux grandes églises, notamment à Sainte-Sophie. Ils ont pillé les reliques sacrées d'un millier d'années de christianisme. Ils ont détruit les bibliothèques issues des bibliothèques anciennes d'Alexandrie et d'Éphèse, une perte inestimable pour la civilisation. Ils ont démoli l'hippodrome, un cirque ancien consacré aux courses de chevaux, le fleuron de la cité, pour ne laisser que les fragments de sculptures que l'on voit aujourd'hui et quelques monuments trop grands pour être saccagés.

– L'obélisque égyptien de Thoutmosis III, dit Hiebermeyer pensivement.

Jack acquiesça et montra l'écran du doigt.

– Constantinople était l'héritière de tous les grands trésors de la civilisation occidentale. Des artefacts inestimables qui provenaient d'Égypte, de Grèce et du Proche-Orient ont d'abord été transférés à Rome lors de l'expansion de l'empire. Puis, quand

Constantin a déplacé la capitale, il a emporté avec lui beaucoup de ces trésors, acheminés par bateau sur la Méditerranée de Rome à Constantinople. Les chevaux de Saint-Marc ont peut-être été réalisés au ve siècle av. J.-C. en Grèce, où ils auraient orné le célèbre sanctuaire d'Olympie. Cinq siècles plus tard, ils se trouvaient à Rome, au sommet de l'Arc de triomphe de Néron, dans le forum, et faisaient partie d'un ensemble sculptural représentant l'empereur dans un quadrige. L'arc a été détruit par Vespasien, mais il en reste une trace sur les pièces de Néron. Quatre siècles plus tard, ils étaient ici à Constantinople, peut-être dans l'hippodrome, à côté de l'obélisque. Constantinople n'avait jamais été mise à sac avant 1204. Les trésors dont nous savons, grâce à des récits de témoins oculaires, qu'ils ont été pillés par les croisés ne donnent qu'une petite idée de ce qui se trouvait ici. Une partie du butin a été fondue pour fabriquer des pièces et des lingots. D'autres trésors, comme les chevaux de Saint-Marc, ont été ramenés à Venise et en France, en Espagne, aux Pays-Bas, en Angleterre, dans les terres natales des croisés, dont les cathédrales et les grands monastères recèlent peut-être encore des vestiges de ce crime. D'autres encore, notamment les antiquités ayant un symbolisme païen, ont été profanés et jetés dans la Corne d'Or. Lorsque Peter Howe et moi avons commencé à nous intéresser de près à cette histoire, nous en sommes arrivés à penser que l'un des plus grands joyaux de l'art antique, tous pays confondus, pouvait se trouver sur le lit marin, juste à l'endroit où nous nous trouvons actuellement.

Costas approcha brusquement sa chaise de l'écran vidéo, mais Hiebermeyer ne se laissa pas distraire par le bruit. Il resta concentré sur l'image des chevaux. Il posa la main sur l'épaule de son ami.

– Tu dis que tout ce qui se trouvait dans la Rome antique pourrait avoir été amené ici, dit-il pensivement. L'année dernière, après notre petite aventure en mer Noire, j'ai été appelé à Rome pour traduire un texte égyptien en hiératique découvert sur le site du temple de la Paix de Vespasien, près de l'endroit où des fragments du plan de marbre de la cité ont été trouvés. Il s'agissait d'une plaque de bronze, parmi plusieurs autres qui étaient fixées à la colonnade publique de l'enceinte et sur lesquelles avait été gravé le même texte dans les principales langues de l'empire romain. Latin, grec, égyptien, araméen, etc. C'était une proclamation retraçant les victoires de Vespasien et le triomphe de Rome. Elle concernait la Guerre juive.

Jack quitta Costas des yeux et posa un regard à la fois franc et impénétrable sur Hiebermeyer.

– Tu penses à ce que je pense ? demanda celui-ci d'une voix hésitante.

Jack garda le silence.

– Mon Dieu, soupira Hiebermeyer, dont l'accent allemand devenait plus prononcé et la voix se mettait à trembler. Les trésors juifs du Tabernacle. Vespasien les avait fait déposer dans le temple de la Paix, d'où ils ne devaient jamais ressortir. Ils sont entrés dans la légende.

Sa voix devint un simple murmure.

– Auraient-ils pu être secrètement expédiés à Constantinople avant la chute de Rome ?

– J'avoue que cela m'avait traversé l'esprit, répondit Jack d'un ton neutre.

Hiebermeyer retira ses petites lunettes rondes et s'épongea le front.

– Les saints vaisseaux du sanctuaire, la table d'or, la *menora*, songea-t-il en prononçant le dernier mot avec difficulté, le souffle court. As-tu la moindre idée de ce que cela implique ? Il n'est pas uniquement question de trésors fabuleux. Pense aux ramifications actuelles. La menora est le symbole de l'État moderne d'Israël. Si l'on venait à apprendre que nous sommes à la recherche du trésor perdu du Temple, les conséquences pourraient être littéralement explosives.

– Cela ne sortira pas de ces murs.

À cet instant, un cri de joie, suivi d'une joyeuse ribambelle de jurons, retentit près de l'autre console. Jack et Hiebermeyer se précipitèrent derrière Costas, et le second du capitaine apparut derrière eux. Jack lança à celui-ci un regard inquisiteur puis se tourna à nouveau vers l'écran. Il comprit immédiatement pourquoi Costas jubilait. Le moniteur affichait une fantastique image multicolore, dont les lignes et les contours étaient aussi nets que ceux d'une image de synthèse en 3D. Au centre se trouvaient des signes indubitables d'agencement humain, une masse entortillée et obscure, enchâssée dans les sédiments. C'était un immense maillon en métal, d'au moins un mètre de long, un objet en forme de huit grossièrement soudé en son milieu. Un deuxième maillon avait été passé à l'intérieur et s'étendait sur la droite en dehors de l'écran, mais la boucle de gauche était éraflée et voilée, là où le maillon adjacent avait cédé.

– Formidable ! s'exclama Jack en donnant à Costas une tape dans le dos.

Il était fou de joie. Il pensait déjà à la prochaine étape de leurs recherches mais, tandis que la caméra zoomait sur le bord du métal, ses yeux restèrent rivés sur l'écran. Un morceau de bois était coincé dans la dernière boucle. Il s'agissait de toute évidence d'un fragment de membrure de navire, de morceaux de virures se chevauchant sur lesquels étaient régulièrement espacées des pièces sombres, les rivets en fer de la coque, préservés pendant plus de huit cents ans par l'environnement anaérobique. Jack et Hiebermeyer restèrent interdits en voyant ce qui s'était également trouvé pris dans le maillon, une masse blanche qui ressemblait aux branches écorcées d'un arbre. C'était un squelette humain broyé, dont les bras formaient des angles insolites à l'intérieur du métal. Le crâne déformé et à peine reconnaissable était encore surmonté d'un appendice brun rouille, qui avait été autrefois un casque à nasal conique et étroit.

– Voilà ta chaîne, dit Costas, et une de ses victimes. Maintenant, il est temps de partir d'ici.

Il activa une commande pour libérer le câble ombilical juste au moment où les moteurs du navire se mirent à vrombir. Jack laissa Hiebermeyer avec lui et sortit de la salle de navigation en baissant la tête pour rejoindre York à la passerelle. Il annoncerait la découverte à l'équipage pendant l'heure où la *Sea Venture* se trouverait hors site, en attendant d'avoir de nouveau accès au chenal. Il regarda par la fenêtre, au-delà du minéralier qui attendait son tour, en direction des arches basses du pont de Galata, dont il discernait la chaussée encombrée par la circulation du matin et les balustrades bordées de pêcheurs pleins d'espoir, inconscients des trésors peut-être engloutis sous leurs pieds. Les eaux où naviguaient autrefois les bateaux de plaisance des empereurs et des sultans étaient de nouveau miroitantes, grâce à une vaste opération de dépollution lancée dix ans auparavant. Lorsqu'il posa les yeux au-delà du pont, sur l'horizon radieux, Jack tomba de nouveau sous le charme de cette ville, dont Katya et lui avaient eu envie de découvrir les plus anciens secrets. Malgré ses moments de chaos et les tristes épisodes de son histoire, Istanbul avait fini par symboliser l'espoir. Elle avait ranimé chez l'archéologue une passion pour les mystères du passé qu'il nourrissait depuis l'enfance.

Jack regarda les eaux étincelantes clapoter contre la proue de la *Sea Venture* après s'être heurtées aux stabilisateurs. Il était ravi d'avoir fait la découverte qui rapprochait son rêve de la réalité. C'était la pierre de gué de trouvailles encore plus sensationnelles. Mais comme toujours, sa jubilation était tempérée par l'anxiété. Désormais, tous les membres de l'équipe allaient être sous pression. Ils avaient encore beaucoup de chemin à parcourir. Jack savait qu'ils allaient devoir fournir aux autorités d'autres bonnes raisons de leur donner accès au couloir de navigation. Le canon et la chaîne prouvaient qu'il avait raison mais susciteraient de nouvelles attentes. La main en visière pour se protéger de l'éclat du soleil, il leva de nouveau les yeux vers la Corne d'Or et pria avec ferveur que celle-ci portât bien son nom.

Chapitre 2

Maria de Montijo bougea presque imperceptiblement sur son tabouret et ferma les yeux l'espace d'une seconde. Cette journée avait été la plus longue de toutes et, malgré l'adrénaline qui l'aidait à tenir le coup heure après heure, elle savait qu'elle aurait bientôt des difficultés à se concentrer. Elle se redressa, la palette à la main, et cligna des yeux. Un silence religieux régnait dans la pièce et le temps parut se suspendre. Toute son attention était absorbée par les caractères complexes dessinés à l'encre, à quelques centimètres seulement de son visage, et éclairés par la micro-lumière. Elle souffla lentement en tenant sa petite brosse sans trembler, forte de plusieurs années d'expérience. Au bout d'un quart d'heure, elle releva la tête et donna la palette à son assistant.

– Voilà, dit-elle, c'est fini.

Elle recula doucement la lampe articulée pour faire apparaître l'ensemble de l'inscription, le résultat de plus d'une semaine de travail minutieux. Une fois la patine des siècles retirée, les lettres étaient nettes et bien noires, comme si elles avaient été formées quelques jours plus tôt.

Tuz ki cest estorie ont. Ou oyront ou lirront ou ueront. Prient a ihesu en deyte. De Richard de Haldingham e de Lafford eyt pite. Ki lat fet e compasse. Ki ioie en cel li seit done.

L'orthographe difficile à déchiffrer du vieux français ne faisait qu'épaissir le mystère entourant l'auteur du texte. Après avoir contemplé son travail, Maria se tourna vers son assistant, un jeune homme élancé avec des lunettes à monture d'acier, qui se pencha en avant avec impatience pour faire la traduction.

– Que tous ceux qui entrent en possession de cette œuvre, ou qui l'entendent, la lisent ou la voient, prient Jésus dans sa divinité pour qu'il ait pitié de Richard de Haldingham ou de Lafford, qui l'a réalisée et exposée. Que lui soit accordée la béatitude céleste.

Il semblait juste que les derniers mots de Richard soient aussi les leurs, qu'ils terminent leur tâche à l'endroit même où le scribe avait levé pour la dernière fois sa plume du parchemin, environ sept cents ans auparavant.

Vingt minutes plus tard, Maria, debout au milieu de la pièce, regarda une dernière fois la carte avant que celle-ci ne soit glissée sous une plaque de verre protectrice. Maintenant que le spot était éteint, la faible clarté semblait accentuer l'aspect ancien du vélin. Les ombres et les ondulations laissaient apparaître les zones où la peau de veau s'était racornie et voilée avec le temps.

Habituellement, le nettoyage des manuscrits était confié à l'équipe technique de l'Institut d'Oxford. Mais lorsque Maria avait été contactée pour un nouveau programme de restauration de la Mappa Mundi de la cathédrale de Hereford, la tentation avait été trop grande. Ce projet avait été la chance de sa vie. Elle avait eu l'opportunité de travailler sur le plus grand manuscrit enluminé du XIIe siècle, de toucher de ses propres mains la carte médiévale la plus importante et la plus célèbre du monde.

Tandis que ses yeux s'habituaient peu à peu à l'obscurité, elle commença à discerner les contours de la carte. Une sphère de plus d'un mètre vingt de diamètre occupait presque tout l'immense parchemin carré. Au centre se trouvait Jérusalem et au-dessous la Méditerranée en forme de T, qui divisait l'Asie, l'Afrique et l'Europe. Tout en bas à gauche, on distinguait les îles Britanniques et, plus loin, dans l'exergue, l'inscription que Maria avait nettoyée. Des centaines de petits dessins accompagnés de légendes en latin et en français ornaient la carte. Certains illustraient des épisodes bibliques ; d'autres représentaient des créatures étranges et des lieux mythiques.

C'était un trésor d'informations réelles et imaginaires, l'expression suprême de l'esprit médiéval. Mais cette carte était également marquée par l'ignorance. Malgré l'ordre et l'assurance qui s'en dégageaient comme s'il s'était agi d'une représentation définitive du monde par l'homme, au-delà de la fine bande d'océan entourant la chrétienté, il n'y avait plus rien. Pour Maria, le Christ figuré tout en haut semblait porter un jugement non seulement sur les morts mais aussi sur les vivants, sur les hommes qui avaient eu l'orgueil de croire que toutes les merveilles entassées sur leur *mappa mundi* avaient la moindre chance de représenter la création de Dieu dans son intégralité.

– Docteur de Montijo. Il faut que vous veniez tout de suite.

La silhouette sémillante en habit clérical rattrapa Maria alors que celle-ci traversait d'un bon pas la cour de la cathédrale, sous un parapluie qui la protégeait de l'éternel crachin anglais. Elle était attendue à Oxford et n'avait pas de temps à perdre si elle ne voulait pas rater son train.

– J'espère que cela vaut vraiment la peine, répondit-elle. Je dois animer un séminaire sur Richard de Haldingham ce soir et j'ai besoin de temps pour me préparer.

– Cela devra attendre, insista le petit homme le souffle coupé par l'excitation. Les ouvriers qui travaillent dans l'ancienne bibliothèque enchaînée viennent de faire une découverte extraordinaire. Votre assistant est déjà avec eux.

Maria et l'ecclésiastique se dirigèrent vers le porche nord de la cathédrale. Avec sa teinte miel, le grès érodé des contreforts rendait Hereford moins austère que beaucoup de cathédrales d'Angleterre. Cependant, lorsqu'ils entrèrent, l'effet fut saisissant. Maria regarda le sol de la nef jusqu'à l'autel et leva les yeux vers l'espace caverneux qui s'ouvrait au-dessus d'eux. De part et d'autre, de grands piliers se dressaient jusqu'aux petites arches du clair-étage et, tout en haut, se déployaient les cintres de la voûte. En suivant l'ecclésiastique qui la conduisait le long de l'aile nord, elle fut assaillie par les effluves de la pierre humide et une légère odeur de décomposition, comme si le relent douceâtre de la putréfaction dont la cathédrale avait été imprégnée pendant si longtemps avait laissé une atmosphère persistante bien après la fermeture des derniers tombeaux.

La nef n'avait pas beaucoup changé depuis que Richard de Haldingham l'avait traversée pour la dernière fois. Maria effleura un pilier et éprouva une soudaine sensation d'intimité, comme si elle avait remonté le temps pour suivre les pas du grand homme. En ce temps-là, l'architecture romane massive n'existait que depuis un siècle. Mais une église avait été bâtie à cet endroit dès l'époque du royaume anglo-saxon de Mercie. Elle était devenue l'église cathédrale de saint Ethelbert, roi d'Est-Anglie, qui avait été sauvagement tué juste à côté. Du vivant de Richard, elle attirait des pèlerins qui venaient de toutes parts pour rendre hommage à Thomas Becket, archevêque martyrisé à Canterbury, dont le reliquaire en émail avait également traversé les siècles et constituait un autre de ses trésors, outre la Mappa Mundi.

Après avoir franchi le transept nord, ils entrèrent dans le déambulatoire, où la carte avait été exposée au cours du siècle précédent, avant d'être transférée dans le musée bâti spécialement pour elle à l'extérieur. Juste en face de l'espace blanc qu'elle avait laissé sur le mur se trouvait une petite porte, derrière laquelle Maria aperçut les premières marches d'un escalier en spirale.

– Les travaux de reconstruction sont presque terminés, précisa l'ecclésiastique. C'est juste une précaution.

Il mit un casque de sécurité jaune qui, associé à sa soutane marron, lui donna une apparence incongrue, et en tendit un à Maria. Tandis qu'elle gravissait derrière lui l'escalier en colimaçon, elle entendit ses paroles résonner dans un écho étouffé.

– Une cathédrale en grès, c'est comme un navire en bois, expliqua-t-il. Après avoir utilisé une vieille coque pendant longtemps, il faut renouveler tout le bois. Comme dans le *HMS Victory*. Le grès n'est pas le matériau de construction le plus durable. Lorsque nous avons déplacé la bibliothèque, nous en avons profité pour remplacer des blocs qui en avaient bien besoin.

Ils approchaient de la salle qui avait autrefois abrité la bibliothèque enchaînée de Hereford, célèbre dans le monde entier, une collection fabuleuse comprenant cinquante-deux incunables, des ouvrages imprimés avant 1500, et deux cent vingt-sept manuscrits, dont les plus anciens, les précieux évangiles anglo-saxons, dataient du VIIIe siècle. Les livres et les presses auxquels ils étaient enchaînés avaient été reconstitués dans le musée qui abritait la Mappa Mundi, elle-même stockée initialement dans la bibliothèque.

Après être montés jusqu'au clair-étage, ils se faufilèrent le long d'un amas de blocs fraîchement taillés pour gagner l'entrée de la salle. Dans les minces rayons de lumière qui traversaient les fenêtres étroites, ils discernèrent à peine les zones claires laissées par les rayons sur les murs. Avec les outils de taille et les fragments de grès éparpillés sur le sol, l'ancienne bibliothèque ressemblait désormais à un atelier de tailleur de pierre du Moyen Âge.

Au fond, plusieurs ouvriers étaient entassés au-dessus d'un trou de lumière pratiqué dans le mur. Deux blocs de grès avaient été retirés et laissaient juste assez d'espace pour qu'une silhouette mince s'y faufile. Tout à coup, une tête apparut à l'envers. Les cheveux blonds ébouriffés et les lunettes étaient couverts de poussière.

– Maria ! Vous n'allez pas me croire.

Jeremy Haverstock était le meilleur étudiant de doctorat qu'elle ait jamais eu, un virtuose en langues germaniques anciennes qui, après avoir été cloîtré à Oxford pour rédiger sa thèse, prenait un plaisir évident à travailler sur le terrain. Depuis qu'il était arrivé des États-Unis, elle l'avait encouragé à voyager pour visiter les bibliothèques monastiques. Mais il avait gardé l'enthousiasme contagieux d'un touriste touchant l'Histoire du doigt pour la première fois. Elle sourit malgré elle et, à l'instar de son guide, rabattit le masque antipoussière de son casque en se frayant un chemin au milieu des débris.

– C'est votre carrière qui est en jeu, dit-elle. Si ce n'est pas une bible de saint Augustin, vous ferez le séminaire tout seul.

– C'est mieux que ça. Beaucoup mieux.

En s'approchant, elle vit que son visage était trempé de sueur malgré la fraîcheur de la pièce. Il poussa un des blocs sur le côté et disparut dans le mur.

– Suivez-moi.

Quelques instants plus tard, Maria était recroquevillée à côté de lui. Ses cheveux bruns ondulés et sa veste en cuir étaient couverts de poussière. Si elle avait éprouvé une pointe d'irritation, celle-ci se dissipa immédiatement quand elle aperçut ce qui se trouvait devant elle. Le trou donnait dans un espace d'environ un mètre de large dans l'épais mur extérieur de la cathédrale. La tête rentrée dans les épaules, Maria constata qu'ils étaient accroupis autour d'un ancien escalier en colimaçon, vestige en ruine d'une précédente étape de construction, dont l'accès était bloqué depuis longtemps. Trois marches plus bas, la cage d'escalier était obstruée par un enchevêtrement de débris, qui ressemblaient à des morceaux de grès érodés recouverts d'un voile de poussière rouge. Pliée en deux, Maria s'approcha tant bien que mal pour voir de plus près, à la lumière de la lampe accrochée juste derrière sa tête.

– *Es estupendo.*

Les mots lui échappèrent en espagnol, sa langue maternelle, et elle resta bouche bée, le regard incrédule.

– Vous voyez ce que je veux dire ? demanda Jeremy, qui se glissa impatiemment à côté d'elle. C'est la caverne d'Ali Baba.

Les débris n'étaient pas des restes de maçonnerie mais de nombreux parchemins brunis et jaunis, dont certains étaient compactés comme du papier mâché mais d'autres bien conservés, avec des lettres encore tout à fait visibles.

– On dirait des résidus de la bibliothèque, poursuivit-il. Des fragments déchirés, des livres endommagés impossibles à rafistoler. Ce sont tous des textes écrits à la main et aucun ne semble être postérieur au XIIe siècle. L'historien d'architecture pense que cet escalier a été désaffecté et condamné avant la réalisation du transept nord, qui date du XIVe siècle.

Maria se déplaça sur le côté et posa son regard à l'endroit où sa tête avait fait de l'ombre.

– Regardez ! Ce ne sont pas que des fragments. Il y a un volume in-folio intact.

Jeremy, qui avait les bras plus longs, tendit la main et retira avec précaution le livre relié en cuir de son lit de parchemins en lambeaux. Pendant qu'il le tenait, Maria souffla doucement sur la couverture marron blanchie de poussière et l'ouvrit.

– *Historia Ecclesiastica Gentis Anglorum.*

Elle lut lentement à voix haute, frappée de stupeur.

– L'*Histoire ecclésiastique du peuple anglais*, de Bède le Vénérable. Et en latin, ce qui signifie qu'il s'agit d'une des copies originales. IXe, peut-être VIIIe siècle.

Jeremy retira une liasse de parchemins qui était restée collée au dos du volume. Les feuilles moisies posées en équilibre sur ses mains, il commença à lire pour lui-même en marmonnant à voix basse. Maria regarda ses yeux parcourir le manuscrit. Elle le fixa d'un air perplexe lorsqu'il devint subitement silencieux.

– Qu'est-ce que c'est ? demanda-t-elle.

– Incroyable, murmura-t-il. Une suite de la *Chronique anglo-saxonne*, qui date du XIIe siècle. Elle mentionne le roi Henri II et le roi Jean. C'est sans doute le tout dernier document en vieil anglais, langue que les Normands ont essayé d'éradiquer à tout prix. Il confirme de façon définitive ma thèse selon laquelle la tradition anglo-saxonne a survécu dans les scriptoriums secrets des cathédrales pendant tout le début de la période médiévale. Si je n'ai pas mon doctorat avec ça...

Maria regarda à nouveau dans la cage d'escalier et repéra plusieurs autres volumes intacts, qui se trouvaient sous le Bède qu'ils avaient retiré.

– Ce ne sont pas de simples résidus de la bibliothèque, affirma-t-elle. On s'est toujours demandé pourquoi ces deux œuvres majeures de l'histoire anglo-saxonne ne figuraient pas dans la bibliothèque de Hereford, dont la collection de manuscrits liturgiques remonte au VIIIe siècle. Peut-être un bibliothécaire vivant avec son temps a-t-il voulu, dans un excès de zèle, faire de la place pour des œuvres plus récentes. Mais il peut se cacher autre chose derrière tout cela. Certains ouvrages concernant l'histoire anglo-saxonne ont pu être retirés de la bibliothèque dans une tentative de dissimuler tout ce que l'aristocratie normande considérait comme subversif.

Elle referma le livre avec précaution et le garda entre les mains, tout en regardant d'un air inquiet les fragments de parchemin déchirés et désagrégés qui se trouvaient encore à l'endroit où Jeremy l'avait pris.

– Nous allons prendre le Bède et ces pages de la *Chronique*, ordonna-t-elle. Mais tout le reste doit rester *in situ* et l'entrée doit être refermée jusqu'à ce que nous puissions réunir une équipe complète de conservation. Nous ne pouvons pas nous permettre d'exposer davantage de parchemins à l'air libre.

Elle regarda à nouveau Jeremy, qui nettoyait ses lunettes d'un air grave.

– Et je vous pardonne, ajouta-t-elle en souriant. Il se pourrait que vous soyez tombé sur le plus grand trésor de l'histoire de l'Angleterre qui ait jamais été découvert.

Lorsqu'ils pivotèrent pour faire demi-tour, Jeremy aperçut une forme qui dépassait de la mer de parchemins. C'était l'extrémité d'un rouleau, un document peut-être encore plus ancien que les manuscrits reliés. Incapable de se retenir, il se pencha en arrière pour l'attraper tandis que Maria s'engageait vers la sortie.

Il se racla la gorge de façon éloquente et Maria se retourna vers le faisceau de lumière de la lampe au tungstène. Elle vit son air coupable puis le rouleau d'un mètre de long qu'il tenait avec les pages de la *Chronique*.

– Nous devons le laisser ici, déclara-t-elle avec fermeté.

– Pas si vous voulez toujours faire le séminaire de ce soir.

Une fois sa curiosité piquée, Maria retourna auprès de Jeremy. Il avait déroulé environ dix centimètres du rouleau et le tenait de sorte qu'elle puisse le voir. Elle aperçut immédiatement un segment d'un grand cercle, à l'intérieur duquel elle discernait de vagues formes ressemblant à des dessins au trait et à des inscriptions très denses.

Elle sut de quoi il s'agissait avant même de l'avoir vu de près. Dans sa propre thèse de doctorat, soutenue dix ans plus tôt, elle avait défendu une théorie selon laquelle la Mappa Mundi de Hereford était une copie, l'œuvre d'un artiste remarquable mais pas d'un érudit. C'était le seul moyen d'expliquer l'erreur la plus flagrante, la mention du mot *AFFRICA* sur l'Europe et du mot *EUROPA* sur l'Afrique. L'évêque de Hereford avait commandé la carte à Richard de Haldingham, qui avait fait un croquis préparatoire dans sa cathédrale de Lincoln. Mais la version finale avait été réalisée en l'absence de Richard par un artisan de Hereford certes expert en calligraphie et en enluminure mais pas suffisamment instruit ni précis. L'ignorance de cet artisan transparaissait dans les détails. Il avait pris certaines licences à des fins esthétiques, au détriment de la crédibilité, et commis quelques singularités en matière d'orthographe et de géographie.

À son grand étonnement, Maria avait désormais sous les yeux le croquis réalisé par Richard de Haldingham, cartographe et moine dont la vision du monde ne cessait de la fasciner depuis ses études. Elle observa avec un immense respect les légendes inscrites sur carte d'un geste confiant et précis. Juste au-dessous de la main gauche de Jeremy, là où il tenait le rouleau, elle vit le mot *EUROPA*, décoloré mais correctement placé à cheval sur la France et l'Italie. À côté de la main droite de l'étudiant, elle aperçut la forme allongée des îles Britanniques, où Hereford et Lincoln étaient nettement représentées.

Lorsque Jeremy déplaça sa main droite vers le bord du parchemin, elle remarqua quelque chose d'étrange.

– L'exergue ! s'exclama-t-elle. Elle n'y est pas.

La décoration élaborée qui remplissait l'espace entre la sphère et le contour carré du parchemin, sur la Mappa Mundi achevée, était clairement due au seul artisan. Ces ornements, qui ne présentaient pas un grand intérêt pour Richard, avaient peut-être été créés de toutes pièces pour satisfaire à la volonté des autorités de la cathédrale. Cela expliquait ce défilé étrange d'images, chasseurs, ecclésiastiques et références aux empereurs romains, que l'artisan avait dû reprendre au hasard à partir d'autres cartes et manuscrits qu'il avait vus.

En regardant dans l'angle, Maria constata que la dédicace qu'elle avait nettoyée si méticuleusement sur la Mappa Mundi ne figurait pas sur l'original. Encore une fois, c'était sans doute l'œuvre de l'artisan plutôt que du maître lui-même. Richard avait dû se rendre à la cathédrale pour discuter de la commande mais, de toute évidence, il n'avait pas assisté à la consécration. Cela contribuait encore à élucider le mystère des continents erronés car, s'il avait été présent, il n'aurait jamais admis qu'une telle erreur puisse subsister. Maria eut un pincement au cœur en voyant l'espace blanc, comme si Richard lui échappait tout à coup, comme s'il avait de nouveau disparu dans les ténèbres du passé.

Jeremy bougea légèrement et elle remarqua que l'espace marbré de brun et de jaune qui aurait dû contenir la dédicace avait une forme particulière.

– Orientez-le vers la lumière, dit-elle. Il y a quelque chose ici.

Les contours presque effacés d'un croquis apparurent. C'était un autre territoire, une forme irrégulière à peine plus grande que les îles Britanniques, dessinée dans l'angle du parchemin.

– C'est au-delà de l'océan qui entoure le monde, alors cela ne peut pas faire partie de la carte. Il doit s'agir d'un croquis de l'un des continents. Regardez, on voit que Richard a gratté le parchemin avec son couteau pour essayer d'effacer l'encre.

Jeremy se tordait le cou pour mieux voir. Sa mèche blonde de devant pendait juste en face du visage de Maria.

– Je ne suis pas sûr, murmura-t-il. Cela me rappelle vaguement quelque chose, qui ne figure pas sur la Mappa Mundi. Peut-être que si je le voyais à l'endroit, j'aurais une meilleure…

Il laissa mourir la fin de sa phrase, puis ils se regardèrent stupéfaits.

– *La carte du Vinland*, chuchota Maria.

Le cœur serré, elle sortit sa loupe et examina attentivement les contours. Quelques semaines auparavant, ils avaient justement assisté à une conférence à l'université de Yale sur les derniers travaux de datation de la célèbre carte du Vinland. On savait désormais que ce croquis était un faux mais qu'il s'inspirait d'une carte perdue, antérieure d'environ cinquante ans à Christophe Colomb. Sur cette carte, figurait une côte qui aurait été découverte par les Vikings plusieurs siècles auparavant à l'ouest du Groenland.

– C'est incroyable ! s'exclama-t-elle. C'est exactement la même. Il y a la rivière qui se jette dans le lac et le grand bras de mer audessous. Et la légende en latin médiéval est identique.

Avec la loupe, les caractères presque imperceptibles étaient devenus lisibles.

– *Vinlanda Insula a Byarno repa et Leipho socijs.*

– Île du Vinland, murmura Jeremy. Découverte par Bjarni et Leif.

– Cela prouve au-delà de tout soupçon l'authenticité du tracé reproduit sur la carte du Vinland, affirma Maria rouge d'excitation. Mais si ce document a vraiment été réalisé par Richard de Haldingham, alors il est antérieur de plus de deux siècles à la carte du Vinland. Vous pouvez oublier l'histoire de l'Angleterre pour l'instant. Vous venez peut-être de découvrir la représentation la plus ancienne de l'Amérique du Nord.

Ils se regardèrent mutuellement, muets de stupeur. La Mappa Mundi et ce croquis dataient du XIIe siècle, soit près de trois siècles avant les premiers voyages d'exploration européens au Nouveau Monde, des centaines d'années avant les premières cartes connues de la côte américaine.

– Il y a une autre inscription plus bas.

Maria, qui s'était concentrée sur la partie supérieure du territoire, n'avait jusque-là pas remarqué la seconde inscription qui figurait au-dessous du croquis. Elle descendit sa loupe de quelques centimètres.

– Cela ne figure pas sur la carte du Vinland, c'est sûr. C'est en alphabet romain, mais ce n'est ni du latin ni du français. On dirait du vieux norrois.

Elle donna la loupe à Jeremy et prit la carte pour la tenir devant lui, reconnaissant tacitement la plus grande expertise de l'étudiant dans la langue des Vikings.

– Il y a une rune étrange ici, murmura-t-il. Elle figure au début de l'inscription, comme une lettrine enluminée dans un texte médiéval. Une seule hampe avec des branches de part et d'autre, orientées vers le haut. Elle a l'air symétrique. Il y a cinq, peut-être sept branches en tout, y compris la hampe. Très étrange.

– Vous voyez autre chose ?

– *Harald Sigurdsson...*

Il s'interrompit et leva les yeux.

– Il s'agit de Harald Hardrada, précisa-t-il, Harald l'Impitoyable, roi de Norvège. Tué lors de la bataille de Stamford Bridge dans sa tentative de conquérir le trône d'Angleterre en 1066, quelques semaines seulement avant la conquête normande.

– C'est impossible, murmura Maria incrédule. Continuez.

– *Harald Sigurdsson notre roi et ses compagnons de tolet ont atteint ces terres avec le trésor de Miklagard. Ils y festoient avec Thor dans le Valhalla et attendent l'ultime bataille du Ragnarok.*

Il leva les yeux et regarda Maria sidéré.

– Miklagard n'est-il pas le nom viking de Constantinople ?

Elle était trop abasourdie pour répondre. Elle laissa le rouleau s'enrouler et le lui tendit.

– Prenez-en le plus grand soin. Et n'en parlez à personne.

Elle reprit le Bède et se précipita vers le mur tout en sortant son téléphone portable. Au moment où elle allait s'accroupir pour passer par le trou, Jeremy la rappela.

– Cette rune, lui cria-t-il, je savais bien que je l'avais déjà vue quelque part. Ce n'est pas une rune. Je ne m'explique pas du tout ce que ça fait là, mais ça ne peut être qu'une seule chose. C'est le symbole de la menora juive.

Chapitre 3

– C'est incroyable ! s'écria Jack. Je savais que Harald Hardrada et les Vikings étaient allés jusqu'à Constantinople, mais je n'aurais jamais osé imaginer qu'ils avaient traversé l'Atlantique. Voilà qui éclipse Christophe Colomb une fois pour toutes.

– Je suis perdu, répondit Costas. Des Vikings à Constantinople ?

Jack but une gorgée de son café et se leva de sa chaise.

– Attends-moi là.

Les deux hommes avaient quitté la Turquie à l'aube et se trouvaient en Angleterre depuis moins d'une heure. Ils avaient pris un vol direct pour le port aérien de la Royal Navy, à Culdrose, et gagné le campus de l'Université maritime internationale en hélicoptère Lynx. Costas avait planifié son retour en Angleterre depuis plusieurs jours, car il savait qu'il allait être très occupé maintenant que l'excavateur sous-marin de la Corne d'Or était pleinement opérationnel. Quant à Jack, il avait pris sa décision la veille au soir, après avoir été contacté par Maria de Montijo, qui lui avait téléphoné de Hereford pour lui faire part d'une découverte extraordinaire. Il avait réuni d'urgence le personnel de fouille et demandé à Hiebermeyer d'assurer la supervision archéologique, sachant que celui-ci serait secrètement ravi d'endosser un rôle dépassant largement ses attributions dans le désert d'Égypte.

– Tu as intérêt à faire vite, dit Costas après avoir sorti de sa combinaison un téléphone portable sur lequel il venait de recevoir un texto. Ils vont arriver d'une minute à l'autre.

Jack hocha la tête et traversa le patio où ils étaient assis pour se rendre dans son bureau. Il s'arrêta devant la porte ouverte et se retourna pour regarder Carrick Roads, un vaste estuaire sinueux qui allait de la pointe de Cornouailles à la Manche et à l'océan Atlantique. C'était ici que plusieurs générations de ses ancêtres avaient hissé les voiles pour forger la destinée de l'Angleterre et faire fortune. Les Howard avaient combattu aux côtés de Drake contre l'Armada espagnole et sous les ordres de Nelson à Trafalgar, ramené d'abondantes richesses des Indes, et cartographié les terres les plus lointaines, par-delà les océans.

Comme il contemplait le paysage, Jack éprouva un sentiment d'assurance, car il savait qu'il perpétuait une tradition familiale remontant à un millier d'années, avant même la conquête normande de l'Angleterre. C'était son père qui avait décidé de faire don de cette propriété de Cornouailles à la toute nouvelle Université maritime internationale. Mais l'UMI, c'était son rêve à lui, et il l'avait réalisé. Grâce au soutien financier non négligeable d'Efram Jacobovich, un vieil ami qui avait fait fortune dans l'industrie du logiciel, la résidence et les dépendances avaient été transformées en un centre de recherche ultramoderne rivalisant avec les meilleurs instituts océanographiques du monde. Au bord de l'estuaire, l'ancien chantier naval était aujourd'hui un immense complexe d'ingénierie, qui comportait un bassin de radoub pour les navires de recherche de l'UMI et un bassin d'essais des carènes pour la recherche en submersibles. Sur une colline boisée située à proximité du complexe, un beau bâtiment néoclassique, la Howard Gallery, abritait l'une des plus grandes collections d'art privées du monde et accueillait des expositions itinérantes en provenance du musée maritime de l'UMI, à Carthage, en Méditerranée. Quelques semaines plus tôt, Jack avait inauguré une des expositions les plus remarquables de la galerie, un ensemble éblouissant d'artefacts issus d'une épave minoenne de l'âge du bronze, que son équipe et lui avaient fouillée l'année précédente. Une affiche sur laquelle figuraient le disque d'Atlantis et la magnifique sculpture à tête de taureau trouvés dans l'épave était fixée au mur de son bureau, une ancienne salle de réception de la résidence, qui était aujourd'hui le pivot de la recherche de l'UMI et de l'exploration dans le monde.

Quelques instants plus tard, il était de retour auprès de Costas avec une carte d'Europe, qu'il déroula et fixa sur la table du patio avec leurs tasses de café. Il balaya de la main toute la zone qui allait de la Scandinavie à la mer Noire, tandis que Costas approchait sa chaise.

– Les Byzantins les appelaient les Varègues, commença-t-il. C'étaient de grands barbares blonds terrifiants venus du Nord, des mercenaires issus de la célèbre garde varangienne de l'empereur byzantin, qui avait succédé à la garde prétorienne de la Rome antique. À l'époque de Hardrada, la garde varangienne se composait encore essentiellement de Vikings, des guerriers nordiques provenant de Scandinavie dont le comportement était la hauteur de la réputation. Ils pillaient et brûlaient tout sur leur passage. Agissant prétendument au nom de l'empereur chrétien dans toute la Méditerranée, ils étaient en réalité les héros païens du Nord, où ils retournaient après avoir accumulé autant de richesses que d'exploits sanguinaires. Lorsqu'ils ont été anéantis par les croisés lors du sac de Constantinople, en 1204, la plupart des membres de la garde étaient alors des Anglais, des descendants des guerriers anglo-saxons qui avaient fui l'Angleterre après la bataille d'Hastings, en 1066, lors de laquelle Guillaume de Normandie avait vaincu le roi Harold d'Angleterre.

– Harold, pas Harald ? demanda Costas.

– C'est ça. En réalité, en 1066, du sang viking coulait dans les veines de tous les prétendants au trône d'Angleterre. Les Normands étaient des hommes du Nord, des descendants des Vikings qui s'étaient installés en France au siècle précédent. Les ancêtres anglo-saxons du roi Harold d'Angleterre avaient eux-mêmes émigré du Danemark et de l'Allemagne du Nord. Mais en 1066, le seul vrai Viking parmi les prétendants était Harald Hardrada, roi de Norvège. C'était le plus craint de tous. Il avait appris son métier des dizaines d'années auparavant en tant que chef de la garde varangienne de Constantinople.

Costas mesura la distance avec sa main et hocha la tête.

– C'est à plus de trois mille kilomètres de la Norvège, objecta-t-il.

– De même qu'ils commençaient à explorer l'ouest, les îles

Britanniques et même au-delà, les Vikings se déplaçaient aussi vers l'est. Dès le VIIIe siècle apr. J.-C., des marchands scandinaves ont pénétré dans le système fluvial d'Europe centrale, de la Vistule, en mer Baltique, à Dniepr, en mer Noire. Ils étaient à la recherche des légendaires trésors d'Orient, qui représentaient une fortune inestimable. En quête d'argent et de pierres précieuses, ils sont allés jusqu'en Asie centrale et dans les terres de l'islam. Finalement, ils ont fondé le royaume viking de Rus, berceau de l'actuelle Russie. De leur bastion de Kiev, ils n'étaient pas très loin de ce qu'ils appelaient Miklagard, la Grande Cité. Le voyage sur le Dniepr était périlleux mais leur donnait accès à des richesses inimaginables.

– C'est comme ça qu'ils sont arrivés à Constantinople ?

– Exactement. Pour en avoir la preuve, il suffit de regarder les trésors vikings découverts en Scandinavie. Les Varègues ont ramené de nombreuses pièces d'argent arabes qu'ils avaient échangées contre des fourrures, des esclaves et de l'ambre.

Jack constata que Costas n'était toujours pas convaincu en raison de la distance qui séparait la Norvège de l'actuelle Istanbul.

– Si tu as encore des doutes, regarde ça.

Il lui tendit une photo en noir et blanc d'une rampe en marbre poli, couverte de graffitis anciens.

– Tu vois ces symboles linéaires sur le côté ? Ce sont des runes, des caractères vikings, probablement du XIe siècle. Ceux-ci sont trop usés pour qu'on puisse les déchiffrer complètement, mais on discerne un fragment de phrase : « Halfdan est passé par ici », ou quelque chose comme ça. À ton avis, où cette photo a-t-elle été prise ? Des milliers de touristes passent à côté tous les ans. Cette rampe se trouve dans une alcôve, en haut de la nef de Sainte-Sophie, au cœur de l'ancienne Constantinople. Halfdan faisait presque certainement partie de la garde varangienne et, étant donné la date, c'était peut-être même un des hommes de Harald Hardrada.

Comme il finissait sa phrase, un bruit sourd en provenance de l'est, de plus en plus sonore, se mit à résonner dans le patio et un hélicoptère Lynx sortit des nuages pour se diriger vers l'hélistation située à proximité du littoral.

– Je veux bien te croire sur parole, dit Costas en souriant après avoir rendu la photo à Jack. Pour le moment, nous devons accueillir nos invités.

Quelques minutes plus tard, les deux hommes se trouvaient au bord de l'hélistation, tandis que les turbomoteurs Rolls-Royce Gem s'arrêtaient et que le rotor principal du Lynx s'essoufflait. La première personne qui descendit du compartiment passagers était une femme extrêmement séduisante vêtue d'un jean et d'une veste en cuir et dont les longs cheveux bruns étaient tirés en arrière en un chignon lâche : Maria de Montijo faisait partie des amis proches de Jack, avec Maurice Hiebermeyer et Efram Jacobovich. Ils s'étaient tous rencontrés pendant leurs études à Cambridge. Maria et Jack, qui s'étaient soutenus mutuellement dans les périodes difficiles, s'étaient étroitement liés d'amitié. Jack avait impliqué sa collègue dans le projet de la Corne d'Or dès le départ. C'était la principale raison pour laquelle elle lui avait immédiatement téléphoné après la découverte de Hereford.

Elle embrassa Jack et Costas l'un après l'autre avec un sourire qui illuminait ses traits typiquement espagnols.

– Jack, tu connais Jeremy, mon étudiant américain.

Le jeune homme élancé, qui avait bondi derrière Maria, retira sa mèche blonde de son visage et tendit la main à Jack. Celui-ci l'avait rencontré quelques semaines auparavant lorsqu'il s'était rendu à l'Institut d'études médiévales d'Oxford pour faire traduire le manuscrit de Topkapi, récit d'un témoin oculaire du siège de Constantinople par les croisés, qui indiquait l'emplacement de la chaîne à l'entrée du port. Il avait été impressionné par les facilités de Jeremy en grec médiéval et Maria portait sur le potentiel de son étudiant un jugement enthousiaste, qu'il n'avait aucune raison de mettre en doute.

– Cela fait combien de temps que vous êtes partis des États-Unis ? demanda Costas aimablement.

– Trois ans, lui répondit Jeremy, qui était plus grand que lui et le regardait à travers ses lunettes. J'ai une bourse universitaire qui m'attend à Princeton, mais je n'arrive pas à m'échapper.

– Je sais ce que c'est, moi aussi j'essaie toujours de m'échapper mais, à chaque fois, il trouve toujours une bonne raison de m'en empêcher, plaisanta Costas en faisant un signe de tête en direction de Jack. Heureusement, quand on travaille dans une boîte internationale, on n'est pas obligé de subir le crachin anglais toute l'année.

– Messieurs, permettez-moi de vous présenter le père Patrick O'Connor, annonça Maria en se tournant vers l'hélicoptère.

Tous suivirent son regard. À la différence du pilote vêtu d'une combinaison de vol et d'un casque, sur lequel il s'appuyait pour descendre, l'homme portait la soutane noire caractéristique des prêtres jésuites. En outre, il tenait deux vieux porte-documents en cuir. Après avoir remercié le pilote d'un signe de tête, il traversa l'hélistation avec assurance, laissa tomber ses porte-documents sur le tarmac et serra fermement la main de Jack.

– Docteur Howard. Ravi de faire enfin votre connaissance. Maria m'a beaucoup parlé de vous et, bien sûr, je vous ai vu à la télévision après vos remarquables découvertes de l'année dernière.

Jack le regarda attentivement. Il reconnut une pointe d'accent irlandais, mais l'homme aurait pu tout aussi bien venir de Boston. O'Connor, la cinquantaine fringante, les cheveux gris coupés ras, avait le visage buriné et le corps ferme d'un homme qui n'avait pas passé toute sa vie dans un cloître.

– Maria m'a dit que vous aviez un doctorat d'histoire de l'Église, dit Jack.

– Trinity College, Dublin, puis Heidelberg, répondit O'Connor. Ensuite, j'ai trouvé ma vocation. J'ai passé vingt ans en Amérique centrale, essentiellement au Mexique, où j'ai fait ce que nous, jésuites, faisons le mieux, c'est-à-dire bâtir des écoles, porter secours aux malades, essayer d'apporter un peu d'humanité là où il n'y en a parfois pratiquement plus.

– Et vous avez repris la recherche.

– Il y a cinq ans. J'avais fait ma part de travail et j'ai postulé à la bibliothèque du Vatican. Par chance, on m'a confié un poste sur mesure d'inspecteur des bâtiments anciens et de l'archéologie au département des Antiquités. Mon domaine de compétence va de Rome sous l'égide de l'Église à la Renaissance, et j'ai largement le temps de faire mes propres recherches. Je suis allé à Oxford pour assister au séminaire de Maria sur Richard de Haldingham et la Mappa Mundi, qui constituent un de mes principaux centres d'intérêt.

– Et la raison pour laquelle nous sommes ici aujourd'hui. Mettons-nous au travail.

Après leur avoir offert un café, Jack conduisit ses compagnons dans son bureau. Presque toute l'ancienne salle de réception était occupée par une grande table en bois massif, dont le plateau en chêne noueux avait été taillé dans du bois qui aurait été récupéré sur des navires ayant appartenu aux envahisseurs normands. À chaque fois qu'il s'asseyait à cette table, Jack ressentait la présence de ses ancêtres, qui lui tenaient compagnie et l'incitaient à aller de l'avant. Des guerres et des voyages d'exploration avaient été minutieusement préparés autour de cette table. Aujourd'hui, celle-ci n'était plus couverte de compas à pointes sèches ni de cartes en parchemin, mais d'instruments du XXIe siècle, postes de travail informatiques et consoles de communication. Maria y déposa en outre une grande chemise en kraft noir et, à l'autre extrémité, Jack déploya un écran vidéo relié à un portable qu'il avait ouvert à côté de la chemise.

Costas arriva à bout de souffle après un passage éclair au complexe d'ingénierie. Jack ferma la porte derrière lui et éteignit les lumières. Maria et O'Connor prirent place au bout de la table, entourés de Jeremy d'un côté, et de Jack et Costas de l'autre.

– Il y a quelque chose que je ne t'ai pas dit au téléphone, commença Maria d'un ton mesuré, les mains posées à plat sur la chemise en kraft. C'est la raison pour laquelle je voulais te montrer cela en personne. Le père O'Connor était à Oxford lorsque je suis arrivée de Hereford avant-hier soir et je lui ai immédiatement fait part de ce que nous avions découvert. Il est le plus grand spécialiste mondial de ce que vous allez voir.

Tandis qu'elle s'apprêtait à ouvrir la chemise, O'Connor posa la main sur la sienne.

– Ce dont nous allons parler ici doit rester secret, dit-il à voix basse. Cette histoire finira peut-être par faire les gros titres mais, en attendant, la moindre fuite pourrait tout mettre en péril. Et je ne parle pas uniquement d'archéologie. Des vies sont en jeu, peut-être même de très nombreuses vies.

O'Connor retira sa main et regarda les autres membres du groupe, qui approuvèrent tour à tour. Maria lui lança un dernier regard avant d'ouvrir la chemise, dans laquelle se trouvait un carton épais recouvert d'une feuille de papier de soie. Elle retira la feuille et tout le monde vit l'image qui l'avait pétrifiée deux jours auparavant dans l'escalier abandonné de la cathédrale. Costas siffla longuement et Jack se leva en tendant le cou pour mieux voir. Le vélin, qui mesurait environ un mètre carré, avait été déroulé et aplati sous une feuille de polyuréthane transparente. Même après avoir passé sept cents ans dans une cavité poussiéreuse, l'encre était toujours noire et indiquait nettement les contours de la carte.

– Fantastique, murmura Jack. Cela fait une éternité que je n'ai pas vu la Mappa Mundi, mais je la reconnais bien. On voit clairement la forme en équerre représentant la Méditerranée et la mer Rouge, qui divise les continents, l'Asie en haut et Jérusalem au centre. L'Europe et l'Afrique sont même indiquées correctement.

– Il ne fait aucun doute qu'il s'agit du modèle de Richard de Haldingham, répondit O'Connor. C'est le croquis que celui-ci a fait à Lincoln et qui a été copié et orné par l'enlumineur de Hereford. Maintenant, regardez l'angle inférieur gauche.

Jack, qui avait d'abord voulu avoir une vue d'ensemble de la carte, avait néanmoins repéré les fines lignes de texte et le croquis que Maria montrait du doigt. Il observa de près l'image située au-delà de la limite occidentale du monde, qui n'avait rien à voir avec la dédicace inscrite à cet endroit sur la version achevée de la carte.

– Ce sont bel et bien des runes ! s'écria-il avec enthousiasme. Je suis un peu rouillé, mais ça doit être ça.

Il indiqua la plus petite des deux inscriptions à Jeremy, qui hocha la tête et récita de mémoire.

– Harald Sigurdsson notre roi et ses compagnons de tolet ont atteint ces terres avec le trésor de Miklagard. Ils y festoient avec Thor dans le Valhalla et attendent l'ultime bataille du Ragnarok.

– Le Ragnarok est la bataille mythique de la fin des temps, lors de laquelle les guerriers du Valhalla partiront en quête de la gloire suprême, expliqua Maria. La seconde inscription et le croquis sont presque identiques à ceux de la carte du Vinland, qui représente la côte découverte par Leif Eriksson au-delà du Groenland, vers l'an 1000 apr. J.-C. Sigurdsson était le nom de famille de Harald Hardrada. Cela signifie que Hardrada et ses compagnons ont atteint l'Amérique une génération ou deux après que les premiers Vikings leur ont ouvert la voie.

– Avec le trésor de Miklagard, de Constantinople, murmura Jack. C'est la raison pour laquelle nous sommes ici. Si seulement je savais ce qu'ils ont emporté ! Ce n'était probablement pas un chargement de bronzes classiques.

– Regardez attentivement ces runes, lui dit O'Connor. Et vous comprendrez la véritable raison de notre présence.

Jack parcourut le texte de bas en haut, des dernières lignes où l'encre avait été le mieux préservée aux inscriptions presque effacées du haut. Les caractères semblaient appartenir à une version standard du *futhark*, l'alphabet runique nordique dont le nom était tiré de ses six premières lettres. Il ne remarqua rien d'extraordinaire jusqu'à ce qu'il arrive au symbole presque imperceptible du début, un signe légèrement plus gros que les autres, semblable à la lettrine d'un manuscrit enluminé.

Il prit la loupe que lui tendait Jeremy et se pencha pour regarder de plus près.

– Celui-ci est étrange, dit-il. Avec ses branches orientées vers le haut du côté droit, on dirait le signe de l'alphabet *futhark* qui correspond à la lettre F, mais il y a trois branches au lieu de deux et la même chose en symétrique de l'autre côté.

– Oubliez les runes un instant, lui conseilla Jeremy, qui hochait la tête impatiemment. Prenez du recul.

Jack leva les yeux, fixa Jeremy sans expression et regarda à nouveau le signe. Soudain, il se figea et faillit laisser tomber la loupe.

– *La menora.*

– C'est Jeremy qui l'a repérée le premier, précisa Maria après un long silence. J'étais trop absorbée par le tracé extraordinaire de la carte.

– Il y a de quoi être distraite, reconnut Costas.

– Mon père était issu d'une lignée de Juifs séfarades, ajouta-t-elle à voix basse. Ceux-ci ont été expulsés d'Espagne par le roi chrétien à peu près à l'époque où vos croisés essayaient de sauver la Terre sainte. Un des nombreux épisodes ironiques de l'Histoire…

Jack se rassit lentement, le visage paralysé par l'incompréhension. O'Connor rapprocha le portable de lui et inséra un CD dans le lecteur.

– Pardonnez-moi de m'en mêler, dit-il, mais, s'il s'agit de la menora, nous devons connaître son histoire. Et il se trouve que le mystère du trésor perdu du Temple est une autre de mes passions.

Chapitre 4

Quelques instants plus tard, une image spectaculaire de la Rome antique apparut sur l'écran situé à l'autre extrémité de la table. Au premier plan se dressait un arc en marbre parfaitement proportionné à plusieurs niveaux, dont la surface érodée était ornée de bas-reliefs. Ils discernèrent des trophées, des bannières, des couronnes de laurier et des Victoires ailées. À l'arrière-plan se dessinait la grande façade en gradins du Colisée.

– L'héritage le plus durable de la dynastie des empereurs flaviens, Vespasien et ses fils, Titus et Domitien, commenta O'Connor. L'arc de Titus enjambe la Voie sacrée, au centre de Rome. Le Colisée a été financé par le butin de la Guerre juive et inauguré par Titus en 80 apr. J.-C. Il a été bâti à proximité du Colosse de Néron, une énorme statue en bronze doré qui a donné son nom à l'amphithéâtre.

– Pas avant la période médiévale, intervint Jeremy. Le nom de Colisée apparaît pour la première fois dans l'*Histoire ecclésiastique du peuple anglais*, de Bède le Vénérable, au VIIIe siècle apr. J.-C. Une autre de nos découvertes dans la bibliothèque de Hereford.

– La Guerre juive, une autre excuse pour répandre la terreur, le viol et le pillage à grande échelle ? demanda Costas.

– Ce fut épouvantable, répondit O'Connor, même pour l'époque. Le pourcentage de Juifs anéantis a probablement été plus important au cours de la guerre de 66-70 apr. J.-C. que lors de l'holocauste nazi. Les Juifs qui n'ont pas péri au combat ont été passés au fil de l'épée pendant une orgie de tueries qui a duré encore trois ans. Mais l'histoire est plus complexe qu'on ne pourrait le croire : l'État juif avait bénéficié d'un degré d'autonomie inhabituel vis-à-vis de Rome et les empereurs entretenaient des relations étroites. Le roi Hérode Agrippa de Judée, qui avait été éduqué à Rome, était un ami de l'empereur Claudius. Une génération plus tard, l'historien juif Josèphe, devenu le confident de Vespasien, a pris le parti de Rome lors de la rébellion. Il a mauvaise presse, les Juifs lui en veulent toujours, mais ses écrits sont précieux, car il a été un témoin oculaire de la guerre et du triomphe de 71 apr. J.-C. à Rome.

– Et l'arc ?

– Bâti à l'emplacement d'un ancien arc, souligna O'Connor. C'est l'endroit précis où la procession triomphale est apparue aux yeux de l'immense foule rassemblée dans le forum.

Il tapa sur une touche et zooma sur une inscription située sur l'attique de l'arc, au-dessus de l'arcade.

– *Senatus Populusque Romanus. Le sénat et le peuple romain, au divin Titus Vespasien Auguste, fils du divin Vespasien.* On peut déduire de cette dédicace qu'elle est due à l'empereur Domitien, qui a succédé à son frère Titus en 81 apr. J.-C. À quelques rares exceptions près, notamment dans le cas de Néron, le titre de divin n'était conféré aux empereurs qu'après leur mort. La sculpture située sur la voûte de l'arcade représente même l'apothéose de Titus, emporté vers le ciel par un grand aigle.

– Le triomphe était une affaire de famille, ajouta Jack, qui avait retrouvé sa présence d'esprit après le choc provoqué par le symbole de la menora. D'après la tradition, Vespasien était le principal triomphateur en sa qualité d'empereur, mais le Sénat a voté un double triomphe pour rendre hommage à Titus en tant que général victorieux. Domitien a accru son propre prestige en honorant les exploits glorieux de son frère et de son père.

O'Connor fit défiler une série de photos, dont chacune les rapprochait de l'arc, comme s'ils avançaient le long de la Voie sacrée en partant du Colisée. À travers l'arcade, ils discernèrent le cœur de la Rome antique, l'amoncellement de ruines de l'ancien forum, avec ses colonnes brisées, vestiges des tribunaux et des temples, et les murs de brique austères du Sénat.

Au-delà du forum s'élevait le mont Capitolin, où les fondations du temple de Jupiter étaient enfouies sous le palais médiéval restauré par Michel-Ange et l'extravagant monument Victor-Emmanuel, qui dominait la Rome moderne.

– Et maintenant, le plus incroyable, annonça O'Connor d'une voix passionnée. C'est là que l'Histoire reprend vie, encore plus que dans l'arène du Colisée. Lorsqu'on se trouve sous l'arc, c'est comme si l'on revivait ces quelques moments, survenus il y a deux mille ans et encore imprimés dans le marbre. On peut palper l'exaltation des vainqueurs, la liesse contenue de la foule, la terreur des condamnés. On entend le battement de tambour, on sent les vibrations trépidantes de la procession. Cela me donne toujours des frissons.

Il s'arrêta sur une photo d'un bas-relief érodé.

– Sur le mur intérieur de l'arcade, du côté droit quand on regarde le forum, on peut voir Titus sur un quadrige, un char à quatre chevaux, conduit par la déesse Rome. Les prêtres situés derrière lui portent de longues haches, les *fasces*, qu'ils utiliseront pour sacrifier des bœufs sur les marches du temple de Jupiter.

Il tapa une nouvelle fois sur la touche.

– Et voici ce qui se trouve sur le côté gauche.

O'Connor se rassit pendant qu'ils s'imprégnaient de l'image. Il s'agissait d'une sculpture fragmentaire et usée, mais la partie centrale était suffisamment claire. C'était l'un des plus beaux bas-reliefs de la Rome antique. Sur le côté droit, on pouvait voir un arc de triomphe de trois quarts, avec deux quadriges sur le faîte. À l'arrière-plan, des placards brandis comme des étendards n'exhibaient plus que des espaces blancs, là où avaient jadis été peints les noms des cités et des peuples vaincus à la guerre. Au-dessous se dessinait une image qui avait, depuis près de deux mille ans, attisé l'ardeur d'un peuple déterminé à reconstruire son temple sacré, bien que ses ennemis jurés aient été prêts à tout pour l'en empêcher. C'était une procession de soldats vêtus de tuniques et couronnés des lauriers de la victoire, qui tenaient deux brancards destinés à exposer aux yeux de tous de magnifiques objets. Sur la droite, à proximité de l'arc, se trouvait une table ornée de trompettes, le grand autel du temple juif. Sur la gauche, au premier plan, se profilait une forme extraordinaire et reconnaissable entre toutes, une colonne fuselée avec trois branches de chaque côté, recourbées vers le haut pour former des demi-cercles concentriques. Chacune de ces branches était surmontée d'un fleuron élaboré semblable à une lampe.

Costas siffla à nouveau.

– Ça, c'est un chandelier ! dit-il.

– La menora, précisa O'Connor avec une excitation à peine refoulée. Le symbole le plus vénéré du judaïsme, qui était placé juste en face du sanctuaire du Temple. La menora représente la lumière de Dieu et reprend le symbole ancien de l'Arbre de vie à sept branches. C'était l'un des trésors les plus sacrés du peuple juif, après l'Arche d'alliance.

– De quand date-t-elle ? demanda Costas.

– Certains spécialistes pensent que la menora du Temple était la menora du Tabernacle, que Dieu avait ordonné à Moïse de fabriquer sur le mont Sinaï. D'après la tradition rabbinique, Dieu l'aurait montrée à Moïse en la dessinant dans le feu, et la lumière divine se serait transformée en or pur. Elle est mentionnée pour la première fois dans le Pentateuque, l'Ancien Testament juif. Dans le livre de l'Exode, Dieu donne aux Israélites des instructions concernant la création du sanctuaire mobile, le Tabernacle, dont le roi Salomon s'est inspiré pour le saint des saints du temple qu'il a fait bâtir à Jérusalem un millier d'années avant l'arrivée des Romains.

Il ferma les yeux et récita de mémoire.

– *Tu feras un chandelier d'or pur. Six branches sortiront de ses côtés, trois branches du chandelier de l'un des côtés, et trois branches du chandelier de l'autre côté. Tu feras ses sept lampes, qui seront placées dessus, de manière à éclairer en face. On emploiera un talent d'or pur pour faire le chandelier.*

– Un talent, combien cela fait-il ? demanda Costas en se caressant le menton pensivement.

– Le talent biblique pesait environ trente-quatre kilos, répondit O'Connor. Mais il ne faut pas le prendre au pied de la lettre. Le talent était la plus grande unité de poids. Il a probablement été mentionné dans l'Ancien Testament au sens figuré pour représenter le plus grand poids pouvant être aisément quantifié par le peuple.

– Il a fallu au moins dix soldats romains pour transporter la menora, cinq de chaque côté, fit remarquer Costas en observant la photo sur l'écran. Le socle semble mesurer au moins un mètre de large et je suppose qu'il était en or également. Si cette sculpture a été réalisée sur l'arc seulement dix ans après le triomphe, de nombreux Romains avaient dû voir l'original. Il est donc peu probable que les proportions aient été exagérées. D'après le socle, je dirais que l'ensemble pèse entre cent cinquante et cent soixante-quinze kilos, soit au moins quatre ou cinq talents d'or. Cela représente des millions de dollars au cours actuel du lingot.

– C'est inestimable, coupa O'Connor non sans brusquerie. C'est le symbole d'une identité nationale, de tout un peuple. Personne ne peut mesurer la valeur de la menora en termes monétaires.

– C'est pourtant ce qui a du se passer, intervint Jeremy sur un ton à la fois nerveux et obstiné. Les Vikings ne se souciaient guère des symboles d'identité nationale. Costas a raison d'y voir une valeur monétaire. Chez les Vikings, l'argent était le principal étalon. L'or était rare et on n'en trouve pratiquement pas dans les trésors vikings. Cent cinquante kilos d'or auraient fait de Harald Hardrada l'homme le plus puissant de toute la Scandinavie. Alors si ses compagnons et lui ont eu l'opportunité de piller un trésor, ils ont probablement opté pour le plus gros objet en or qu'ils aient pu trouver. Si l'on remplace les Romains qui transportent la menora par des Vikings, on a une idée assez précise de ce qui a pu se passer dans la Corne d'Or près de mille ans plus tard.

Jack acquiesça. Les connaissances du jeune homme lui inspiraient de plus en plus de respect.

– Extraordinaire, dit-il, mais avant d'en arriver aux Vikings, essayons de savoir comment la menora a bien pu arriver à Constantinople.

Une demi-heure plus tard, Jack se trouvait devant un bâtiment de la taille d'un hangar d'avion en compagnie de Maria et Jeremy. O'Connor avait demandé une pause pour faire quelques recherches dans la base de données de l'UMI et Jack en avait profité pour faire faire à ses deux autres invités un petit tour du campus. Lorsqu'ils arrivèrent au complexe d'ingénierie, la porte de la baie de chargement principale s'ouvrit et une étrange machine apparut sur un camion à plateau.

– Mon dernier bébé, cria une voix de l'intérieur. Venez, je vais vous montrer.

Après avoir jeté un œil à l'intérieur, ils virent Costas diriger une équipe d'ouvriers derrière le camion. Sa combinaison était couverte de cambouis. Après s'être éclipsé de la réunion en même temps que le père O'Connor, il était déjà complètement absorbé dans son travail. Le hangar caverneux regorgeait de projets techniques, dont certains étaient encore à l'étude et d'autres déjà au stade expérimental. À la lueur d'un chalumeau, Jack discerna la silhouette difforme de l'ADSA, le scaphandre qui lui avait permis de sortir de l'épave de la *Seaquest* seulement six mois auparavant. De part et d'autre se trouvaient les Aquapods, les submersibles monoplaces dans lesquels Costas et lui avaient vu pour la première fois les murs recouverts de limon de l'Atlantide. Leur carapace en métal était encore striée de traces jaunes laissées par les eaux sulfureuses de la mer Noire.

– Nous sommes presque prêts, cria Costas. Une dernière vérification des systèmes et ce sera terminé.

Jack et Maria se faufilèrent vers lui entre les piles de matériel, tandis que Jeremy fermait la marche. Costas fit signe à un de ses hommes d'arrêter le générateur et le vacarme infernal se tut. Le visage rayonnant, il les invita à le rejoindre à côté de la machine déposée sur le camion.

– Vous avez peut-être déjà vu quelque chose comme ça sur nos photos de la Corne d'Or, dit-il à Maria et à Jeremy. Le véhicule de renseignement électronique, la sonde que nous utilisons pour forer le sous-sol marin jusqu'aux couches du Moyen Âge. Celle-ci n'a pas encore de nom, mais elle remplit une tâche similaire. Vous voyez la différence ?

– Laissez-moi voir ça de plus près, répondit Jeremy en se penchant pour observer l'extrémité avant de la machine.

Il se baissa pour regarder sous le berceau avant de se redresser, sans se soucier de la traînée de cambouis qu'il venait de faire sur sa veste en tweed. Il remonta ses lunettes et se tourna vers Costas.

– Elle fore la glace.

– Très juste ! s'exclama Costas en levant les sourcils avant de faire un clin d'œil à Jack. Continuez.

– Elle est équipée d'un mécanisme électrique à l'avant, poursuivit Jeremy. À mon avis, c'est une tête surchauffée réalisée à partir de matériaux semi-conducteurs, probablement à matrice céramique. Et ce caisson à l'arrière ressemble à un laser haute énergie.

– Je suis impressionné. Pas mal pour un historien médiéval. Vous avez raté votre vocation.

– Quand j'ai postulé pour la bourse Rhodes, c'était soit ingénierie soit anglo-saxon, norrois et celtique. Mon école était très conservatrice.

– Vous avez tiré le mauvais numéro.

– Je ne suis pas d'accord, protesta Maria.

Après un éclat de rire général, Jeremy observa la machine avec une pointe de regret. Costas rajouta du cambouis sur sa veste en lui donnant une tape dans le dos et se tourna vers Jack.

– On l'expédie par avion ce soir, dit-il en reprenant son sérieux. J'ai reçu un appel de Malcolm Macleod il y a quelques minutes. D'après lui, les conditions glaciaires sont parfaites. Un jour ou deux de plus et la fonte estivale rendrait l'opération trop risquée. Je prends l'avion demain matin pour superviser l'installation. Mais ce n'est pas tout. Il m'a parlé d'un gars du coin, un vieillard qui aurait vu dans la glace du bois provenant d'un navire ancien. Quelque chose qui aurait un rapport avec une expédition européenne datant d'avant la Seconde Guerre mondiale. Il tient absolument à ce que tu voies ce type, et vite. Apparemment, le pauvre vieux n'en a plus pour longtemps. Ça fait un sacré détour pour retourner à Istanbul, mais si tu veux venir avec nous…

De retour à son bureau, Jack éteignit son téléphone portable et pivota sur sa chaise pour faire face à la table de conférence. La conversation qu'il venait d'avoir avec Maurice Hiebermeyer et Tom York, restés à bord de la *Sea Venture*, l'avait rassuré. Les fouilles entamées dans la Corne d'Or pouvaient se poursuivre sans lui pendant encore quarante-huit heures. Le gros lot, il le savait maintenant, se trouvait peut-être ailleurs, à un endroit auquel ils n'auraient jamais pensé, mais la Corne d'Or pouvait néanmoins receler des trésors d'une valeur historique inestimable. Après la découverte du canon et de la chaîne, l'équipe était sur des charbons ardents et utilisait déjà la sonde pour pénétrer dans la couche de sédiments du port. Mais elle avançait à l'aveuglette et il lui faudrait peut-être des jours avant de mettre dans le mille.

– Bon, dit Jack. Qu'avez-vous trouvé ?

O'Connor s'assit en ouvrant devant lui un petit livre vert écrit en grec avec une traduction page par page en vis-à-vis. Costas s'était excusé mais Maria et Jeremy avaient repris place autour de la table.

– Dans un livre intitulé *Guerre des Juifs*, commença O'Connor, Josèphe affirme que Vespasien avait fait enfermer les trésors dans le temple de Jupiter. Mais nous savons qu'ils ont été transférés dans le temple de la Paix lorsque celui-ci a été achevé, quelques années après le début du règne de Vespasien. Ensuite, la menora n'a plus été mentionnée nulle part pendant des centaines d'années.

– Mais l'empereur a sûrement eu envie d'exhiber son butin à chaque fois qu'il en a eu l'occasion, intervint Maria, lors de processions et de fêtes dans la cité, par exemple.

– Vespasien était l'incarnation suprême des vertus impériales romaines, fit remarquer Jack. Conquête, stabilité, construction. Dans sa jeunesse, il avait commandé une légion pendant la conquête de la Bretagne et, en tant qu'empereur, il a supervisé la conquête de la Judée. Ensuite, il a stabilisé l'empire après le règne désastreux de Néron. Et à l'époque qui nous intéresse, il se concentrait sur la construction. Le temple de la Paix, les monuments du forum endommagés par le grand incendie de 64 apr. J.-C. sous Néron, et surtout le Colisée. Il n'avait plus besoin de se vanter de ses triomphes.

– Ce n'est peut-être pas la seule raison, nuança O'Connor. Curieusement, dans son récit du triomphe, Josèphe mentionne uniquement l'exécution de Simon, le chef charismatique des Juifs, qui avait été ramené à Rome enchaîné. Il ne dit rien du sort des centaines d'autres prisonniers juifs, hommes, femmes et enfants. Nous sommes plusieurs à penser qu'une orgie de tueries a eu lieu à la fin de la procession, une scène si effroyable que Josèphe n'a pas pu se résoudre à la décrire. Après tout, il s'agissait de son peuple et il n'a jamais abjuré sa foi juive. Lorsqu'il a assisté à ces actes, l'empereur a lui aussi éprouvé du dégoût. Soldat féroce, aussi impitoyable que n'importe quel Romain envers ses ennemis, Vespasien était néanmoins connu pour son aversion à l'égard des effusions de sang gratuites. Peut-être a-t-il prétexté un mauvais augure pour ne plus jamais célébrer le triomphe juif tout en demandant secrètement à ses prêtres de garder à tout jamais la menora sous clé.

– Et c'est là qu'on en perd la trace, dit Maria.

– Mais nous avons le récit de Procope, reprit O'Connor en montrant le livre ouvert devant lui. Il a été témoin de la dernière grande tentative de réunification de l'Empire romain, lorsque le général byzantin Bélisaire a repris Rome, alors aux mains des Vandales et des Goths qui avaient déferlé sur les provinces occidentales au cours du ve siècle apr. J.-C.

– Il est difficile de croire que la menora ait survécu pendant si longtemps à Rome sans avoir été dérobée, objecta Jack. On ne peut pas dire que cette période ait été marquée par la paix et l'harmonie. Songez à Commode, le fils dément de Marc Aurèle, qui se prenait pour le dieu Hercule et, pour financer des combats de gladiateurs, fit fondre la majeure partie du trésor impérial. Ou à l'anarchie du IIIe siècle, qui a vu plus de trente empereurs en cinquante ans. Tout le monde savait que le temple de la Paix abritait les butins de guerre et il a sûrement été pillé pour payer les armées mercenaires de chaque nouveau prétendant au trône.

– Absolument, reconnut O'Connor avant de reprendre à voix basse en regardant Jack droit dans les yeux. Je vous rappelle une nouvelle fois que ce que je vais vous dire ne doit pas sortir de ces murs. La réponse se trouve dans cette image de l'arc de Titus. Dans les années 1970, un repérage au sonar effectué par une équipe de conservation a révélé la présence d'une pièce cachée dans l'attique, derrière l'inscription dédicatoire.

Jack resta bouche bée.

– Vous voulez dire que la menora était cachée à l'intérieur de l'arc ?

O'Connor hésita encore puis sortit de sa soutane une enveloppe marron.

– Il ne faut pas oublier que l'arc de Titus est sous le contrôle du Vatican. C'est un des nombreux monuments anciens de Rome qui ont été consacrés par l'Église au Moyen Âge en vue d'estampiller tout ce qui était païen de l'autorité papale. Mon prédécesseur au département des Antiquités du Vatican a essayé sans relâche de faire ouvrir cette chambre secrète mais, à chaque fois, sa demande a été rejetée par les cardinaux. Je pense que son obstination a été la principale raison de sa démission du Vatican. Quant à moi, je suis arrivé à mes fins le mois dernier à l'occasion du programme de restauration de l'arc. Un soir, alors que le conservateur en chef et moi étions seuls sur l'échafaudage pour inspecter la progression des travaux, une pierre contiguë à la chambre a cédé. Un accident, vous comprenez.

Il sortit une photo de l'enveloppe et la glissa sur la table tout en gardant la main dessus un instant. Il leva les yeux vers Jack.

– Ce n'est pas seulement mon emploi qui est en jeu. C'est plus que cela, beaucoup plus.

Jack prit la photo, tandis que Maria et Jeremy tendaient le cou pour la voir. C'était une photo prise au flash à l'intérieur d'une petite pièce, dont les murs étaient couverts de traînées marron et vertes. Sur le sol on pouvait voir des tas de matière en décomposition, à laquelle se mêlaient des fragments de bois et de tissu. On aurait dit le tombeau d'un pharaon égyptien, ouvert pour la première fois après avoir été pillé dans l'Antiquité.

– Je suis parvenu à tendre la main et à prendre une poignée de cette matière, que j'ai fait secrètement analyser, poursuivit O'Connor à voix basse. Le bois s'est révélé être du *shittim*, de l'acacia, le bois dur mentionné dans l'Ancien Testament. Il a probablement servi à construire un brancard, quelque chose qui pouvait supporter une lourde charge. Quant au tissu, c'est de la soie, teintée de pourpre tyrien, précieux colorant issu des murex que l'on trouve au large de la côte du Liban.

– Mon Dieu, murmura Maria. Le voile du Temple, le rideau sacré du saint des saints, utilisé pour séparer le sanctuaire du reste du Temple.

– Probablement utilisé par les Romains pour envelopper la menora et la table d'or, confirma O'Connor.

– Alors ils ont été à l'intérieur de l'arc pendant tout ce temps, conclut Jack en hochant la tête de stupéfaction, juste au-dessus de la représentation de la menora qui figure sur le bas-relief. Les prêtres ont dû les faire transférer à la faveur de la nuit depuis le temple de la Paix, situé juste à côté.

– Et des centaines d'années plus tard, reprit O'Connor, un des gardiens a peut-être révélé le secret et utilisé le trésor comme moyen de négociation pour sauver sa peau lors de l'invasion des Barbares. Rome a été dévastée par les Goths sous Alaric, en 410 apr. J.-C., et par les Vandales en 455. D'après Procope, le roi vandale Genséric s'est emparé des trésors juifs et les a emportés à Carthage, en Afrique du Nord. Et lorsque le général byzantin Bélisaire a conquis Carthage et chassé les Vandales, en 534, il a fait expédier les trésors à Constantinople. Procope raconte que l'empereur byzantin Justinien, pris d'une grande piété, les a renvoyés à Jérusalem, mais je n'en crois rien. Aucun document fiable n'indique que les trésors du Temple aient jamais revu la Terre sainte.

– Alors la menora s'est vraiment trouvée à Constantinople, dit Maria en regardant impatiemment O'Connor. L'histoire du renvoi des trésors à Jérusalem pourrait-elle être une couverture, une fausse piste ?

– C'est tout à fait possible, répondit O'Connor. Procope est devenu préfet de Constantinople. C'était un dignitaire de la cour de Justinien. Les rituels et les superstitions de la Rome païenne ont subsisté au début de la période chrétienne et les empereurs de l'âge d'or étaient vénérés. Peut-être le souhait de Vespasien de cacher la menora a-t-il été respecté au fil des siècles. Dans ce cas, le retour des trésors à Jérusalem n'aurait été qu'un moyen de garder le secret sur leur présence à Constantinople. De plus, si les Byzantins étaient chrétiens, cela ne signifie pas qu'ils aient été mieux disposés envers les Juifs que les Romains à l'époque de Vespasien. Je crois que la menora est restée enfermée pendant encore cinq cents ans, peut-être dans une salle secrète de la cathédrale Sainte-Sophie, nouvellement bâtie par Justinien à Constantinople.

– Certains experts, risqua Jack sans savoir jusqu'où pouvaient aller les révélations de l'ecclésiastique, pensent que les trésors juifs n'ont en réalité jamais quitté Rome, qu'ils ont été secrètement récupérés par les autorités papales et qu'ils sont, aujourd'hui encore, cachés au Vatican. Avant même les invasions barbares, dès la conversion de Constantin au christianisme, au IVe siècle apr. J.-C., l'Église a commencé à s'approprier les temples de Rome et à les dépouiller de leurs artefacts.

O'Connor marqua une pause avant de répondre. Il reprit à voix basse, d'un ton sans équivoque.

– Il est vrai que le Vatican cache d'innombrables trésors, des œuvres d'art inestimables que l'on n'a pas vues depuis des générations. Il existe des passages secrets dans les catacombes situées sous la basilique Saint-Pierre que moi-même je n'ai pas vus. Mais je peux vous assurer que la menora ne fait pas partie de ces trésors. Si c'était le cas, je ne serais pas ici aujourd'hui. Je serais tenu au secret par les autorités papales. N'oubliez pas notre histoire. Les trésors du temple de Jérusalem représenteraient le triomphe ultime du christianisme, le châtiment imposé aux Juifs pour leur complicité dans la mise à mort du Christ. Si nous les avions, ce serait le secret le mieux gardé du monde. Car la moindre fuite provoquerait une guerre.

– Une guerre ? répéta Jeremy avec scepticisme.

– Une rupture totale des relations entre le Vatican et Israël. L'animosité séculaire qui oppose les Juifs et les chrétiens serait ravivée dans le monde entier et entraînerait une terrible vague d'antisémitisme et d'ultrasionisme. Et si le trésor devait être rendu à Jérusalem, le Proche-Orient sombrerait dans un cataclysme final longtemps redouté. Certains Juifs orthodoxes pensent que la restitution de la menora à Jérusalem constituerait le premier pas vers la reconstruction du Temple, à l'emplacement de l'actuelle mosquée al-Aqsa, un des lieux les plus sacrés de l'islam. La menora donnerait à Israël une confiance totale en son propre destin, renforcerait le pouvoir des fondamentalistes et convaincrait les indécis. Le monde arabe en déduirait immédiatement que ses exigences ne pourraient plus jamais être satisfaites par la négociation.

– Il est surprenant que les nazis ne soient jamais venus la chercher à Rome, observa Jack.

– La Seconde Guerre mondiale a été une période obscure pour l'Église, dit O'Connor avec une expression sévère. Le pape n'a pas donné à Hitler le moindre prétexte pour piller le Vatican. Mais beaucoup d'autres curieux sont venus frapper à nos portes depuis lors. Des sionistes utopiques, des chasseurs de trésor persuadés d'être à deux doigts de trouver le Saint-Graal. Je peux vous affirmer qu'ils se sont tous engagés dans une impasse.

À cet instant, l'écho d'une grande agitation se fit entendre au dehors et Costas fit irruption dans la pièce.

– Désolé de vous interrompre, lança-t-il à bout de souffle, mais je me suis dit qu'il fallait que tu voies ça.

Il traversa la pièce à grandes enjambées et tendit un morceau de papier à Jack.

– Tu te souviens du bois pris dans la chaîne de la Corne d'Or ? demanda-t-il. Tu trouvais qu'il avait l'air étrange.

– Des morceaux de virures se chevauchant fixées par des rivets en fer, répondit Jack en essayant de chasser la menora de son esprit et de se concentrer sur leur remarquable découverte de la veille. Une méthode de construction navale typique de la tradition nord-européenne du début du Moyen Âge. Étrange pour une galère vénitienne de 1453.

– Eh bien voici le fin mot de l'histoire ! s'écria Costas en se penchant en avant, les mains sur la table. L'échantillon que nous avons ramené vient d'être analysé. Il s'agit de chêne de Scandinavie, issu de la proue d'un drakkar et non d'une galère méditerranéenne. Il semble que le bois se soit brisé dans la chaîne, sans que le navire coule pour autant. Et regarde la datation dendrochronologique.

– 1042, plus ou moins un an, lut Jack abasourdi.

Jeremy poussa un cri de joie et se leva, incapable de se maîtriser.

– Ça colle parfaitement ! Harald Hardrada a précisément fui Constantinople en 1042. Son bateau a pu être construit l'année précédente, sur les rives de la Baltique. La chaîne que vous avez trouvée n'est pas celle du sac de Constantinople de 1204 mais celle qui a été rompue par des mercenaires vikings s'échappant de la Corne d'Or à bord de leur drakkar, un siècle et demi auparavant.

Costas jeta un coup d'œil au bas-relief de l'arc représentant les soldats chargés du butin dans la procession triomphale.

– Et maintenant, ajouta-t-il, nous savons ce qui a pu donner au navire suffisamment de poids pour briser la chaîne.

– La menora, conclut Jack en hochant la tête avant d'adresser un large sourire à Costas. Je m'incline. Encore un bon point pour la science !

Chapitre 5

Jack regarda par le hublot situé à côté de lui tandis que l'avion virait à tribord en laissant apparaître toute l'immensité de l'océan. Après une matinée sans nuages, le soleil miroitait sur les vagues, à plus de trente mille pieds. Depuis leur escale technique à Reykjavik, une demi-heure auparavant, la terre avait été hors de vue. Mais dès qu'ils étaient entrés dans le cercle polaire arctique, la mer s'était de plus en plus mouchetée de blanc. Ils avaient vu d'immenses icebergs, de grandes plaques blanches entourées de turquoise lorsque ceux-ci se prolongeaient sur des centaines de mètres sous l'eau. Désormais, la glace de mer rejoignait les icebergs dans une mosaïque de blanc irrégulière qui s'étendait à perte de vue et Jack discernait devant eux, à l'ouest, les premières langues de terre. Il se pencha vers le siège situé en face de lui et montra le hublot du doigt.

– On voit la calotte glaciaire du Groenland.

– C'est époustouflant.

Maria resplendissait de joie. Jack eut à nouveau la certitude d'avoir été bien inspiré en lui demandant de l'accompagner. Quand O'Connor était reparti pour Rome, la veille au soir, il avait téléphoné à Malcolm Macleod pour en savoir plus sur la découverte faite dans la glace, dont Costas lui avait parlé. Mais quelques heures plus tôt, il y avait eu un nouveau rebondissement dans l'affaire, qui avait rendu sa visite impérative. Le carottier glaciaire avait extrait une carotte prouvant que l'histoire du navire pris dans la glace n'était pas une simple légende locale. Jack avait également été informé d'une autre découverte exceptionnelle, qui nécessitait l'expertise de Maria et Jeremy. Ceux-ci avaient sauté sur l'occasion de l'accompagner pendant quelques jours sur le premier navire de recherche de l'UMI pour l'un des projets les plus extraordinaires auxquels ils aient jamais participé.

Ils étaient désormais tous assis dans le compartiment avant d'un Embraer EMB 145 XR customisé, le jet régional aux lignes pures de l'UMI affecté au transport du personnel dans le monde entier. De l'autre côté de l'allée, Jeremy était penché sur une mer de papiers et de livres et pianotait en silence sur son portable. Jack ferma l'introduction au vieux norrois qu'il était en train de lire. Depuis quelques jours, il s'intéressait de près à Harald Hardrada, un personnage qui l'avait fasciné durant son enfance. La famille de sa mère était originaire de la côte du Yorkshire, dont les habitants étaient grands, blonds et avaient même gardé une pointe d'accent scandinave. Jack s'était toujours senti proche de ses ancêtres norrois. Harald Hardrada était le plus grand de tous les héros vikings et, pourtant, sa vie paraissait inachevée. Il aurait pu être roi d'Angleterre mais semblait avoir été lui-même dépassé par la grandeur de sa destinée. Il s'en était fallu de peu : s'il avait gagné la bataille de Stamford Bridge, l'histoire de l'Angleterre, du monde entier, aurait pris un tour différent. La veille, Jack avait roulé seul jusqu'au site de la bataille, près de York. Il avait erré dans les champs boueux à la recherche de l'endroit où Harald avait brandi sa hache d'armes pour la dernière fois. S'il avait presque senti la présence du guerrier, il avait néanmoins éprouvé une certaine frustration, une sorte de décalage par rapport à l'Histoire.

En face de Jeremy, Costas, dont la tête descendait lentement sur la poitrine avant de remonter brusquement, était effondré sur lui-même et ronflait par à-coups. Il avait passé la nuit à perfectionner la sonde glaciaire dans le laboratoire d'ingénierie et portait encore sa vieille combinaison de l'UMI favorite. Avec sa barbe de plusieurs jours et ses cheveux en bataille, il ressemblait plus que jamais à son grand-père, un pêcheur d'éponges grec qui avait fait fortune mais tenu à ce que sa famille reste proche de ses racines. Dans son apparence, il avait involontairement fait de ce souhait un art à part entière.

Jack le regarda gesticuler et s'ébrouer en souriant. Il se tourna de nouveau vers le hublot. La côte est du Groenland était une bande irrégulière de roche prise entre la mer et la calotte glaciaire. Des affleurements de granit entouraient des criques remplies de plaques blanches brisées. Ils se trouvèrent bientôt juste au-dessus de la calotte glaciaire, un tapis blanc miroitant qui ondulait jusqu'à l'horizon et dont la surface était parsemée de poches d'eau de fonte scintillant comme des turquoises dans le soleil du matin. C'était un des environnements les plus inhospitaliers du monde. Pourtant, sa beauté fascinait Jack et attirait l'explorateur qui était en lui comme elle avait attiré les aventuriers nordiques, les premiers à avoir navigué jusqu'à ces rives, mille ans auparavant.

– Il y a quelque chose que je ne comprends pas, dit Costas soudain réveillé, comme s'il n'y avait pas eu de blanc dans la conversation qu'ils avaient commencée une heure plus tôt. Harald Hardrada a été tué en Angleterre, en 1066, n'est-ce pas ? Alors comment se fait-il que l'inscription de la carte laisse entendre qu'il est mort quelque part par ici ?

Jack le regarda d'un air perplexe et ils se tournèrent tous deux vers Jeremy, qui remuait tout un tas de papiers et semblait très préoccupé par son travail.

– Jeremy ? dit Maria.

– Hein ?

– La bataille du Ragnarok sur l'inscription de la carte. Comment cela peut-il être compatible avec la mort de Harald à Stamford Bridge ?

– Oh, la formulation est probablement à prendre au sens figuré, répondit Jeremy avec dédain. Tous les guerriers vikings morts sur le champ de bataille sont allés au Valhalla, où ils sont entrés au service d'Odin en vue de l'ultime combat contre le mal au Ragnarok. La tradition situait le Valhalla à l'ouest, au-delà des frontières du monde. L'inscription ne signifie pas nécessairement que Harald et ses hommes aient péri ici.

– Et le trésor de Miklagard ?

– Ça, je n'en sais rien.

– Jeremy, vous avez mon Sturluson ?

Maria avait une pointe d'irritation dans la voix, tandis que Jeremy lui tendait un livre sans même la regarder, de nouveau pleinement concentré sur son ordinateur. Elle prit le livre et montra la couverture à Costas. On y voyait un chevalier vêtu d'une cotte de mailles et coiffé d'un casque à nasal ouvert, qui portait un grand bouclier en forme de cerf-volant.

– On dirait un croisé, dit Costas.

– Presque, répondit Maria. Cette représentation est issue d'une tapisserie de Norvège datant du XIIe siècle, soit environ un siècle après la mort de Harald. Mais en l'absence de tout portrait du roi viking, cela donne une assez bonne idée de ce à quoi il devait ressembler. Les membres de la garde varangienne de Constantinople étaient des Vikings purs et durs, qui portaient la redoutable hache de guerre des Norrois. Ils profitaient de la réputation de leurs ancêtres, qui avaient violé et pillé sur leur passage dans toute l'Europe occidentale et même navigué jusqu'en Méditerranée pour terroriser l'Italie et la France. Mais c'étaient aussi des hommes cosmopolites, qui avaient passé toute leur vie d'adulte à Constantinople, la cité la plus sophistiquée du monde médiéval, au service des empereurs byzantins. Leur armure et leur parure n'auraient pas détonné dans les croisades. Ils devaient parler le grec aussi bien que le norrois. Harald Hardrada a même fait campagne en Terre sainte.

– En Terre sainte ? répéta Costas incrédule. Je croyais que les croisades n'avaient pas commencé avant la fin du XIe siècle, c'est-à-dire une génération après la mort de Harald...

– Harald Hardrada a en quelque sorte été le premier croisé. Né païen, il ne recherchait sans doute pas la rédemption de ses péchés, mais il a servi les intérêts de l'Église chrétienne en Terre sainte. En 1036, l'empereur byzantin Michel a conclu avec le calife d'Égypte un traité qui l'autorisait à restaurer l'église du Saint-Sépulcre, lieu de culte élevé au-dessus du tombeau du Christ, à Jérusalem. Un an plus tard, la garde varangienne, dirigée par Harald Hardrada, a escorté les artisans byzantins jusqu'à Jérusalem. De grands chevaliers blonds en armure ont ainsi traversé le désert tels de véritables croisés. Mais Harald, lui, a vraiment réussi à pacifier la Terre sainte. Toutes les villes et tous les châteaux de Palestine se sont rendus à lui sans combattre et il a libéré les routes des voleurs et des brigands. Il a déposé une offrande sur le tombeau du Christ, vraisemblablement sur ordre de l'empereur byzantin, et s'est même baigné dans le Jourdain, comme tout bon pèlerin.

– Et ce n'est pas tout, intervint Jeremy, qui avait fini par abandonner son travail pour se concentrer pleinement sur le récit de Maria. Après Jérusalem, Harald Hardrada a fait campagne pendant trois ans en Méditerranée centrale, en Sicile et en Italie, pour le compte de l'empereur byzantin. À cette époque, la Sicile faisait partie de l'émirat de Kairouan, conquis par les Arabes lors du grand djihad, qui avait vu les armées musulmanes s'emparer de la Terre sainte et déferler vers l'ouest jusqu'en Espagne. Harald dirigeait une armée contre les infidèles sous la bannière de la croix, dans le but de reconquérir des terres pour l'Église. Les Byzantins appelaient leurs ennemis les Sarrasins. Ceux-ci seraient les adversaires des croisés, quelques générations plus tard. La guerre menée par Harald opposait déjà les chrétiens et les musulmans. Elle a été la première étape du conflit qui a déclenché les croisades et se poursuit encore aujourd'hui. Hardrada a été le chef le plus craint de toutes les forces chrétiennes, plus encore que Richard Cœur de Lion et Baudouin de Flandre. Les Arabes le désignaient sous le nom de *Ra'd Shamal*, Éclair du Nord.

– Un homme hors du commun, admit Costas. Et tu dis qu'il était originaire de Norvège ?

– Voici notre principale source, dit Maria en lui montrant le livre que Jeremy lui avait donné, *La Saga de Harald l'Impitoyable*, écrite par le poète islandais Snorri Sturluson au début du XIIe siècle. Elle fait partie de la *Heimskringla*, une histoire des rois de Norvège, et fournit la seule description de Harald dont nous disposions. Il était exceptionnellement grand, chevelu, barbu et portait de longues moustaches. Le Viking typique. Né Harald Sigurdsson en 1015, il a ensuite pris le nom de Hardrada, littéralement « chef sévère », Harald l'Impitoyable. Initié très tôt à l'art de la guerre, à l'âge de quinze ans, il a combattu aux côtés de son demi-frère, le roi Olaf le Saint, lors de la bataille de Stiklestad contre une armée norvégienne rivale. Olaf a été tué et Harald est parti en exil vers l'est, d'abord en Suède, puis à Novgorod et à Kiev, où il est entré au service du roi Jaroslav de Rus en tant que mercenaire.

– Comment se fait-il qu'il soit allé jusqu'à Constantinople, alors ?

demanda Costas.

– Il y avait davantage de richesses à s'approprier dans la Grande Cité. Il est parti à l'âge de dix-huit ans pour rejoindre la garde varangienne. Rapidement promu *atrologus*, chef de la garde, il a pillé pendant neuf ans de nombreuses villes méditerranéennes au nom de l'empereur byzantin. En 1042, il a fui Constantinople chargé de son butin avant de reconquérir le trône de Norvège. Vingt-trois ans plus tard, après avoir ravagé le Danemark et régné d'une main de fer sur la Norvège, il a été victime de son ambition, qui l'a poussé à mener un combat fatal contre le roi Harold d'Angleterre lors de la bataille de Stamford Bridge. Toute sa carrière est entachée de sang, mais il a réussi à recouvrer ses droits et à devenir un des souverains les plus riches et les plus redoutés du monde médiéval.

– Il est tout à fait possible qu'il soit allé jusqu'au Vinland, murmura Jack. L'Islande et le Groenland étaient essentiellement occupés par le peuple nordique. Ces territoires avaient été découverts par des Vikings norvégiens. Un roi comme Harald Hardrada a certainement été tenté d'y exercer son influence. Et puis un voyage au Vinland n'était pas dénué de prestige. C'était un exploit audacieux susceptible de renforcer sa réputation de guerrier et d'aventurier intrépide.

– Il n'a certainement pas été le seul à tenter l'aventure, ajouta Maria. Les annales islandaises mentionnent un évêque du Groenland, qui serait parti pour le Vinland. Celui-ci a disparu pour toujours et l'Histoire l'a oublié.

– Il y a quand même quelque chose qui cloche, répliqua Jack d'un air soucieux. Si Harald a atteint le Vinland, il a forcément survécu et regagné la Norvège avant 1066. Mais il aurait dû proclamer son succès, s'approprier les terres découvertes et vanter son propre courage. Cet événement devrait être mentionné dans les sagas. Or, il n'y a rien de tout cela dans la *Heimskringla*. Tout ce que nous avons, c'est une inscription secrète sur une carte de la cathédrale de Hereford. Cela n'a pas de sens.

– Et que sait-on du trésor, demanda Costas, de tout ce que Harald a pillé avec les Varègues ?

– C'est une histoire fantastique, répondit Maria en feuilletant le livre avant de le tenir ouvert à la bonne page. Écoute ça : *« Cela faisait tant de richesses que personne, dans les pays du Nord, n'en avait vu de telles en possession d'un seul homme. Pendant qu'il était à Miklagard, Harald avait trois fois pris part à un pillage de palais. Les lois veulent que chaque fois qu'un empereur des Grecs meurt, les Varègues aient droit à un pillage de palais : alors, ils ont le droit d'aller par tous les palais de l'empereur où se trouvent ses trésors, et chacun s'approprie librement ce sur quoi il met la main.* »

– Je suppose que c'était là le prix à payer pour conserver la loyauté des mercenaires, dit Costas.

– Cela signifie non seulement que les Varègues prenaient tout ce qu'ils pouvaient emporter à chaque fois qu'un empereur mourait, mais aussi qu'ils devaient savoir où se trouvaient les trésors auxquels ils n'avaient pas accès. Après tout, leur principale fonction à Constantinople était de garder le trésor impérial. Snorri a sans doute exagéré l'ampleur du pillage de palais pour plaire à ses lecteurs vikings. Les plus grands trésors sont sans doute restés sous clé.

– Tu fais allusion à la menora.

– Oui, acquiesça Maria avec enthousiasme, mais l'histoire n'est pas terminée. Elle devient encore plus croustillante. En 1042, après plus de dix ans au service de l'empereur, Harald en a eu assez d'être en campagne. Il avait eu son lot de gloire et de pillage et souhaitait désormais reconquérir la Norvège. Aussi, lorsqu'il revint à Constantinople pour la dernière fois, après avoir longuement combattu, il quitta la garde varangienne. L'empereur, Constantin Monomache, était un homme faible qui semble avoir accepté cette démission. Mais l'impératrice Zoé était furieuse. Elle avait déjà des griefs contre Harald. Apparemment, celui-ci lui avait demandé la main de sa nièce, Maria, mais elle la lui avait refusée. Les Varègues ont ensuite raconté qu'elle était elle-même amoureuse de Harald et que c'était la raison pour laquelle elle était si contrariée par ce départ.

– Un triangle amoureux, gloussa Costas. Éclair du Nord a fini par trouver à qui parler.

– Harald a été jeté en prison mais libéré par une mystérieuse femme, peut-être une autre maîtresse. D'après la légende, il a réuni ses gardes et ceux-ci se sont cruellement vengés sur l'empereur en l'aveuglant dans son lit. La même nuit, il s'est introduit dans les appartements de Maria et l'a enlevée. Ensuite, voici ce que Snorri raconte : *« Ils allèrent aux galères des Varègues, en prirent deux puis pénétrèrent dans le Bosphore à la rame. Mais quand ils arrivèrent à l'endroit où les chaînes de fer barrent le chenal, Harald ordonna de souquer ferme sur les rames, sur l'une et l'autre galères ; les hommes qui ne ramaient pas couraient tous à la poupe des galères, chacun avec son hamac dans les bras. De la sorte, les galères s'engagèrent par-dessus les chaînes de fer. Dès qu'elles s'immobilisèrent, les chaînes étant tendues, Harald ordonna à tous les hommes de courir à l'avant. Alors la galère dans laquelle se trouvait Harald s'inclina vers l'avant sous le choc et retomba au-delà des chaînes en glissant. Mais l'autre galère se brisa en arrivant sur les chaînes ; beaucoup d'hommes sombrèrent, mais l'on en sauva quelques-uns. »*

– C'est bien ce que je vous disais hier ! s'exclama Jeremy. Le bois que vous avez trouvé dans la chaîne de la Corne d'Or provenait de la seconde galère de Harald. Snorri ne dit pas que celle-ci a coulé, ce qui explique que vous n'ayez trouvé que le morceau cassé dans la chaîne. Le crâne coiffé d'un casque doit être celui d'un des Varègues noyés.

– Qu'est-il arrivé à ton homonyme ? demanda Jack à Maria.

– D'après Snorri, répondit-elle, Maria a été libérée saine et sauve lorsque les Varègues ont atteint la mer Noire. Elle fut même escortée jusqu'à Constantinople. Cet enlèvement n'a peut-être été qu'un dernier affront infligé à Zoé, car Harald avait déjà tourné la page et envisageait d'épouser à Kiev la fille du roi Jaroslav, Élisabeth, qu'il avait probablement rencontrée avant d'entrer dans la garde varangienne.

Elle sourit à Jack.

– Mais certains pensent que Maria est restée avec lui et qu'elle a été sa maîtresse et son véritable amour jusqu'au bout, ajouta-t-elle.

– Alors tu penses que la menora a été volée cette nuit-là ? insista Costas.

– Oui. Si les Varègues ont eu le temps d'enlever Maria, ils ont également eu le temps de s'emparer du plus grand trésor secret qu'ils connaissaient à Constantinople.

– Cela explique peut-être la présence du symbole de la menora sur la carte de Hereford, dit Costas le regard dans le vague. Si les Vikings ne s'intéressaient au trésor que pour l'or, il semble étrange que ce symbole ait encore eu un sens des années plus tard, lorsque Richard de Haldingham a écrit l'inscription runique. Peut-être la menora a-t-elle revêtu une importance particulière parce qu'il s'agissait d'un trésor secret et non du butin récolté lors du pillage d'un palais. Elle est peut-être devenue le symbole de l'exploit de Harald, de sa virilité, l'emblème d'une victoire qui allait être, comme à l'époque des Romains, inlassablement rapportée par les Vikings dans les sagas et lors des festins. Le récit de cette dernière nuit à Constantinople a dû pimenter pendant longtemps les beuveries des Varègues lorsque ceux-ci sont rentrés chez eux.

Il se tourna vers Jeremy, qui évita son regard en fixant son ordinateur mais finit par lever les yeux vers lui. Le jeune homme garda le silence un instant avant de parler d'un ton étrangement préoccupé.

– Vous avez probablement raison. Mais ce n'est peut-être qu'une partie de l'histoire.

À ce moment-là, le pilote annonça à travers les haut-parleurs de la cabine qu'ils amorçaient leur descente vers Kangerlussuaq, une ancienne base aérienne américaine, sur la côte Ouest, devenue la principale plate-forme de correspondances du Groenland. Jack regarda par le hublot et constata qu'ils avaient traversé la calotte glaciaire et s'approchaient désormais du détroit de Davis, vaste bras de mer entre le Groenland et l'Arctique canadien menant à la mer de Baffin et à la calotte glaciaire polaire. Au-dessous d'eux, les fjords sinueux et les grands espaces verts rendaient l'établissement des Vikings sur ces rives bien plus plausible que sur les terres stériles de la côte Est. Lorsque l'avion effectua un virage serré vers l'est, ils se trouvèrent en face du plus grand fjord du Groenland, Sondre Stromfjord, dont la vallée accueillait la population clairsemée de Kangerlussuaq, ville morne située à l'embouchure. Quelques minutes plus tard, le train d'atterrissage s'abaissa et Jack discerna deux appareils garés sur les aires de l'ancien aérodrome militaire, au centre de la vallée. C'était un jet de transport Antonov AN-74, qui les avait précédés avec le précieux matériel de Costas, et un hélicoptère Lynx arborant le logo de l'Université maritime internationale.

– Nous arrivons au-dessus du fjord glacé. Regardez à bâbord, vous verrez la pointe des icebergs à travers la brume.

Malcolm Macleod lâcha momentanément le manche pour montrer du doigt les sommets blancs déchiquetés qui apparaissaient du côté de Jack, comme la cime de montagnes lointaines à travers les nuages. Maria et Jeremy, assis à l'arrière dans le compartiment passagers, se penchèrent en avant en regardant dans la direction indiquée. Avec les trois heures de décalage horaire par rapport à l'Angleterre, c'était toujours le petit matin et le soleil n'avait pas encore dissipé la brume provoquée par la rencontre de l'air froid en provenance de la calotte glaciaire avec l'air chaud qui s'élevait depuis la mer. Dans le soleil de l'été, il faisait plus chaud à trois mille pieds qu'à la surface de la calotte glaciaire, mais, la température étant tout de même au-dessous de zéro, ils portaient tous une combinaison de vol isolante ainsi que des casques pour se protéger contre les turbulences liées aux courants d'air ascendants créés par les zones de terre et d'eau longeant la côte.

– Nous avons quinze minutes avant que l'hélistation ne se libère. Cela nous laisse le temps de faire un peu de tourisme.

Le robuste Écossais était venu à leur rencontre sur le tarmac, à Kangerlussuaq, lorsqu'ils avaient atterri, et les avait conduits directement jusqu'à l'hélicoptère Lynx qui attendait. Ensemble, ils avaient longé la côte Ouest du Groenland en direction du nord et il leur avait fallu moins d'une heure pour gagner le fjord glacé d'Ilulissat, situé à près de deux cent cinquante kilomètres au nord du cercle polaire arctique. Ils avaient suivi un hélicoptère de transport lourd Chinook provenant de Thulé, où se trouvait la dernière base aérienne américaine au Groenland. L'appareil faisait partie de la contribution appréciée du gouvernement américain au projet de l'UMI. Costas était monté à bord pour superviser le transfert de son matériel. Jack imaginait l'inquiétude de son ami qui, assis dans la soute, regardait le fruit de plusieurs mois de labeur se balancer au-dessus du vide dans un filet d'arrimage. Quelques instants auparavant, le Chinook était descendu dans la brume à l'embouchure du fjord.

– C'est de là que venait l'iceberg qui a coulé le *Titanic*, précisa Macleod. C'est un des icestreams les plus rapides du monde.

Il vira vers l'est pour se diriger vers l'intérieur et vola à la vitesse maximale pendant quelques minutes, jusqu'à ce qu'ils sortent de la brume et voient la calotte glaciaire du Groenland se dresser devant eux comme un vaste et morne dôme.

– Le glacier d'Ilulissat est la principale soupape de la calotte glaciaire. Il recule peu à peu en déversant des blocs de glace dans la mer. Dans le virage, vous allez voir où il commence à se détacher.

Il actionna les commandes et l'hélicoptère décrivit un grand arc de cercle en retournant vers l'ouest. Ils virent les ondulations lisses de la calotte glaciaire commencer à se fracturer et à se créneler pour former un immense bloc de glace attiré vers l'ouest.

– On ne s'en rend pas compte d'ici, poursuivit Macleod, mais ce truc avance à une vitesse incroyable. Il progresse de près de douze kilomètres par an. Les crevasses sont provoquées par la pression qu'exerce le glacier lorsqu'il se déplace le long du soubassement, situé par endroits plus de neuf cents mètres plus bas. C'est comme si une rivière coulait sur des rapides. Mais il y a encore plus spectaculaire.

L'hélicoptère piqua à toute allure en direction du glacier, dont la surface fracturée faite de plissements et de fissures semblait s'élancer contre eux. Au dernier moment, Macleod redressa l'appareil et ils furent presque immédiatement entourés de brume. Le glacier n'apparaissait plus que de manière fugitive, lorsque le rotor balayait la brume pour dévoiler quelques zones blanches et de profondes crevasses bleues.

– Nous sommes à plus de cinq cents pieds au-dessus du glacier, les rassura Macleod. N'oubliez pas qu'il est immense.

Pendant quelques minutes, il vola uniquement à l'aide des instruments de bord. Ils continuèrent à fendre la brume, puis il relâcha le manche et descendit jusqu'à ce que l'altimètre n'indique plus que deux cent cinquante pieds au-dessus du niveau de la mer.

– Et voilà ! s'écria-t-il.

Il maintint le Lynx immobile et la brume se dispersa. Une image spectaculaire prit forme devant leurs yeux. C'était un grand mur de glace, qui se dressait presque à la hauteur de l'hélicoptère et s'étendait à perte de vue de chaque côté. Ce n'était pas une surface lisse de glace compactée mais un amas morcelé de pics et de canyons, fissuré par des traînées bleues, là où l'eau de fonte s'était écoulée depuis la surface avant de geler à nouveau. L'ensemble paraissait incroyablement fragile et précaire, comme si tout allait s'effondrer à la moindre chiquenaude.

– Le front du glacier, annonça Macleod. Ou plutôt de l'amas d'icebergs qui s'en sont détachés et se sont entassés à l'embouchure du fjord. Le bord du glacier lui-même se trouve à plus de cinq milles nautiques à l'est, en direction de la calotte glaciaire, là d'où nous venons.

– C'est impressionnant ! s'exclama Jeremy qui, pour une fois, semblait à court de mots. Alors c'est d'ici que viennent les icebergs de l'Atlantique nord ?

– Quatre-vingt-dix pour cent d'entre eux, répondit Macleod. Vingt milliards de tonnes chaque année, assez pour faire monter le niveau de la mer à l'échelle mondiale. Ce mur de glace peut sembler relativement statique, mais il accélère depuis quelques années et se déplace de près de cinq mètres par heure dans notre direction. Certains des grands icebergs vont rester plus ou moins intacts, mais la plupart vont vêler pour donner naissance à de plus petits icebergs et à de dangereux petits blocs désignés sous le nom de bourguignons. Près de dix mille gros icebergs arrivent au bout du fjord chaque année et pénètrent dans la baie de Disko. Portés par un courant tournant autour de la mer de Baffin, ils progressent dans le sens inverse des aiguilles d'une montre et vont jusqu'aux Grand Banks de Terre-Neuve, au sud, et jusqu'en Islande, à l'est.

– Il y en a un qui va vêler ! s'écria Jack tout à coup.

Un grand bloc de glace se détacha subitement du précipice, juste en face d'eux. Malgré le bruit du rotor de l'hélicoptère, ils entendirent un énorme fracas. Le bloc glissa tout droit dans l'eau pour disparaître complètement. Puis il ressurgit de presque toute sa hauteur avant de replonger pour danser de haut en bas jusqu'à ce que seul un pic irrégulier dépasse d'une mer de fragments de glace.

– Je vois pourquoi on dit que les icebergs sont en grande partie immergés, dit Jeremy encore impressionné. Les plus grands doivent frotter contre le fond du fjord.

– C'est exactement ce qui se passe, confirma Macleod. Soit ils raclent le lit marin, soit ils se renversent.

Il abaissa un petit écran vidéo fixé au plafond du cockpit et tapota sur un clavier situé à proximité du tableau de bord pour faire apparaître une série de quatre vues isométriques d'une section de la côte.

– Ce sont des images de synthèse illustrant la formation du fjord glacé. Celle du haut correspond au Groenland il y a soixante-dix millions d'années. À ce moment-là, il n'y avait pas de glace et le fjord était une vallée. La seconde montre les profondeurs de la période glaciaire, quand toute cette zone était recouverte de plusieurs kilomètres de glace, comme le centre du Groenland actuellement. La troisième représente la fin de la période glaciaire, il y a dix mille ans, quand la calotte glaciaire en cours de rétrécissement a laissé un glacier sur la côte, à l'emplacement de l'ancienne vallée. Et la dernière est une vue du fjord tel qu'il se présente aujourd'hui. Le glacier a reculé jusqu'à l'endroit où nous nous trouvons en ce moment pour laisser une grande dépression sous-marine qui forme le fond du fjord et une langue de glace flottante s'étendant jusqu'à la mer.

– Cette crête sous-marine que l'on voit sur l'image, observa Jack, en travers de l'entrée du fjord, je suppose qu'elle marque la longueur maximale de la langue de glace.

– Les Danois qui se sont installés ici au XVIIIe siècle l'appelaient *Isfjeldsbanken*, le seuil, répondit Macleod. C'est un immense amas de sédiments que la pression du glacier a transformé en une crête, dont le sommet se situe à seulement deux cent vingt mètres de profondeur et bloque les gros icebergs. Il y a peu de temps encore, ce seuil correspondait à la pointe de la langue de glace, de l'amas d'icebergs qui engorgeait le fjord.

– Mais la fracture s'est rapprochée de plusieurs kilomètres de la calotte glaciaire, jusqu'à l'endroit où nous nous trouvons actuellement.

– Exact, répondit Macleod en faisant apparaître à l'écran une photo-satellite du fjord. Voici une image composite prise par le satellite Landsat, avec l'aimable autorisation de la NASA. Les lignes rouges en travers du fjord illustrent le recul du front de vêlage du glacier entre 2001 et 2005. En même temps, le glacier accélère considérablement puisque sa vitesse a presque doublé. De plus, un système laser aéroporté de mesure altimétrique a permis de constater qu'il perd jusqu'à quinze mètres d'altitude par an.

– Le réchauffement de la planète, dit Jeremy.

– Un fléau pour l'environnement mais une chance pour nous, déclara Macleod en relevant l'écran, avant d'appuyer à nouveau sur le manche pour se diriger vers l'ouest et s'éloigner lentement de la paroi de glace à travers la brume. Un fléau parce que cela signifie que le réchauffement de la planète a un effet beaucoup plus important sur la calotte glaciaire qu'on ne le craignait. Et une chance parce que cela nous permet de travailler directement dans le fjord, de faire des recherches qui n'ont jamais été possibles jusqu'à aujourd'hui.

– Nous sommes en été, fit remarquer Jack. Je présume qu'en cette saison le taux de vêlage et de désintégration de la glace sur le front du glacier est accru.

– C'est pour ça que je voulais que tu viennes tout de suite, expliqua Macleod. Dans quelques jours, nous allons devoir fermer boutique. Nous travaillons sur le fil du rasoir pour plusieurs raisons.

Il relâcha le manche et le Lynx amorça sa descente vers les icebergs situés à l'entrée du fjord. Jack eut soudain des palpitations lorsqu'il vit la silhouette d'un navire apparaître dans la brume en direction de la mer. Macleod saisit la radio et, avant d'appuyer sur le bouton, se tourna vers son collègue.

– Bon, il est temps que je te dise pourquoi je t'ai fait parcourir la moitié du globe…

Chapitre 6

L'homme enfermé dans la cellule leva lentement la tête, attentif au moindre signe de vie, mais il n'entendit rien. Il n'avait rien entendu excepté les pas de ses geôliers depuis maintenant plus de cinq ans. Il ferma les yeux et prit une longue et profonde respiration, immunisé contre l'odeur d'excréments, d'urine et de vomissures dont étaient imprégnés depuis longtemps les murs de la prison. On l'avait envoyé purger sa peine dans la patrie de son grand-père, dans une prison oubliée du goulag, aujourd'hui vide, pour ne pas avoir à se soucier de le mettre en isolement cellulaire. Cependant, la privation sensorielle ne lui faisait pas peur : lors de son entraînement, il avait appris à s'extraire de la réalité de l'isolement et à vivre dans un monde né de sa propre imagination. Il inclina lentement la tête d'un côté puis de l'autre, et se pencha à nouveau au-dessus de l'échiquier, le seul luxe qu'il avait demandé à ses geôliers. Il posa les coudes sur la table, leva ses mains enveloppées de mitaines pour les frotter l'une contre l'autre et les protéger du froid humide qui envahissait la cellule toute l'année. Pour la millième fois, il tendit le bras et saisit un pion blanc, qui avait la forme d'un guerrier viking en cotte de mailles avec un bouclier, et le plaça en face du roi chrétien.

– Échec et mat, dit-il d'un ton neutre.

Il se redressa sur son tabouret, avec la lenteur exagérée d'un homme dont le moindre des mouvements est devenu la principale préoccupation, un moyen de remplir les heures solitaires d'une nouvelle journée. Il leva lentement la main gauche jusqu'à son visage et laissa glisser un doigt le long de la cicatrice qui allait de son œil à sa mâchoire inférieure pour se mettre à l'épreuve contre une douleur certaine. De sa mâchoire, sa main se déplaça lentement jusqu'au mur situé à côté de lui. Il passa le doigt sur les graffitis qui y étaient gravés. Toutes les heures, il accomplissait ce rituel et prononçait les mots à voix basse, comme un érudit devant un texte sacré.

– *Paul Kruger*, murmura-t-il. *Hauptsturmführer, Leibstandarte Adolf Hitler. Kurt Hausser, Sturmbannführer, Panzergrenadier-Division das Reich. Otto Lehmann, Brigadeführer, Panzer-Division Wiking.*

Il connaissait ces noms par cœur. C'étaient ceux des véritables héros de la Grande Guerre patriotique, des croisés du conflit contre l'Est, des prisonniers survivants de Kharkov, de Koursk et de bien d'autres batailles, envoyés ici plus d'un demi-siècle auparavant par les Russes pour une ultime étape avant la sordide chambre d'exécution située au bout du couloir. Des noms comme celui de son grand-père. Mais celui-ci avait eu davantage de chance, du moins pendant un temps. Il ferma les yeux et leva la main jusqu'aux runes écorchées gravées un peu plus haut, sachant exactement où placer ses deux doigts pour les dessiner. Ces lignes, qui allaient vers le bas, le haut, puis le bas à nouveau, avaient été taillées si profondément que les gardes soviétiques avaient renoncé à les effacer des dizaines d'années auparavant. C'était son graffiti préféré, le symbole de l'ordre de son grand-père, *Shutzstaffel*, la SS. Il laissa tomber sa main, ses doigts glissèrent le long des lignes. Puis il colla son oreille contre le mur moite, en parfaite communion avec les chevaliers du passé, ses frères d'armes, qui y avaient laissé leur dernière empreinte pour lui donner du courage, le guider dans sa quête de leur trésor le plus sacré et réconforter tous ceux qui avaient échoué avant lui.

– Anton Poellner !

L'homme sortit de sa rêverie lorsqu'il entendit la voix crier à travers la porte. On tira le verrou et la porte s'ouvrit bruyamment. Il se redressa avec difficulté. Les silhouettes d'un responsable, coiffé d'une casquette à visière, et de deux gardes se découpèrent sur le mur du couloir inondé de lumière.

– Anton Poellner, répéta le responsable.

Le prisonnier leva la main pour se protéger de la lueur aveuglante, avant de répondre lentement en anglais.

– Qu'est-ce que vous voulez ?

– Par ordre du Tribunal pénal international pour l'ex-Yougoslavie, déclara le responsable en lituanien. Affaire numéro IT-99-37b, le procureur du tribunal contre Anton Poellner, ancien mercenaire à la solde de l'armée serbe de Bosnie. Mis en examen en vertu de l'article 7 au titre de la responsabilité pénale individuelle, pour génocide et crimes contre l'humanité.

Il marqua un temps d'arrêt, puis lut un document qu'il avait à la main.

– En vertu de l'accord d'amnistie conclu l'année dernière à La Haye, votre affaire a été réexaminée par la cour d'appel.

Il leva les yeux.

– Vous êtes libre, annonça-t-il avec un dégoût manifeste.

Il claqua des doigts et les deux gardes mirent l'homme debout tout en l'enveloppant d'un vieux manteau soviétique. Ils le poussèrent hors de la cellule, lui enchaînèrent les pieds pour la dernière fois et le ballottèrent tout au long du couloir, tandis qu'il clignait des yeux dans la lumière. Il était le dernier occupant d'une prison condamnée. Le bruit de ses chaînes résonnait dans les cellules vides, comme si les fantômes du passé l'encourageaient, sachant qu'il était le seul à avoir une chance de s'en sortir.

À la dernière porte, les gardes lui retirèrent ses chaînes et le jetèrent sans un mot dans le vaste monde. Il pleuvinait et il faisait étonnamment froid pour le début de l'été, mais il tendit son visage pâle vers le ciel et sourit en laissant la pluie ruisseler sur sa peau. Il ramassa le sac qui avait été lancé à côté de lui et se mit à marcher lentement vers le portail, puis le long de la route, retrouvant le rythme d'un homme habitué à de longues marches. Il mit le sac sur son épaule et glissa les mains dans les poches du manteau en attendant la voiture qui ne manquerait pas d'arriver. Quelques minutes plus tard, une Mercedes de couleur foncée sortit de l'ombre. La portière arrière s'ouvrit lorsqu'elle s'arrêta devant lui. Sans un dernier regard vers la prison, il baissa la tête et entra.

– Content de vous revoir, dit en anglais une voix provenant du siège avant. Votre ordre de mission.

La voiture démarra et on lui tendit une enveloppe. Il sentit une liasse de papiers à l'intérieur mais commença par en sortir un objet situé tout au fond. C'était un anneau en or, lustré par le temps, orné d'un symbole sur lequel il passa les lèvres, comme ils l'avaient fait depuis l'enfance, un symbole très différent de celui de sa cellule et pourtant si familier. Il glissa l'anneau autour de l'index de sa main droite et sortit la liasse de papiers. Sur le dessus se trouvait une photo de journal, gravée dans son esprit depuis maintenant plus de cinq ans, sur laquelle on voyait un vieil homme portant un brassard à croix gammée et gisant dans une mare de sang. Il regarda le visage du mort et leva les yeux vers le ciel menaçant.

– L'heure de la vengeance a sonné, murmura-t-il pour lui-même.

– La voilà enfin ! s'écria Jack. C'est la première fois que je la vois en haute mer. C'est comme si un vieil ami perdu depuis longtemps venait de renaître de ses cendres.

La *Seaquest II* avait été commanditée seulement trois mois auparavant, le projet de carottage glaciaire au Groenland occidental constituait sa première sortie officielle en tant que navire de recherche en haute mer de l'Université maritime internationale. Depuis que celle qui l'avait précédée avait été perdue en mer Noire, six mois plus tôt, Jack avait été déterminé à lui trouver une remplaçante. Il avait donc rebaptisé un navire déjà sur cale pour l'IMU dans les chantiers navals de Finlande. Si la première *Seaquest* et son sistership, la *Sea Venture*, dérivaient des navires de recherche russes de la série des Akademics, initialement conçus pour la surveillance acoustique sous-marine pendant la guerre froide, la *Seaquest II* répondait à un concept tout à fait nouveau créé de toutes pièces suivant le cahier des charges de l'UMI. Ses caractéristiques de navigation conformes à l'état de l'art comprenaient un système de positionnement dynamique, avec propulseurs latéraux et contrôle des ballasts, assurant la stabilité du navire dans pratiquement toutes les conditions maritimes, une spécificité essentielle pour le maintien de position, la recherche radar et l'équilibre de la plate-forme du laboratoire de recherche. Elle pouvait lancer des véhicules téléopérés et des submersibles à l'aide de grues installées sur le pont, ou à partir d'un poste d'amarrage interne permettant une sortie sous-marine. Comme tous les navires de l'UMI, elle avait un potentiel défensif, notamment un canon rétracté sous le pont avant. Enfin, la coque renforcée glace, vitale pour la recherche polaire, lui permettait de fendre la glace de mer qui encombrait les eaux côtières au nord du cercle polaire arctique, y compris au début de l'été.

Jack observait encore d'un œil critique l'organisation du pont lorsque le Lynx rebondit sur l'hélistation en trépidant. Tandis que les hommes d'équipage prêts à les accueillir fixaient le train d'atterrissage au pont, il retira son casque et détacha sa ceinture. Le soleil miroitait dans la brume et il vit devant lui la superstructure du navire dans toute sa longueur, reluisante dans la lumière de l'Arctique. Il était de nouveau dans son élément et son excitation devint palpable à l'instant où il se pencha en arrière vers Maria et Jeremy.

– Bienvenue à bord de la *Seaquest II*, leur dit-il en souriant. C'est là que ça va devenir vraiment intéressant.

Malcolm Macleod les conduisit directement de l'hélistation à l'entrée du hangar et ils descendirent le long d'une coursive abrupte dans les entrailles du navire. Ils furent rejoints par Costas, qui avait été hélitreuillé depuis le Chinook de l'US Air Force quinze minutes auparavant pour récupérer son chargement sur le pont arrière. Il semblait avoir besoin d'au moins une semaine de sommeil mais, les manches retroussées sur ses avant-bras robustes, il arborait de nouvelles taches de cambouis sur sa chère combinaison et n'avait de toute évidence aucunement l'intention de perdre un instant avant de rendre le matériel opérationnel.

Ils arrivèrent sur le pont inférieur et Macleod les fit entrer dans une salle de conférences bien éclairée avant de les rassembler à côté d'un écran de projecteur, à droite de la porte. Un groupe disparate d'une trentaine d'hommes et de femmes, dont certains discutaient passionnément tandis que d'autres se penchaient au-dessus de leur portable, était aligné devant eux sur des chaises en plastique. Lorsqu'ils levèrent les yeux en entendant Macleod entrer, Jack aperçut plusieurs hommes blonds et barbus portant un parka orné du drapeau danois, quelques visages d'autochtones groenlandais, et plusieurs hommes et femmes vêtus du pull bleu marine de l'US Air Force. Parmi le personnel de l'UMI, il reconnut dans la première rangée un homme affalé sur sa chaise qui se caressait les pattes. Perdu dans ses pensées, Lanowski ne le remarqua pas. C'était un ingénieur brillant, d'une capacité d'adaptation remarquable, indispensable à l'UMI depuis qu'il avait été débauché de l'Institut technologique du Massachusetts, mais dont le comportement irritait tous ceux qui le croisaient.

– Mesdames, messieurs, voici Jack Howard, mon collègue de l'UMI. Le docteur Maria de Montijo et son étudiant Jeremy Haverstock, en doctorat à Oxford mais originaire des États-Unis. Costas, que vous connaissez déjà.

Ils regardèrent Jack avec une curiosité évidente. Ils connaissaient tous son visage, y compris ceux qui ne l'avaient jamais rencontré, en raison de ses nombreuses apparitions à la télévision après la découverte de l'Atlantide. Costas sourit à quelques personnes, dont certaines avaient eu l'occasion de le côtoyer de près quand il avait assisté au briefing du projet, quelques semaines auparavant, sur le campus de l'UMI, en Cornouailles.

– Comme vous pouvez le voir, annonça Macleod, nous formons une équipe internationale. Officiellement, le projet va se dérouler en collaboration avec la NASA et l'Institut de recherche géologique du Danemark et du Groenland. Il y a aussi quelques gars de la Patrouille internationale des glaces. Chacun a sa propre spécialité, glaciologie, biologie, paléoclimatologie, mais nous avons mis nos ressources en commun. L'UMI fournit le navire de recherche, la NASA l'imagerie-satellite et l'IRGDG la photographie aérienne et l'altimétrie laser. Une bonne partie du travail consiste uniquement à surveiller les conditions glaciaires et à s'assurer qu'elles nous permettent de recueillir les échantillons dont nous avons besoin en toute sécurité. La fonte de l'été étant presque à son comble, nous travaillons contre la montre. Je vous ai rassemblés ici pour que nous fassions rapidement connaissance. Si vous avez des questions, c'est le moment de les poser.

– Je ne veux retenir personne, mais j'en ai quelques-unes, dit Jack. La calotte glaciaire du Groenland. Pouvons-nous avoir un bref rappel de son âge et de son importance ?

– La majeure partie a 250 000 ans et la glace d'Ilulissat a globalement 100 000 ans, répondit Lanowski en écartant de son visage ses cheveux longs jusqu'aux épaules. C'est un exemple remarquable de la dernière période glaciaire du quaternaire.

– C'est-à-dire ? demanda Maria.

– C'est-à-dire la période glaciaire que nous connaissons tous, celle qui s'est terminée il y a 10 000 ans avec le recul de la glace, expliqua Lanowski en soupirant impatiemment. Le quaternaire est un terme géologique désignant l'ensemble de la période glaciaire, qui a commencé il y a environ deux millions d'années et demie et comprend de nombreuses phases d'avancée et de recul de la glace. Nous sommes dans une des périodes chaudes depuis dix mille ans.

– Qu'est-ce qui fait l'intérêt du Groenland ?

– Il y a beaucoup de glaciers qui datent de la période glaciaire dans le monde et, bien sûr, il y a les calottes glaciaires polaires, répondit Macleod. Mais la calotte glaciaire du Groenland est le dernier vestige des inlandsis qui ont recouvert l'hémisphère Nord jusqu'à il y a dix mille ans. Ce que nous avons vu depuis l'hélicoptère, cette immense surface de glace au-dessus de la roche nue s'étendant à perte de vue, c'est exactement ce que nos ancêtres chasseurs-cueilleurs ont dû voir en Europe et en Amérique du Nord à l'aube de la civilisation. C'est une fantastique ouverture sur le passé, aussi palpitante pour moi que n'importe laquelle de vos découvertes archéologiques.

– Ce qui nous amène à la raison de votre présence ici, dit Jack.

– Il est encore un peu tôt pour se prononcer, mais les résultats sont très prometteurs, affirma un des scientifiques danois assis à l'avant. Nous observons les bulles d'air qui ont été emprisonnées dans la glace au moment où celle-ci s'est formée. Elles fournissent un état détaillé des conditions atmosphériques de la période glaciaire. Le front de vêlage a mis au jour des zones de glace qui se sont formées très récemment, lors d'une vague de froid antérieure à la fonte des glaciers, il y a dix mille ans. C'est une opportunité sans précédent, car c'est la première fois qu'une recherche de ce type est possible.

– Le réchauffement de la planète a du bon, fit remarquer Costas avec ironie.

– Nous ne pouvons pas revenir en arrière, répliqua le Danois. Autant en tirer toutes les données scientifiques que nous pouvons.

– Encore une question, dit Maria. Je ne m'approcherais pas du front de vêlage que nous avons vu sur le glacier pour tout l'or du monde. Comment recueillez-vous vos échantillons ?

– Nous extrayons des carottes, comme les sédimentologues et les chercheurs de pétrole, répondit Macleod. Chaque bande de glace représente une période de froid, qui a pu durer des centaines ou des milliers d'années. C'est un peu comme la dendrochronologie, la datation à partir des anneaux de croissance des arbres.

Il se tourna vers Jack.

– Ce qui m'amène à la raison de *votre* présence ici, ajouta-t-il.

– Je suis toujours perplexe, insista Maria. Il faut tout de même que vous vous approchiez de la glace pour extraire une carotte.

– On vous dira tout ! s'exclama Macleod en lui souriant.

Il se dirigea vers la porte en remerciant l'assemblée d'un signe de tête et entraîna Jack et ses compagnons.

– Suivez-moi.

La *Seaquest II* était légèrement plus petite que son homonyme. Il y avait moins d'espace pour optimiser l'efficacité et l'endurance du combustible mais, avec un déplacement d'un peu plus de sept mille tonnes, elle faisait néanmoins partie des plus grands navires de recherche et il leur fallut bien cinq minutes pour arriver au pont supérieur de la zone vie. Sans s'arrêter, Macleod montra du doigt une rangée de cabines. Leurs noms étaient indiqués sur les portes et leurs sacs déjà déposés à l'intérieur. Au bout de la coursive, ils entrèrent dans une pièce qui occupait toute l'extrémité avant de la zone vie, juste au-dessous de la salle de navigation et de la timonerie. Cet agencement était une idée de Jack. Le personnel du projet disposait ainsi d'une salle de contrôle et d'observation spécifique, ce qui évitait de devoir partager l'espace de la passerelle avec l'équipage, un problème auquel ils avaient été récemment confrontés à bord de la *Sea Venture*, dans la Corne d'Or. La pièce comprenait un fauteuil de commande sur une estrade centrale, une réplique de l'écran radar de la passerelle, quatre postes de travail disposés en arc de cercle autour de l'estrade, et des sièges d'observation surmontés de lunettes d'approche surpuissantes contre la baie vitrée, un immense pare-brise qui longeait les côtés et l'avant de la pièce. La brume s'étant désormais complètement dissipée, celui-ci offrait une vue imprenable sur la mer, vaste étendue de bleu parsemée de points blancs. La silhouette basse de l'île de Disko était à peine visible par tribord avant et la rive canadienne du détroit de Davis était là, quelque part au-delà de l'horizon.

Lanowski les avait suivis de sa démarche traînante, accompagné d'une femme issue du corps scientifique groenlandais, une Inuit d'une beauté saisissante, qui montra la machine à café à Macleod en entrant dans la pièce. Macleod grommela puis hocha la tête avant de remplir et de faire passer une tasse à chacun. Jack serra la main du capitaine, qui venait de bondir des escaliers menant à la passerelle pour les accueillir. C'était un ancien officier de marine canadien, qui avait passé sa vie à faire des patrouilles maritimes entre l'Arctique et le golfe du Mexique. Plus tard, Jack aurait le temps de faire tout le tour de l'équipage, qui comptait beaucoup de ses amis et des vétérans de la première *Seaquest*, avec qui il avait un lien particulier.

La Groenlandaise prit place à côté de Lanowski devant un poste de travail et posa son portable sur le coin libre du bureau. Elle laissa ses papiers et ses livres par terre, pour laisser de la place aux autres. D'après son attitude, elle n'était pas ravie de devoir collaborer avec Lanowski, qui était penché au-dessus de l'écran principal du poste de travail entouré de tous ses documents, comme si elle n'était pas là.

– Je savais que j'aurais dû apporter mon propre matériel, maugréa Lanowski. Ces logiciels auraient mérité un galop d'essai avant d'être installés. Je pourrais aussi bien faire les calculs à la main.

Jack regarda sa partenaire, qui s'efforça de sourire.

– Je m'intéresse à la biologie des fonds marins, dit-elle. Lanowski effectue les simulations.

Elle lança à Macleod un regard malveillant.

– Malcolm nous a demandé de faire équipe au début du projet, ajouta-t-elle.

– Pardon, je ne vous ai pas présentée, répliqua Macleod. Docteur Inuva Nannansuit, de l'Institut de recherche géologique. Elle est originaire d'Ilulissat, la ville qui se trouve sur le cap. Autrement dit, elle a grandi à côté du glacier. C'est un de nos meilleurs éléments.

– Bien. Quelles sont les dernières informations ? demanda Jack.

– Le glacier est derrière la poupe. Le capitaine est en train d'effectuer une manœuvre pour que nous puissions le voir à tribord. Il y en a encore pour quelques minutes. Nous utilisons le système de positionnement dynamique, car les hélices principales entraîneraient un mouvement de l'eau susceptible de perturber ce que vous allez voir.

– Cet iceberg proche de l'île, qui est juste devant nous en ce moment, indiqua Maria en suivant la proue du navire, il a une traînée noire au sommet. Est-ce qu'il s'agit de sédiments anciens issus du glacier ?

– Bien vu, mais non, répondit Macleod. Regardez, il est lisse et de forme arrondie, comme une sculpture. Il est très différent des icebergs déchiquetés et fissurés que nous avons vus lorsque nous avons survolé le fjord.

– Il a dû rouler sur lui-même, dit Costas.

– Exact. C'est ce que nous avons pu observer la nuit dernière. Un quart de million de tonnes de glace qui fait un tonneau dans l'eau, c'est un spectacle impressionnant. On n'a pas envie d'être à côté quand cela arrive.

– Bien sûr ! s'exclama Maria. Cette traînée provient du lit marin.

– Absolument. Lorsque nous sommes arrivés, il y a deux semaines, cet iceberg était bloqué contre le seuil, du côté nord du fjord, mais le sonar latéral indiquait que la partie immergée était érodée et en grande partie amputée. On savait qu'il faudrait seulement quelques jours pour qu'il bascule, et nous sommes restés à l'écart. Certains icebergs passent de cette façon et d'autres sont poussés par-dessus le seuil. C'est facile à voir. Ils ressemblent soit à des sculptures de Henry Moore, soit à des châteaux de glace de Disneyland.

– Comme celui-là, indiqua Jack.

Ils suivirent son regard. À tribord, un grand mur de glace nettement plus haut que la superstructure du navire était apparu à quelques centaines de mètres de distance. Strié de veines bleues, d'anciennes crevasses où l'eau de fonte avait gelé, il avait la même paroi irrégulière et accidentée que le front du glacier. Cependant, une grande surface lisse s'étendait au milieu depuis le sommet. C'était un iceberg immense, d'au moins un demi-kilomètre de large, qui bloquait une grande partie de l'entrée du fjord parallèlement au seuil sous-marin.

Ils regardèrent, médusés, jusqu'à ce que Macleod rompe le silence.

– N'oubliez pas que les trois quarts de ce colosse sont immergés. Vous avez devant vous un kilomètre cube et demi d'eau gelée, soit au moins un million et demi de tonnes.

Costas siffla d'admiration.

– De quoi approvisionner tous les bars du monde en glaçons jusqu'au siècle prochain.

– La décharge journalière du glacier suffirait à approvisionner New York en eau pendant un an. Vingt millions de tonnes par jour. Les répercussions sont d'ordre mondial.

– Les icebergs tabulaires de cette taille sont assez rares en Arctique, fit remarquer Inuva. En raison du réchauffement atmosphérique, le glacier recule jusqu'à une zone où les fractures sont plus larges. C'est le plus grand iceberg que j'aie vu de ma vie à cet endroit.

– Pourquoi ne s'est-il pas disloqué ? demanda Costas.

– Il y a eu un vêlage important là où on voit une zone lisse, expliqua Macleod. Mais le cœur est exceptionnellement compact. Il s'agit de glace de l'ère glaciaire tellement dure qu'on ne pourrait la briser qu'avec des explosifs. C'est l'idéal pour nous. Cette paroi a vêlé jusqu'à la glace du noyau. On peut donc travailler au-dessous sans courir trop de risques. Si vous regardez bien, vous verrez les Zodiacs de l'équipe de forage qui est déjà sur place.

– Je ne comprends pas, dit Jeremy, qui s'était contenté d'écouter attentivement depuis leur arrivée sur le navire mais retrouvait tout à coup sa curiosité naturelle. Qu'est-ce qui est censé empêcher ce truc de s'effondrer et de se fracasser sur vos hommes ?

– Nous travaillons dans des conditions extrêmement favorables, répondit Macleod avec enthousiasme. Libérés de la pression de la langue de glace située derrière eux, les icebergs bloqués contre le seuil sont beaucoup plus sûrs. Le glacier lui-même est bien trop dangereux pour envisager un carottage, surtout maintenant qu'il évolue à une telle vitesse. Les icebergs qui flottent le long du fjord sont exclus, car ils se déplacent. Et lorsqu'ils sortent du fjord, non seulement ils se déplacent mais ils risquent de culbuter. Par conséquent, un iceberg relativement récent immobilisé par le seuil est idéal pour nous. C'est une opportunité unique, mais nous n'avons pas beaucoup de temps pour intervenir.

– Depuis combien de temps est-il ici ? s'enquit Jack.

– Environ trois mois. Lanowski a créé une simulation qui montre sa progression dans le fjord et son arrivée contre le seuil. Est-ce qu'on va pouvoir la voir ?

– Il ne faut pas être pressé, murmura Lanowski agacé en tapant une série de commandes. Ah ! Enfin...

L'écran afficha une simulation isométrique du fjord en 3D avec le glacier d'un côté et l'arc de cercle formé par le seuil de l'autre. L'iceberg était dangereusement perché sur le seuil, dont on voyait désormais la silhouette immergée. De part et d'autre, le lit marin était encore plus profond.

– On voit le lit creusé par l'érosion, précisa Inuva, le sillon qui mène au seuil. En frottant contre le fond, les icebergs pulvérisent le lit marin et le réduisent en poudre. Cela crée un biotope stérile, dépourvu de vie. Mais l'échantillonnage que nous avons pu faire montre autre chose. En réalité, cet environnement favorise la diversification des espèces et permet à la vie de se régénérer, comme une forêt après un incendie. Et ce n'est pas tout. Malcolm a dit que vous aviez vu un iceberg vêler lorsque vous survoliez le glacier. À chaque fois que cela arrive, la remontée d'eaux profondes véhicule une foule de nutriments. Mes ancêtres ont dû trouver ici des lieux de pêche d'une richesse incroyable.

– Une biologiste, grommela Lanowski. Il ne manquait plus que ça !

Inuva lui lança un regard furieux et Jack enchaîna rapidement.

– À quel point cet iceberg est-il stable ?

– J'ai créé une simulation des conditions glaciaires dans le fjord pour toute la durée du projet, répondit Lanowski. Elle commence donc il y a deux semaines et se termine demain. Tout s'est passé exactement comme je l'avais prévu. Cela devrait vous donner une idée.

Il appuya sur une touche et ils regardèrent défiler à l'écran plusieurs dizaines d'images sur le même fond, qui montraient le recul alarmant du glacier et une procession d'icebergs basculant au-dessus du seuil.

– Il y a quelques années, souligna Lanowski, c'est ce qui se serait passé sur une saison entière. Aujourd'hui, c'est le résultat de deux semaines de fonte.

Il remonta ses petites lunettes et jeta un regard chassieux à Jack.

– Pour l'instant, poursuivit-il, l'iceberg ne bouge pas. Bien sûr, il y a une fluctuation diurne de la ligne d'ancrage d'environ trois mètres avec la montée et la descente de la marée, et l'abrasion va finir par faire tomber suffisamment de glace à la base pour le déséquilibrer. Actuellement, le pire scénario serait un vêlage important qui entraînerait une plus grande perte de glace sous l'eau qu'en surface. Le sommet de l'iceberg serait alors trop lourd. Et puis il y a aussi les tremblements de terre, les tempêtes ou l'arrivée d'un nouveau bloc de glace qui pourrait descendre le long du fjord, faire pression par derrière et pousser l'iceberg pour le faire basculer.

– Quels sont les risques ?

– Selon nos prévisions, aucun bloc de glace volumineux ne va descendre le fjord pendant les jours qui viennent. Quant aux tremblements de terre, c'est hors de question. La tempête reste une possibilité. Il existe un vent violent ici, qui pourrait affecter le mouvement de l'eau contre le seuil.

– Le Piterak, précisa discrètement Inuva.

– Le quoi ? demanda Costas.

– Le Piterak, provoqué par la rencontre de l'air froid qui dévale les pentes de la calotte glaciaire et de l'air chaud issu de la mer.

– Malcolm a évoqué le sujet dans l'hélicoptère, dit Jack.

Lanowski les ignora et poursuivit.

– Mais il n'y a pas eu de tempête de force suffisante depuis près de soixante-dix ans. La dernière date de 1938.

– Et le vêlage ? demanda Jack.

– C'est là que la simulation atteint ses limites, répondit Lanowski. Je ne peux tout simplement pas le prévoir.

Il baissa les yeux avec accablement, comme si cette impasse scientifique constituait un échec personnel.

– Tout ce que je peux dire, ajouta-t-il avec un regard de vaincu, c'est que les risques augmentent avec la chaleur de l'été, surtout maintenant qu'il fait jour vingt-quatre heures sur vingt-quatre. Dans quarante-huit heures, je recommanderai de cesser toute activité sur l'iceberg et je conseillerai au capitaine d'éloigner le navire de la côte d'au moins deux milles nautiques.

Macleod, qui avait conscience de l'urgence, se tourna vers Jack.

– Raison de plus pour s'y mettre tout de suite.

Inuva était déjà derrière la porte qui menait à l'aile du pont. Il la remercia d'un hochement de tête en lui tendant une radio bidirectionnelle qu'il venait de prendre sur le fauteuil de commande.

– Pendant qu'Inuva prépare la dernière partie de votre visite, je pense qu'on va pouvoir vous montrer de quoi il retourne.

Il tenta en vain d'accrocher le regard de Lanowski et conduisit ses compagnons jusqu'à un poste de travail situé de l'autre côté de la pièce, où un homme corpulent en jean et chemise à carreaux mettait en place un long tube en métal semblable à un grand tube pour posters.

– Don Cheney, expert en glaciologie du Wallops Lab de la NASA, originaire du Texas, dit Macleod. Don, montrez-nous ça.

Ils se serrèrent rapidement la main et se placèrent debout en arc de cercle derrière l'écran d'ordinateur. Cheney sortit partiellement un cylindre du tube et le posa sur le bureau devant eux. C'était un cylindre en plastique transparent d'environ un mètre de long et dix centimètres de diamètre. Le glaciologue s'assit au poste de travail et se pencha en avant. Il tapota sur le cylindre avec un crayon.

– Pour ceux qui n'en auraient jamais vu, ceci est une carotte de glace, annonça-t-il. Elle a été extraite de l'iceberg hier. Elle se constitue essentiellement de glace de l'ère glaciaire, matière trouble parsemée de bulles minuscules, mais aussi de bandes bleues de glace de regel. Une de ces bandes contient des polluants modernes, des hydrocarbures atmosphériques provenant des émissions d'usines et de moteurs. Au cours du siècle dernier, le glacier s'est ouvert, puis refermé assez rapidement. Cela arrive. Nous avons suivi la ligne de fracture jusqu'à la surface de l'iceberg. C'est la seule faiblesse de ce noyau dur.

– Nous avions envisagé d'utiliser des explosifs pour casser l'iceberg au niveau de cette fracture, indiqua Macleod, mais nous avons renoncé à cette idée. Cela aurait probablement détruit ce que nous avons trouvé.

– C'est-à-dire ? demanda Costas.

Cheney dévoila encore un mètre de carotte en la sortant un peu plus du tube.

– Nous étions sur le point de ramener le carottier et de boucler le projet quand un de mes gars de la NASA a repéré ça, dit-il en montrant la carotte.

Cette dernière section était complètement différente de la première. On y voyait une masse fibreuse noire et marron d'environ cinquante centimètres de long.

– Rien à voir avec les sédiments du lit marin cette fois, précisa Macleod.

– C'est du bois ! s'exclama Costas.

– Exact. Pris dans une couche de glace qui date d'il y a environ mille ans, issue d'une autre crevasse refermée. Sa structure est très compacte. Par endroits, il semble même carbonisé. Nous ne pouvons pas encore dire s'il a brûlé ou s'il s'est simplement décomposé. Mais nous pensons que nous avons une séquence dendrochronologique d'environ trente ans. Une autre carotte extraite au même endroit a été expédiée en Cornouailles par l'Embraer qui vous a amenés ce matin. Nous devrions avoir les résultats du labo de dendrochronologie de l'UMI dans la soirée.

– Cela ne peut pas être naturel, il ne peut pas s'agir d'un tronc d'arbre, songea Costas en hochant la tête. Aucun arbre ne devient aussi gros au Groenland. Et je ne vois pas comment il aurait pu se trouver sur la calotte glaciaire.

Macleod regarda Cheney impatiemment.

– Don, montrez-leur le scan.

Cheney s'exécuta en tournant l'écran du poste de travail pour que tout le monde puisse voir. Il tapa une commande et une image qui ressemblait à un échogramme apparut dans une mosaïque de nuances de gris oscillant entre le net et le flou.

– C'est une image haute résolution extraite du sonar, commenta Cheney. Elle montre la partie supérieure de l'iceberg, juste derrière le front où il y a eu vêlage. Les nuances de gris correspondent aux différentes densités de la glace. L'éventail va de la glace de l'ère glaciaire, formée au quaternaire, à la glace de regel, de la neige et de la glace de surface qui ont fondu pour s'écouler dans les fissures du glacier avant de geler à nouveau. Mais ce n'est pas tout. Il y a autre chose là-dedans.

Il tapa sur une touche pour faire apparaître à l'écran une autre image, dominée par une masse sombre en son centre. Il fit lentement défiler une série de vues fixes, la même masse sous différents angles correspondant au déplacement du sonar, qui avait balayé l'iceberg du front au sommet. À la dernière vue, Jack faillit lâcher sa tasse de café.

– C'est une plaisanterie, murmura-t-il stupéfait.

– Pas du tout, répliqua Macleod. Je t'ai parlé du bois au téléphone hier, mais nous ne nous sommes rendu compte de ce que cette image représentait que lorsque nous avons traité les données, il y a quelques heures. Nous avons renvoyé le sonar autour de l'iceberg ce matin, et chaque scannogramme vertical donne la même image.

– Ça alors, s'écria Costas, on dirait un navire !

– Nous ne voyons pas ce que cela pourrait être d'autre. Environ vingt mètres de long, grand barrot avec poupe et proue symétriques. D'après le scannogramme horizontal, il a l'air aplati, ce qui n'est pas surprenant sous une telle quantité de glace.

– Le halo que vous voyez tout autour correspond à une couche de glace de regel, qui l'enveloppe comme un cocon, expliqua Cheney. C'est la chose la plus étrange que j'aie jamais vue.

– Peut-être était-il en feu lorsqu'il a été pris dans la glace, dit Jeremy à voix basse.

– Peut-être, admit Cheney. En tous cas, je n'ai jamais rien vu de tel.

– Tu es sûr que le bois vient de là ? demanda Jack les yeux rivés sur l'écran.

– Absolument, répondit Macleod. Il a été extrait en plein centre, dans la quille ou ce qu'il en reste.

– Et il a mille ans ?

– Oui, la glace de regel qui l'entoure est là depuis mille ans, répondit Macleod.

– Alors il s'agit peut-être du premier drakkar viking découvert dans l'hémisphère occidental, dit Jack le cœur battant. J'ai eu cet espoir fou dès que tu m'as parlé du bois. Cette épave serait une des découvertes les plus sensationnelles du monde.

– Tu vois, j'ai bien fait de t'amener ici ! s'écria Costas.

– Je n'en ai jamais douté.

– Je savais que tu étais fasciné par l'exploration viking, dit Macleod, par la possibilité de trouver une épave viking dans le Nouveau Monde.

– Les Dorset et les Inuits n'ont jamais construit de navires en bois et, à ce jour, on ne connaît aucun modèle de bateau européen qui ressemble à cela, reprit Jack. Historiquement, ce serait tout à fait compatible avec la colonisation du Groenland par le peuple nordique à cette période. Mais comment un navire a pu atterrir dans un glacier se trouvant à l'intérieur du territoire, ça, j'avoue que ça me dépasse.

– C'est une des raisons pour lesquelles nous devons aller voir ça de plus près, déclara Macleod.

– Voyons voir, dit Costas en caressant sa barbe de plusieurs jours avant de se pencher au-dessus de Cheney pour voir l'échelle du scannogramme. Il est à environ trois cents mètres du front de vêlage à l'intérieur de l'iceberg et à environ cinquante mètres au-dessous du niveau actuel de mer, n'est-ce pas ? Je suppose que le cœur serait assez solide pour supporter un tunnel sans s'effondrer, mais il faudrait que nous procédions en milieu aquatique pour éviter la présence de poches d'air dans l'iceberg.

– C'est exactement ce à quoi nous pensions.

– Quels sont les risques ? demanda Jack. Je veux dire les risques d'effondrement ?

– Lanowski, qui se charge des simulations, a été clair à ce propos, répondit Macleod. Tout ce que je peux ajouter, c'est que c'est maintenant ou jamais. Une fois que l'iceberg aura basculé pardessus le seuil pour prendre le large, nous n'aurons plus aucune chance. Tout est en place, nous n'attendons plus que ton feu vert.

– Heureusement que je n'ai pas d'assurance-vie, murmura Jack. J'aurais du mal à convaincre mon assureur sur ce coup-là.

– Ce n'est probablement pas plus dangereux que de plonger dans un volcan en activité, fit remarquer Costas.

– Non, vous ne pouvez pas faire ça ! s'écria Maria. C'est de la folie.

Saisie d'effroi en comprenant ce qu'ils envisageaient de faire, elle les regarda l'un après l'autre dans l'espoir de découvrir qu'il ne s'agissait que d'une plaisanterie. Jack la regarda d'un air désolé ; il se tourna vers Costas avec une lueur dans les yeux que celui-ci connaissait bien et à laquelle il répondit avec un sourire en coin.

– Parfait, je n'en attendais pas plus, dit Macleod en regardant Inuva, qui lui avait rapporté la radio et attendait patiemment derrière lui. Pendant que l'équipe qui se trouve au pied de l'iceberg prépare votre matériel, allons faire un petit tour à terre.

Chapitre 7

La silhouette imposante de l'iceberg se dressait au-dessus d'eux. C'était un mur blanc irrégulier strié de traînées bleues et vertes translucides. Jack remonta la fermeture Éclair de sa combinaison orange de survie et ajusta son gilet de sauvetage tout en regardant le profil éthéré de la *Seaquest II*, qui s'éloignait de leur sillage. Derrière lui, Maria se cramponnait de plus en plus fort à la corde de sécurité. Macleod lui coula un regard rassurant depuis le plat-bord d'en face.

– On a un peu l'impression d'être sur des montagnes russes, mais Henrik est un expert. Il a navigué sur ces eaux toute sa vie.

L'homme d'équipage danois sourit et se leva devant le hors-bord Evinrude 120 CV en tenant fermement l'amarre d'une main, et la manette des gaz de l'autre. Il conduisait le Zodiac comme un char à travers les sarrasins qui recouvraient la mer. Sans effort, il balançait le gros moteur d'un côté puis de l'autre pour éviter les bourguignons perfidement dissimulés juste sous la surface. Après avoir serpenté pendant cinq minutes autour des débris de glace, ils atteignirent deux balises rouges indiquant l'entrée d'un barrage flottant qui retenait la glace tout autour d'une grande zone située en face de l'iceberg. Tandis qu'ils parcouraient lentement les dernières centaines de mètres, ils virent deux hommes, dont les silhouettes semblaient minuscules comparées à l'immense bloc de glace, gravir la longue paroi à l'aide de crampons et de piolets. Ils sentaient déjà l'air froid émanant de l'iceberg, une aura de fraîcheur qui donna à Maria des frissons dans le dos.

– On dirait qu'il est vivant, dit-elle. On le sent presque respirer.

– Ce souffle froid indique qu'il fond, et vite, affirma Macleod. Il sera bientôt trop dangereux de travailler sous le front de vêlage.

Ils s'arrêtèrent le long d'un dock flottant, à environ vingt mètres de l'iceberg, où étaient déjà amarrés un submersible Aquapod qui dansait sur l'eau et deux Zodiacs, de l'autre côté. Plusieurs hommes supervisaient la descente dans la mer d'un long câble enroulé sur le dock. Ils portaient une combinaison environnementale noire de l'UMI qui, même dans ces eaux glaciales, prolongerait leur survie si quelque chose tournait mal. Au bout d'un moment, le câble s'arrêta et une silhouette familière sortit du groupe pour traverser la plate-forme et se diriger vers les Zodiacs en faisant aux autres un signe de la main.

– Bon travail, les gars. J'ai fait tout ce que je pouvais ici.

Avec une agilité surprenante compte tenu de sa corpulence, Costas sauta dans le Zodiac et atterrit avec fracas sur le plancher, en face de Jack. Il était parti une demi-heure avant ses compagnons et il avait mis les bouchées doubles. Il se redressa en chancelant, retira sa combinaison environnementale jusqu'à la taille, s'assit un instant pour enfiler le coupe-vent orange et le gilet de sauvetage que lui tendait Henrik.

– Je suis prêt à partir.

L'homme d'équipage poussa le Zodiac et ils retournèrent lentement vers le barrage, en direction de la mer. Après avoir passé les bouées de l'entrée, ils virèrent à droite. Cinq minutes plus tard, alors que le barrage était désormais hors de vue et la façade nord de l'iceberg loin derrière eux, Macleod fit signe à Henrik d'entrer dans le fjord, de ralentir, puis de couper le moteur. Le bruit du hors-bord ayant disparu, tout parut soudain surnaturellement calme. Ils furent plongés dans une illusion de sérénité, comme si, après avoir franchi le seuil sous-marin, ils étaient entrés dans un monde imaginaire de glace, comme s'ils ne faisaient plus qu'un avec les palais de cristal imposants qui les entouraient.

– Ne vous y trompez pas, dit Macleod, ce sont des forces

titanesques qui sont à l'œuvre ici.

Une seconde plus tard, le silence fut rompu par une terrible détonation, suivie d'une onde de choc percutante qui fendit l'air et d'un énorme bruit sourd. Un mur de glace venait de se détacher du glacier, au loin, au bord de la calotte glaciaire. Le son sembla résonner contre tous les icebergs prisonniers du fjord, qui reprirent ce refrain sinistre, les pétrissant d'échos avant de le laisser s'éteindre dans un long soupir. Le silence lugubre qui suivit rendit les icebergs qui les entouraient encore plus impressionnants. Ils se sentirent d'autant plus insignifiants et impuissants.

– En été, la mer est souvent calme, fit remarquer l'homme d'équipage, mais c'est aussi la saison pendant laquelle le glacier est le plus actif. Plus il fait chaud au niveau de la mer, plus la rencontre avec l'air froid de la calotte glaciaire est violente. Les conséquences peuvent être immédiates.

Il montrait, vers l'horizon est, à l'autre bout du fjord, une bande de ciel au-dessus de la glace qui devait être bleu foncé ou gris foncé, mais leur attention fut subitement détournée par un bourguignon de la taille d'une voiture, qui avançait dans leur direction. Le bloc de glace s'était mis à se balancer d'un côté et de l'autre sur la mer lisse comme un miroir, un spectacle effrayant qui semblait défier la raison. Oscillant de plus en plus agressivement, il bascula en révélant une surface polie et envoya une onde qui parcourut tout le fjord. Les sarrasins s'accumulèrent autour d'eux comme une mer de verre brisé et d'autres bourguignons surgirent des profondeurs juste à côté du Zodiac.

– Quel spectacle épouvantable ! s'écria Maria.

– Tu n'as encore rien vu, répliqua Macleod. Quand un gros iceberg roule, on ne sent parfois pas grand-chose d'ici, mais une vague de dix mètres peut s'abattre sur le rivage. Ça ne donne pas envie de flâner au bord de l'eau.

– Nous ne sommes pas pressés de voir ça, dit Costas. Notre iceberg doit rester bien tranquille pendant au moins vingt-quatre heures.

Jack se retourna vers le bloc de glace grinçant puis regarda en direction du glacier. Au-delà du seuil, les icebergs semblaient glisser majestueusement vers le large mais, à l'intérieur du fjord, ils étaient comme enchaînés au glacier, encore trop jeunes, trop faibles pour partir, et marqués par la violence de leur naissance. L'environnement était d'autant plus terrifiant qu'il était en grande partie invisible. Pris de convulsions dissimulées en profondeur à chaque fois qu'un bloc de glace tombait dans la mer, il déployait une puissance inégalée dans le reste du monde. Encore une fois, Jack prit toute la mesure de la fragilité de l'être humain face à la nature. Et pourtant, il en repoussait les limites à chaque nouveau projet.

Macleod fit un signe de tête à Henrik, qui tira sur le starter pour allumer le moteur. Le Zodiac fit demi-tour en direction de la mer et accéléra pour rejoindre le rivage au milieu des sarrasins qui s'étendaient hors du fjord en longues traînées blanches. L'homme d'équipage trouva une parcelle d'eau claire et ouvrit les gaz à fond. Il fit planer le Zodiac, qui décrivit un grand arc de cercle en direction du promontoire rocheux délimitant l'extrémité nord du fjord. Jack, assis sur le plat-bord à l'avant du canot et cramponné à la corde de sécurité, se pencha en arrière et laissa l'eau glacée lui éclabousser le visage en savourant le goût du sel. Cela faisait plusieurs mois qu'il n'avait pas plongé et la saveur de la mer lui manquait. Il vit Maria, assise à côté de lui, lui sourire et regarda Macleod et Costas penchés sous leurs capuches pour se protéger des embruns. Il se remémora sa dernière plongée avec Costas dans les entrailles du volcan, six mois auparavant. Cette plongée avait réveillé en lui son pire traumatisme. Celle qu'ils s'apprêtaient à faire, l'une des plus extraordinaires de leur vie, aurait lieu dans un environnement encore plus confiné. Ses peurs étaient encore là, mais il les contrôlait et, pour l'instant, il était submergé par un véritable sentiment d'allégresse. Le projet de la Corne d'Or avait ranimé sa passion pour l'archéologie, mais il l'avait dirigé depuis la passerelle d'un bateau. Il n'avait pas mis au jour un fragment de l'histoire de ses propres mains. Il était impatient de retourner sous l'eau, d'être le premier à voir et à toucher les fabuleux trésors qui se trouvaient depuis des siècles dans les profondeurs de l'océan.

Lorsque le moteur s'arrêta, le vrombissement du hors-bord fut remplacé par de mystérieux hurlements et glapissements. Dans la vallée qui s'ouvrait devant eux, ils virent une foule de chiens enchaînés à des piquets. Certains aboyaient, tiraillés par la faim, tandis que d'autres se jetaient sur de gros morceaux de viande, déposés pour eux dans un enclos boueux.

– Les Groenlandais utilisent encore des traîneaux en hiver, indiqua Macleod, qui avait retiré sa capuche. La majeure partie du territoire est trop accidentée pour que l'on puisse y circuler en autoneige et la calotte glaciaire est trop éloignée des stations de carburant. Ils enchaînent les chiens pendant tout l'été et les abattent quand ils deviennent trop vieux pour travailler. Tout le monde n'approuve pas, mais ce ne sont pas des animaux de compagnie.

– Il me semble que lors de fouilles dans les derniers villages abandonnés par les Norrois du Groenland, on a retrouvé des os de chiens avec des entailles, les restes d'un dernier repas, dit Jack. Les ancêtres de ces chiens.

– C'est peut-être pour ça qu'ils hurlent, plaisanta Costas.

Maria fixa les chiens avec appréhension. Ses compagnons avaient déjà enjambé le canot pour sauter sur la plage de galets et il fallut que Jack lui tende la main pour qu'elle se décide à les rejoindre. Macleod les conduisit rapidement vers les hauteurs, loin de la zone dangereuse longée par les icebergs, puis répondit à un appel sur sa radio bidirectionnelle. Il tendit celle-ci à Maria, qui s'arrêta pour échanger quelques mots avec son interlocuteur avant de la lui rendre et de reprendre sa place à côté de Jack.

– C'était Jeremy, dit-elle. Il est resté à bord pour terminer l'analyse de l'inscription de la Mappa Mundi et il pense qu'il a trouvé autre chose. Cela pourrait être très intéressant, mais il a besoin d'encore un peu de temps.

– Il aura sûrement terminé quand nous reviendrons de notre plongée, déclara Jack. Quand nous serons rentrés, il faudra qu'on prenne le temps de s'asseoir et de réfléchir.

– Je n'arrive toujours pas à croire que vous allez faire ça.

– C'est la première fois que tu travailles pour l'UMI sur le terrain, dit Jack en souriant. Comme l'a dit Malcolm, tu n'as encore rien vu.

Malgré la chaleur de l'été, ils se gardèrent d'ouvrir la fermeture Éclair de leur combinaison de survie pour se protéger des insectes et remontèrent la plage derrière Macleod, qui les mena jusqu'à un sentier érodé aboutissant à un petit col situé au cœur de la vallée. La végétation n'excédait pas quelques dizaines de centimètres, mais la nudité des sommets environnants était compensée par un tapis luxuriant de mousse et d'herbe, qui recouvrait le fond de la vallée.

– Les ruines que vous voyez en face sont celles du site de Sermermiut, indiqua Macleod. C'est un endroit sacré pour les Inuits. Ce site est occupé depuis au moins quatre mille ans, depuis que les premiers Groenlandais en provenance de l'Arctique canadien ont traversé la mer gelée. La ville d'Ilulissat se trouve en haut de la vallée, au nord. Elle n'a été fondée qu'en 1741, au début de l'occupation du Groenland par les Danois. D'ailleurs, les Danois l'appellent Jacobshavn, mais le nom groenlandais est un peu plus approprié.

– Que signifie Ilulissat ? demanda Costas.

– Iceberg.

Costas acquiesça. Ils longèrent le sentier jusqu'à une dépression marécageuse en direction du site en ruines, en repoussant de la main les nuages de moucherons qui semblaient surgir du marais comme de la brume.

– Et les Vikings ?

– Les Norrois avait désigné toute cette partie de la côte qui mène à la calotte glaciaire polaire sous le nom de *Norðrseta*, terrains de chasse du nord. C'était une zone inhospitalière, où l'on n'a pratiquement trouvé aucun vestige viking. Les Norrois ne se sont installés de manière permanente que là où ils pouvaient espérer reproduire le mode de vie scandinave, basé sur l'élevage et une agriculture rudimentaire. Au Groenland, ils ont donc occupé les vallées fertiles des fjords, près de la pointe sud, où Éric le Rouge est arrivé avec sa famille au début du XIe siècle. La plupart des colons venaient de Norvège et d'Islande. Ils ont fini par bâtir des centaines de foyers pour accueillir une population qui a culminé à plusieurs milliers d'habitants. Lorsqu'ils se sont convertis au christianisme, ils ont même construit des églises en pierre brute.

– Et que sont-ils devenus ?

– C'est un des plus grands mystères du passé. Ils ont vécu ici pendant des générations en troquant de l'ivoire de morse et des fourrures en Europe, mais le dernier contact connu remonte au XVe siècle. Lorsque l'Église catholique a envoyé une expédition au Groenland, en 1721, pour vérifier qu'ils étaient toujours de bons chrétiens, ses émissaires n'ont trouvé aucun signe de vie.

– Cela peut paraître incroyable, mais les croisades y étaient sans doute pour quelque chose, intervint Maria.

– Quoi ?

– En 1124, le roi norvégien Sigurd Jorsalfar a établi un siège épiscopal au Groenland. L'Église a donc pu imposer les colons norrois, ce qui a considérablement accru leur pauvreté. On appelait Sigurd « le Croisé ». Il faisait partie des Scandinaves qui avaient rejoint les croisés au XIIe siècle. Il a eu l'effronterie d'instaurer au Groenland un impôt spécifiquement destiné aux croisades. Il se faisait payer en défenses de morse et en peaux d'ours polaire.

– Cela devait être bien utile à Jérusalem, murmura Costas. Les croisades ont vraiment donné libre cours à toutes les folies.

– L'Église était sans aucun doute un fardeau sur le plan économique, admit Macleod. Mais certains experts pensent que les Norrois du Groenland ont été décimés par les indigènes, par des pirates anglais ou même par la peste noire. Pour ma part, je crois que l'environnement a été le facteur principal. Ce que l'on appelle la petite période glaciaire du Moyen Âge a bloqué les voies maritimes qui leur permettaient de rentrer chez eux. La glace de mer restait tout l'été autour des côtes. De plus, le froid a dû rendre l'agriculture impossible et peut-être n'ont-ils pas pu ou pas voulu s'adapter au mode de vie local pour vivre de la chasse et de la pêche.

– Alors les Vikings auraient été liquidés par un changement climatique, railla Costas. Une fin pas très glorieuse pour une élite guerrière…

– Attendons d'en savoir plus, dit Jack. Les vrais guerriers de ce peuple sont peut-être allés encore plus à l'ouest.

Les ruines du site ancien étaient à peine reconnaissables. Parmi les cercles de pierre brute bâtis à proximité les uns des autres sur le sol, certains avaient été presque engloutis par le sol alluvial, tandis que d'autres émergeaient à peine du marais. Sur une petite plateforme, du côté de la mer, se trouvait une tente en forme de dôme d'un peu plus de quatre mètres de diamètre, une armature en os de baleine recouverte de plusieurs peaux de phoque et de bœufs musqués. Une mince volute de fumée s'élevait dans les airs à travers un trou central.

– Ces pierres sont des cercles de tente utilisés pour protéger les tentes du vent, expliqua Macleod. On en voit dans tout l'Arctique.

Ils constituent la principale preuve de la présence d'un village à cet endroit. Plus personne ne vit ici depuis des générations, mais c'est un lieu sacré pour les Inuits d'Ilulissat. Les anciens qui respectent encore les traditions viennent ici se préparer à la mort. Les membres de leur famille dressent une tente traditionnelle à l'intérieur d'un des cercles de pierre de leurs ancêtres, quand ils savent l'heure venue.

Plusieurs huskys blancs affamés étaient enchaînés à des piquets autour de la tente et, alors que Macleod et ses compagnons avançaient, ils tirèrent sur leurs chaînes et se mirent à baver devant eux. Hésitante, Maria resta en arrière, mais Jack l'aida à se rapprocher en prenant garde de rester hors de leur portée. Les grognements alertèrent les occupants de la tente, qui s'ouvrit pour laisser apparaître une Groenlandaise aux cheveux bruns ornés de perles et tirés en arrière. Elle était vêtue d'un parka traditionnel en peau de phoque et, lorsqu'elle leva les yeux, ils reconnurent Inuva, qui avait quitté la *Seaquest II* en Zodiac une heure avant eux. Après avoir fait taire les chiens, elle fit un signe de tête à Macleod, qui s'agenouilla et échangea quelques mots avec elle avant que le rabat de la tente ne se referme.

– Inuva est la fille du vieil homme, expliqua Macleod à voix basse en se tournant vers ses collègues. Il comprend le danois mais ne parle que le *kalaallisut*, le dialecte inuit local, alors Inuva va nous traduire ce qu'il dit. Il s'appelle Kangia, c'est également le nom du glacier. Il a quatre-vingts ans, un âge avancé pour les hommes de ce peuple, qui ont une vie rude. Dans sa jeunesse, c'était un des chasseurs les plus renommés d'Ilulissat. Il a parcouru des centaines de kilomètres le long de la calotte glaciaire avec ses chiens et navigué vers le nord à bord de son *umiak* bien au-delà du dernier village.

Ils passèrent en baissant la tête sous le rabat, que Macleod tint ouvert avant d'entrer à son tour. Jack cligna des yeux dans la fumée âcre qui s'élevait depuis le foyer, alimenté par des excréments séchés de bœuf musqué. Macleod leur fit signe de s'asseoir sous la fumée, sur un cercle de peaux disposées autour du feu. Dès que leurs yeux se furent accoutumés à l'obscurité, ils virent à l'autre bout de la tente un traîneau en bois, dont les patins étaient usés mais ornés de magnifiques sculptures d'animaux. Le vieil Inuit était assis sur le rebord, enveloppé de couvertures. Ses longs cheveux blancs étaient détachés sur ses épaules, autour de son visage tanné et parcheminé. Lorsqu'il se tourna vers eux, ils constatèrent que la cécité des neiges avait éteint son regard et qu'il avait déjà la pâleur grise de la mort. Il commença à parler péniblement et Inuva traduisit les cliquetis suaves de l'inuit groenlandais à chacune de ses pauses.

– Mon père dit que son peuple vit ici depuis des temps immémoriaux et que des étrangers sont venus et repartis. Il sera bientôt temps pour lui d'aller rejoindre les traîneaux de ses ancêtres, qui traversent la calotte glaciaire à toute allure pour l'éternité.

Le vieillard sortit une main flétrie des couvertures et prit à côté de lui, sur le traîneau, une photo usée qu'il tendit à Macleod en hochant la tête silencieusement.

– C'est la raison pour laquelle nous sommes ici, dit Macleod. Inuva a parlé à Kangia de nos recherches dans le fjord et c'est elle qui m'a demandé de venir le voir il y a deux jours. Regardez cette photo.

Il la donna à Jack. Maria et Costas se rapprochèrent pour la voir. C'était une photo en noir et blanc, décolorée, d'un groupe d'hommes en tenue polaire, debout à côté de traîneaux en bois chargés de matériel et entourés de chiens.

– Elle date d'avant la Seconde Guerre mondiale, à en juger par le matériel, observa Jack. 1920, peut-être 1930.

Il s'interrompit un instant et regarda la photo de plus près.

– Ce vieil homme au centre, n'est-ce pas Knud Rasmussen ? Je sais qu'il est né à Jacobshavn.

– Kangia a été un de ses maîtres chiens. C'est le jeune homme sur la gauche.

– Kangia a connu Knud Rasmussen ! s'exclama Jack en regardant le vieil Inuit avec admiration avant de se tourner vers Costas. C'est un des explorateurs polaires les plus célèbres, moitié danois, moitié inuit, la première personne à avoir traversé la calotte glaciaire du Groenland.

– Rasmussen a été un père pour Kangia, poursuivit Macleod. Il l'a encouragé à préserver les traditions. Kangia avait beaucoup d'estime pour lui et admirait son respect pour les coutumes inuits.

Il sortit de la poche intérieure de sa veste une pochette

imperméable, qui contenait une autre photo.

– Il m'a également donné ça.

– L'*Ahnenerbe* ? demanda Jack avec un regard sombre.

– Exact. J'ai scanné la photo et j'ai fait quelques recherches avant votre arrivée. Une expédition allemande a été envoyée à Jacobshavn en 1938, un an avant la guerre. Les Allemands avaient besoin d'un maître-chien et Kangia s'est naturellement imposé comme étant le meilleur choix.

Sur la photo, on pouvait voir deux Européens devant un arrière-plan composé de roche et de glace. D'après la forme du promontoire, le cliché avait manifestement été pris à Semermiut, près de l'endroit où ils se trouvaient. Les icebergs formaient une paroi continue le long du seuil du fjord, comme c'était encore le cas plus de cinquante ans auparavant, avant que le glacier ne commence à reculer. Les deux hommes portaient la tenue d'expédition classique de l'époque, un pull épais, une grosse veste en laine et une culotte de golf rentrée dans des chaussettes qui montaient jusqu'aux genoux. Celui de droite, bel homme, grand, la trentaine, des cheveux blonds épais, était un peu en retrait, comme s'il avait manifesté quelques réticences à se faire prendre en photo. L'autre, un petit brun au sourire pincé, fixait impérieusement l'appareil une jambe pliée et la main droite sur le genou. De la main gauche, il tenait un compas au-dessus de la tête d'un jeune Inuit assis sur un rocher devant lui. En comparant le jeune homme à la photo précédente, il était facile de reconnaître Kangia. On aurait dit un chasseur posant avec son trophée, mais c'était bien pire encore : l'Européen portait au bras gauche un brassard rouge frappé d'une croix gammée.

Jack regarda Costas.

– *Ahnenerbe* signifiait « Héritage des ancêtres », précisa-t-il. C'était un service de la SS créé avant la guerre par le Reichsführer Heinrich Himmler, le bras droit d'Hitler. Consacré à la recherche des origines ancestrales de la race aryenne.

– Qu'est-ce que ces types pouvaient bien faire ici ?

– Aussi incroyable que cela puisse paraître, ils cherchaient probablement l'Atlantide. Les nazis pensaient que les Atlantes étaient les premiers Aryens. À la fin des années 1930, les dirigeants de l'*Ahnenerbe* ont envoyé des expéditions dans le monde entier, au Tibet, au cœur de la Mésoamérique, en Arctique. Ils espéraient trouver les descendants les plus purs des Atlantes dans les régions les plus éloignées, dans les territoires coupés du reste de l'humanité. Ils avaient notamment recours à la phrénologie, qui consistait à mesurer les crânes pour trouver des prétendues caractéristiques aryennes. C'est ce que ce crétin est en train de faire sur la photo. C'était une science médiévale, mais les véritables anthropologues recrutés par l'*Ahnenerbe* devaient se plier aux obsessions insensées du Reichsführer. On a même appelé cela la croisade de Himmler.

– L'expédition au Groenland a été doublement étrange, ajouta Macleod. Les nazis étaient également obsédés par la *Welteislehre*, la doctrine de « la glace éternelle », un système cosmologique fantaisiste pondu par un Autrichien détraqué au début du xxe siècle. C'est une des nombreuses théories tirées par les cheveux qui ont trouvé des adeptes après la Première Guerre mondiale, sans doute parce qu'elles semblaient remettre un peu d'ordre dans un monde devenu fou. D'après la *Welteislehre*, tout, dans l'univers, est un combat perpétuel entre la glace et le feu. La race supérieure aryenne est née dans un royaume de glace. Elle a ensuite été éparpillée sur la planète lors d'inondations et de tremblements de terre. Où trouver une meilleure preuve de l'existence des premiers Aryens que sur la calotte glaciaire du Groenland, dernier grand vestige de la période glaciaire ?

– Il y aurait de quoi rire si toutes les actions de l'*Ahnenerbe* n'avaient pas été polluées par un racisme sous-jacent, dit Jack. L'*Ahnenerbe* n'a fait que confirmer à Himmler ce qu'il voulait savoir et ses activités ont contribué à renforcer les convictions de celui-ci sur la supériorité aryenne. N'oubliez pas que le Reichsführer a été le principal architecte de « la solution finale », la liquidation des Juifs.

– Alors ces deux types étaient des nazis, en conclut Costas, qui avait pris la photo et la regardait attentivement avec Maria.

– D'après Kangia, l'homme aux cheveux gras et au brassard était un sale type qui divaguait sans cesse à propos d'Hitler et traitait les Groenlandais comme des chiens, commenta Macleod. Mais l'autre semble avoir été plus modéré. Il a apparemment tenté de venir en aide à Kangia et influencé le déroulement de l'expédition. Fasciné par les traditions orales des Inuits, il avait promis de revenir seul un jour pour les consigner. Il serait devenu un bon conducteur de traîneau et aurait gagné le respect des Groenlandais. Son collègue et lui se détestaient et s'adressaient à peine la parole.

– A-t-on une idée de qui il s'agissait ? demanda Costas.

– Le rapport de l'expédition a mystérieusement disparu du siège de l'*Ahnenerbe* lorsque la guerre a éclaté. Cette photo et la mémoire de Kangia sont donc tout ce qu'il nous reste. Hier, j'ai envoyé le scan par e-mail à la bibliothèque de l'UMI. Le type au brassard nazi n'a pas pu être identifié avec certitude. Son visage ressemble à celui de milliers d'autres brutes de son genre. Mais l'autre a une sacrée histoire.

– Bien sûr, je le reconnais maintenant ! s'exclama Maria. Le blond, c'est certainement Rolf Künzl, le célèbre archéologue.

– Exact.

– Un des fondateurs de l'archéologie viking, poursuivit Maria. Sa thèse sur la colonisation du Groenland par les Norrois demeure une référence sur le sujet. Une carrière précoce à laquelle la guerre a prématurément mis un terme.

– J'en déduis que tu sais ce qu'il lui est arrivé.

– La conspiration de von Stauffenberg.

– Absolument. Il a fait partie des nombreux véritables spécialistes recrutés par l'*Ahnenerbe* pour étayer les thèses fantaisistes des nazis concernant la race supérieure nordique. Il n'avait pas d'autre choix que de jouer le jeu, bien qu'il ait méprisé ouvertement les extrémistes fanatiques à la tête de l'*Ahnenerbe*, des cinglés et des savants ratés pour la plupart, qui devaient uniquement leur carrière aux nazis.

– Les fous dirigeaient l'asile, murmura Costas.

– En effet, acquiesça Macleod, mais Künzl n'a jamais intégré la SS, car il était issu d'une vieille famille militaire prussienne. Officier de réserve de la Wehrmacht, il a réussi à sortir des tentacules de Himmler au début de la guerre. Il a combattu pendant deux ans sous les ordres de Rommel dans le désert, où il a atteint le grade de colonel et obtenu la croix de chevalier, mais il a été rappelé à Berlin pour y accomplir des tâches subalternes. Himmler semble en avoir fait son bouc émissaire. Il l'a accusé sans relâche d'avoir volé les rapports de l'expédition du Groenland et d'avoir dissimulé ce qui avait été découvert. Mais il n'a jamais rien obtenu et, en septembre 1944, Künzl a été arrêté puis pendu avec une corde de piano, aux côtés de von Stauffenberg, pour avoir tenté d'assassiner Hitler.

– Il était dans le camp des « bons », murmura Costas.

– Les conspirateurs n'étaient pas des saints. Künzl a été un des commandants de division blindée les plus efficaces de l'Afrikakorps et il avait beaucoup de sang allié sur les mains. Il connaissait les politiques raciales des nazis grâce à son travail pour le compte de l'*Ahnenerbe* et il n'a apparemment rien fait. Mais il détestait Hitler et voulait mettre un terme à la guerre avant qu'elle ne détruise l'Allemagne. Quand on voit l'autre homme de la photo, on comprend facilement d'où venait son aversion pour les nazis.

Kangia se remit soudain à parler. Son souffle saccadé par les mots emplissait la tente comme si une brise douce agitait les peaux de phoque. Il tendit la main vers la photo, que Costas lui rendit, et indiqua l'homme blond sans le voir. Inuva se pencha vers lui pour l'écouter attentivement avant de se retourner vers les autres.

– Le troisième jour de l'expédition, ils avaient atteint la calotte glaciaire, à l'est d'ici, et trouvé un chemin dans la glace pour aller jusqu'au sommet. Après une journée de traversée avec les traîneaux, ils ont soudain été arrêtés par un vent de tempête, le Piterak.

Lorsqu'il entendit sa fille répéter le mot groenlandais, Kangia s'anima tout à coup. Ses grands gestes dans la lueur vacillante du feu projetèrent l'ombre de ses bras arqués tout en haut de la paroi de la tente.

– C'était une violente tempête, la pire que mon père ait jamais connue, poursuivit Inuva. L'expédition se trouvait sur le front nord du glacier, où un icestream affluent commence à s'écouler vers le fjord. Les deux Allemands tenaient absolument à traverser le glacier et à chercher un abri derrière une crête de glace, une des ondulations indiquant le début du craquèlement du glacier. Mais les Groenlandais, sachant que c'était trop dangereux, ont refusé et sont restés avec leurs chiens en plein vent sur la calotte glaciaire, blottis derrière leurs traîneaux.

Le vieillard ramena ses poings l'un contre l'autre et les écarta brusquement en faisant un bruit de craquement, avant de parler à nouveau.

– Il y eut un bruit terrible, traduisit Inuva. Le glacier s'était déchiré et les Allemands avaient disparu dans ses entrailles. Moi,

Kangia, j'ai été le seul à avoir le courage de marcher contre le vent jusqu'au bord de la crevasse. Et lorsque j'ai regardé en bas, à travers la neige tourbillonnante, j'ai vu quelque chose d'incroyable.

Le vieil homme suivait les intonations de la voix de sa fille et hochait la tête énergiquement mais, soudain, il se mit à tousser douloureusement et s'adossa contre une pile de fourrures, les traits tirés et le teint gris.

– Il n'en a plus pour longtemps, dit Inuva en caressant doucement le bras de son père.

Elle leva les yeux vers Macleod d'un air désolé.

– Il est peut-être temps que vous partiez, ajouta-t-elle.

Macleod acquiesça. Il entreprit de se lever, mais le vieillard tendit le bras et se remit à parler de manière presque inaudible. Sa fille, penchée tout près de lui, traduisit à nouveau.

– C'était tout en bas, aussi profond que les icebergs du fjord sont hauts.

Macleod se rassit et Inuva poursuivit.

– Au fond de la crevasse, il y avait la proue d'un navire, dont le bois était noirci et vieux, recourbée vers le haut avec une figure terrifiante. Moi, Kangia, j'ai su ce que c'était dès que je l'ai vue. Une légende, transmise de génération en génération, raconte que des géants vêtus d'acier, les *Kablunat*, ont traversé la mer et sont venus échouer un de leurs grands navires en feu sur la glace. Moi, Kangia, je tiens cette histoire de mon grand-père, qui, lorsque j'étais enfant, me l'a racontée dans ce même cercle de tente.

Le vieillard s'interrompit pour tousser et Inuva regarda ses compagnons.

– Nos ancêtres, les Thulés, sont venus de l'Arctique canadien pour s'installer ici il y a environ huit cents ans, après que les Dorset, qui vivaient ici auparavant, se furent éteints. Mais les chasseurs thulés étaient déjà venus avant cela et ils avaient rencontré les géants barbus qui vivaient dans des maisons de pierre dans le sud du Groenland. Mes ancêtres les appelaient les *Kablunat*.

– Ça alors, murmura Jack. Un navire dans la glace. C'est incroyable.

– Attendez, ce n'est pas fini, dit Inuva en levant la main pour pouvoir écouter son père.

– La glace a commencé à bouger sous mes pieds, traduisit-elle.

Moi, Kangia, j'ai jeté une corde et hissé les deux hommes. La crevasse s'est refermée dans un grand fracas juste au moment où ils sont sortis. Le navire avait disparu dans la glace. Le Piterak a continué de souffler pendant de nombreux jours et nous sommes retournés à Ilulissat. Ce fut la fin de l'expédition. Les Allemands sont repartis et nous ne les avons jamais revus.

Le vieillard passa la main sous les couvertures qu'Inuva avait posées sur lui et sortit un paquet enveloppé de peau de phoque blanche. De ses mains tremblantes, il le tendit à Macleod. Celui-ci le prit en inclinant la tête d'un air grave et, sous les yeux du vieil homme, le passa à Jack, qui garda un instant le morceau de cuir usé au creux de ses mains en lançant un regarda interrogateur à son collègue.

– C'est la raison pour laquelle il fallait que tu viennes en personne, expliqua Macleod. Quand j'ai parlé avec Kangia il y a deux jours, il m'a dit avoir un objet qu'il souhaitait transmettre. Je lui ai répondu que c'était toi qui dirigeais les opérations et il a ajouté que toi seul pouvais recevoir cet objet.

Jack regarda le vieillard et inclina la tête solennellement, puis il se mit à ouvrir le paquet avec précaution. Maria et Costas se rapprochèrent pour mieux voir, tandis qu'il dépliait le cuir. Maria resta bouche bée, blême d'émotion.

– C'est une pierre runique !

L'objet était un bloc de pierre polie d'un vert sombre, aux angles grossièrement équarris et à la surface plane, à peine plus grand que la main de Jack. Trois lignes de runes y étaient gravées. L'archéologue reconnut immédiatement certains signes lorsqu'il orienta la pierre vers la lumière.

– C'est fantastique, murmura Maria. Ces runes sont du vieux norrois, cela ne fait aucun doute. Il y a quelques signes étranges et je ne reconnais pas les mots, mais Jeremy devrait pouvoir nous aider.

– Mon père m'a déjà raconté cette histoire, mais il ne m'avait jamais montré la pierre, avoua Inuva. Il y en a une semblable au musée d'Upernavik, à environ cent cinquante kilomètres au nord. Elle a été trouvée à l'intérieur d'un cairn funéraire, à Kingigtorssuaq. C'est le plus célèbre artefact viking du Groenland, la plus septentrionale des découvertes de ce genre en Arctique.

– Attendez de savoir d'où vient la pierre, intervint Macleod. Quand Kangia est venu les aider à sortir de la crevasse, les deux Allemands se battaient pour quelque chose, mais le petit a glissé et failli perdre l'équilibre. Kangia l'a vu balafrer le visage du grand avec un couteau avant de laisser tomber celui-ci dans la crevasse. Il était furieux à cause de quelque chose d'autre qu'il avait perdu dans la bagarre, probablement un objet prisé par les nazis. La tempête faisant rage, sortir du glacier est devenu une question de vie ou de mort et ils ont arrêté de se battre. Mais avant qu'ils ne quittent la calotte glaciaire, Künzl a donné cette pierre à Kangia pour qu'il la mette en lieu sûr. Il lui a confié qu'elle provenait du navire pris dans la glace. Apparemment, il a fait croire au nazi qu'elle était tombée dans la crevasse, mais celui-ci était persuadé qu'il l'avait toujours et fouillait ses affaires toutes les nuits. Il a dit à Kangia qu'il s'agissait d'une pierre sacrée et qu'il ne devait jamais révéler à l'autre homme qu'il l'avait. Kangia, qui détestait les nazis, s'est volontiers plié à sa volonté.

– Künzl a dû la traduire, murmura Maria. C'était le meilleur runologue de son temps. Il connaissait toutes les écritures nordiques. Dans la crevasse, il a certainement eu le temps de lire quelque chose qui l'a incité à ne pas la laisser tomber entre les mains de ses exécrables collègues nazis de l'*Ahnenerbe*.

– Il a dit à Kangia que, s'il ne pouvait pas revenir au Groenland, il devrait garder le secret sur cette pierre jusqu'à la fin de ses jours et ne le transmettre qu'à une personne à qui, en son âme et conscience, il pensait pouvoir faire confiance. La guerre a décidé du sort de Künzl, et aujourd'hui tu es cette personne.

Pendant qu'ils parlaient, le vieil homme avait laissé retomber son bras sur sa poitrine. Il commençait à avoir le souffle court et râpeux. Ses yeux, à demi clos, fixaient le sommet de la tente. Inuva se tourna vers ses compagnons et les regarda avec insistance.

– Maintenant, il est vraiment temps.

Macleod acquiesça et ils se levèrent tous pour sortir en file indienne en baissant la tête sous le rabat de la tente. Jack resta en arrière et, avant de partir, se retourna pour s'agenouiller à côté du vieil homme. Il lui parla doucement et dit quelques mots à sa fille. Il lui prit la main, puis se releva pour suivre Maria au dehors, dans les ruines mornes de l'ancien village.

– Que lui as-tu dit ? demanda Maria.

– Je lui ai souhaité bon vent sur la glace, ainsi qu'à ses chiens, quel que soit l'endroit où leur voyage les emmène. Je lui ai dit qu'il avait bien fait de nous confier son trésor, que sa confiance resterait toujours sacrée pour nous.

Inuva passa la tête à l'entrée de la tente pour leur dire au revoir.

– Que va-t-il devenir maintenant ? s'enquit Maria.

– Après le passage du chaman, nous l'aiderons à se rendre en haut de la falaise qui surplombe le fjord, à un endroit que nous appelons Kællingekløften. Nous le laisserons là-bas, et demain il sera parti.

– Vous voulez dire qu'il va se suicider ? demanda Maria à voix basse.

– Nous nous rassemblons tous les ans à Kællingekløften pour regarder le soleil apparaître pour la première fois au-dessus du glacier, après des semaines d'obscurité hivernale. C'est aussi de cet endroit que ceux qui sont fatigués de la vie sautent dans les profondeurs glacées du fjord pour rejoindre le monde des esprits. C'est une tradition. Mon père a terminé son séjour ici. Il est impatient de partir pour son prochain voyage.

Inuva baissa les yeux et retourna dans la tente en refermant le rabat derrière elle. En haut d'un rocher, un chien leva la tête vers l'ouest et se mit à hurler. Lorsqu'il vit le groupe, il tira sur sa chaîne, la tête au ras du sol comme une hyène, en montrant férocement les dents. Maria frissonna et releva son col avant de se rapprocher de Jack, tandis qu'ils reprenaient le sentier rocheux en direction de la mer.

– Que se passe-t-il ? demanda Jack.

– Il existe une vieille légende nordique à propos du redoutable loup Fenrir, répondit-elle en s'arrêtant devant une zone marécageuse. C'était le fils monstrueux d'une géante et le frère de Jormungard, le Serpent Monde, et de Hel, le Gardien des morts. Odin avait entendu une prophétie selon laquelle, un jour, le loup et ses frères détruiraient les dieux. Alors, il a enchaîné Fenrir à un rocher. *Thar liggr hann til ragnarøks*, il restera ici jusqu'au Ragnarok, jusqu'à l'ultime bataille de la fin du monde, lors de laquelle il assouvira sa vengeance sur les dieux.

– C'est un chien de traîneau, pas un loup, dit Jack.

– Je sais, c'est irrationnel, avoua Maria en jetant un coup d'œil au loin vers le chien avant de se retourner rapidement vers le sentier. Mais j'ai l'impression que nous avons atteint l'orée de cet univers mythique, la frontière entre le monde que les Vikings ont connu et celui que même leurs dieux ne pouvaient contrôler. Les Vikings qui sont venus ici ont dû éprouver ce sentiment eux aussi et se demander ce qu'ils trouveraient, au-delà de l'horizon : des richesses et une nouvelle vie ou le cauchemar du Ragnarok. On dirait qu'on nous prévient que d'autres avant nous ont emprunté ce chemin et ne sont jamais revenus.

Jack lui passa la main autour des épaules et la serra contre lui pour la rassurer.

– Je le prends comme un signe favorable. Si Fenrir est ici, c'est que nous sommes sur la bonne voie, lui dit-il en souriant.

Il lui tendit le paquet que lui avait confié le vieil homme.

– Quoi qu'il en soit, poursuivit-il, les légendes anciennes vont devoir attendre. Tu as du pain sur la planche. Plus tôt nous aurons une traduction de ces runes, mieux ce sera.

– Les Norrois du Groenland ont connu ce vent de tempête, tu sais, le Piterak, reprit Maria. Dans un poème intitulé *Norðrseturápa*, il y a un passage obsédant sur ces terres de chasse du nord qui dit quelque chose comme ça : *De fortes rafales provenant des flancs blancs de la montagne serpentaient sur les eaux, et les filles des vagues, nourries de gel, déchiraient la surface en lambeaux, jubilantes dans la tempête*. C'est pratiquement le seul écrit du Groenland nordique qui ait survécu. Il a été préservé dans une saga islandaise.

– Ne t'inquiète pas, dit Jack. Nous ferons attention.

Quelques minutes plus tard, ils atteignirent la côte et grimpèrent dans le Zodiac qui attendait. C'était presque le soir mais, dans le soleil perpétuel de l'été arctique, il était impossible de déterminer le moment de la journée. Jack se sentait quelque peu désorienté. Il aida Maria à enjamber l'avant du canot et tous s'installèrent de nouveau sur le plat-bord. Lorsque Macleod fit signe à l'homme d'équipage, l'Evinrude se mit à rugir. Ils montèrent la fermeture Éclair de leur combinaison de survie et enfilèrent leur gilet de sauvetage. L'homme d'équipage fit demi-tour et décrivit un grand arc de cercle dans la baie. Tandis qu'il cherchait un passage entre les blocs de glace flottants, l'hélice agitait les sarrasins qui s'étaient accumulés sur la mer. Ils firent le tour du promontoire, à l'entrée du fjord, et l'iceberg réapparut, immense. À côté de lui, les Zodiacs remplis de matériel et de techniciens semblaient minuscules. Costas jeta un regard anxieux en direction de la flottille pendant qu'ils se dirigeaient vers la *Seaquest II*, puis se détendit avant de se tourner vers Jack. Il leva le pouce, cria pour couvrir le bruit du moteur et du vent. Ses mots se perdirent au-dessus de la mer, mais Jack reconnut la phrase qui, au fil des années, leur était devenue si familière.

– Il est temps d'enfiler notre équipement.

Chapitre 8

– Systèmes opérationnels. On peut y aller.

Costas retira son casque à micro et sourit à Jack. À travers la coupole en plexiglas, ils virent les deux hommes d'équipage détacher les amarres sur la plate-forme. L'Aquapod commença à danser sur l'eau avant de dériver en direction de l'iceberg. Costas activa rapidement les hydropropulseurs pour inverser le mouvement de descente du submersible. Il était presque minuit, mais le soleil avait chauffé la coupole et Jack ajusta la régulation thermique de sa combinaison environnementale.

– Ne baisse pas trop, lui conseilla Costas en essuyant la sueur qui perlait sur son front. Nous allons nous refroidir rapidement dès que nous serons en immersion.

La plate-forme, qui avait été grouillante d'activité, était désormais pratiquement déserte. Ils entendirent le dernier des Zodiacs quitter la zone dangereuse pour ramener les hommes d'équipage à bord de la *Seaquest II*. Ils étaient désormais presque seuls. Leur ultime contact humain se trouvait dans le DSRV, le véhicule de sauvetage en grande profondeur niché contre l'iceberg trente mètres plus bas. Costas resserra ses sangles, observa le tableau de bord, et saisit les commandes. Avec sa coupole et ses réservoirs de ballast tubulaires de chaque côté, l'Aquapod biplace ressemblait à un petit hélicoptère, une similitude renforcée par les hydropropulseurs multidirectionnels qui lui donnaient encore plus de souplesse que son homologue aérien.

– Tu peux dire au revoir à la surface, dit Costas.

– Au moins, il fera encore jour quand nous reviendrons, murmura Jack. On peut toujours se raccrocher à ça.

Costas ouvrit les réservoirs de ballast et un jet d'eau surgit de part et d'autre de l'Aquapod. Derrière un voile de bulles, le submersible atteignit une flottabilité négative et s'enfonça lentement dans l'eau. Pendant quelques instants, tandis que le niveau de la mer semblait monter le long de la coupole, ils virent deux mondes à la fois, d'une ampleur pareillement impressionnante. Au-dessus d'eux se dressait la silhouette de l'iceberg, désormais familière mais cependant époustouflante, dont les teintes vertes et bleues se réfléchissaient dans les particules de glace recouvrant la coupole. Et au-dessous s'ouvrait un monde aussi dépaysant que l'espace sidéral, un environnement que la nature ne leur avait pas destiné. Les eaux de l'Arctique étaient étonnamment transparentes et la visibilité s'étendait à au moins des centaines de mètres dans toutes les directions. Devant eux, la paroi abrupte de l'iceberg plongeait à perte de vue dans les profondeurs glaciales du fjord. C'était un spectacle saisissant et, pendant quelques instants, ils l'admirèrent en silence, tandis que la coupole s'immergeait sous la surface.

– Bon Dieu ! s'exclama Costas. Attention à l'évitage !

Costas appuya à fond sur le propulseur principal et fit piquer l'Aquapod en direction de l'iceberg. Du coin de l'œil, Jack aperçut ce que Costas avait senti juste à temps. C'était une perturbation en provenance du fjord, un tourbillon lent qui progressait inexorablement vers eux. Plus ils descendaient, plus il s'agrandissait, comme dans un cauchemar sans issue. Jack se rappela de manière fugitive ce que Maria lui avait dit à propos du loup Fenrir, du bout du monde et des forces que même les dieux ne pouvaient contrôler. L'Aquapod, presque à la verticale, dégringolait tout droit dans l'obscurité abyssale.

– Accroche-toi ! cria Costas.

Soudain, une paroi blanche apparut au milieu du tumulte. Elle semblait foncer sur eux à une vitesse terrifiante mais frôla la coupole en évitant de justesse la collision. Ils furent projetés violemment d'un côté. Costas tenta de garder le contrôle de l'Aquapod pour l'empêcher de piquer en spirale. Il parvint à redresser le submersible et l'immobilisa. Au-dessus d'eux ils aperçurent l'immense bloc de glace, qui s'éloigna vers la mer dans un nuage de remous, jusqu'à ce que seul un voile de bulles indique sa progression.

– On est passés près, dit Costas.

– Je croyais que tout cela devait s'arrêter il y a six mois, se plaignit Jack. J'étais censé mener une vie tranquille de contemplation, entretenir le jardin et écrire mes mémoires.

– Ouais, c'est ça, répondit Costas. De toute façon, il nous fallait bien une petite poussée d'adrénaline pour nous préparer à ce qui nous attend.

La mer était redevenue calme et ils regardèrent autour d'eux en silence. Ils avaient chuté à une profondeur de près de cent mètres et le DSRV était désormais loin au-dessus d'eux. Ils discernèrent deux plongeurs au dehors et des colonnes argentées de bulles qui remontaient le long de la glace vers la surface. En face, l'immense paroi de l'iceberg leur bouchait toute la vue. À cette profondeur, celui-ci avait perdu toutes ses couleurs à l'exception du bleu. Il avait une teinte surréaliste, un éclat azur qui lui donnait les contours incertains d'un mirage. Ils remarquèrent de vastes concavités indiquant que le courant avait érodé la glace ainsi qu'une grande traînée de sédiments et de fragments de roche, là où l'iceberg avait éraflé le flanc du fjord. Au-dessous d'eux, beaucoup plus bas, à peine perceptible dans l'obscurité se dessinait un paysage sépulcral écorché de rochers, une crête sombre qui descendait dans d'interminables ténèbres. C'était un paysage marin désolé, attaqué et pulvérisé par la glace, et ils savaient qu'il s'agissait d'un des endroits les plus dangereux de tous les océans.

– Le seuil du fjord glacé, murmura Jack. Nous devons être les premières personnes à le voir.

– Impressionnant, dit Costas.

– Ça ne donne pas envie d'y aller.

– Message reçu.

Costas baissa les yeux vers le tableau de bord et injecta une bouffée d'air dans les réservoirs de flottabilité pour ramener l'Aquapod juste au-dessous du DRSV, près de l'iceberg. Alors qu'il regardait le ventre du véhicule de sauvetage, Jack vit la porte du quai s'ouvrir et aperçut la silhouette ondulante d'un homme qui les regardait depuis l'intérieur. Deux plongeurs apparurent de chaque côté de l'Aquapod. Ils fixèrent quatre câbles d'ancrage pour hisser celui-ci sur le quai interne. Lorsque Costas et Jack eurent fait surface, ils ouvrirent la coupole dans l'espace exigu et furent accueillis par le visage souriant de Ben Kershaw, ex-membre du Royal Marine, qui avait joué un rôle central dans la mer Noire six mois auparavant et s'était vu confier le poste de chef de la sécurité à bord de la *Seaquest II*. Jack prit la main que celui-ci lui tendait pour l'aider à sortir et, une fois debout sur la plate-forme étroite entourant le quai, la serra chaleureusement.

– Je ne pensais pas te revoir dans un sous-marin de sitôt.

– Ça fait partie de la routine, plaisanta Ben avant de reprendre un ton grave. Tout va bien ?

– Un petit accrochage avec un bourguignon.

– On a remarqué. On a cru que vous étiez fichus. Le fjord est devenu plus actif dans les dernières vingt-quatre heures. De plus en plus de blocs de glace se détachent du glacier.

– Je veux que vous quittiez les lieux dès que nous serons partis, ordonna Jack.

– Et si vous avez besoin de secours ?

– Nous pouvons remonter à la surface et envoyer un signal de détresse. Nous avons la bouée radio. Si cet iceberg bouge, personne ne doit se trouver dans la zone dangereuse. Le DSRV va retourner à bord du navire. Nous avons déjà eu une perte l'année dernière et je ne veux risquer la vie de personne d'autre.

– Et moi alors ? demanda Costas faussement indigné, en s'extrayant de l'Aquapod pour s'accroupir à côté d'eux.

– Oh, on peut se passer de toi ! Tu devrais le savoir, depuis le temps.

– Oui, il y aura toujours Lanowski pour me remplacer.

Jack fit la grimace et les deux autres éclatèrent de rire, ce qui leur permit à tous d'évacuer le stress qu'ils avaient subi.

– D'accord, tu marques un point, admit Jack. Je te promets que je veillerai sur toi comme un père sur son fils. Allez, il est temps de passer à l'action !

Jack suivit Ben et franchit l'écoutille qui menait du poste d'amarrage au compartiment principal du DRSV. Sa grande taille l'obligea quasiment à se plier en deux pour passer dans l'ouverture étroite. Autour du plancher circulaire où le DRSV pouvait s'arrimer à un sous-marin en détresse, se trouvaient deux équipements de plongée identiques que Costas observa pour un rapide inventaire. Jack suivit Ben un peu plus loin jusqu'à la station de contrôle, à l'avant du submersible, et Costas les rejoignit quelques instants plus tard. Ils saluèrent l'homme d'équipage assis dans le fauteuil de pilotage, devant une batterie de moniteurs et de tableaux de bord, et s'accroupirent autour de Ben, derrière la console de navigation, pendant que celui-ci activait l'écran.

– Nous avons repéré l'itinéraire le plus approprié, annonça Ben. Idéalement, on aurait préféré vous faire passer par un endroit moins profond mais, ici, vous serez protégés d'un éventuel vêlage de l'iceberg par une crête de glace. Nous vous enverrons du Nitrox, qui vous fournira un temps de plongée plus important que l'air à trente de mètres de profondeur.

– Il y aura un flexible ? demanda Jack.

– Oui, nous vous raccorderons aux réservoirs du DSRV. Ainsi, vous conserverez le gaz que vous emporterez avec vous.

– Il est impératif de ne pas laisser échapper de gaz à l'intérieur de l'iceberg, rappela Jack. Lanowski a été clair là-dessus.

– Ne crains rien, le rassura Costas. Je me suis amusé à concevoir un petit gadget pour l'occasion. Il n'y a pas de problème d'évacuation quand on plonge vers le bas dans une épave, n'est-ce pas ? On peut empêcher l'air que nous expirons de s'accumuler et d'endommager l'épave en l'évacuant par un tube orienté vers le haut. Les problèmes commencent lorsqu'on procède dans l'autre sens, c'est-à-dire quand on monte dans une structure en passant par le bas.

– Le gaz va être pompé ?

– Exactement, répondit Costas. Nous serons raccordés à ces deux tuyaux. Le premier nous approvisionnera en Nitrox pendant que l'autre extraira le gaz expiré et l'expulsera hors de l'iceberg. Je ne sais pas ce que ça va donner dans un environnement froid.

Il se frotta les mains avec impatience.

– Ça devrait être marrant d'essayer, ajouta-t-il.

– Laisse-moi deviner. Tu n'as pas encore testé le système.

– Difficile de trouver des icebergs dans la Manche.

Jack se tourna vers l'écran, qui affichait une simulation isométrique du DSRV contre l'iceberg. Une ligne rouge en pointillés partant du DSRV à un angle de quarante-cinq degrés se transformait ensuite en une ligne horizontale se terminant au niveau d'une tache sombre, au milieu de l'iceberg.

– Je suppose que nous allons devoir atteindre le plus rapidement possible une profondeur de dix mètres au-dessous du niveau de la mer. Ensuite, nous pourrons abandonner le flexible et passer au recycleur, dit Jack.

– Exactement, répondit Ben. Nous aurions aimé vous équiper du tout dernier recycleur à circuit fermé de l'UMI, mais le risque de gel est trop important. Nous n'avons pas le droit à l'erreur. Dans ce cas précis, les techniques traditionnelles sont préférables. Vous aurez nos bons vieux recycleurs semi-fermés, avec un mélange Nitrox calculé pour vous fournir le maximum d'endurance à cette profondeur. Le dioxyde de carbone sera absorbé mais pas l'azote. Celui-ci va s'accumuler dans le faux poumon et vous devrez l'évacuer. Mais la proportion de Nitrox étant faible, vous ne devriez pas avoir à le faire avant d'être ressortis de l'iceberg. Il n'y aura donc aucune évacuation de gaz à l'intérieur.

– Fais simplement attention à rester au-dessus de dix mètres, ajouta Costas. Le mélange contient plus de quatre-vingts pour cent d'oxygène et devient toxique au-delà d'une certaine pression. Si tu descends trop bas, tu ne te rendras compte de rien, tu seras pris de convulsions et ce sera fini.

– Il y aura un trimix standard dans les bouteilles que vous aurez sur le dos, précisa Ben. Il vous permettra de réaliser des mélanges respirables jusqu'à une profondeur de cent vingt mètres. Le détendeur est équipé d'une capsule antigel au premier étage. Mais c'est un système à circuit ouvert, qui va produire une évacuation de gaz à l'intérieur de l'iceberg. À n'utiliser qu'en cas d'urgence.

– Bien, dit Jack. Maintenant, parle-moi un peu de ta sonde. Inutile d'entrer dans les détails techniques, je veux juste savoir comment m'en servir.

Vingt minutes plus tard, Jack et Costas étaient assis en tenue de plongée de part et d'autre du bassin d'arrimage et s'apprêtaient à entrer dans l'iceberg. L'Aquapod avait été ramené à bord de la *Seaquest II* dix minutes auparavant par les deux plongeurs qui les avaient assistés sur le quai. Désormais, il ne restait que Ben et le pilote, qui avaient déjà commencé à vérifier les systèmes avant le départ.

– Nous serons là jusqu'à ce que vous lâchiez le flexible, déclara Ben. Ensuite, vous serez seuls.

Les cheveux ébouriffés, Jack, qui venait d'essayer son casque, acquiesça. En face de lui, Costas se mit à gonfler alors qu'il tentait de réguler le système de flottabilité de sa combinaison environnementale. Jack réprima un sourire en voyant l'apparence de son ami. Par-dessus leur combinaison environnementale, ils portaient sur la poitrine un recycleur compact, suspendu comme un petit sac à dos, et, sur le dos, une console jaune aérodynamique qui contenait trois bouteilles haute pression remplies d'oxygène, d'azote et d'hélium. Dans la partie supérieure de la console, se trouvait un ordinateur de plongée qui contrôlait tout, de la pression des bouteilles à la physiologie du plongeur. Ben acheva sa deuxième vérification de l'équipement et s'accroupit au bord du bassin entre les deux hommes.

– Je dois être franc avec toi, Jack. C'est mon devoir en tant que chef de la sécurité. Il se pourrait que ce bois provienne seulement d'un vieux baleinier. Il n'est peut-être pas utile de prendre un risque aussi élevé.

– Je te comprends, Ben, et j'apprécie, dit Jack. Mais c'est un risque calculé. Nous avons beau nous moquer de Lanowski, je lui fais confiance là-dessus.

– Bien, c'est à toi de décider.

Ben regarda Costas, qui hocha la tête avec détermination. Sans discuter plus avant, chacun enfila son casque en Kevlar jaune et Ben verrouilla la collerette d'étanchéité, activa les deux lampes frontales situées de chaque côté et vérifia que le recycleur et les raccords d'alimentation en trimix étaient en place. Jack et Costas mirent ensuite leurs gants et refermèrent les bandes d'étanchéité. Ils activèrent la console de contrôle de la température, située sur l'épaule, pour s'assurer que la connexion thermique avec les mains était opérationnelle. Enfin, ils chaussèrent leurs grandes palmes noires en perturbant les minces volutes de brume que formait au-dessus du bassin la rencontre de l'eau glacée et de l'air chaud du compartiment. Au moment où ils s'apprêtaient à abaisser leur visière, le pilote passa la tête par l'écoutille.

– Un message de la *Seaquest II* pour Jack. Une histoire de dendrochronologie.

– Tu peux nous le lire ? demanda Jack.

Le pilote s'agenouilla et s'exécuta.

– *« Expéditeur : labo de dendrochronologie de l'UMI, 02h12 GMT. L'échantillon de bois du fjord d'Ilulissat est du chêne scandinave, peut-être de Norvège. Carbonisation complète due à un incendie. La confrontation avec une séquence dendrochronologique d'Europe du nord-ouest indique une date d'abattage de 1040 apr. J.-C. plus ou moins dix ans. »*

– Je le savais ! s'écria Jack en levant les bras au ciel. Je l'ai toujours su au fond de moi. Ben, il n'y a plus de raison d'hésiter. Cela pourrait être une des plus grandes découvertes archéologiques du siècle.

Il regarda l'eau en se mordant les lèvres et se tourna vers Costas, une lueur dans les yeux. Il avait été impatient de regagner la surface et de revoir le soleil, car il avait toujours cette peur obsédante de la claustrophobie, mais maintenant il ne pensait plus qu'à s'introduire dans l'iceberg pour en explorer les secrets. Il saisit le flexible, deux tuyaux entortillés en un seul, qui était enroulé à côté de lui et le raccorda au dernier port libre de son casque, sous le menton. Costas fit de même, puis ils fermèrent leur visière et allumèrent l'interphone. Jack se redressa, resta un instant les pieds ballants au-dessus de l'abîme, comme un parachutiste sur le point de sauter d'un avion. Costas et lui étaient déjà dans un autre monde. Chacun n'entendait plus que son partenaire à travers l'interphone. Jack fit signe à Ben que tout allait bien et pointa le pouce vers le bas pour lui indiquer qu'il allait plonger. Il regarda une dernière fois Costas.

– On y va ?

– On y va.

Chapitre 9

L'homme en soutane noire se dirigea avec assurance vers l'entrée principale du palais apostolique. Sa tenue était en parfaite harmonie avec celle des autres prêtres jésuites rassemblés devant la porte. Il avait laissé derrière lui la foule de Saint-Pierre et déjà franchi le premier cordon de sécurité mis en place devant les portes de bronze donnant sur la place. Il avançait désormais vers le cœur même du Vatican, le siège du Sacré Collège, depuis lequel le Saint-Siège exerçait son influence bien au-delà de Rome, aux quatre coins du monde.

Deux gardes suisses se tenaient devant lui, resplendissants dans leur parure. Avec leurs hallebardes croisées devant la porte, ils auraient pu sortir tout droit de la Renaissance, s'ils n'avaient discrètement glissé un fusil d'assaut Heckler & Koch derrière leur dos. Un officier de la garde prit la pièce d'identité que lui tendait le jésuite et scruta attentivement celui-ci pour comparer sa barbe noire et ses yeux inexpressifs à la photo de la carte. Malgré la chaleur du début de l'été, le visage était pâle et pincé, mais il n'y avait rien de plus banal dans les murs du Vatican. L'officier se tourna vers un secrétaire debout à ses côtés. Ils vérifièrent ensemble le niveau d'autorisation sur un ordinateur de poche. Surpris, l'officier rendit immédiatement sa carte au jésuite.

– Vous pouvez entrer.

Le jésuite passa entre les armes que les gardes venaient d'écarter, échappant à la fouille corporelle et au détecteur de métaux. Il marcha tout droit le long d'un large couloir, au rez-de-chaussée. Arrivé au bout, il tourna à gauche et continua jusqu'à ce qu'il arrive devant la porte très ornée d'une chapelle privée, entourée de deux porte-cierges. Il frappa une fois et poussa la porte. Dans la pièce obscure éclairée uniquement par des cierges, un homme était agenouillé devant l'autel simple de la chapelle. Il se signa et se leva, puis se retourna vers la porte. Le profil aquilin, les cheveux blancs, il était grand et portait la tenue épiscopale complète d'un cardinal, avec une croix en or sur sa soutane écarlate. Il avait le visage doux, sans âge, de ceux qui ont passé toute leur vie dans les ordres, mais le regard tranchant d'un homme que l'ambition avait amené au seuil du pouvoir suprême de l'Église catholique.

– Éminence, dit le jésuite en s'inclinant légèrement avant de refermer la porte derrière lui.

– Monsignor.

Les deux hommes s'exprimaient en anglais. Le jésuite avait un accent à la fois sec et traînant qui aurait pu être sud-africain, et le cardinal, une pointe d'accent nord-européen.

– Il est là ?

– Le second est dans son cabinet. Nous avions des soupçons et il s'est confessé. Le Saint-Siège a perfectionné ses techniques de persuasion au fil des siècles.

– Et l'autre ?

– Ce sera votre prochaine mission.

Le jésuite fit un pas en avant et s'agenouilla devant le cardinal pour embrasser sa bague. Celui-ci retira rapidement l'objet sacré du majeur de sa main droite pour la remplacer par une autre, plus lourde, une chevalière qui miroita à la lueur des cierges lorsqu'il la tendit en avant. Le jésuite lui prit la main et embrassa le chaton plat les yeux fermés en passant les lèvres sur la forme familière, cependant qu'il tenait de son autre main sa propre bague pendue autour de son cou sous sa soutane. Il se leva, se signa et recula révérencieusement vers la porte. Au dernier moment, il leva la main droite en direction du cardinal. Il murmura quelques mots dans une langue aux accents surnaturels, des paroles jusque-là jamais prononcées dans ce lieu sacré, qui semblaient blasphémer contre tout ce que celui-ci représentait.

– *Hann til ragnarøks.*

Il referma la porte de la chapelle derrière lui et se remit à marcher le long du couloir. Le bruit de ses pas résonnait contre les murs du palais. Il traversa une cour intérieure, leva les mains en prière lorsqu'il croisa deux dignitaires, et se dirigea vers une entrée discrète sur le mur d'en face. Soudain, les cloches de Saint-Pierre sonnèrent dans l'air immobile de la ville, affirmant ainsi la souveraineté du Saint-Siège, comme elles l'avaient fait depuis le déclin de l'Empire romain. Les murs de la cour encadraient le ciel, dans lequel deux immenses oiseaux de proie tournoyaient. Le jésuite entendait le grondement sourd de la ville au loin. Il baissa la tête sous la porte et regarda brièvement derrière lui avant de gravir l'escalier qui menait au premier étage en tenant les plis de sa soutane. Il atteignit un couloir bordé de statues et d'affiches annonçant des expositions, mais il n'y avait pas âme qui vive. En effet, c'était un jour férié pour le personnel du musée. Il arriva à une porte, juste à l'endroit qu'on lui avait indiqué, au-dessus de laquelle était écrit le mot *Conservatori*. Derrière, il y avait de la lumière.

Il s'arrêta un instant, non parce qu'il hésitait mais pour mieux savourer ce moment. La tête penchée en avant et les poings serrés, il était debout dans l'ombre. Soixante ans auparavant, ses ancêtres n'étaient pas parvenus à pénétrer ces murs. Ils n'avaient pas pu prendre le Vatican lors de leur marche triomphale à travers Rome. Désormais, il les vengerait et entrerait dans l'Histoire. Il desserra la main gauche et la leva jusqu'à son visage pour passer l'index sur la cicatrice irrégulière qui vibrait sous sa barbe. Il appuya jusqu'à ce qu'il tressaille de douleur, puis glissa la main sous sa soutane et, de l'autre, frappa trois fois à la porte.

– Entrez, dit une voix étouffée en italien.

Le jésuite poussa la porte et la referma derrière lui. La pièce était remplie de livres et de manuscrits. Tout au bout se trouvait un poste informatique et, à l'entrée, un bas-relief fragmentaire était posé sur un piédestal, devant lequel était assis un homme d'âge moyen en jean et en chemise décontractée, penché sur un carnet.

– Monsignor.

L'homme termina d'écrire sa phrase sur son carnet et leva les yeux.

– Je ne m'attendais pas à être interrompu aujourd'hui. Que puis-je faire pour vous ?

– Vous êtes le conservateur en chef ? demanda le jésuite en italien.

– En effet.

– Vous étiez présent lors de la découverte de la chambre secrète située à l'intérieur de l'arc de Titus, avec le père O'Connor ?

L'homme, l'air abattu, jeta son carnet par terre.

– Eh bien, tout le monde a l'air au courant ! Nous avons gardé le secret sur cette affaire. J'aurais préféré que cette chambre ne soit jamais découverte.

– Moi aussi.

Le Beretta silencieux cracha deux balles et l'homme fut brusquement projeté en arrière sur son tabouret. Avec une expression d'horreur mêlée de surprise, il chancela et s'affala lourdement sur le sol, un bras replié sur le front, les yeux grands ouverts et remplis d'incompréhension face à la mort. Le jésuite sortit la main gauche de sa soutane et la porta lentement à son visage. Il passa l'index sur la cicatrice de sa joue, encore et encore, de toutes ses forces, grimaçant de plaisir en regardant le sang suinter sur la poitrine du conservateur et s'accumuler sur les pavés de pierre froids autour de lui.

Ce n'était qu'un début.

– Activation de la sonde glaciaire.

Costas se tourna vers Jack tout en parlant dans l'interphone et les deux hommes levèrent le pouce en signe d'approbation. Pour la cinquième fois environ, Jack vérifia l'équipement de Costas. Une fois qu'ils se débarrasseraient du flexible, ils dépendraient entièrement de leur propre système respiratoire et de l'aide mutuelle qu'ils pourraient s'apporter. Il n'y aurait pas d'autre option, pas d'issue de secours vers la surface. L'équipement de l'UMI était conforme à l'état de l'art. Un système informatique se chargeait de calculer leur mélange respirable et leur taux d'ascension sans qu'ils aient à intervenir. Il avait été testé dans des conditions d'extrême chaleur, six mois auparavant, dans un volcan submergé, mais c'était la première fois qu'ils l'utilisaient dans de l'eau à la limite de la solidification.

– Bon, cramponne-toi.

Suspendu d'une seule main, Jack se balança et s'agrippa à la barre de métal située à côté de Costas. Semblables à deux alpinistes sur un grand mur de glace, ils paraissaient minuscules à côté de l'immense iceberg. Au-dessous d'eux la glace descendait à des centaines de mètres dans l'abîme, là où la pente du seuil donnant sur la mer plongeait dans des profondeurs inimaginables, dans un monde d'une obscurité glaciale qu'aucun être humain n'avait jamais osé pénétrer.

– Il n'y a qu'une solution de repli, dit Costas. Au moindre mouvement de la glace, nous passons au trimix. Si le bébé bascule par-dessus le seuil, on descend. N'oublie pas que le trimix nous permet de respirer jusqu'à cent vingt mètres de profondeur. Cela devrait nous laisser un peu de marge.

Jack leva à nouveau le pouce et vérifia les trois tuyaux raccordés aux ports de son casque. À cette profondeur, le Nitrox qu'il respirait actuellement constituait la meilleure option. Sa faible teneur en azote fournissait un temps de plongée plus important que l'air comprimé à trente mètres de profondeur, mais sa forte teneur en oxygène le rendait plus toxique au-delà de cette profondeur. Il arrivait par le flexible qui pendait au-dessous d'eux et conduisait au DSRV, dont la silhouette rassurante était encore en position, à quelques mètres derrière eux. Le second tuyau provenait du recycleur reposant sur sa poitrine, un système autonome qu'il activerait lorsqu'ils atteindraient dix mètres de profondeur. Avec sa bouteille d'oxygène haute pression intégrée, le gaz idéal en eaux peu profondes, il l'alimenterait pendant plusieurs heures. Comme le flexible de Nitrox et son système d'évacuation, le recycleur ne laisserait échapper aucun gaz dans l'iceberg, puisque tous les gaz expirés seraient recyclés. Le troisième tuyau était raccordé aux bouteilles de trimix qu'il avait sur le dos, un système de gaz variable qui remplaçait l'azote par de l'hélium et lui permettrait de descendre à la profondeur maximale des mélanges respirables. Mais le trimix n'était qu'une option de secours, parce qu'il produirait du gaz à l'intérieur de l'iceberg. Il savait qu'en réalité leur solution de repli ne représentait qu'un mince espoir. S'il glissait sur le seuil, l'iceberg serait en grande partie immergé et sa base tomberait à au moins mille mètres de profondeur. Si le mouvement de la glace ne les écrasait pas, la pression due à la descente brutale à une profondeur abyssale les tuerait sur le coup.

Jack chassa cette possibilité de son esprit pour se concentrer sur l'appareil étrange qui se trouvait devant eux. Ils venaient juste d'ouvrir la cage protectrice qui maintenait celui-ci contre l'iceberg et d'attacher la bouée radio qu'ils lâcheraient quand ils remonteraient à la surface.

La sonde était déjà en partie enfoncée dans la glace. Elle avait été mise en place un peu plus tôt par les deux plongeurs qu'ils avaient vus depuis l'Aquapod. Un anneau en métal de deux mètres de diamètre — a largeur du tunnel que la machine allait creuser — était fixé contre la paroi. Le tunnel serait juste assez large pour que les deux hommes puissent avancer côte à côte. Il n'y aurait guère plus d'espace. La tête surchauffée du tube était associée à une batterie de mécanismes de découpe au laser et à micro-ondes enchâssée dans le corps principal de la machine, un boîtier cylindrique d'un mètre de diamètre qui se trouvait juste devant eux. Un hydropropulseur de petite taille mais puissant chasserait la glace fondue au fur et à mesure et propulserait la machine en avant. À l'arrière, au-dessus du rail de guidage, un écran LED répandait une lumière d'un vert vif.

– Le câble électrique restera relié au DSRV le plus longtemps possible, ainsi que le câble à fibre optique, annonça Costas. Normalement, Ben et le pilote pourront voir tout ce que nous voyons sur l'écran mais, avant qu'ils partent, nous devrons débrancher le câble électrique et utiliser la batterie intégrée.

Il actionna un grand cadran situé au-dessous de l'écran et se retourna pour examiner Jack à travers son masque.

– Tu es prêt ?

– Le nouveau système de chauffage de la combinaison environnementale fonctionne à merveille, observa Jack.

Il avait été saisi par le froid lorsqu'il était entré dans l'eau en sortant du DSRV. Mais Costas s'était souvenu de l'effet débilitant de la blessure qui avait failli mettre un terme à la vie de son ami, six mois auparavant, dans le labyrinthe de l'Atlantide.

– Sans cette bobine, l'eau du tunnel descendrait rapidement au-dessous de zéro, précisa-t-il avec enthousiasme. C'est de l'eau douce issue du glacier. Elle gèlerait plus rapidement que de l'eau salée. Nous serions transformés en glaçons avant d'avoir le temps de dire ouf.

– Merci de me donner les détails, répliqua Jack.

Il regarda avec un brin de scepticisme la bobine, une spirale vacillante de microfilaments qui pendait au-dessous d'eux. Celle-ci resterait en suspension derrière la machine lorsqu'ils entreraient, et empêcherait la glace fondue de geler à nouveau et de les enfermer dans l'iceberg.

– Ça devrait marcher, ajouta Costas. En théorie.

– Laisse-moi deviner. Non, je ne le dirai pas.

Costas lança à Jack un regard pétillant et activa le canal externe de sa console de communication, située sur son épaule.

– Ben, on va y aller. Temps estimé pour arriver à la profondeur de découplage : vingt minutes. Terminé.

Jack regarda le trou de l'entrée reculer au loin sous ses palmes. Ce n'était plus qu'une tache bleue, voilée par le tourbillon des microfilaments chauffés qui traînaient derrière eux. Au centre pendaient le câble électrique et le flexible qui fournissait l'alimentation en Nitrox et pompait le gaz expiré. Enroulés ensemble, ils constituaient un véritable cordon ombilical les reliant au monde extérieur. Jack leva la tête et regarda avec fascination la sonde creuser un tunnel parfaitement lisse dans la glace. Elle avançait vers le haut à un angle de quarante-cinq degrés et à une vitesse de plus de deux mètres par minute. Dans sa combinaison, il n'avait pas conscience du changement de température de l'eau, mais le thermostat de son dispositif de régulation environnementale témoignait de la chaleur du jet d'eau qui était éjecté par la sonde et la faisait avancer dans la glace. Devant eux, leurs lampes éclairaient les parois du tunnel, d'un blanc éblouissant. Mais sans cette lumière artificielle, ils auraient été plongés dans un monde de ténèbres, cernés de toutes parts par des quantités inimaginables de glace qui bloquaient les derniers vestiges des rayons du soleil bien au dessus d'eux.

– Bon, nous avons atteint une profondeur de dix mètres au-dessous du niveau de la mer, annonça Costas. Je vais mettre la machine à l'horizontale et procéder au découplage.

Il ajusta la production de chaleur sur le tableau de bord situé en face de lui. Il réduisit la puissance des éléments inférieurs afin que la sonde fasse fondre plus de glace en haut et se place progressivement à l'horizontale. Jack regardait la progression de la machine sur l'écran LED, qui affichait une image isométrique en 3D de l'iceberg, identique à celle que Lanowski leur avait montrée un peu plus tôt dans la journée. Celle-ci avait été générée par l'équipe de surface à l'aide d'un sonar à ultrahaute fréquence. Elle se composait de milliers de points, là où les ondes sonores avaient rencontré une résistance différentielle dans les crevasses et les fissures de l'iceberg. Lanowski avait repéré le point d'entrée et l'itinéraire les plus appropriés pour réduire le risque de suivre une fissure de glace de regel et de rompre l'iceberg. Jusqu'à présent, son tracé s'était avéré sans faille. Ils n'avaient traversé que de la glace d'un blanc trouble, dure comme du roc, qui s'était formée cent mille ans auparavant dans les profondeurs de la période glaciaire.

Costas activa de nouveau le canal externe de l'interphone.

– Ben, ici Costas. Est-ce que vous nous recevez ? À vous.

– Costas, ici le DSRV, nous vous recevons cinq sur cinq, à vous.

– Nous avons atteint le point de découplage, à vous.

– Message reçu. Nous vous aurons à l'écran tant que vous serez raccordés. Nous avons reçu un avis météorologique de la part du capitaine de la *Seaquest II*. Il y a une perturbation thermique au bord de la calotte glaciaire. Ce ne sera peut-être pas grave mais, par précaution, le capitaine va s'éloigner d'un mille du fjord. Vous pouvez encore abandonner. À vous.

Costas et Jack se regardèrent à travers leur visière.

– On continue, répondit Costas. Nous ne sommes plus qu'à cinquante mètres de notre cible et nous n'allons pas traîner. Nous serons ressortis d'ici une heure. Mais vous devez partir maintenant. À vous.

– Message reçu. Envoyez la bouée radio lorsque vous serez sortis de l'iceberg et nous viendrons vous chercher. Nous attendons le flexible. Terminé.

Costas ouvrit un interrupteur sur le tableau de bord de la sonde et débrancha le câble électrique. L'espace d'un instant, la machine s'éteignit et Jack, saisi d'angoisse, put presque voir l'eau geler autour de lui. Puis l'écran LED et la rangée de spots située à l'avant se rallumèrent lorsque la batterie prit le relais, et l'eau se mit à osciller et à miroiter de nouveau.

Les deux hommes se tournèrent l'un vers l'autre dans l'espace confiné du tunnel de glace. Seuls quelques centimètres séparaient leurs visières. Costas répéta la procédure qu'ils avaient revue plusieurs fois avant de quitter le DSRV et ils en franchirent méthodiquement toutes les étapes, tandis que chacun vérifiait l'équipement de l'autre.

– Activation du recycleur.

Jack imita Costas. Il ouvrit la soupape de sortie du recycleur posé contre sa poitrine et tourna le bouton situé sous son casque pour laisser passer le flux de gaz dans la jupe de silicone qui lui recouvrait le nez et la bouche. La première bouffée d'oxygène lui provoqua un fourmillement le long des bras et des jambes, un effet revigorant dont il se délectait à chaque fois qu'ils utilisaient le recycleur. Accoudé inconfortablement contre la paroi du tunnel et appuyé contre Costas, il saisit le flexible de la main droite et, de l'autre, ferma le port du Nitrox sur son casque.

– Retrait du flexible.

Simultanément, les deux hommes retirèrent le tuyau du Nitrox de leur casque et le laissèrent tomber sur le plancher du tunnel. Dans le même temps, Costas lâcha le câble électrique qu'il avait encore à la main. Désormais raccordés au recycleur, ils regardèrent les tubes entortillés du flexible glisser derrière eux et disparaître après le coude du tunnel pour refaire le chemin à l'envers jusqu'à la mer. Les spirales de microfilaments qui maintenaient l'eau du tunnel à l'état liquide ondoyèrent, comme mues par une brise légère, puis se stabilisèrent progressivement pour se déployer sur toute la largeur du tunnel.

– Ben, découplage effectué. Nous serons hors de portée de communication dès que nous aurons atteint la couche de glace de regel. Pensez à nous préparer un bon jus quand vous reviendrez nous chercher. À vous.

– Message reçu. Bonne chance. Terminé.

Ils étaient désormais complètement coupés du monde extérieur. Ils ne pouvaient plus compter que sur eux-mêmes et sur l'équipement complexe qu'ils avaient sur le dos. En voyant le flexible disparaître, Jack avait éprouvé un certain malaise, le signe avant-coureur d'une secrète faiblesse, la claustrophobie menaçante qu'il tentait constamment de réprimer. Des années auparavant, il avait failli mourir dans un puits de mine submergé et n'avait survécu que grâce à un échange d'embout avec Costas. Ce traumatisme s'était réveillé dans le labyrinthe de l'Atlantide, alors qu'il était affaibli par sa blessure. Il savait que Costas était conscient de son conflit intérieur, et le lien inexprimé qui les unissait lui donnait du courage. Il se cramponna au rail de guidage, à l'arrière de la sonde, et s'obligea à se concentrer sur la découverte qu'ils s'apprêtaient à faire.

– En plein dans le mille ! s'écria Costas. Regarde l'écran.

Juste devant eux, l'écran affichait une forme irrégulière, une image qui avait été recréée par le sonar. C'était la couche d'eau de regel située en plein cœur de l'iceberg qui avait attiré l'attention de Cheney et de l'équipe de la NASA. Même le sonar à ultra-haute fréquence n'avait pu pénétrer plus loin et, sous cet angle, on ne pouvait deviner la forme extraordinaire que l'on distinguait si clairement sur les vues verticales. Au centre de la masse noire se trouvait un réticule rouge signalant l'endroit où le carottier avait prélevé l'échantillon de bois et, un peu plus haut, un réticule vert indiquant leur objectif.

– N'oublie pas, on prend des photos, on ramasse tout ce qu'on peut et on s'en va, rappela Costas. Pas d'analyse scientifique pour aujourd'hui.

– Pour une fois je te suis, répondit Jack. Maintenant que nous avons la date dendrochronologique, je veux juste avoir la confirmation de ce que c'est et en prouver l'origine. Quelques échantillons de plus et on y va.

– Pendant que tu t'occupes de ça, je vais faire une aire circulaire au-dessus de la zone cible pour que nous puissions faire demi-tour avec la sonde et rebrousser chemin. Je salive déjà en pensant au café que Ben est en train de nous préparer.

– Allons-y.

Les deux hommes s'accrochèrent côte à côte au rail et Costas réactiva la tête de la sonde, qui creusait toujours le tunnel en direction de la zone cible. La machine était désormais autonome. Rien ne la reliait au monde extérieur. Elle les entraînait tel un lent scooter sous-marin en s'enfonçant de plus en plus dans le cœur de l'iceberg. Costas veillait à ce qu'ils ne descendent pas au-dessous du seuil de dix mètres, au-delà duquel l'oxygène devenait toxique. Tandis qu'ils avançaient, Jack éprouva un sentiment d'allégresse, comme si l'oxygène et l'adrénaline dont il avait eu besoin pour surmonter son anxiété l'avaient plongé dans une sorte d'ivresse irrépressible. Les bulles minuscules qui donnaient à la glace son opacité laiteuse pétillaient dans l'eau et, soudain, il se rendit compte que ces poches d'air essentielles au développement de la vie provenaient de la période glaciaire. C'était l'air qu'avaient respiré ses ancêtres les plus éloignés, des chasseurs-cueilleurs qui avaient parcouru le pourtour de la calotte glaciaire des milliers d'années avant l'avènement de la civilisation. Il savait qu'il aurait un frisson de joie en approchant de leur objectif, mais il éprouvait à cet instant une sensation inattendue. Il avait le sentiment extraordinaire de remonter le temps à travers un tunnel, une expérience qu'il n'aurait pu vivre nulle part ailleurs sur terre.

– Ça y est !

Soudain, la glace blanche céda la place à un mur de glace aussi transparent que le verre, qui renvoya une lumière bleue foncée lorsque leurs lampes frontales l'éclairèrent.

– De l'eau de regel, dit Costas. Nous n'en avons pas trouvé jusqu'ici. Elle doit provenir d'une des crevasses du glacier dont Lanowski nous a parlé.

Ils progressèrent encore de deux mètres, jusqu'à être entièrement entourés de glace transparente, puis s'arrêtèrent. Lorsque le tourbillon provoqué par l'hydropropulseur s'affaissa, Jack s'aperçut qu'ils se trouvaient juste au-dessus d'une masse noire. À travers le voile bleu de la glace, il put voir que celle-ci se recourbait de chaque côté. Il se laissa tomber sur le plancher du tunnel pour mieux voir et posa directement sa lampe frontale contre la glace.

– Incroyable…

– Qu'est-ce que c'est ? demanda Costas.

Il lâcha la sonde et descendit à côté de Jack pour se recroqueviller contre lui dans l'espace étroit du tunnel.

– Du bois ! s'écria Jack. Une quantité énorme. C'est le flanc d'un bateau, d'un navire en bois. Je vois des rivets, des rangées de rivets en fer rouillés le long de planches. Et les planches se chevauchent, la coque est bordée à clins. C'est bien ça. C'est un drakkar viking.

– Extraordinaire, dit Costas les yeux brillants à travers son masque. Et le bois est noir, carbonisé, exactement comme l'échantillon issu de la carotte de glace qui a été analysé. La carbonisation s'étend sur toute cette section. Ce bateau a brûlé.

– Un navire en feu sur la glace, murmura Jack. Tu te souviens de l'ancienne légende inuit que nous a racontée Kangia ?

– Cela explique la présence de ce cocon de glace transparente, l'image transmise par le sonar, observa Costas. Ce n'est pas de la glace fondue provenant d'une crevasse, qui se serait accumulée pour geler à nouveau. Je pense que ce bateau brûlait lorsqu'il s'est effondré dans la glace. La glace et la neige qui sont tombées sur le bois ont dû éteindre le feu assez rapidement, mais pas avant que la chaleur n'ait creusé cette cavité dans le glacier.

– Avant d'aller plus loin, j'aimerais évaluer les dimensions, dit Jack.

– Le point cible se trouve à environ huit mètres d'ici. Cela devrait te donner un repère. Dès qu'on sera arrivés, je ferai demi-tour.

Quelques instants plus tard, Costas arrêta de nouveau la machine. Le bord d'une immense masse de bois noirci était apparu sur le flanc gauche du tunnel et il rectifia la trajectoire de la sonde pour éviter de le heurter. Lorsqu'ils passèrent à côté, ils constatèrent qu'il était recourbé vers le haut et superbement orné de sculptures d'animaux et de formes abstraites entrelacées.

– Le style d'Urnes ! s'exclama Jack. Maria m'a énuméré les principaux styles de l'art viking hier soir. Ces motifs sont incontestablement norvégiens et font partie d'un style nouveau qui s'est développé vers le milieu du XIe siècle.

Il tourna sur lui-même et regarda le bois qui s'étendait au-dessus d'eux à travers la glace.

– C'est l'étrave, regarde ça !

Costas le rejoignit et dirigea sa lampe vers le haut du bois. Il siffla dans son détendeur quand il vit la dernière sculpture, une forme noire prise dans la glace à la limite de leur visibilité, une tête montrant les dents, les oreilles aplaties, qui dépassait d'au moins un mètre de la proue recourbée du navire.

– Ce doit être Fenrir, le dieu loup, dit Jack à voix basse en pensant une nouvelle fois à Maria. Il semble être le gardien de ces lieux.

Ils se redressèrent et continuèrent à avancer. Au fur et à mesure de leur progression, une image fabuleuse se dessinait au-dessous d'eux, comme s'ils flottaient au-dessus d'un diorama représentant une épave dans une exposition. L'image était remarquablement nette et ils voyaient à au moins cinq mètres de chaque côté, jusqu'à ce que la glace devienne trop bleue. Certains fragments de bois étaient intacts et d'autres, carbonisés et écrasés par la glace qui avait dû s'effondrer sur la coque avant que l'eau de fonte ne gèle à nouveau pour la protéger. Jack prenait des photos tout au long de leur trajet avec l'appareil numérique intégré à son casque. Il murmurait des descriptions techniques à chaque fois qu'apparaissait un nouvel élément de la structure du navire.

– C'est une construction typique de la Scandinavie occidentale, tout à fait conforme à ce qui se faisait au XIe siècle. La coque de ce navire à voiles est plus profonde et le barrot plus large que sur les drakkars de l'industrie hollywoodienne. De toute façon, un navire de guerre à rames aurait été inapproprié ici. Ce genre de bateau était fait pour fendre rapidement les vagues et débarquer des hordes d'attaquants, mais il avait une faible tonture et prenait facilement l'eau en haute mer. Il fallait un navire capable de traverser l'Atlantique nord avec des passagers et des vivres et de passer des semaines en mer.

– Il a été réparé, remarqua Costas. Certaines planches ont été remplacées à l'avant. La menuiserie n'est pas la même. Peut-être ont-ils percuté un iceberg. Et regarde, il y a une rame.

– C'est un aviron de gouverne, un gouvernail latéral, précisa Jack en observant au-dessous d'eux la rame parfaitement préservée sur le bordé voilé du pont. Les Vikings n'avaient pas de gouvernails fixes. Une grande rame était accrochée à la poupe du navire. On dirait que celle-ci a été délibérément arrimée à bord près de la proue et non de la poupe. Ce navire n'était pas en mer lorsqu'il a pris feu. Et ce n'est pas tout. Regarde ça. C'est incroyable.

Ayant traversé l'avant du bateau, ils commencèrent à discerner des formes étranges, des objets qui semblaient avoir été empilés jusqu'à une structure sombre au centre de la coque, où aurait dû se trouver l'emplanture du mât. Il y avait des masses informes qu'ils reconnurent facilement en s'en approchant, des peaux et des fourrures entourées de plateaux et d'ustensiles en bois. Costas rectifia rapidement le réglage de la sonde lorsque celle-ci faillit heurter le col d'un grand pot en terre brisé au milieu des fourrures.

– Une amphore ! s'écria Jack en ramassant un morceau de couvercle qui était apparu dans la glace fondue pour le ranger dans sa combinaison environnementale. Une amphore à vin est-méditerranéenne, de la période byzantine. Au Groenland. Bizarre…

– Je suppose qu'ils avaient besoin de se réchauffer dans les nuits fraîches de l'Arctique, dit Costas. Mais je croyais que les Vikings étaient des buveurs de bière.

– Certains d'entre eux ont beaucoup voyagé, souviens-toi. Ils ont dû prendre de mauvaises habitudes à l'étranger.

Jack échafaudait des tas de scénarios dans sa tête et commença à envisager l'inconcevable.

– Je me trompe peut-être, reprit-il, mais je me demande…

À cet instant, un autre objet apparut sous leurs pieds, dans la glace fondue du tunnel. C'était un long manche en bois dont l'extrémité était encore prise dans la glace. Costas arrêta l'hydropropulseur pour laisser le temps à la tête surchauffée de faire fondre davantage de glace autour de l'objet. Jack tira celui-ci avec précaution dans l'espace étroit qu'il y avait entre eux deux.

– Bon Dieu ! s'exclama Costas.

C'était une immense hache de guerre à simple tranchant, avec un manche épais d'au moins un mètre cinquante de long. La tête, qui étincelait de reflets dorés, était ornée de gravures des deux côtés.

– Elle a été dorée, murmura Jack, qui n'en croyait pas ses yeux. C'est ce qui a protégé le fer de la corrosion. Une technique classique pour qu'une arme semble faite d'or mais reste fonctionnelle grâce au métal plus dur qui se trouve sous le placage.

– Il y a des symboles de mon côté de la lame, observa Costas.

– De mon côté aussi, dit Jack.

Il mit la lame à plat pour que Costas puisse les voir. Une grande forme qui suivait les lignes de la tête de la hache était gravée en surface. Ce contour simple et symétrique s'étendait sur toute la largeur de la lame. L'intérieur était richement orné de motifs curvilignes entrelacés et de représentations d'animaux sauvages. Une tête de loup montrant les dents surmontait l'ensemble des gravures.

Jack montra du doigt une ligne de symboles, juste au-dessus de la lame.

– *Mjøllnir.*

– Quoi ?

– Il s'agit d'un nom norrois écrit en lettres grecques. C'est le symbole le plus puissant des Vikings, l'arme invincible de leur plus grand dieu, leur seul espoir de vaincre le mal à la bataille du Ragnarok. *Mjøllnir*, le marteau de Thor.

– Et l'oiseau là, au-dessus ?

Jack regarda de plus près.

– Je n'arrive pas à y croire ! s'écria-t-il. C'est l'aigle bicéphale. L'une de ses têtes représente l'ancienne Rome et l'autre la nouvelle Rome, Constantinople. C'est le symbole impérial de l'empereur byzantin.

Émerveillé, il regarda Costas à travers sa visière.

– Nous venons de trouver une des armes les plus célèbres de l'Histoire, une hache de guerre de la garde varangienne.

– En effet, regarde ça, dit Costas en retournant la hache pour que Jack puisse voir l'autre côté de la lame.

– Des runes ! s'exclama Jack, dont le cœur battait la chamade et pompait de grandes quantités d'oxygène dans le recycleur. Et pas n'importe lesquelles. Je ne suis pas un expert, mais il se trouve que je connais ces runes comme ma poche. Ce sont les mêmes que celles de la cathédrale Sainte-Sophie de Constantinople. Il s'agit de la signature de Halfdan, le Viking qui a inscrit ces symboles païens dans l'église la plus sacrée de la chrétienté orientale au cours du XIe siècle.

– Alors on aurait trouvé la hache de guerre de Halfdan, en conclut Costas sans vraiment y croire. Dans un iceberg au large du Groenland. Effectivement, ce type a beaucoup voyagé.

– Il y a encore quelque chose que je dois voir, reprit Jack. Il devrait y avoir une emplanture de mât et un traversin de baux au centre de la coque. Or on devine une sorte de structure rectangulaire. Je crois savoir ce dont il s'agit, mais il faut que je le voie de mes propres yeux. Ensuite, on sort de là.

– Message reçu.

Costas réactiva l'hydropropulseur et ils s'approchèrent progressivement de la structure sombre située quelques mètres plus loin.

Jack garda la hache à la main un moment, encore ébahi par la découverte qu'ils venaient de faire, puis la fixa sur son épaule, sous les courroies de ses bouteilles de trimix, en faisant attention à ce que la lame dorée ne se trouve pas contre la robinetterie. Refermant ensuite les deux mains sur le rail de guidage, il regarda attentivement le bord de la structure rectangulaire, qui commençait d'apparaître au-dessous d'eux. À l'intérieur, ils discernèrent une forme sépulcrale indistincte, qui semblait complètement différente de tout ce qu'ils avaient vu jusque-là. Jack aperçut une autre série d'artefacts, un casque conique doré au-dessus d'une cotte de mailles dorée, le tout posé sur un tissu écarlate plié et brodé à l'or fin, une cape de toute évidence. Juste au moment où ils allaient passer au-dessus de la structure, Costas lâcha le levier de commande et la sonde s'arrêta.

– Je reçois un signal d'avertissement sur le sismographe, dit Costas. La machine doit simplement être un peu bancale, mais il faut que je m'arrête pour m'en assurer.

Jack éprouva tout à coup un malaise en voyant la lumière rouge clignoter en bas de l'écran. Il n'avait rien remarqué d'anormal, mais les microfilaments qui traînaient derrière eux semblèrent virevolter plus longtemps que d'habitude après l'arrêt de l'hydropropulseur.

– Non, il se passe vraiment quelque chose, déclara Costas.

Soudain, ils entendirent un horrible bruit de craquement, suivi d'une série de violentes vibrations. Jack se mit à frissonner de façon incontrôlable, tandis que l'eau frémissait, et vit Costas et la sonde se transformer en masses indistinctes.

– Nom de Dieu ! On…

Les paroles de Costas furent étouffées par une sorte de hurlement effroyable, comme s'ils avaient été assaillis de toutes parts par d'horribles démons. Des morceaux de glace se détachèrent des parois du tunnel et ricochèrent comme des éclats d'obus. L'un d'eux vint se loger dans la cuisse gauche de Jack après être entré dans l'exosquelette de Kevlar comme dans du beurre. Jack, engourdi par une sorte de torpeur, regarda l'eau se colorer de volutes rouges tourbillonnantes. Après un grincement accompagné d'une violente secousse, la sonde s'arrêta et toute la partie avant fut complètement fracassée par un bouleversement sismique au sein de la glace.

Le silence envahit le tunnel. Costas tenta désespérément de réactiver la sonde, mais en vain. L'espace était devenu de plus en plus étroit. Leurs corps, serrés l'un contre l'autre, ne pouvaient quasiment plus bouger. Jack était recroquevillé contre le plancher du tunnel, son masque posé sur la glace, au-dessus de la mystérieuse structure rectangulaire.

Depuis que la sonde s'était éteinte, ils n'avaient plus que la lumière de leurs lampes frontales. Dans un effort surhumain, Jack parvint à tourner la tête pour regarder à l'arrière du tunnel. Ce qu'il vit confirma la pire de ses craintes. Le tunnel était complètement bouché, condamné par une sorte de perturbation tectonique au sein de l'iceberg. Il n'y avait plus qu'un mètre derrière eux et cet espace étroit rétrécissait rapidement. Jack regarda avec horreur l'eau geler autour de ses pieds. Des morceaux de glace qui semblaient surgir de nulle part réfractaient la lumière comme un kaléidoscope et Costas lui apparaissait désormais dans une mosaïque de formes et de couleurs. Il essaya de tendre la main vers son ami, mais la glace lui opposait déjà trop de résistance. Il fut soudain ébranlé par une épouvantable certitude. Ils gèleraient dans la glace avant de mourir. Un cauchemar bien réel.

– On roule ! cria Costas. Passe au trimix !

Jack avait à peine remarqué le mouvement, mais celui-ci prit brusquement une ampleur phénoménale. Une énorme secousse, sans commune mesure avec celles qui l'avaient précédée, le plaqua dans la glace contre la paroi du tunnel. Rassemblant toutes ses forces, il leva péniblement le bras dans l'eau en cours de solidification et parvint à atteindre la soupape située sous son casque, où il sentit la main de Costas, qui essayait de l'aider. Avec une lenteur atroce, il ouvrit sa soupape et Costas désactiva son recycleur avant de passer lui aussi au trimix. Quelques secondes plus tard, les premières bulles évacuées par leur soupape d'expiration pétillèrent entre les morceaux de glace. Certaines s'accumulèrent à mi-hauteur du tunnel, prises sous la glace en formation, et les autres émergèrent tout en haut pour former une poche d'air contre le plafond. Celle-ci s'élargit rapidement. Jack s'éleva lentement jusqu'à elle lorsque l'iceberg bascula et, au moment où il arriva à la surface, le liquide recouvrant son masque, un mélange d'eau et de sang qui donnait à tout ce qu'il voyait une teinte surnaturelle, se mit à geler. Il était désormais presque immobile, incapable de bouger ses membres. À chaque respiration, la glace qui comprimait sa poitrine l'empêchait de plus en plus d'inspirer. Il savait qu'il n'en avait plus que pour quelques instants. Il tendit le cou vers la droite, mais impossible de voir Costas. L'interphone de son casque n'émettait plus aucun signal, il n'entendait plus que sa respiration laborieuse et un terrible grincement au loin, l'écho des forces titanesques qui les avaient ensevelis dans l'iceberg sans leur laisser le moindre espoir d'en sortir.

Alors qu'il commençait à perdre conscience, il aperçut quelque chose sur le plafond du tunnel, au-dessus de la poche d'air, et comprit qu'il s'agissait de son propre reflet dans la glace. Sa respiration, rapide et rauque, devint de moins en moins profonde. Le manque d'oxygène de son corps blessé finit par l'étourdir. Il n'avait plus que des éclairs de conscience. La silhouette qu'il apercevait encore au-dessus de lui prit une forme vacillante et surréaliste, comme s'il ne s'agissait pas d'un simple reflet. À travers son masque souillé de sang, il vit une robe rouge flottante, où il aurait dû y avoir une combinaison environnementale et, à la place de son casque de plongée, un visage barbu encadré de longs cheveux dorés. Dans son délire, il distingua un bras tendu vers lui, une main noircie étincelante d'or, l'invitant à s'approcher. Il avait trouvé ce qu'il cherchait, le guerrier qui était passé hors du temps dans ce navire, tel un spectre du Valhalla venu l'emporter dans son étreinte. Il ferma les yeux sur cette image tandis que, dans un déchirement infernal, la glace se rompit et parut le propulser au-delà du présent dans la délivrance de l'oubli.

Chapitre 10

La lourde porte en fer se referma silencieusement derrière les trois hommes. Ils demeurèrent dans l'obscurité du couloir le temps que leurs yeux s'habituent progressivement à la faible lumière qui éclairait l'escalier se dessinant devant eux. Sans un mot, ils revêtirent les robes écarlates qu'on avait laissées pour eux à l'entrée. Ils nouèrent le cordon brodé d'or autour de leur taille et relevèrent leur capuche, avant de se diriger en file indienne vers le haut de l'escalier. Chacun de leurs mouvements leur était familier, comme s'ils s'étaient déjà trouvés là à de nombreuses reprises. Ils étaient bien au-dessous des fondations du château, dans un domaine secret, taillé dans le roc à l'époque où les drakkars dominaient encore les fjords. Depuis près d'un millénaire, les seuls bruits de pas qui résonnaient dans ces couloirs étaient ceux des membres de la confrérie. Pendant que les trois hommes descendaient l'escalier, la roche humide exhalait l'essence du passé. Le calcaire poreux semblait avoir gardé en lui le souffle de leurs ancêtres et jeter un pont entre eux et le monde des esprits, qui semblait les attirer aux portes mêmes du Valhalla.

Arrivés en bas de l'escalier, ils pénétrèrent dans une salle circulaire, leur sanctuaire. D'abord ils furent aveuglés par la lumière d'une dizaine de torches disposées à intervalles réguliers tout autour de la pièce sur des piédestaux. De leurs longues flammes émanaient de minces volutes de fumée noire, tourbillonnant jusqu'au plafond en coupole. Peu à peu, ils discernèrent des arcades reposant sur douze piliers taillés dans le roc, derrière lesquelles se trouvait une allée circulaire.

Sur chaque pilier, une redoutable hache d'armes, dont la lame renvoyait des éclats de lumière dorée, était fixée à l'aide d'une lanière tressée. Au-dessus de chaque hache étaient suspendus la cotte de mailles et le casque conique d'un ancien guerrier, dont la visière aux yeux vides s'éclairait par intermittence au rythme du vacillement de la torche la plus proche. Devant les piliers étaient disposées douze lourdes chaises en chêne identiques, ornées de sculptures d'animaux et d'inscriptions runiques. Et au milieu trônait une table ronde massive, dont le bois avait été usé et terni par le temps. Sur la table, un planétaire à douze branches surmonté d'une sculpture plongée dans l'ombre, prolongeait la symétrie de la pièce.

Les trois hommes entrèrent silencieusement et prirent place derrière leur chaise, autour de la table. Les mains jointes devant eux, ils s'inclinèrent avant de s'asseoir. Toutes les chaises étaient désormais occupées à l'exception d'une seule, située juste en face de l'entrée. Le pilier qui se trouvait derrière elle était éclairé par une double torche et la hache étincelait comme si elle venait d'être affûtée.

La silhouette encapuchonnée assise à gauche de la chaise vide se leva, la main droite en avant, révélant ainsi une profonde cicatrice sur sa paume. L'homme s'exprima en anglais, avec une voix grave et râpeuse.

– Herr Professor. Votre Excellence. Monsieur le président. Bienvenue. Le *félag* est presque au complet.

Il se rassit et posa la main gauche sur la table. Il portait à l'index une bague lumineuse, une chevalière tressée en or sur laquelle était gravé un symbole linéaire semblable aux runes sculptées dans sa chaise.

– Depuis trente générations, dit-il, nous alimentons le feu de Thor pour le retour de notre roi. Aujourd'hui, les forces qui cherchent à nous détruire menacent à nouveau le caractère sacré du *félag*. Nous userons de tous les pouvoirs dont nous disposons pour préserver notre trésor, pour trouver l'héritage que nous a légué le roi des rois.

Il montra la chaise vide à côté de lui.

– Mais avant d'ouvrir le conseil, nous devons compléter notre cercle.

Une autre silhouette encapuchonnée émergea de l'ombre de l'allée, derrière la chaise vide. Dans la lueur de la double torche, sa robe semblait en feu, flamboyante comme les flammes orange d'un âtre. L'homme avait les mains jointes devant lui et le visage dissimulé derrière sa capuche.

– Avez-vous accompli la tâche qui vous a été assignée ?

– J'ai commencé.

– Approchez.

L'homme avança à côté du pilier jusqu'à ce qu'il se trouve au niveau de la hache, dont la lame scintillante n'était qu'à quelques centimètres de sa tête. Il leva la main droite et tira légèrement sa capuche en arrière. Il avait le teint blafard et les lèvres minces. Une cicatrice irrégulière lui traversait la joue de l'œil au menton.

– Vous avez fait le serment de venger votre grand-père, notre compagnon de tolet, qui a été le dernier à occuper cette chaise. La vendetta se poursuivra jusqu'à ce que tous nos ennemis soient morts. Vous chercherez à savoir ce qu'ils savent et ferez disparaître leurs informations avec eux. Votre vengeance sera terrible. Vous ferez honneur au *félag* et gagnerez votre place à cette table.

L'homme debout à côté du pilier passa le doigt sur la cicatrice de sa joue en grimaçant légèrement de douleur. Il s'inclina en direction de la table et l'esquisse d'un sourire lui traversa les lèvres. Les onze autres le regardèrent se tourner vers la hache. Il posa la paume de sa main droite sur la lame et la fit glisser en appuyant fortement sur l'acier jusqu'à ce que le sang coule. Puis il plongea sa main ensanglantée dans sa robe pour en sortir une bague en or, identique à celle que portait l'homme assis à la table. Il fit quelques pas en avant et s'assit. Tous les autres levèrent alors la main de concert : ils arboraient la même bague et la même cicatrice sur la paume.

Soudain, une rivière de feu embrasa la sculpture jusqu'alors plongée dans l'obscurité au-dessus de la table. Les flammes, qui léchaient l'intérieur du planétaire en verre, se voyaient par transparence et projetaient l'ombre des silhouettes encapuchonnées sur le mur, tandis qu'elles diffusaient sur la lame des haches et les casques vides une lumière orangée vacillante. Ils avaient été rejoints par les esprits de l'ancien *félag*, la confrérie sacrée, par les guerriers qui, encore une fois, avaient interrompu leur éternel festin au Valhalla pour revêtir leur armure et reprendre le combat.

Cette sculpture était leur emblème. Avec ses sept branches, cet arbre de vie éclairerait leur chemin jusqu'à l'ultime bataille de la fin des temps, lorsqu'ils pourraient enfin manier la hache de guerre au coude à coude avec leur roi.

Les douze silhouettes s'avancèrent jusqu'à ce que leurs bagues se touchent. Le sang du blessé ruisselait sur les manches des autres et sur le symbole embrasé. Lorsque leurs poings se touchèrent, celui qui avait prit la parole le premier parla une dernière fois.

– Hann till ragnarøks.

Jack eut l'impression de se réveiller de son pire cauchemar. Il se rendit compte qu'il était conscient lorsqu'il reconnut le son de sa propre respiration, un bruit d'inspiration râpeux suivi d'un sifflement à travers la soupape de son détendeur. Peu à peu, il retrouva ses sensations corporelles, la douleur sourde de son ancienne blessure au côté et un élancement plus violent dans la jambe. Il avait le sentiment d'avoir été dans les limbes pendant une éternité, suspendu entre le monde du rêve et une certaine forme de réalité mais, lorsqu'il ouvrit les yeux et vit l'affichage numérique qui donnait l'heure dans son casque, il constata qu'il ne s'était écoulé que quelques minutes. À travers sa visière, il aperçut un mirage kaléidoscopique fragmenté et souillé de traînées rouges qui lui parut être une véritable hallucination. Il ferma les yeux et fut immédiatement confronté à une autre image, que son esprit refusait d'effacer, la silhouette spectrale d'un homme couché en face de lui, comme s'il avait flotté au-dessus de son propre corps enveloppé dans un linceul et enseveli sous la glace. Puis l'image s'éloigna alors qu'il flottait de plus en plus haut. Il en éprouva un soulagement profond. Pourtant, quelque chose en lui luttait désespérément pour la retenir, comme si l'image de sa propre mort avait été son seul lien avec la vie.

Le bruit saccadé de sa soupape d'expiration se transforma soudain en un gigantesque bouillonnement, suivi d'un sifflement perçant. Il rouvrit les yeux et vit une ligne diagonale en travers de sa visière. Il comprit qu'il était à moitié hors de l'eau, que ce qu'il avait vu quelques instants auparavant n'était que la lumière de sa lampe frontale se réfléchissant dans des débris de glace émaillés de sang.

Sa lampe était désormais au-dessus de l'eau et il discerna une paroi de glace à seulement quelques centimètres de son visage. Il tourna lentement la tête vers la droite jusqu'à ce qu'il voie l'ensemble de son corps. Il se trouvait à l'intérieur d'une cavité de la taille d'une petite voiture. Au-dessus de lui, sa soupape d'expiration avait créé une poche d'air. Les parois, contrairement à celles du tunnel creusé par la sonde, étaient irrégulières et se composaient de grands blocs de glace qui semblaient avoir été violemment agrégés. Certains étaient d'une blancheur trouble, d'autres, presque transparents, donnaient l'impression que la cavité se prolongeait dans des fissures et des tunnels.

L'espace d'un instant, l'esprit de Jack se mit de nouveau à vagabonder. Celui-ci se sentait à l'abri comme dans un cocon, comme si la cavité qui s'était ouverte et l'avait protégé de l'impact écrasant de la glace constituait son ultime chance de salut. Puis la réalité le rattrapa et il fut saisi d'effroi. La glace qui s'était brisée lorsque l'iceberg avait basculé lui avait donné un sursis, mais cela ne pouvait être que temporaire. L'eau se déplaçait au fur et à mesure que la poche d'air s'agrandissait et il sentit les morceaux de glace qui s'étaient accumulés sous lui s'épaissir et lui paralyser les jambes. Il constata avec horreur qu'il allait de nouveau être gelé vivant. Mais cette fois, il n'y aurait pas d'issue rapide. Dans une longue agonie, le corps à demi émergé dans la poche d'air, il serait progressivement asphyxié par le gaz qu'il expirait.

Il entendit dans son casque un grésillement qui le ramena à la vie. L'interphone se mit à siffler dans les aigus avant de crachoter à une plus basse fréquence. C'était impensable, presque un miracle.

– Jack, tu m'entends ?

– Costas.

Jack avait une voix étrange, qui lui sembla curieusement distante, mais il se souvint que le trimix contenait de l'hélium.

– Bon sang, où es-tu ? demanda-t-il.

– Je te vois, mais tu ne peux pas me voir. Essaie de te retourner.

Il faut que tu sortes de l'eau, sinon nous serons fichus pour de bon cette fois.

La voix de Costas, calme et réfléchie malgré la gravité de la situation, constituait un retour rassurant à la réalité. Jack rassembla toute son énergie et se dressa sur les coudes. Les bras et les mains libres, il put faire pivoter son torse légèrement vers la droite, mais ses pieds et ses mollets étaient presque pris dans la glace. Il était comme happé par des sables mouvants et, à chaque fois qu'il tentait de s'en extraire, il semblait s'enfoncer encore plus profondément.

– Rien à faire, dit-il d'une voix haletante. Je ne peux quasiment pas bouger les jambes.

– Est-ce que tu peux atteindre ton bloc-bouteilles ?

– Tout juste.

– Bon. Prends la hache et pose-la à plat à côté de ta tête.

Jack s'exécuta et tira des deux mains sur le manche en bois de la hache, qu'il avait glissé derrière son bloc-bouteilles. Il n'avait pas vraiment conscience de ce qu'il tenait, une hache de guerre viking provenant d'un drakkar viking, une découverte qui semblait désormais purement imaginaire. Lorsqu'il parvint enfin à la retirer, l'eau avait gelé autour de sa taille et l'humidité du gaz qu'il expirait avait créé une pellicule de glace sur sa visière.

– Je ne vois plus rien ! s'écria-t-il. La pression va augmenter maintenant qu'il n'y a plus d'eau à déplacer et l'humidité du gaz que j'expire est en train de me geler le haut du corps. Cela pourrait être bien plus rapide que je ne le craignais.

– Allonge-toi sur le dos et pousse le manche de la hache aussi loin que possible au-dessus de ta tête. La sonde est bloquée dans la cavité et je vois les filaments de la bobine dans la glace, juste au-dessous de toi. Si nous parvenons à réactiver la batterie, nous pourrons peut-être faire fondre la glace qui t'entoure.

Jack prit la hache et l'enfonça de toutes ses forces le long d'un rebord qui dépassait au-dessus des débris de glace. Au début il ne rencontra aucune résistance, mais il s'étira le plus possible et la base du manche finit par toucher quelque chose de dur.

– Voilà, c'est là, confirma Costas. Maintenant, déplace le manche à environ quinze centimètres sur ta gauche.

Jack s'étira à nouveau et donna des coups de manche à l'aveuglette. Soudain, il sentit un levier s'abaisser et aperçut une lumière verte à travers la pellicule de glace recouvrant sa visière.

– Parfait, tu as réussi ! La partie principale de la sonde a été écrasée quand tout a basculé, mais la bobine est reliée à une batterie indépendante, qui semble intacte. Nous n'avons plus qu'à attendre.

– Et toi, comment ça va ? demanda Jack en se laissant retomber et en essayant de faire abstraction de son environnement.

– Génial. Cloîtré dans l'âge de glace. Suivez Jack Howard et vous verrez du pays !

– Sérieusement. Je ne te vois pas.

– Au début, je n'ai pas compris ce qui s'était passé. Si l'iceberg s'était retourné, nous aurions dû tomber dans l'oubli à mille mètres de profondeur. Puis, j'ai vu la sonde et tout est devenu clair. Nous avons tourné à 360 degrés et repris notre position initiale. Sous l'action d'une force dont j'ignore l'origine, l'iceberg a tourné sur lui-même au-dessus du seuil. Je pense qu'il est encore bloqué contre le rebord extérieur de celui-ci mais qu'il s'est enfoncé plus profondément. D'après mon profondimètre, nous sommes à 123 mètres, juste à la limite que nous autorise le trimix. Si l'iceberg flottait vers la mer, il aurait de nouveau basculé et nous serions à une profondeur beaucoup plus importante, perdus à jamais. Ce qui peut encore arriver à tout moment.

– Voilà qui me rassure.

– Avant qu'on bascule, tu as vu ce que j'ai vu ?

– C'était Halfdan. Nous étions juste au-dessus de son cercueil, au centre du drakkar, où son corps aurait dû être brûlé. Nous devons être les seules personnes de notre époque à avoir vu un guerrier viking en chair et en os. C'est fantastique.

– Ça m'a fait froid dans le dos. Espérons que nous n'allons pas le rejoindre.

– Tu as un plan ?

– Procédons étape par étape. Déjà, il faut qu'on dégèle.

Pendant l'accalmie qui suivit, Jack eut conscience de la parfaite immobilité de l'iceberg. Il n'entendait que le bruit de sa respiration alors que, quelques minutes plus tôt, la glace craquait dans une cacophonie assourdissante. D'une certaine façon, cette immobilité accentuait l'atmosphère sépulcrale de la cavité et leur rappelait l'énormité de leur situation. Ils étaient enfermés à l'intérieur d'un iceberg, cernés de toutes parts par des millions de tonnes de glace dure comme du roc, à la limite de la profondeur à laquelle ils pouvaient survivre, et risquaient à tout moment de tomber dans l'abîme. Jack commença à se sentir mal à l'aise. La glace n'était qu'à quelques centimètres de son visage et la claustrophobie le guettait. Il était toujours tenaillé par la peur de céder à la panique, comme cela avait failli lui arriver lorsque Costas l'avait aidé à poursuivre sa route dans le labyrinthe de l'Atlantide, six mois auparavant. Il savait que son ami le connaissait bien et que ses plaisanteries avaient pour but de l'obliger à rester concentré, alors il fit l'effort de penser aux différentes étapes qui finiraient peut-être par leur sauver la vie.

– Je bouge, dit-il. Je peux bouger un pied.

– Parfait. Essaie de pivoter dans ma direction.

La pellicule de glace recouvrant la visière de Jack commençait à fondre et celui-ci voyait désormais son environnement plus clairement. La bobine de microfilaments reliée à la sonde remplissait sa tâche et la surface commençait à se liquéfier. Jack se cambra et plia les jambes. Il éprouva tout à coup une douleur lancinante qui le fit frissonner. Pour la première fois, il put voir sa blessure à la cuisse gauche. La pointe de glace était encore visible à travers la déchirure de sa combinaison environnementale. La glace avait endormi la douleur et ralenti l'hémorragie mais, malgré tout, la perte de sang le rendait dangereusement vulnérable au froid. Il parvint à se mettre sur le côté en sortant ses jambes de l'eau et à se hisser sur le rebord de glace. Puis il essuya sa visière et regarda le lit de débris où il avait été immobilisé.

Il découvrit un spectacle surréaliste. Il voyait son ami, mais cette vision défiait les sens. Costas, apparemment tout près de lui, était emprisonné derrière un mur de glace transparente. À chacun de ses mouvements, Jack le voyait se fragmenter en une mosaïque de formes, qui se réfléchissaient sur différents plans dans la glace. Il aperçut soudain son visage, derrière le casque jaune, qui était d'abord apparu de manière exagérément allongée avant de rétrécir jusqu'à un semblant de normalité.

– Je suis à environ un mètre de toi, affirma Costas. Quand j'ai repris conscience, je flottais dans une fissure. J'ai essayé de te rejoindre, mais je n'ai pas pu aller plus loin. Si je ne suis pas encore congelé, cela ne saurait tarder. Ce n'est que de la glace de regel issue de la crevasse. Elle devrait être plus facile à briser que la glace du glacier. Tu sais te servir d'une hache ?

Jack entrevit soudain une lueur d'espoir.

– Tu sais, c'est ma principale occupation hors saison, quand je disparais dans les bois. Quand je dis à tout le monde que j'écris. Ça m'aide à oublier tout ça.

– Bien. Voyons ce dont tu es capable. Si tu parviens à faire un trou, l'eau qui se trouve de ton côté devrait s'infiltrer et faire le reste. La bobine ne pourrait pas faire fondre de la glace de l'ère glaciaire, mais elle devrait maintenir la glace fondue à l'état liquide. Le gaz que j'expire a créé une poche d'air d'environ quinze centimètres autour de moi.

– Où s'échappe le reste ?

– Il y a des fissures au-dessus de moi. Cette glace a l'air solide, mais ce n'est qu'un ensemble de débris agglomérés.

Jack se coucha à plat ventre sur le rebord. Il se cramponna de la main gauche pour ne pas glisser et saisit la hache de la main droite. Puis il se laissa aller doucement entre les débris de glace jusqu'à ce qu'il soit à genoux au fond, immergé jusqu'à la taille. Il retira péniblement ses palmes, les laissa se rabattre derrière ses mollets et descendit la hache des deux mains en la faisant pivoter pour que la lame se trouve au-dessus de sa tête. Debout dans la cavité, il était désormais plié en deux sous le plafond et n'avait guère de place pour manier la hache. Cependant, à chaque mouvement, il devait lutter pour ne pas perdre l'équilibre.

– C'est parti !

Il plaça la hache sur la glace en face du visage de Costas puis souleva le manche. La lame était émoussée, mais le métal était encore aussi dur que mille ans auparavant et c'était la force de l'impact plutôt que la qualité du tranchant qui comptait. Lorsque le coup porta, un morceau de glace se brisa et de minuscules fêlures en étoile se dessinèrent à partir du point d'impact. Costas disparut un peu plus derrière cette extravagante mosaïque.

– Je peux à peine manier la hache, dit Jack d'une voix haletante. Quinze centimètres de moins et je n'aurais aucun élan.

Lentement, posément, il commença à entailler la glace. Chaque coup faisait voler un autre morceau en éclats et lui provoquait un élancement aigu dans la cuisse. Obligé de supporter le poids de son bloc-bouteilles au-dessus de l'eau, il ne tarda pas à se rendre compte des effets de ses efforts. Son trimix descendait à une vitesse alarmante. Il s'efforça d'ignorer l'affichage numérique de sa visière et se concentra sur sa tâche. Il procédait à la manière des bûcherons, dont la technique traditionnelle consistait à faire une entaille au-dessus puis au-dessous de la ligne de coupe. Plus ses entailles étaient profondes, plus les éclats étaient gros. Le trou, dont le fond n'était désormais plus qu'à quelques centimètres de Costas, était presque assez large pour qu'il puisse s'y engouffrer.

Alors qu'il s'apprêtait à porter le coup décisif, ses jambes se dérobèrent sous lui et il glissa en laissant tomber la hache. Il comprit qu'il n'avait pas simplement perdu l'équilibre mais qu'il avait été terrassé par une force supérieure. Il se redressa et s'aperçut que la surface de l'eau vibrait avant d'entendre des grondements et des craquements au loin. Soudain, l'eau se mit à monter et il vit une fissure obscure s'ouvrir dans le plafond de la cavité.

– La poche d'air s'échappe ! s'exclama-t-il. Elle part vers le haut.

Il récupéra la hache et l'abattit une dernière fois contre la glace.

En vain.

– Le trou est déjà plein d'eau. Je ne peux pas prendre d'élan.

Il glissa une nouvelle fois, la hache à la main, et regarda le niveau de l'eau monter au-dessus de sa visière. Impuissant, il se redressa jusqu'au plafond de la cavité. Moins d'une minute après l'apparition de la fissure, il ne voyait plus qu'une multitude de bulles, issues du gaz qu'il expirait. Elles filaient vers le haut et disparaissaient rapidement dans la fissure après chacune de ses expirations. D'après l'affichage de sa visière, la température était tombée à moins deux degrés, sous le point de congélation. Il eut l'horrible certitude que la bobine ne pourrait jamais agir sur une telle quantité d'eau et que seule la partie basse de la cavité resterait liquide.

L'eau se transformait en glace sous ses yeux. Il la sentit se solidifier autour de ses bras et de sa tête. Le cauchemar recommençait. Il était condamné à subir éternellement les tourments de l'enfer. Les yeux grands ouverts, il regarda avec effroi la glace s'accumuler autour de lui. Il commença à s'hyperventiler, comme si son corps voulait absorber ce qu'il lui restait de trimix et perdre conscience, être délivré de l'horreur qui l'attendait.

– Ton oxygène ! Coupe ton tuyau d'oxygène !

La voix le ramena à la réalité. Il comprit immédiatement où Costas voulait en venir. Il traîna le bras gauche à travers l'eau épaisse et sortit le couteau qu'il portait dans un étui sur la poitrine. Il posa la lame en dents de scie contre les deux tuyaux qui arrivaient sous son casque. L'espace d'un instant, il fut incapable de se rappeler lequel des deux véhiculait l'oxygène et non le trimix. L'effet narcotique de l'azote à cette pression lui jouait des tours. Il ne pouvait pratiquement plus bouger la tête et ne voyait pas les tuyaux. Il ferma les yeux et saisit résolument celui de gauche avant de poser la lame juste au-dessous du port de son casque.

– L'oxygène qu'il te reste dans ta bouteille devrait remplir la cavité et vider le trou le temps que tu donnes encore quelques coups, dit Costas. Mais surtout, ne le respire pas. Une telle proportion d'oxygène à cette profondeur te tuerait sur le coup.

Jack trancha le tuyau et un grand jet de bulles surgit dans la cavité. L'eau lui descendit rapidement au-dessous de la poitrine et il se releva, tandis que le tuyau sectionné dansait et sifflait devant lui. Il retira la hache des débris de glace et la dirigea vers le trou. Il l'abattit de toutes ses forces contre la glace. Un gros éclat se détacha. Il vit Costas tenter de pousser la barrière de glace. Il se hâta de jeter le morceau de glace qui flottait sur le côté et leva le manche pour porter un autre coup. Mais juste à ce moment-là, le tuyau arrêta de siffler et le niveau de l'eau commença à remonter, inexorablement. Jack n'avait plus qu'une dernière chance. Il se mit dans l'alignement de la fracture, là où le morceau venait de se désolidariser du reste, et se détendit complètement, les yeux rivés sur le point d'impact. Il leva la hache et l'abattit avec toute la puissance dont il était capable. Avant de se ficher dans la glace, la lame fendit l'eau qui montait et l'éclaboussa. Il tomba en arrière, se remit à haleter de façon incontrôlable. Sa soupape d'expiration envoyait des nuages de bulles dans l'eau, qui le submergeait à nouveau.

L'extrémité d'une palme sortit de la glace. Jack reçut un coup de pied et entendit le fond du trou se craqueler. *Ça avait marché*. Un autre morceau de glace se mit à flotter devant lui et une silhouette noire imposante émergea à ses côtés tel un phoque curieux. Costas regarda son ami dans les yeux.

– Content de te voir.

– Heureusement que tu as perdu du poids, dit Jack d'une voix faible. Je n'ai pas réservé une chambre double.

Une traînée rouge colora l'eau lorsqu'il se retourna dans l'espace étroit.

– Comment va ta jambe ? demanda Costas.

– C'est le cadet de mes soucis, répondit Jack en regardant le niveau de l'eau au-dessus d'eux. Ton oxygène, vite ! Coupe ton tuyau, nous aurons quelques minutes de plus.

– Impossible, déclara Costas. Quand l'iceberg a basculé, mon tuyau a été tranché par une pointe de glace qui a failli me décapiter.

Il gesticula jusqu'à pouvoir s'allonger à côté de Jack, la tête en face du rebord au-dessus duquel se trouvait la sonde. L'étroitesse de la cavité était désormais encore plus évidente. Celle-ci était à peine assez grande pour eux deux et leur équipement. Ils étaient maintenant complètement submergés et des éclats de glace provenant du trou flottaient autour d'eux. Jack voyait les filaments de la bobine un peu plus bas. Costas se pencha pour rabattre ses palmes contre ses mollets et se hissa jusqu'à la sonde.

– Le voyant est à l'orange, annonça-t-il. La batterie est presque à plat. Si nous traînons ici, nous serons congelés à tout jamais.

Il redescendit et retira péniblement quelque chose d'une de ses poches.

– Tiens-moi ça une seconde, dit-il.

Jack s'exécuta et le regarda.

– Du C4 ?

– Gagné. Il faut toujours en avoir sur soi en cas d'urgence.

– Tu vas nous faire sauter ?

– Idéal contre le gel, répondit Costas en continuant à fouiller dans sa poche pour en extraire un détonateur radio miniature. Je suis certain que nous sommes à l'intérieur de la crevasse dans laquelle Kangia et les nazis ont vu le drakkar. La glace est transparente. Il s'agit de la glace de regel qui a refermé la crevasse. Elle est donc moins solide que celle du glacier. De plus, elle s'est fragmentée lorsque l'iceberg a basculé. Nous allons peut-être pouvoir élargir la fissure. C'est notre seule chance.

– Et notre niveau de décompression ?

– Pas terrible. La profondeur semble s'accroître. Il doit y avoir un niveau d'eau interne dans la crevasse, au-dessous du niveau de la mer qui entoure l'iceberg. La crevasse doit se remplir d'une façon ou d'une autre. À ce rythme-là, nous franchirons la limite dangereuse dans moins de cinq minutes.

– C'est à peu près le temps que me laisse mon trimix.

– Si nous ne gelons pas avant. Maintenant que la bobine est hors service, l'eau commence déjà à se solidifier. Il est temps de passer à l'action.

Jack se mit soudain à frissonner violemment. Il n'avait jamais connu d'eau plus froide, même dans les profondeurs de l'océan. Un autre craquement se fit entendre dans la glace et la fissure située au-dessus d'eux se referma sensiblement. Costas tourna sur lui-même et regarda vers le haut en dirigeant sa lampe frontale le long de la traînée argentée de bulles qui longeait le plafond.

– Ce n'est pas vraiment ce que j'espérais, dit-il à voix basse.

La sonde émit un bref signal d'alarme aigu et la lumière orange s'éteignit.

– Ça non plus.

Il se retourna, prit la hache qui était posée sur le plancher de la cavité et la tendit à Jack.

– Tu as le bras plus long que moi. La fissure est plus large au-dessus de la sonde. Pousse le C4 aussi loin que tu peux. Il est armé.

Jack saisit le paquet brun d'une main et le manche de la hache de l'autre. Costas plongea derrière lui et le souleva sur ses épaules en faisant saigner encore plus sa plaie à la cuisse. Jack s'efforça d'ignorer la douleur et se contorsionna de sorte que sa visière se trouve contre la fissure surplombant la sonde. Avec toutes les bulles qui s'engouffraient à l'intérieur, il n'avait qu'une vague idée des dimensions de cette fissure. Mais il s'agissait clairement d'une cheminée étroite, qui s'étendait loin au-dessus d'eux entre deux plaques de glace. Il poussa le C4 aussi loin que possible de son bras gauche et le cala de son mieux. Puis il souleva la hache des deux mains et enfila le manche en bois dans la cheminée, tandis que Costas le retenait pour ne pas qu'il bascule en arrière. Lorsque le manche rencontra une résistance, il poussa de toutes ses forces et délogea le C4 pour l'éloigner le plus possible.

– Voilà. Je ne peux pas aller plus loin.

Il se laissa tomber à côté de Costas et ils avancèrent péniblement entre les débris de glace qui étaient en train de s'agglomérer pour s'écarter de la cheminée, jusqu'à ce qu'ils se trouvent côte à côte contre la paroi opposée de la cavité. Jack retourna la hache et la rangea sous ses sangles. Puis ils se baissèrent tous deux pour remettre leurs palmes en place. Jack passa les bras autour de Costas et s'accrocha fermement à lui en appuyant sa visière contre la sienne.

– Où que nous allions cette fois, nous irons ensemble.

– *Semper fidelis*.

– Tu ne cesseras jamais de m'étonner. Le latin aussi.

Costas tenait le détonateur entre eux deux.

– Prêt ?

– Prêt.

Une violente secousse, accompagnée d'un bruit de déchirement perçant, ébranla la cavité. Tout autour d'eux, la glace était troublée par les vibrations. Cette cacophonie infernale fut étouffée par une explosion assourdissante. Jack sentit les ondes de choc lui pétrir le corps, comme s'il était roué de coups. Il appuya sa visière contre Costas pour protéger le verre des éclats de glace qui volaient autour d'eux. Presque simultanément, leurs lampes frontales explosèrent et ils furent plongés dans une obscurité étrange, vibrante, uniquement rompue par le vert trouble de l'affichage numérique de leurs casques. Une force énorme souleva Jack sur le côté et, l'espace d'un instant, il eut le sentiment qu'il allait être écrasé. Par miracle, il échappa à ce sort. Pris de vertiges, il s'aperçut qu'ils tombaient en spirale dans une mer de glace et d'eau, complètement impuissants, tandis que la crevasse éclatait en morceaux.

– On remonte ! cria Costas. Ne retiens surtout pas ta respiration. Tes poumons exploseraient dans la seconde.

Jack respirait de plus en plus difficilement. Dans le tourbillon qui les emportait, ils n'avaient aucun repère visuel et il s'efforça de se concentrer sur l'affichage numérique de sa visière, les bras serrés autour de Costas et les jambes entrelacées avec les siennes. Il aperçut fugitivement un chiffre indiquant leur profondeur, dix mètres, et sentit qu'ils remontaient à toute allure. Il se raccrochait aux chiffres tout en étant vaguement conscient que le risque d'embolie gazeuse était accru par celui de la maladie des caissons, le mal de décompression. Ils remontaient beaucoup trop vite.

Soudain, ils émergèrent à la surface. Il y avait de nouveau de la lumière, une lumière crépusculaire. Derrière Costas, Jack découvrit en outre un monde inondé de bleu. Ils flottaient dans une vaste dépression de glace, au moins aussi longue et large que la *Seaquest II*, entourés de murs d'un blanc immaculé. Jack se sentit minuscule dans cet environnement démesuré. Il renversa la tête en arrière et regarda la source de lumière, loin au-dessus d'eux. C'était une fine bande grise, dessinée par les murs de glace qui se rejoignaient presque, leur premier lien avec le monde extérieur. Striée de noir et de bleu clair, elle semblait défiler à une vitesse phénoménale.

– C'est sûrement une de ces tempêtes qui font rage sur la calotte glaciaire, affirma Costas. C'est ce qui a fait basculer l'iceberg.

– Le Piterak.

Ils se cramponnèrent l'un à l'autre en dansant sur l'eau au centre du bassin. Leurs indicateurs de décompression étaient à l'orange. Ils avaient repoussé leurs limites et le risque de maladie des caissons était élevé. Jack était attentif aux symptômes, des fourmillements dans le coude ou une brusque nausée, conscient que les six mois qu'il venait de passer sans plonger avaient pu le rendre moins résistant. Il regarda son manomètre et constata qu'il était presque à zéro.

– Je n'ai plus d'air, dit-il. Si nous devons plonger à nouveau, il faudra qu'on fasse un échange d'embout.

– Branche-toi sur moi.

Jack prit le flexible situé sur le bloc-bouteilles de Costas et enfonça la soupape dans un port de son casque. Dans un sifflement aigu, le casque se remplit à nouveau de gaz respirable, dont la composition se rapprochait de celle de l'air atmosphérique à mesure que l'ordinateur ajustait les proportions en fonction de leur profondeur. Jack se rendit compte qu'il avait failli manquer d'air. Il ferma les yeux et s'efforça de respirer profondément.

– Cela devrait nous laisser environ dix minutes, déclara Costas. J'aurais préféré les passer à dix mètres de profondeur pour augmenter la marge de décompression, mais nous n'avons pas le choix. Il va falloir improviser.

Le mouvement de l'eau s'était considérablement réduit et la surface était surnaturellement calme après le chaos qui les avait éjectés de leur tombeau de glace.

– La crevasse a dû s'ouvrir quand l'iceberg a bougé, dit Costas. Toute la glace de regel a volé en éclats. Puis les parois se sont refermées au moment où l'iceberg a rencontré une résistance, probablement le bord extérieur du seuil.

Il regarda de nouveau autour de lui. Il régnait désormais un calme inquiétant.

– Cela ne me dit rien qui vaille. Restons ensemble.

Dans la seconde qui suivit, le silence fut rompu par une secousse dévastatrice. La glace et l'eau furent encore une fois traversées par d'énormes vibrations. Jack aperçut un rideau de glace tomber autour d'eux, des pointes tranchantes qui fendirent l'eau comme des éclats d'obus. Il rassembla toute son énergie pour tenir fermement Costas. Si le choc arrachait le tuyau qui constituait désormais son seul salut, il se noierait à coup sûr. Pris d'hallucinations, il revit le corps gisant dans la glace, puis revint à une réalité encore plus effroyable. Ils descendaient à une vitesse vertigineuse, emportés par un tourbillon grinçant de glace, comme s'ils étaient ramenés à leur point de départ auprès du guerrier gelé. L'eau tombait si vite qu'ils chutaient dans l'air, à demi suspendus hors de l'eau et projetés contre les blocs de glace qui volaient en éclats autour d'eux. Costas serra Jack contre lui pour lutter contre la force centripète du tourbillon et appuya sa visière contre la sienne.

– La crevasse s'est ouverte et l'eau est aspirée à l'intérieur, cria-t-il. Accroche-toi. Je vais peut-être pouvoir inverser le mouvement.

Soudain, l'eau se mit à tournoyer autour d'eux et ils furent profondément immergés. Terrifié, Jack sentit ses poumons s'écraser sous l'action d'une force contraire au tourbillon, qui les propulsa vers le haut. Ils émergèrent de l'eau et rebondirent sur un jet de glace qui les projeta dans une fissure située au-dessus de la dépression. Ils s'écrasèrent contre un mur de glace et glissèrent vers le haut, tandis qu'ils frottaient désespérément la paroi d'une main pour essayer de trouver une prise. Puis ils glissèrent vers le bas, incapables de contrôler leur mouvement, jusqu'à ce qu'ils heurtent un rebord qui les immobilisa de façon précaire le long de la paroi. Ils se tapirent sur la plate-forme, dégoulinants d'eau, et le jet de glace retomba à la base de la crevasse, loin au-dessous d'eux.

– Bon sang, c'était quoi, ça ? demanda Jack à bout de souffle en regardant l'abîme d'au moins trente mètres de profondeur.

– Le C4, répondit Costas content de lui. Nous avons été éjectés de la cavité avant que je n'aie le temps de m'en servir, mais il s'est avéré utile, finalement.

Il remit le détonateur radio dans sa poche.

– Bon, j'ai froid et j'ai faim, ajouta-t-il. Sortons d'ici.

– On a intérêt à se dépêcher. Regarde ça.

Happés par la fascination de l'horreur, ils regardèrent l'abîme rétrécir à nouveau. Les parois comprimaient les débris de glace et les propulsaient vers le haut. Pris dans l'étau, les gros blocs explosèrent avec une détonation retentissante en projetant des pointes de glace meurtrières loin au-dessus de la crevasse. Jack et Costas savaient que, s'ils étaient de nouveau pris dans le tourbillon, cette fois ils mourraient sur le coup, transpercés par les flèches de glace et broyés entre les murs comme dans un moulin à café. Terrifiés, ils virent le fond de l'abîme se rapprocher inexorablement d'eux, telle une bête vivante dont la gueule crachait un geyser de glace destructrice, pulvérisée avec une rapidité fulgurante le long des parois.

– C'est la fin, cria Costas dans le vacarme infernal. Nous n'aurons pas de seconde chance cette fois.

Ils firent demi-tour et levèrent les yeux vers la lucarne. Le sommet de la crevasse se trouvait à environ cinquante mètres et les traînées grises traversant le fond bleu étaient désormais clairement visibles. Soudain, le nuage se divisa et une forme noire surgit au-dessus de la fissure, dirigeant vers eux une lumière aveuglante. Elle sursauta violemment et laissa tomber quelque chose qui tournoya au-dessus d'eux.

– Le Lynx ! s'écria Costas. Ils essaient de descendre un treuil.

– Je leur ai dit de rester à l'écart. Ils prennent des risques avec ce vent.

– Ils ne pouvaient pas rester sans rien faire.

– Ils ne pourront pas faire descendre ce câble jusqu'ici. Ils doivent attendre, dans l'espoir qu'on puisse monter au sommet de la crevasse.

Jack regarda vers le bas. Le fond de l'abîme était dangereusement proche, pas plus de vingt mètres au-dessous d'eux, et les pointes de glace atteignaient presque la plate-forme où ils se trouvaient. Il se tourna de nouveau vers le sommet de la crevasse. Les parois étaient lisses. Elles ondulaient légèrement mais n'offraient aucune prise. Impossible de les escalader. L'euphorie dans laquelle la vue de l'hélicoptère l'avait plongé se mua brusquement en sueur froide. Il était de nouveau en plein cauchemar, ramené dans ce puits de mine submergé où il avait frôlé la mort et vu la fin du tunnel sans jamais pouvoir s'en rapprocher, malgré ses efforts désespérés.

Il posa sa main libre contre la glace et regarda Costas. Soudain, il eut une impression étrange, comme s'il était poussé contre la paroi. Il leva de nouveau les yeux et comprit ce qui se passait.

– La crevasse, elle n'est pas censée être à la verticale ?

– Bon Dieu ! L'iceberg bascule !

Après une terrible secousse, le calme revint brusquement. Le fond de l'abîme avait encore monté et n'était plus qu'à dix mètres au-dessous d'eux. À travers la lucarne, ils voyaient désormais le promontoire où ils avaient rendu visite au vieil Inuit, la veille. Jack se surprit à penser qu'il allait faire beau, que le vent décroissant était en train de céder la place à une lumière radieuse. Puis il se remit à paniquer. Il avait été en proie à un sentiment trompeur de sécurité. Ils étaient tout près de la lucarne mais, si l'iceberg basculait, ils couleraient avec lui. Il n'y aurait pas de demi-mesure, aucun moyen d'augmenter progressivement leurs chances de survie. Il leur fallait parvenir au sommet, ou bien ils étaient morts. Mais la paroi était encore une pente glissante, qui les mènerait à une mort certaine au fond du gouffre. Et le moulin à café ne tarderait pas à se remettre en marche. Des millions de tonnes de glace faisaient pression sur la dernière poche d'air de la crevasse. Si l'iceberg basculait encore une fois, la lucarne tomberait sous l'eau. Ils seraient alors précipités à mille mètres de profondeur. Leur sort serait réglé en un instant.

– La hache ! cria Costas en secouant Jack. La hache !

Jack recouvra ses esprits. Se cramponnant de la main gauche à Costas, il attrapa la hache et la libéra de ses sangles. Comme il venait de toucher sa blessure à la cuisse, il avait la main gluante de sang et elle faillit lui échapper. Costas la rattrapa de justesse de sa poigne de fer. Ils la laissèrent pendre dans la pente puis, décrivant un grand arc de cercle, ils l'enfoncèrent ensemble juste devant eux, le plus profondément possible.

– Elle va tenir, dit Jack en haletant. Vas-y, grimpe !

Il tendit chacun de ses muscles, les palmes encore enfoncées sur la plate-forme mais les genoux et les coudes prêts à trouver dans la glace toutes les irrégularités susceptibles de l'empêcher de glisser. Ils se lâchèrent et se hissèrent le long du manche en rampant sur la glace le plus loin possible. Les muscles bandés à l'extrême, Jack entreprit de retirer la lame de la hache. Il la secoua de toutes ses forces jusqu'à ce qu'elle bouge dans la glace. Il regarda Costas, cramponné de l'autre côté du manche.

– Prêt ?

Pendant quelques secondes, ils n'auraient aucune prise et ne tiendraient que par la tension de leur corps contre la couche glissante d'eau qui recouvrait la glace. Si l'un d'eux faisait le moindre mouvement, ils tomberaient ensemble au fond de l'abîme, unis dans la mort par le flexible. Costas regarda Jack droit dans les yeux et hocha la tête. Jack retira la lame de la glace et laissa de nouveau la hache glisser derrière eux en la tenant par le manche de la main gauche. Il positionna le tranchant vers le haut, respira à fond et souleva l'arme de toutes ses forces. Elle passa par-dessus leur tête en frôlant le mur opposé de la crevasse et se ficha dans la glace un mètre et demi plus loin. Il répéta la procédure encore trois fois de suite. Ils progressaient petit à petit le long de la pente en direction de la lucarne, qui ne se trouvait plus qu'à dix mètres de distance. Lorsque Jack tendit le cou pour extraire la lame de la glace, il aperçut un plongeur en combinaison noire suspendu à un câble à une centaine de mètres au-dessus de l'iceberg. Il comprit que le bruit qu'il entendait depuis un moment était celui des turbomoteurs du Lynx.

Une autre secousse ébranla la crevasse dans un grondement sourd. La trépidation de l'hélicoptère fut étouffée par un grincement et un craquement assourdissants. Les parois de la crevasse rétrécirent. La hache tenait, mais ils n'avaient désormais plus assez de place pour lui donner de l'élan. Une autre secousse provoqua un jet d'eau et de débris de glace qui s'abattit sur eux. Dans le même temps, la lucarne disparut derrière un rideau d'eau et un tourbillon aspirant s'éleva au-dessous d'eux pour rencontrer le torrent de glace qui retombait dans le gouffre. Soudain, ils glissèrent de façon incontrôlée et dégringolèrent en direction de la lucarne, qui s'effondrait vers la mer. Ils heurtèrent violemment la surface, toujours enlacés, tandis que la hache traînait derrière eux, avant d'être entraînés loin du gouffre par la force colossale de l'eau qui s'en écoulait. C'est aux débris de glace qui avaient failli causer leur mort qu'ils durent leur salut. En effet, ceux-ci percutèrent l'eau de mer qui s'engouffrait avec une telle force qu'ils les propulsèrent le long des derniers mètres de la fissure et les éjectèrent dans un chaos prodigieux, juste avant que les murs de glace ne s'écrasent l'un contre l'autre pour refermer définitivement la crevasse.

Mais ce n'était pas encore fini. À peine Jack s'était-il rendu compte qu'ils étaient en pleine mer qu'il vit l'iceberg s'abattre sur eux. Le mur blanc s'étendait à perte de vue dans toutes les directions. La crevasse avait déjà sombré dans les profondeurs. C'était comme si elle n'avait jamais existé. Seul un filet de glace et de bulles remontant à la surface le long du flanc de l'iceberg, encadré par l'immensité noire des fonds marins, témoignait de sa présence. Tandis que l'iceberg roulait sur lui-même, Jack eut l'illusion qu'ils remontaient, mais son corps lui disait tout le contraire.

– Il nous tire par le fond ! cria Costas d'une voix distordue. Nous sommes déjà à trente mètres de profondeur. Gonfle ta combinaison et nage vers le haut !

Jack injecta de l'air dans sa combinaison pour atteindre une flottabilité positive et se mit à battre des pieds de toutes ses forces mais, lorsqu'il regarda l'affichage de sa visière, il constata qu'ils n'étaient quasiment pas remontés. Il eut l'impression qu'ils marchaient sur l'eau. Ils étaient encore sous l'emprise de l'iceberg, aspirés comme les survivants d'un bateau en train de couler. Il leva les yeux et vit le soleil briller sur les vagues, si proche. Il se mit à respirer de plus en plus fort et éprouva une nouvelle fois un malaise au creux de l'estomac. Après avoir survécu dans l'iceberg, ils étaient sur le point de mourir tout près de la surface, à une profondeur qu'il pouvait atteindre en apnée. *Ce n'était pas possible.* Il commença à s'hyperventiler et ses besoins dépassèrent rapidement la quantité d'oxygène qui restait dans la bouteille de Costas. Il respirait de plus en plus difficilement.

– Je te débarrasse de tes bouteilles, dit Costas.

Il respirait bruyamment et un grand jet de bulles entourait sa soupape d'expiration. Il battait des pieds à toute allure en retirant du casque de Jack tous les tuyaux inutiles. Il actionna le système de dégagement rapide du bloc-bouteilles et envoya le recycleur d'oxygène ainsi que le backpack et ses bouteilles de trimix vides par le fond.

– Je fais pareil pour moi ! cria-t-il à bout de souffle. Il ne nous reste qu'à peu près une minute d'air de toute façon, ça ne servirait à rien. Prépare-toi à retirer le flexible. Arrête de battre des pieds et, à mon signal, prends cinq respirations profondes.

– Je te tiens, dit Jack le souffle court. Si tu coules, je coule avec toi.

Costas détacha son recycleur et le laissa tomber. De la main gauche, il actionna le système de dégagement rapide de son backpack tout en gardant celui-ci sur le dos et, de la main droite, chercha la base de son dernier tuyau sous son casque. Ils redescendaient déjà, aspirés de plus en plus profondément par le mouvement de l'iceberg. Leurs chances diminuaient à chaque mètre qu'ils parcouraient.

– Vas-y !

Jack prit cinq respirations profondes et arracha le flexible. Au même instant, Costas lâcha le tuyau et son backpack. Ils se mirent à nager avec détermination vers la surface en battant des pieds dans un mouvement à la fois ample et brusque. Jack, le bras gauche autour de l'épaule de Costas, tenait encore la hache de la main droite. Au début, il n'éprouva aucun malaise. Tandis que son système sanguin débordait d'oxygène, il expirait lentement pendant la remontée. Puis l'effort commença à produire ses effets et il ressentit les premiers signes d'inconfort. Ils progressaient régulièrement d'un mètre toutes les deux secondes, mais ils se trouvaient encore à vingt mètres de la surface. S'ils arrêtaient de battre des pieds, ils redescendraient immédiatement. Déjà, il manquait d'air et ses poumons se soulevaient instinctivement pour absorber le dernier reliquat de gaz de son casque.

Ses jambes, privées d'oxygène, se mirent à faiblir. Il était sur le point de perdre connaissance, terrassé par l'épuisement. Il n'y arriverait pas. Il arrêta de nager et, dans un dernier effort conscient, s'efforça de se dégager de l'étreinte de Costas en voyant que celui-ci avait encore des forces, prêt à tout pour lui laisser une chance de regagner la surface.

Tout à coup, il éprouva une sensation étrange, une impression d'apesanteur. Il avait arrêté de battre des pieds et, pourtant, il était poussé vers le haut. Il eut vaguement conscience que l'iceberg s'était arrêté de bouger. Instinctivement, il chercha la soupape de purge pour libérer l'air de sa combinaison et s'arrêter de remonter. Puis il se retrouva à la surface, aveuglé par la lumière. Il ouvrit son casque et le retira, haletant longuement dans l'air froid, tandis que tout son être retrouvait sa force vitale. Dès qu'il en fut capable, il tourna sur lui-même et scruta attentivement les vagues en se protégeant les yeux de la lumière éblouissante. Après quelques secondes d'angoisse, il aperçut une tête ébouriffée environ trois mètres plus loin, dansant sur l'eau.

– Ça va ? cria-t-il.

– Au moins cette petite baignade a-t-elle résolu notre problème de décompression.

Costas parlait du nez à cause du froid et sa voix semblait étrange après avoir transité par l'interphone. En face de Jack, apparemment indifférent à leur environnement, il était concentré sur deux jauges qu'il tenait hors de l'eau.

– Mais il y a un petit écart entre les deux affichages. C'est terriblement ennuyeux. Il va falloir que j'arrange ça.

Jack sourit du bout des lèvres. Il rejeta la tête en arrière, le visage baigné de soleil. Il entendit l'hélicoptère descendre au-dessus de lui. Un plongeur venait de sauter dans la mer. Il ouvrit un œil et aperçut la lame dorée scintiller dans les vagues à côté de lui. À aucun moment, il n'avait abandonné sa prise. Tout à coup, leur extraordinaire découverte au cœur de l'iceberg lui revint à l'esprit et lui donna une poussée d'adrénaline. Il ferma les yeux pour savourer cet instant et une vague déferla sur lui. Outre l'effet purifiant qu'elle lui procura, elle lui laissa sur les lèvres quelques gouttes d'eau salée. C'était bon.

Chapitre 11

– Drôle de piolet que tu as là !

– Attends de voir ce que nous avons trouvé d'autre.

Malcolm Macleod venait d'appliquer une compresse sur la plaie de Jack, dont la combinaison environnementale était gluante de sang frais. La compresse arrêta l'hémorragie et Jack put s'adosser à la cloison, les traits tirés par la fatigue, avant d'ajuster son casque de vol. Entre chaque phrase, il respirait profondément à l'aide du détendeur d'oxygène qui lui avait été fourni dès qu'il avait été hélitreuillé dans la soute du Lynx.

– Je ne te dis pas quelles étaient vos chances de survie d'après les calculs de Lanowski.

– Non, ne me le dis pas.

– Quand le Piterak s'est mis à souffler, nous avons dû nous barricader. Nous ne pouvions même pas sortir l'hélico du hangar. C'était terrifiant. On aurait dit des sirènes hurlant à la mort.

– Nous avons vu ça depuis la crevasse.

– Quand l'iceberg a basculé, ça a été un chaos épouvantable. Une vague immense s'est abattue sur la rive. Elle a emporté la tente où nous avons rencontré Kangia. Le chaman y était encore. Dès que vous serez à bord de la *Seaquest II*, l'hélico partira à sa recherche, mais nous n'avons pratiquement aucun espoir.

– Et Inuva ? demanda Jack.

– Elle va bien. Elle était avec Lanowski.

Macleod laissa Jack un instant pour aider l'homme d'équipage qui s'occupait de l'hélitreuillage à hisser une autre silhouette ruisselante dans la soute. Quelques secondes plus tard, Costas était attaché dans le siège situé à côté de Jack, enfilait son casque de vol, et aspirait avec gratitude de grandes bouffées d'oxygène.

– Ça va ? demanda Jack.

Costas inspira encore à plusieurs reprises et lança à Jack un regard triste par-dessus le détendeur.

– Oh, laisse-moi deviner, dit Jack en le regardant avec une compassion exagérée. Ta sonde.

– Des mois de recherche et de mise au point, déclara Costas avec amertume. Et c'était le seul prototype. Je vais devoir repartir à zéro pour en construire une autre.

– Rien ne presse en ce qui me concerne, assura Jack. Je viens de rayer la plongée en iceberg de ma liste.

Il se tourna vers Macleod.

– Quel était votre plan d'urgence ?

– Quand nous avons vu que l'iceberg avait tourné sur lui-même à 360 degrés, nous avons pensé qu'il y avait une chance. Lanowski s'est souvenu de l'ancienne crevasse située au-dessus du drakkar. C'est lui qui a conçu l'ensemble du plan, modélisé la probable ligne de rupture et même calculé la charge explosive dont nous aurions besoin pour la faire exploser.

– Il faut lui reconnaître ce mérite, murmura Costas.

– Alors c'est ce que Ben était en train de faire, en conclut Jack.

– Oui, confirma Macleod. Ben s'est porté volontaire pour déposer la charge. Il a essayé une demi-douzaine de fois, mais il n'a jamais pu se rapprocher suffisamment de la fissure. Nous étions ballottés par le vent et il était très difficile de maintenir la position de l'hélico. Et puis nous vous avons vus à l'intérieur de la crevasse. Ben essayait de vous envoyer le câble quand l'iceberg a de nouveau basculé.

– Vous êtes des héros, les gars, déclara Costas.

Macleod hocha la tête.

– Nous avons simplement fait la navette. Mais vous, je ne sais pas comment vous avez fait.

À ce moment-là, l'hélitreuilliste hissa une troisième silhouette. Ben retira son masque et lança un regard inquiet à Jack et à Costas. Il leva le pouce pour leur dire que tout allait bien et ils firent de même.

– Bon, Andy, dit Macleod en frappant contre la cloison située derrière le siège du pilote. Nous devons y aller avant que l'iceberg n'achève sa rotation. Nous sommes prêts à partir.

– Message reçu.

Tous les passagers attachèrent leur ceinture et l'hélicoptère s'élança en trépidant à vitesse maximale. Costas souleva la hache, posée le long des jambes de Jack.

– Au fait, merci de m'avoir sauvé de la congélation.

– J'avais une dette envers toi. Je crois me souvenir que tu m'as donné un petit coup de pouce il n'y a pas si longtemps, à l'intérieur d'un volcan.

Costas regarda chaleureusement son ami et hocha la tête, le visage soudain marqué par la fatigue. Jack se laissa retomber contre le siège et prit une profonde respiration. Chaque bouffée d'oxygène chassait l'excès d'azote de son organisme et le revigorait. À sa droite, il aperçut l'immense silhouette de l'iceberg, qui semblait aussi solide qu'une montagne, et, à sa gauche, au loin, le reflet étincelant de la *Seaquest II*. Il fut de nouveau submergé par le sentiment d'allégresse qu'il avait éprouvé une fois remonté à la surface. Pendant des mois, depuis leur retour de la mer Noire, il avait été secrètement assailli par le doute. Il s'était demandé si le jeu en valait vraiment la chandelle, craignant d'avoir perdu la main. Désormais, il se sentait de nouveau dans son élément. Il ferma les yeux et sombra instantanément dans un sommeil profond et sans rêves.

– Toutes mes excuses, dit Lanowski. Je n'avais pas anticipé cette tempête.

– Tu nous avais mis en garde, répliqua Jack. C'était ma décision.

Jack et Costas étaient assis sur le pont avant de la *Seaquest II*, appuyés contre le bastingage de bâbord, là où l'hélicoptère les avait hélitreuillés sans cérémonie avec Macleod, quelques minutes auparavant. Le navire maintenait sa position dans la baie de Disko, à environ un mille à l'ouest de l'entrée du fjord, et Jack voyait la pointe de l'iceberg au-dessus du bastingage de tribord, en face d'eux. Même à cette distance, l'immense bloc de glace était impressionnant. Lorsqu'ils étaient encore à bord de l'hélicoptère, il avait de nouveau démontré sa puissance prodigieuse en vêlant dans la baie et en provoquant un autre raz-de-marée, qui avait balayé la côte où ils avaient abordé la veille pour rendre visite au vieil Inuit. Ils avaient eu une chance inouïe. Il avait tourné sur lui-même à 360 degrés. La force phénoménale de la tempête l'avait ramené à sa position initiale et maintenu en équilibre sur le bord extérieur du seuil. La prochaine fois qu'il tournerait, il se retrouverait à l'envers et ne bougerait plus. Les dernières poches d'air seraient écrasées sous mille mètres d'eau de mer glaciale.

Lanowski avait été le premier membre de l'équipe scientifique à rejoindre les hommes qui avaient guidé le treuil de l'hélicoptère et aidaient désormais Jack et Costas à retirer leur combinaison environnementale. Il fut rattrapé par Maria, dont l'expression de soulagement se transforma en inquiétude quand elle vit la cuisse en sang de Jack. Le médecin du navire était déjà sur place en train de couper le bandage pour appliquer un coagulant sur la plaie.

– Ce n'est pas aussi grave que cela en a l'air, lui dit Jack en grimaçant de douleur lorsque le médecin fit un point de suture.

Il lui montra une pointe de glace ensanglantée.

– La nature a créé ses propres compresses froides, ajouta-t-il.

– Vous avez eu de la chance, dit le médecin. Elle a manqué de peu l'artère fémorale.

– C'est fantastique ! s'exclama Lanowski en hochant la tête un sourire aux lèvres, perdu dans son monde. Pendant que vous n'étiez pas là, Inuva et moi sommes parvenus à déterminer l'endroit où l'expédition des années 1930 a trouvé le navire sur la calotte glaciaire. Maintenant, je vais pouvoir utiliser mon coefficient d'activité du glacier et calculer l'endroit où les Vikings ont abordé pour enflammer leur bateau funéraire. Dans un des affluents situés au nord d'Ilulissat, je dirais, là où la calotte glaciaire est le plus accessible par la mer.

Il poussa ses lunettes sur son nez et lança un regard perçant à Jack.

– La présence d'un élément aussi aisément datable au cœur de l'iceberg constitue la plus grande découverte de toute l'expédition.

Cela va me permettre de corroborer ma théorie sur l'activité du glacier. Pour la première fois, nous allons être en mesure de déterminer le taux de vêlage au cours des mille ans écoulés avec une extrême précision. Vous n'avez pas fait tous ces efforts pour rien. Félicitations !

– On vient de trouver un drakkar viking, vieux, dit Costas exaspéré. Une des découvertes archéologiques les plus sensationnelles de tous les temps. C'est quand même plus palpitant que le taux d'activité d'un glacier.

Lanowski le regarda sans le voir, déjà parti dans un monde de chiffres et d'équations. Il sortit une calculette et se mit à taper frénétiquement sur les touches en levant les yeux de temps à autre pour marmonner entre ses dents. Costas hocha la tête d'un air incrédule et la silhouette disgracieuse tourna les talons sans plus d'explications pour se diriger vers la salle informatique du rouf.

– Lui, quand il a une idée en tête…

– C'est souvent une idée brillante, fit remarquer Jack en souriant à son ami encore ruisselant d'eau de mer. C'est pour ça que nous formons une équipe. Je ne pourrais jamais faire tous ces calculs.

Jeremy venait d'arriver et Maria le poussa devant, en face de Jack.

– Nous avons traduit la pierre runique que Kangia vous a donnée, celle que les Allemands ont trouvée dans la crevasse, dit-il d'un ton mal assuré.

– Bravo ! Alors, qu'est-ce que ça donne ?

– C'est du norrois occidental du XIe siècle. Les runes sont différentes de celles qui étaient utilisées en Angleterre et au Danemark à cette époque.

– Résultat ?

– Il s'appelait Halfdan.

– Ça, on le sait, répliqua Jack. Un vétéran de la garde varangienne de Constantinople.

Il brandit l'objet qu'il avait sur les genoux. Soudain, Jeremy se rendit compte de ce que c'était. Bouche bée, il observa l'inscription runique que Jack lui montrait sur la lame de la hache.

– Nom de Dieu ! s'écria-t-il en oubliant sa réserve. Ce sont les runes que Halfdan a inscrites à Sainte-Sophie, à Istanbul.

– C'est notre homme.

– Grand, âge moyen, longs cheveux blonds, barbu, précisa Costas. Un peu marqué par le temps et carbonisé sur les bords mais, à part cela, en assez bonne forme. Nous avons fait sa connaissance.

– Hein ?

Costas indiqua l'entrée du fjord derrière lui.

– Nous étions au-dessus de sa chambre funéraire quand l'iceberg a basculé. Le bûcher a dû s'éteindre lorsque le navire s'est effondré dans la glace. Les flammes n'ont fait que lécher les bords. La pierre runique avait sans doute été déposée sur le corps.

Un membre d'équipage se précipita pour tendre un morceau de papier à Jack. Celui-ci le lut rapidement puis regarda dans le vague, un sourire sur les lèvres.

– Je le savais ! s'exclama-t-il.

– Quoi ? demanda Costas.

– Un pressentiment que j'ai eu avant notre plongée. Cela semblait complètement fou, alors je ne t'en ai pas parlé. Mais rappelle-toi la date dendrochronologique du bois issu de la carotte : 1040 plus ou moins dix ans. Cette date ne te fait-elle pas penser à Harald Hardrada ? À sa fuite de Constantinople ? Si les sagas sont exactes, celle-ci a eu lieu pratiquement à la même date, à deux ans près.

– Je vois.

– J'avais demandé au labo de l'UMI de comparer le bois qui était pris dans la chaîne de Constantinople avec celui de la carotte extraite de l'iceberg. J'ai fait faire la totale. Identification des espèces, caractéristiques des cernes, analyse des fibres et de la cellulose.

– Continue.

– Non seulement c'est la même espèce, du chêne de Norvège, poursuivit Jack avec enthousiasme, mais c'est le même arbre. C'est incroyable ! Ce sont des planches coupées dans le même tronc.

– Eh, attends une minute, dit Costas en essayant de rassembler ses idées. Tu veux dire que le navire à bord duquel Harald Hardrada s'est échappé de Constantinople avec la princesse et le trésor est celui que nous venons de voir dans un iceberg au large du Groenland ?

Jack regarda Costas avec insistance et se mit à hocher la tête.

– Bien sûr ! s'exclama Costas en claquant des doigts. La réparation effectuée dans la coque.

Il se tourna vers les autres.

– Nous avons constaté qu'une partie du bordé avait été remplacée à l'avant du bateau, expliqua-t-il. C'est sur les photos. J'ai pensé que le drakkar avait heurté un bloc de glace ou un rocher, mais c'est exactement l'endroit qui a dû se trouver pris dans la chaîne fixée en travers du port lorsque Harald a fui Constantinople.

Il hocha la tête d'un air incrédule et regarda de nouveau Jack.

– Alors si c'est un des navires de Harald, où est le trésor ?

– Je ne pense pas que les Vikings l'aient abandonné sur le bûcher funéraire, répondit Jack. Et nous ne savons pas quand celui-ci a été allumé. Le Halfdan que nous avons vu était un vieil homme et il a pu naviguer jusqu'ici des années après son séjour à Constantinople, peut-être dans le but de commencer une nouvelle vie dans la colonie du Groenland. À ce moment-là, Harald devait déjà être roi de Norvège et le trésor, en sécurité dans les coffres de Trondheim.

Un grondement sourd en provenance du fjord, suivi d'une immense onde de choc se réverbérant à la surface de l'eau, se fit entendre au loin. Un autre bloc de glace venait de se détacher de l'iceberg. Après s'être précipité dans les profondeurs de la mer, il émergea à nouveau comme une baleine et se mit à se dandiner sur l'eau.

– Et le drakkar ? demanda Macleod en faisant un signe de tête en direction de l'iceberg. Nous n'avons plus beaucoup de temps maintenant. Ce serait trop risqué de se rapprocher, mais nous pourrions essayer de faire un autre scannogramme à l'aide du sonar.

Jack prit la hache qu'il avait encore sur les genoux et la tourna jusqu'à ce que le soleil étincelle sur la lame dorée. Il la regarda pensivement pendant un moment, puis leva les yeux vers Maria. Il savait qu'elle aussi pensait à la visite qu'ils avaient rendue la veille au vieil Inuit et à Fenrir, le loup de la légende nordique, le dieu sculpté sur la proue, l'esprit protecteur du drakkar.

– J'ai pris des centaines de photos, répondit Jack. Assez pour une reconstitution photogrammétrique complète. Personne ne doit plus s'approcher de cet iceberg. Lorsque nous avons trouvé Halfdan, il était à mi-chemin entre notre monde et le Valhalla. Je pense que nous devons le laisser terminer son voyage.

– Et la hache ?

Jack soupesa l'arme à nouveau.

– Je considère que c'est un prêt, déclara-t-il. Elle a permis à Halfdan de survivre à de nombreuses guerres aux côtés de Harald Hardrada et nous a tirés d'embarras plus d'une fois. Selon la tradition viking, *Mjøllnir* porte chance au combattant. Quelque chose me dit que les dieux norrois veulent qu'on continue et c'est le meilleur indice dont nous disposions. Si Halfdan avait toujours sa précieuse hache d'armes datant de son séjour à Constantinople, qui sait ce que les Varègues ont pu apporter d'autre jusqu'ici ?

– Au fait ! s'exclama Costas en se redressant brusquement pour fouiller dans une des poches de sa combinaison environnementale. J'ai trouvé ça dans la glace juste avant que ça ne tourne mal dans l'iceberg. J'avais complètement oublié.

C'était une autre arme, une dague de la taille d'un petit couteau de chasse avec une lame en acier étincelante et un manche décoré. Lorsqu'il fit miroiter la lame dans les rayons du soleil, les membres d'équipage qui se trouvaient sur le pont se fondirent dans le groupe et tout le monde resta muet de stupeur.

– Laisse-moi voir ça de plus près, dit Macleod. Il y a quelque chose qui ne colle pas.

Lorsque Costas lui tendit la dague, les autres virent ce qui avait attiré l'attention de Macleod et leur étonnement se transforma en incrédulité.

– Une croix gammée ! s'écria une femme qui faisait partie de l'équipage.

Macleod retourna l'objet plusieurs fois entre ses mains.

– C'est bien ce que je pensais, murmura-t-il. Regardez le pommeau. Une tête de mort sur fond d'os croisés, le symbole de la mort. C'est une dague nazie, une arme que portait un membre de la SS.

Après un long silence, la femme demanda à voix basse :

– Quelqu'un pourrait-il m'expliquer comment une dague nazie a pu atterrir dans un drakkar viking pris dans un iceberg au large du Groenland ?

Macleod rendit la dague à Costas et se tourna vers Jack.

– Je pense qu'il est temps de raconter toute l'histoire à l'équipage.

À cet instant, une secousse souleva le pont, sensation inhabituelle dans un navire équipé d'un système de stabilisation dynamique ultramoderne. La mer était parfaitement calme et recouverte d'une brume d'un gris acier depuis la fin de la tempête. Quelqu'un cria depuis le bastingage de tribord.

– C'est l'iceberg ! Cette fois, il bascule par-dessus le seuil !

Tout le monde, excepté Jack et Costas, se précipita de l'autre côté du navire pour regarder en direction de l'entrée du fjord. Malgré la distance, le spectacle était impressionnant. Aucune création de l'homme n'aurait jamais pu maîtriser la force en train de se déployer. À travers la brume, ils virent l'immense iceberg basculer sur le seuil sous-marin et rouler sur lui-même. Le relief irrégulier céda la place à une surface ondulée et lisse, sculptée par la mer, et striée de traînées noires raclées sur le seuil. Quand l'iceberg se stabilisa, Jack et Costas surent que le drakkar était désormais perdu à jamais au fond de l'océan. Ils songèrent au défunt guerrier, qui voguerait vers le sud le long de l'ancienne voie maritime des Vikings pour trouver le repos éternel au loin, dans l'Atlantique, lorsque l'iceberg aurait fondu. Celui-ci avait également failli être leur tombeau et, à cette pensée, Jack serra la hache un peu plus fort. Adossés au bastingage, Costas et lui le regardèrent flotter majestueusement vers le large.

Tout à coup, Jack éprouva une douleur aiguë dans la jambe et une grande fatigue. Ils retirèrent lentement leur combinaison environnementale, soudain rattrapés par l'épuisement. Puis Jack constata que Maria et Jeremy avaient une altercation. Elle semblait essayer de convaincre l'étudiant de quelque chose. Ils se désolidarisèrent du groupe, le long du bastingage de tribord, et revinrent sur le pont avant. Jeremy traînait derrière. Macleod les rejoignit et Jack observa l'étudiant lorsque celui-ci arriva.

– Vous ne nous avez pas traduit la suite de la pierre runique.

– J'allais y venir, répondit Jeremy en sortant un ordinateur de poche.

Il activa l'écran et se racla la gorge.

– Vous allez être surpris.

– Je vous écoute.

– Il y a cinq lignes de runes en tout, gravées sur la plaque de quartz par une même main. Comme je vous l'ai dit, ce sont des runes norroises, qui datent du XIe siècle. Cela confirme la théorie selon laquelle notre Halfdan est bien celui qui a gravé son nom à Sainte-Sophie, à Constantinople.

– D'accord, alors la traduction ?

Jeremy se racla la gorge à nouveau.

– J'avais encore quelques corrélations à signaler pour qu'on puisse en tirer toutes les conclusions, mais j'en viens au fait : *Halfdan Thorfinsson est mort ici des blessures qu'il a reçues lors de la bataille contre le roi d'Angleterre, près de Yorvik. Halfdan combattra encore pour Odin au Ragnarok. Harald Sigurdsson son roi a écrit ces runes l'hiver qui a suivi la bataille. Le Loup emporte Halfdan au Valhalla. L'Aigle navigue vers l'ouest en direction du Vinland.*

Tout le monde retint son souffle. Jack, qui était encore en train de retirer sa combinaison, suspendit son geste et regarda Jeremy droit dans les yeux.

– Harald Sigurdsson. C'est Harald Hardrada.

– L'inscription de la Mappa Mundi de Hereford laissait entendre qu'il y était allé, rappela Maria. Maintenant, nous en sommes sûrs.

Jeremy acquiesça.

– Le *Loup* doit être le nom du navire pris dans la glace. L'*Aigle*, l'autre navire, est parti pour le Vinland, la colonie établie par les Vikings à Terre-Neuve, la plus occidentale et la seule que l'on connaisse en Amérique du Nord.

– C'est incroyable, dit Jack, à qui cette pensée donnait le vertige. Yorvik était le nom viking de la ville d'York, située à douze kilomètres à l'ouest de Stamford Bridge. La bataille ne peut être que celle de Stamford Bridge, qui eut lieu en 1066 entre le roi Harold Godwinson d'Angleterre et le roi Harald Hardrada de Norvège.

– Exact.

– Mais Harald Hardrada est mort à Stamford Bridge.

– C'est ce que disent les livres d'histoire, répliqua Jeremy. Mais il n'existe aucun témoignage direct de la bataille. Les événements de cette année-là ont été complètement éclipsés par la conquête normande et les annales normandes ne risquaient pas de mettre en avant une victoire anglaise. Nous ne connaissons de cet épisode que ce qui en a été rapporté dans la *Chronique anglo-saxonne* et la *Heimskringla*, une histoire semi-mythique des rois de Norvège, écrite en Islande près de deux siècles plus tard. L'exemplaire de la *Chronique* que nous avons trouvé dans la bibliothèque de Hereford le mentionne mais n'y consacre pas plus de quelques lignes.

– Cette négligence a laissé beaucoup de place à l'oubli, et même à la dissimulation, murmura Costas.

– Ça alors ! s'exclama Jack en se laissant retomber contre le bastingage, le visage dégoulinant d'eau de mer et de sueur. Alors Harald Hardrada a survécu à Stamford Bridge. Cela change tout. D'une façon ou d'une autre, ses guerriers et lui sont parvenus à s'échapper, à bord des deux navires qu'ils avaient pris pour fuir Constantinople vingt ans auparavant. Vous vous souvenez du trésor de Miklagard, de cette mention incroyable sur la carte de Hereford ? Harald devait avoir son trésor avec lui lorsqu'il est allé en Angleterre, en vue d'une procession triomphale à travers York et Londres qui n'a jamais eu lieu. Il a pris la mer avec lui après la défaite. Il a navigué vers l'ouest en compagnie des hommes qui lui restaient, à la recherche d'une nouvelle terre, au-delà de la frontière du monde des Vikings.

Jack souleva la hache de Halfdan, puis sourit, à la fois fatigué et rayonnant de joie.

– Décidément, cette hache porte vraiment chance au combattant, reprit-il. Je savais que j'avais bien fait de venir ici.

– Alors tu seras peut-être content de voir ça, dit Costas.

Il fouillait depuis un moment au fond de la poche intérieure de sa combinaison environnementale et finit par en sortir une petite bille de glace.

– J'ai cru que je l'avais lâchée lorsque l'iceberg a basculé, expliqua-t-il, alors je ne t'en ai pas parlé. Je l'ai trouvée au-dessus de la chambre funéraire, à côté de la dague nazie.

Il la tendit à Jack, qui la fit rouler entre ses doigts puis la donna à Maria. Une bande d'or chatoyante dépassait d'un côté de la glace et Maria l'observa attentivement.

– C'est une bague, typique de l'art viking, murmura-t-elle. De l'or tressé, comme un bracelet ou un torque miniature. Mais je n'en avais jamais vu avec un chaton comme celui-ci.

Elle fit fondre la bille de glace dans la paume de sa main en la frottant vigoureusement. Peu à peu, elle fit apparaître une chevalière en or, qu'elle scruta dans les rayons du soleil.

– Je vois la surface du chaton. Il porte une empreinte. C'est…

Elle resta bouché bée, puis reprit ses esprits.

– Jack, dis-moi que je n'ai pas de visions…

Elle rendit la bague à son collègue et celui-ci regarda attentivement à travers la fine couche de glace qui recouvrait encore le chaton. Les reflets de la lumière donnaient aux contours indistincts de l'empreinte une myriade de formes différentes, mais il n'y avait aucun doute possible.

– *La menora.*

Jack fixa le chandelier à sept branches, transporté de joie. Ces dernières vingt-quatre heures avaient été riches en rebondissements. Le navire pris dans la glace était un drakkar viking, qui s'était révélé être le bateau funéraire d'un membre de la garde varangienne. Celui-ci était un des hommes de Harald Hardrada. Il avait effectué son dernier séjour dans un des navires à bord desquels Hardrada et ses compagnons avaient fui Constantinople. Ce bateau avait traversé la Corne d'Or, à l'endroit même où Jack et Costas se trouvaient encore, à bord de la *Sea Venture*, seulement deux jours auparavant. Et maintenant, ils venaient de retrouver la trace du plus grand trésor perdu de l'Antiquité, qui semblait avoir disparu à jamais après la bataille de Stamford Bridge.

– Ne te fais pas trop d'illusions, dit Costas à voix basse. Ce n'est peut-être pas ce que tu crois.

– Comment ça ?

Costas s'était glissé sur le côté et regardait à l'intérieur de la chevalière, sur la face interne du chaton.

– Comme dit Maria, dis-moi que je n'ai pas de visions…

Jack retourna la bague et découvrit un autre symbole, qui le laissa sans voix. Celui-ci était aussi célèbre que la menora mais ne pouvait avoir été gravé que récemment. Ils l'avaient vu quelques minutes plus tôt sur la dague. C'était une croix gammée.

Jack leva les yeux lentement. Abasourdi, il avait perdu en une seconde tout son enthousiasme. Maria le regarda, puis se tourna avec détermination vers Jeremy.

– Il est temps maintenant, enjoignit-elle au jeune homme d'un ton ferme.

Elle s'accroupit à côté de Jack et de Costas, tandis que Jeremy, resté débout, tremblait légèrement, les traits effacés derrière une pâleur inhabituelle.

– Jack, dit-elle à voix basse, en ce qui concerne l'expédition nazie, tu ne sais pas tout. Des forces beaucoup plus obscures que nous ne pouvions l'imaginer sont à l'œuvre. Jeremy a quelque chose à te dire.

Chapitre 12

Maria et Jeremy se dirigèrent vers l'entrée imposante du mur occidental de l'abbaye. Ils menèrent Jack et Costas le long des dalles usées de la nef. Il faisait frais à l'intérieur, tandis que le soleil de l'été chauffait au-dehors et baignait l'autel d'une lumière colorée, à travers un vitrail qu'un grand homme blond regardait d'un air pensif, les bras croisés sur la poitrine et une main sur le menton. Lorsqu'il vit Jack, l'homme parut le reconnaître et lui indiqua une petite porte située juste en face. Jack le remercia d'un signe de tête et s'engagea dans la cour du cloître avec ses collègues.

– Le père O'Connor nous attend, dit Jeremy. Il fait partie depuis longtemps de la communauté d'Iona. Il a une chambre dans l'aile nord, où il se retire pour effectuer des recherches et écrire lorsqu'il peut s'échapper du Vatican.

– Est-ce qu'on peut faire confiance à ce type ? demanda Costas, dont la voix résonnait dans le cloître. Après tout, on ne sait pas grand-chose de lui.

Maria s'arrêta et se tourna brusquement vers lui.

– Vous ne seriez pas là si je ne lui faisais pas confiance.

– D'accord, répondit Costas en voyant Jack lui faire signe de laisser tomber. Désolé, c'est juste que la route a été longue.

– Il a insisté pour que nous nous rencontrions ici, souligna Maria d'un ton toujours sec.

Elle s'arrêta à nouveau et sortit son téléphone portable.

– Je vous rejoindrai, ajouta-t-elle. Il faut que je passe un coup de fil urgent. Jeremy connaît le chemin.

Le matin même, ils avaient quitté le Groenland à bord de l'Embraer de l'UMI pour se rendre à Glasgow, en Écosse. Ensuite, ils avaient pris l'hélicoptère qui les attendait pour gagner l'île de Mull, située à cent cinquante kilomètres au nord-ouest de la ville. Cela faisait seulement vingt-quatre heures que Jack et Costas étaient sortis sains et saufs de l'iceberg et ils avaient tous deux dormi à poings fermés pendant une bonne partie du trajet. À Mull, ils avaient suivi les traces des pèlerins jusqu'à l'île sainte d'Iona. Ils avaient pris le ferry pour Port Ronain et marché à travers le village jusqu'aux bâtiments de l'abbaye, qui s'élevaient au milieu des prairies devant la mer d'un bleu étincelant. Jeremy avait expliqué qu'il y avait toujours eu un lieu de culte à l'emplacement de l'abbaye depuis que saint Colomban était arrivé d'Irlande, près de mille cinq cents ans auparavant. L'église chrétienne avait survécu aux raids des Vikings, à la Réforme et à l'abandon pour redevenir l'un des sites les plus sacrés des îles Britanniques.

Ils traversèrent l'allée ensoleillée du cloître jusqu'à une autre porte et gravirent un escalier en bois menant à un couloir mansardé percé de fenêtres qui offraient une vue plongeante sur l'abbaye. Jeremy frappa à une petite porte. Peu après, ils entendirent quelqu'un tirer le verrou et retirer la chaînette de sécurité.

– Messieurs, soyez les bienvenus.

Le père O'Connor les fit entrer et verrouilla de nouveau la porte derrière eux. Il avait troqué sa soutane de jésuite contre une simple robe de bure et, avec ses cheveux blancs tondus et la croix de bois qu'il portait autour du cou, il semblait sortir tout droit du Moyen Âge. Pâle et fatigué, il paraissait plus vieux que lorsqu'ils l'avaient vu en Cornouailles, trois jours auparavant. La pièce était petite, remplie de piles de livres et de papiers. Apparemment, il était en train de travailler sur un ordinateur portable, posé sur un bureau. Ils se faufilèrent entre les livres et s'assirent sur des chaises en bois disposées en arc de cercle devant le bureau. Au-dessus de la petite cheminée située en face de lui, Jack reconnut une reproduction à échelle réduite de la Mappa Mundi de Hereford et, punaisée juste à côté, une copie numérisée de l'exemplaire de la carte que Jeremy et Maria avaient trouvé dans l'escalier condamné de la cathédrale de Hereford avec, dans l'angle inférieur gauche, l'extraordinaire tracé du Nouveau Monde.

– Allons droit au but, dit Jack. Le trajet a été long.

Il ouvrit le sac qu'il avait apporté et en sortit la dague nazie et la chevalière en or frappée du symbole de la menora pour les poser sur le bureau du père O'Connor. Le jésuite tressaillit légèrement en détournant les yeux, puis regarda Jack d'un air résolu.

– Tout d'abord, permettez-moi de présenter mes excuses à Jeremy pour le fardeau que je lui ai fait porter. Je lui ai confié mon secret il y a plus d'un an, lorsqu'il est venu ici pour la première fois en vue d'étudier les runes anciennes d'Iona. J'étais à la recherche d'un jeune collègue, un universitaire susceptible de reprendre le flambeau. Je l'ai fait jurer de garder le secret mais je l'ai averti, lorsque nous nous sommes rencontrés en Cornouailles, qu'il viendrait peut-être un moment où nous serions obligés de tout vous révéler. Même Maria ne savait rien jusqu'à hier.

– Quel que soit ce secret, vous auriez pu nous en parler lorsque nous avons discuté de la Mappa Mundi et de la menora, lança Jack d'un ton irrité.

– Il fallait que je sois sûr de vous. Croyez-moi, je suis de votre côté et nous avons le même ennemi.

– Je ne crois pas avoir le moindre ennemi.

O'Connor recula sur sa chaise, regarda avec mépris les objets qu'il avait devant lui, et se pencha en avant sur les coudes.

– Commençons par les nazis. Comme l'aurez deviné, vous n'êtes pas les premiers à essayer de retrouver la menora.

– Je m'en doutais un peu, dit Costas en souriant. Il y a forcément quelqu'un quelque part qui l'a cherchée à un moment donné. On n'oublie jamais un trésor perdu.

O'Connor sourit du bout des lèvres et reprit avec le plus grand sérieux.

– Ce n'est pas aussi simple que cela en a l'air. Et ce n'est pas un jeu. Pour que vous compreniez à qui nous avons affaire, je dois vous révéler quelque chose à propos des personnes qui ont participé à l'expédition de l'*Ahnenerbe* en 1938.

– Nous connaissons Künzl, mais nous n'avons pas encore identifié celui qui porte le brassard, déclara Jack, légèrement moins tendu, en jetant sur le bureau des copies des photographies que Kangia lui avait données.

– Je peux vous aider, affirma O'Connor à voix basse. Depuis le scandale provoqué par le pape Pie XII, qui n'a pas condamné le régime nazi au cours de la Seconde Guerre mondiale, le Vatican est particulièrement vigilant sur ce sujet. J'ai été récemment son porte-parole sur l'Holocauste. Officiellement, nous appréhendons les criminels de guerre qui sont encore en vie en collaborant avec des groupes juifs. Malheureusement, la plupart de ceux qui ont échappé à la sanction sont morts désormais, mais nous nous efforçons toujours d'en savoir plus pour faire toute la lumière sur l'Histoire.

– Je n'ose pas imaginer ce qui va leur arriver quand ils se retrouveront devant saint Pierre, plaisanta Costas.

– Dieu rendra le jugement final, répondit O'Connor. Mais il y a sans aucun doute une place en enfer pour ceux qui tuent des enfants.

On frappa à la porte et O'Connor se leva. Il regarda à travers le judas avant d'ouvrir pour laisser entrer Maria. Celle-ci prit place sur la chaise vide, à côté de Jack, et tous les regards convergèrent vers elle.

– J'avais raison, annonça-t-elle. Je viens d'avoir une conversation avec un de mes vieux amis qui travaille pour le centre Simon-Wiesenthal, à Berlin.

Jack se rappela soudain les origines juives de Maria, la lignée séfarade de son père. Elle semblait pâle et égarée.

– Notre nazi, poursuivit-elle, était un étudiant raté de Hiedelberg, qui rêvait de devenir un anthropologue célèbre. Il a rejoint la SS en 1933. Après l'expédition de l'*Ahnenerbe*, il s'est porté volontaire pour entrer dans les *SS-Totenkopfverbände*, les « unités à tête de mort », celles qui ont dirigé les camps de concentration. Il s'appelait Andrius Reksnys.

– Il n'était pas allemand ? demanda Jack.

– Non, Lituanien, répondit-elle.

– Ils ont été nombreux, hors de la mère patrie, à répondre à l'appel de Himmler, fit remarquer O'Connor.

Le téléphone portable de Maria vibra ; elle se leva en s'excusant pour s'éclipser discrètement, après avoir déverrouillé elle-même la porte. O'Connor tapota sur le clavier de son portable et cliqua sur une série de sites Web.

– Je connais cet homme, dit-il à voix basse. Le voilà.

Il fit pivoter l'écran pour que tout le monde puisse le voir et lut le document affiché en le traduisant de l'allemand.

Chef de la Police de sécurité et du Service de sécurité
Berlin, 5 novembre 1941

55 exemplaires
(51e exemplaire)

COMPTE RENDU DE SITUATION OPÉRATIONNELLE URSS N° 129a

Einsatzgruppe D
Lieu : Nikolaïev, Ukraine

Addendum au compte rendu n° 129 sur l'activité des Einsatzkommandos visant à débarrasser les villes des Juifs et à éradiquer les groupes partisans. Le SS-Sturmbannführer Andrius Reksnys a exécuté personnellement 341 Juifs. Nouveau total pour ces deux dernières semaines : 32108.

– Les *Einsatzgruppen*, siffla O'Connor avec dégoût. Les unités mobiles d'extermination de Himmler. Responsables du meurtre de plus d'un million de Juifs soviétiques, entre autres.

– Comment se fait-il que ce monstre n'ait pas été poursuivi ? demanda Jack.

– Le topo habituel, répondit O'Connor avec une pointe de colère dans la voix. Aussi choquant que cela puisse paraître, seuls quelques *Einsatzkommandos* ont été traduits en justice. Lors de la dernière attaque russe, en 1945, Reksnys s'est fait passer pour un simple soldat de la Wehrmacht pour fuir vers l'ouest et se rendre aux Britanniques. Il y a eu des soupçons pendant son interrogatoire mais rien de concret. Une fois libéré, en 1947, sous le nom de Schmidt, il est passé chercher son fils à l'orphelinat avant de partir pour l'Australie. Ensemble, ils ont fait fortune dans les mines d'opale, près de Darwin. Puis au milieu des années 1960, Reksnys a subitement vendu son exploitation et disparu.

– Et le fils ? demanda Jack. Il était sûrement trop jeune pour avoir fait la guerre.

– Il avait six ans en 1941, répondit O'Connor. Mais un témoin oculaire, un survivant juif qui a été appelé au procès des *Einsatzgruppen* à Nuremberg, en 1947, a parlé d'un garçon en uniforme des Jeunesses hitlériennes accompagnant le *Sturmbannführer* Reksnys dans son travail. Son témoignage, l'un des plus effroyables du procès, fait froid dans le dos. Apparemment, le jeune garçon chargeait le Luger de son père entre chaque série d'exécutions et aurait exécuté lui-même plusieurs personnes. C'est ce témoignage qui a finalement permis à Interpol, dont le concours a été sollicité dans les années 1990, de retrouver Reksnys et son fils en Amérique centrale. Le fils, Pieter, y dirigeait un cartel de la drogue. Aujourd'hui âgé de plus de soixante-dix ans, il court toujours.

– Pourquoi a-t-il fallu aussi longtemps ? demanda Costas d'un air étonné. Pourquoi ne les a-t-on pas identifiés plus tôt ?

– Contrairement à ce qu'on voit au cinéma, répondit O'Connor, la traque des criminels de guerre nazis n'a jamais été une priorité en Occident après la fin des années 1940. La CIA et les services secrets des pays européens étaient complètement accaparés par la guerre froide et l'espionnage. Ils connaissaient tous Eichmann, Mengele et d'autres nazis qui s'étaient enfuis en Amérique du Sud et en Amérique centrale, mais la plupart considéraient qu'ils ne représentaient aucune menace. Seuls les Israéliens se sont efforcés d'en faire traduire quelques-uns devant la justice.

– Et maintenant, c'est nous qui en payons le prix, murmura Costas.

– Pas seulement, dit O'Connor.

Il ouvrit un tiroir et posa une pochette en plastique contenant une photo sur le bureau.

– Vous ne vous souvenez probablement pas de cela, poursuivit-il. Publiée dans la presse il y a environ huit ans, cette information est passée inaperçue, mais ce fut la plus belle prise après Eichmann.

La photo avait quelque chose de choquant. Elle montrait un homme mort, couché sur le dos dans une mare de sang, les yeux et la bouche grands ouverts et le visage tordu de douleur. C'était un vieillard en costume sombre, le bras droit relevé au-dessus du front. À travers les taches de sang, on distinguait clairement un brassard rouge frappé d'une croix gammée noire.

– Il portait ce brassard dans l'intimité de sa propre maison, affirma O'Connor. Ce fut un nazi invétéré jusqu'à la fin de ses jours. Au cas où vous ne l'auriez pas deviné, il s'agit d'Andrius Reksnys. On l'a abattu d'une balle dans l'estomac pour lui assurer une mort lente, lui laisser le temps d'avoir vraiment peur de ce qui allait lui arriver.

– Le Mossad ? suggéra Costas.

– Il y avait des ramifications avec les Israéliens, répondit O'Connor à voix basse. Mais ce fut l'œuvre d'indépendants.

– Qu'est-ce que vous entendez par là ?

– Andrius Reksnys était l'incarnation du diable. Malgré tous les efforts de la justice internationale, il n'avait pas répondu de ses actes. Il méritait de subir le jugement des hommes, et de Dieu.

– Est-ce que vous êtes en train de nous dire que le Vatican a un commando de tueurs ? demanda Costas incrédule.

– Le Saint-Siège n'est pas seulement un guide spirituel, répondit O'Connor. Notre survie dépend de notre force dans le monde des hommes, de notre capacité à persuader les dissidents de se soumettre à Dieu. Songez aux jésuites, dont je fais partie. Ou aux croisades. Ou encore à l'Inquisition. Depuis des siècles, le Vatican est à la tête du réseau de renseignement le plus efficace du monde et n'a jamais hésité à s'en servir.

– Les croisades ne font pas partie des moments les plus glorieux de l'Église, même si l'intention était bonne au départ, murmura Costas. Mais je suppose que le sac de Constantinople n'était pas vraiment ce que le pape avait en tête.

– Détrompez-vous, répliqua O'Connor. La papauté a toujours eu des difficultés à résister à l'attrait du monde laïque. Et elle a souvent perdu de vue le plan spirituel qui unit tous les chrétiens.

Au moment de la quatrième croisade, le Vatican était déjà en désaccord avec l'Église d'Orient, un repaire de schismatiques qu'il considérait comme des hérétiques. Ce désaccord s'est transformé en une véritable querelle qui, comme toutes les querelles, a conduit les adversaires à perdre la raison. Certains apologistes du sac de Constantinople ont même prétendu qu'il s'agissait d'un dessein divin. Ils ont présenté la croisade comme une punition envers ceux qui s'étaient détournés du droit chemin.

– L'animosité était réciproque, fit remarquer Jeremy. Le chroniqueur byzantin Nicetas Choniates a qualifié les croisés de précurseurs de l'Antéchrist, d'émissaires anticipant les actes impies du faux prophète.

– Le Saint-Siège a toujours été tenté par le côté obscur, poursuivit O'Connor. Ceux qui luttent contre le diable peuvent facilement se retrouver eux-mêmes au service du diable. Les croisades ont constitué l'ultime défi du Moyen Âge et nous ne l'avons pas toujours relevé. Dans nos moments de faiblesse, nous avons fait preuve de tendances monstrueuses au cours de l'Histoire. Certains membres de l'Église se sentent coupables de n'avoir pas su endiguer le plus grand de tous les fléaux, l'holocauste nazi.

– Alors la mort de Reksnys n'a rien à avoir avec la menora, en conclut Jack.

O'Connor marqua un temps d'arrêt, puis se leva.

– Je crains de vous avoir induit en erreur. Sa mort est on ne plus liée à la menora. Mais je vous demande encore un peu de patience.

On frappa de nouveau à la porte et O'Connor fit entrer Maria. Elle s'assit, son téléphone portable à la main.

– J'ai des nouvelles de Hereford, dit-elle avec gravité. Des nouvelles fantastiques. Mon équipe de l'Institut d'Oxford a récupéré tous les manuscrits de l'escalier condamné. C'est inouï, le plus grand trésor de manuscrits anglo-saxons jamais découvert. C'est comme si nous avions trouvé la bibliothèque romaine de la villa des Papyrus à Herculanum, et il va nous falloir autant de temps pour rattacher les morceaux.

Elle regarda Jeremy, qui l'écoutait attentivement, penché vers elle.

– À moins que vous ne soyez pressé de retourner aux États-Unis, il y a de quoi vous occuper à plein temps.

– Avec plaisir, dit Jeremy.

– Alors pourquoi cet air sombre ? demanda Costas.

– Ils ont trouvé autre chose, répondit-elle d'une voix tendue. Au fond de la cage d'escalier, sous le papier et le vélin. Le squelette d'un homme, grand, en habit de moine. Il a des centaines d'années et date du Moyen Âge. Il avait les membres en désordre, comme s'il avait été jeté en bas de l'escalier. Et l'arrière du crâne fracassé.

Après un long silence, O'Connor se dirigea vers la reproduction de la Mappa Mundi accrochée au mur, puis se retourna.

– C'est que je soupçonnais. Au printemps 1299, Richard de Haldingham, cartographe, est venu ici même, à l'île d'Iona. Il accompagnait son maître, Jacques de Voragine, archevêque de Gênes, dans son ultime voyage. Puis il est parti pour Hereford afin de superviser la réalisation de la carte qu'il avait commencée quinze ans auparavant. Il y avait des erreurs dans les inscriptions, qu'il voulait corriger. Il avait laissé un modèle, un croquis à partir duquel les moines devaient travailler, mais l'enlumineur n'était pas très instruit. Et nous savons désormais, grâce à son exemplaire personnel, celui que Jeremy et Maria ont trouvé, qu'il voulait ajouter quelque chose, un élément secret, dans l'angle inférieur gauche, où les moines ont ensuite ajouté l'inscription le désignant comme l'auteur de la carte.

O'Connor resta immobile devant la cheminée, plongé dans ses pensées.

– Nous savons qu'il a passé sa dernière nuit au manoir de Monseigneur Swinfield, à Bromyard, et qu'il s'est rendu à pied à Hereford habillé en pèlerin, reprit-il. Puis il a disparu. Les corrections n'ont jamais été faites. Et on n'a plus jamais parlé de lui.

– Vous pensez qu'il a été tué ? demanda Maria d'une voix tremblante.

– Je n'en doute pas une seconde.

– Je me sentais si proche de lui, murmura Maria cramponnée à sa chaise, frémissante d'émotion. Je l'ai étudié toute ma vie et je ne me suis jamais sentie aussi proche de lui que ce soir-là, dans la cathédrale. J'avais l'impression qu'il était là.

– Un meurtre ? s'écria Costas abasourdi. Et qu'est-ce que ce type faisait à Iona ? Quelqu'un pourrait m'expliquer ce qui se passe ici ?

Quelques minutes plus tard, O'Connor se rassit sur sa chaise et laissa ses compagnons observer les cartes qu'il leur avait montrées. Il avait déroulé sur le bureau une grande carte de la Bretagne du Nord et, à côté, un plan de la bataille de Stamford Bridge de 1066. Sur la carte, il avait tracé une ligne qui allait de la côte du Yorkshire, près de Stamford Bridge, à la pointe nord de l'Écosse et redescendait le long de la côte ouest jusqu'à l'île de Mull.

– Alors Harald Hardrada serait venu ici, à Iona, après la bataille.

Jack réfléchissait à cent à l'heure pour essayer de donner un sens à ce que le père O'Connor venait de leur dire. Il se rassit à son tour sur sa chaise et tous firent de même.

– Il devait être dans un sale état pour que les soldats anglais qui avaient combattu contre lui le laissent pour mort sur le champ de bataille, fit remarquer Costas.

– C'est un miracle qu'il ait survécu à ce trajet, affirma O'Connor. Il a été bien soigné. Il avait avec lui environ trente de ses guerriers, presque tous grièvement blessés, dont la plupart étaient d'anciens membres de la garde varangienne. Ils ont été transportés à bord de deux drakkars par de loyaux serviteurs. Certains sont morts en route et d'autres ici, à Iona.

Les pièces du puzzle commençaient à s'assembler dans l'esprit de Jack.

– Quand Harald a fini par quitter Iona pour naviguer vers l'ouest, supposa-t-il, il a laissé un contingent derrière lui, des fidèles qui attendraient le retour de leur roi.

O'Connor prit un air entendu et acquiesça.

– Ils ont constitué ce qu'ils ont désigné sous le nom de *félag*, précisa-t-il. En vieux norrois, cela signifie confrérie, société secrète.

– Et qui faisait partie de ce *félag* ? demanda Jack.

– Au début, il s'agissait de quelques hommes de Harald, des survivants blessés de Stamford Bridge qui l'avaient accompagné jusqu'à l'île sainte mais avaient décidé de rester sur place pendant que leur roi naviguerait vers l'ouest. C'étaient des hommes jeunes, des guerriers qui avaient toujours vécu dans l'entourage de Harald depuis l'époque de la garde varangienne. Ils avaient l'ambition nécessaire pour défendre la cause. Parmi eux, il y avait peut-être même des fils de Harald. Ils ont rapidement attiré d'autres fidèles mais n'étaient jamais plus de vingt. Ils avaient juré d'entretenir la flamme jusqu'au retour de leur roi, de faire tout ce qui était en leur pouvoir pour s'assurer que les Vikings régneraient à nouveau sur l'Angleterre.

– Pas très réaliste après 1066, observa Jack.

– Ils haïssaient les Normands et leurs successeurs français, les Plantagenêt. En quelques générations, la cause du *félag* est devenue celle des Anglais. N'oubliez pas qu'il y avait déjà beaucoup de sang viking en Angleterre parmi ceux qu'on appelait les Anglo-Saxons. Quand Harald était jeune, le roi viking Cnut régnait sur l'Angleterre. Les raids vikings avaient entraîné l'occupation d'une bonne partie du territoire, ainsi que des mariages mixtes, notamment en Est-Anglie, en Northumbrie et ici, dans les îles occidentales. Les Anglais, qui avaient été les ennemis de Harald à Stamford Bridge, se sont donc naturellement alliés aux Vikings dans une cause commune contre les Normands.

– Mais ils ne pouvaient raisonnablement plus attendre le retour de Harald.

– C'est devenu une cause mystique, un lien fort qui a fait du *félag* une des sociétés secrètes les importantes du Moyen Âge. Les premiers compagnons avaient juré le secret à leur roi. Ils n'ont jamais révélé que celui-ci avait survécu ni qu'il était parti vers l'ouest de peur que les Normands n'essaient de le suivre ou n'exercent des représailles. Après quelques générations, lorsque le retour du roi sur cette terre est devenu impossible, les membres du *félag* ont nourri le dessein de rejoindre Harald à la grande bataille du Ragnarok, l'ultime combat du bien contre le mal dans la mythologie norroise. Ils combattraient à nouveau aux côtés de leur souverain en brandissant leur hache d'armes. Ils vaincraient leurs ennemis et répandraient la terreur, comme ils l'avaient fait à l'époque glorieuse des Varègues. Leur mantra sacré, le serment qui les unissait, est devenu *hann till ragnarøks*, jusqu'au Ragnarok en vieux norrois, jusqu'à ce qu'on se retrouve à la fin des temps.

– C'est ainsi que le nom de Harald Hardrada est entré dans la légende.

– Pas tout à fait, dit O'Connor.

Il chercha dans sa bibliothèque et tendit un livre à Jack.

– Geoffrey de Monmouth, *Historia Regum Britanniae*, *Histoire des rois de Bretagne*. Un best-seller médiéval, dont le récit est en grande partie fictif.

– Où voulez-vous en venir ?

– C'est de ce livre qu'est issue la légende du roi Arthur.

– Bien sûr, murmura Jack. Celui qui fut et sera roi.

– Geoffrey a fait partie du *félag*, quelques générations après le départ de Harald. Les membres avaient juré de ne jamais mentionner le nom de leur roi mais, au milieu du XIIe siècle, la confrérie avait commencé d'infiltrer la société anglaise. Face à l'oppression normande, il est devenu opportun de répandre le mythe d'un ancien roi breton, un chef héroïque qui reviendrait un jour libérer son peuple. Si l'on fait abstraction de tout ce qui relève de la fiction, l'histoire repose sur des faits réels.

– À la place de roi Arthur, il faut lire Harald Hardrada, murmura Jack, et remplacer les chevaliers de la Table ronde par la garde varangienne.

– C'est ce que tu disais à propos de l'Atlantide, renchérit Costas. Dans chaque mythe, il y a une part de vérité.

– Oui, mais le mythe de l'Atlantide existait depuis une éternité, répliqua Jack. Celui-ci était totalement inattendu.

Il se tourna vers O'Connor.

– Alors le *félag* n'était pas seulement une confrérie mystique ?

– Loin de là. En épousant la cause anglaise, il a attiré facilement de nouveaux adeptes et, au fil des générations, il a accueilli en son sein de puissants dignitaires revendiquant des origines anglo-saxonnes et vikings. Il y avait peu d'espoir qu'il puisse infiltrer l'aristocratie normande. Aussi, après la mort des derniers Varègues fondateurs, la plupart de ses membres ont été des hommes d'Église, en réalité des païens. L'Église a été le seul espace où les Anglais d'origine anglo-saxonne et viking ont pu exercer un pouvoir, et le *félag* a largement utilisé celui-ci à son avantage. À la fin du XIIe siècle, la confrérie a étendu son influence jusqu'à Rome. Elle comptait parmi ses membres des ecclésiastiques européens ayant des liens avec l'Angleterre. Jacques de Voragine, maître de Richard de Haldingham et haut membre du clergé en Italie, était l'enfant naturel d'une femme anglaise qui prétendait descendre du roi Cnut. Il y a même eu à plusieurs reprises des membres du Collège des cardinaux du Vatican.

– Alors Richard de Haldingham faisait partie du *félag*, dit Maria à voix basse.

– Il a été le dernier membre du vrai *félag*, créé par les fidèles de Hardrada.

– Le vrai *félag* ?

O'Connor, manifestement troublé, tarda à répondre.

– Très tôt, il y a eu un schisme, un côté obscur. On pourrait comparer cela au combat que l'Église a dû mener, comme je vous le disais tout à l'heure, contre la tentation du mal. Nous ignorons qui a été à l'origine de ce schisme, mais c'était quelqu'un qui avait vu la menora de ses propres yeux, un des compagnons de Hardrada, qui avait choisi de rester. Un Judas parmi le *félag*. La menora était déjà un symbole secret de royauté aux yeux de Harald. Son prestige avait bien plus de valeur que son poids en or. Après le départ du roi, elle est devenue le symbole même du *félag* et faisait partie intégrante du rituel qui unissait les membres de la confrérie. Mais là où les uns voyaient une cause sacrée, les autres ne voyaient que de l'or. La menora a suscité l'avarice, la cupidité.

– Comme le Saint-Graal, suggéra Costas. Pour les uns, c'est une quête mystique, l'allégorie d'une grande révélation sur le christianisme. Pour d'autres, c'est une coupe en or.

– Exactement. La quête du trésor de Harald est devenue une obsession pour ceux qui n'ont pu résister à la tentation. Ils ont secrètement créé leur propre confrérie, leur propre *félag*, dans l'unique but de trouver la menora. Les fidèles ont senti qu'une force pernicieuse s'était immiscée parmi eux. Ils ont fini par apprendre que Harald avait traversé l'océan. Mais ils sont parvenus à cacher l'information à ceux qui l'auraient utilisée à mauvais escient et ne l'ont transmise qu'à un seul homme. Celui-ci la confierait à son tour à son successeur, de maître à disciple, tant que la lignée survivrait.

– Je commence à comprendre, dit Jack. Jacques de Voragine et Richard de Haldingham.

– Ce furent les derniers, ajouta O'Connor. La lignée avait

survécu pendant plus de cent ans après la grande crise de 1170. Cette année-là, Thomas Becket, archevêque de Canterbury, a été tué par des hommes d'Henri II dans sa propre cathédrale. À l'époque de Becket, le vrai *félag* exerçait un grand pouvoir et, à sa mort, ce fut le début du déclin.

– Thomas Becket faisait partie du *félag* ? s'enquit Jack stupéfait.

– Il détenait le savoir, expliqua O'Connor. Les chevaliers qui l'ont massacré ne cherchaient pas seulement à venger Henri II.

– Ont-ils obtenu ce qu'ils voulaient ?

– Becket n'a pas cédé et, dans leur rage, ils l'ont tué. Honnis dans toute l'Angleterre, ils se sont engagés dans la troisième croisade, prétendument pour l'absolution de leur crime. On les appelait « les chevaliers à la main ensanglantée », car ils s'étaient ouvert la main pour conclure « le pacte du sang » et avaient tous une cicatrice en travers de la paume. Leur quête s'est développée autour de leur propre mystique, de leurs propres rituels, bien que leur allégeance à la cause de Harald Hardrada ait été une imposture. Ils ont commencé à chercher le trésor que Harald avait laissé quand il avait fui Constantinople avec ses compagnons de la garde varangienne. La table d'or du temple de Jérusalem, la table des pains de proposition.

– Mais elle était à Constantinople.

– Les chevaliers ont tous été égorgés avant de pouvoir s'y rendre, par Saladin et les Maures, devant les remparts de Jérusalem. Mais un autre homme est parvenu jusqu'à Constantinople, une génération plus tard, en 1204.

– C'est la date de la quatrième croisade, se souvint Costas, sur laquelle portaient nos recherches dans la Corne d'Or. La chaîne et tout ça.

– Attendez, dit Jack emporté par son enthousiasme, le sac de Constantinople. C'était Baudouin de Flandre. Vous voulez dire que…

– C'était lui. Dans sa jeunesse, Baudouin était allé à Rome, où il avait vu l'arc de Titus dans le forum. L'arc était devenu un lieu de pèlerinage pour le *félag*, un sanctuaire sacré. Richard de Haldingham s'y est sans aucun doute rendu lui aussi. Les membres du *félag* ont vu la représentation de la menora mais également celle des autres trésors portés par les soldats romains. Par conséquent, ils savaient à quoi ressemblait la table d'or. Baudouin n'a pas détourné la croisade vers Constantinople par accident, uniquement pour faire le sale boulot des Vénitiens. Mais les autres, ceux du vrai *félag*, connaissaient ses intentions. Ils ont donc gagné secrètement Constantinople avant lui. Il y avait encore des Varègues dans la garde impériale de la cité, des hommes pour qui le nom de Hardrada était sacré et évoquait une époque glorieuse. Le *félag* les a convaincus de prendre ce qu'il restait du trésor et de le cacher dans un endroit secret du port, avant l'arrivée des croisés. Tous les Varègues sont morts pendant le siège et l'emplacement du trésor a été perdu.

– Eurêka ! s'écria Costas. C'est une bonne nouvelle pour nous. Maurice Hiebermeyer va peut-être trouver quelque chose dans la Corne d'Or finalement.

– À l'époque de la quatrième croisade, reprit O'Connor, le schisme au sein du *félag* s'était déjà transformé en vendetta. Le meurtre de Thomas Becket devait être puni et le cycle infernal a commencé. Même ceux qui étaient encore fidèles à la cause ont perdu leur grandeur d'âme. Ils ont vécu dans la peur jusqu'à la fin de leurs jours. Comme beaucoup de sociétés secrètes, le *félag* s'est renfermé sur lui-même et s'est autodétruit. Richard de Haldingham devait se douter qu'il serait poursuivi lorsqu'il reviendrait à Iona pour enflammer le corps de son maître sur sa chaloupe, selon le rituel du *félag*, et l'envoyer vers le Valhalla, de la rive même où leur roi avait pris la mer. Ses ennemis savaient que Jacques de Voragine lui avait probablement transmis son savoir avant de mourir. Mais lui, il n'avait pas de disciple. Son dernier acte a dû être cette inscription sur la Mappa Mundi, la transmission de son secret aux générations futures, pour que celui-ci soit découvert et déchiffré lorsque les temps obscurs seraient révolus. Après son meurtre, la lignée s'est éteinte.

– Croyez-vous qu'il soit revenu sur sa décision dans ses derniers instants, lorsqu'il a été confronté à la mort dans la bibliothèque enchaînée ? demanda Jack.

Maria le regarda, la gorge serrée d'émotion.

– Il était accompagné par l'esprit de Thomas Becket, dit-elle.

Il devait savoir qu'il mourrait de toute façon. Je pense qu'il a été fort jusqu'au bout. Heureusement, il a sans doute eu affaire à un agresseur qui ne s'est pas rendu compte de ce qu'il avait entre les mains, à moins qu'il n'ait eu le temps de cacher la carte dans la bibliothèque juste avant son agression.

– Il ne pouvait pas imaginer qu'on mettrait plus de sept cents ans à la retrouver, murmura Jack.

– Et je crains que les temps obscurs ne soient pas révolus, ajouta O'Connor.

– Bien, déclara Costas en montrant d'une main le symbole de la menora gravé sur la bague et, de l'autre, la croix gammée figurant sur la dague. Et maintenant, la grande question : comment passe-t-on de ce meurtre mystérieux en plein Moyen Âge aux méchants du XXe siècle ?

Chapitre 13

Jack était extatique, ébahi parce qu'il entendait. Il savait qu'ils étaient sur les traces de Hardrada depuis la révélation de la carte, qu'il existait un lien extraordinaire entre leur découverte dans la Corne d'Or d'Istanbul et le drakkar pris dans la glace au large du Groenland, mais jamais il n'aurait imaginé que l'île sainte d'Iona était un autre maillon de la chaîne. Et maintenant, O'Connor leur racontait une tout autre histoire, qui les emmenait au-delà du frisson de la découverte, dans un monde de ténèbres et de périls.

– Avec la fin des croisades et la montée de l'Empire ottoman, expliqua O'Connor, tout espoir de retrouver le reste du trésor de Constantinople paraissait perdu. En Occident, tout contact avec le Groenland avait été rompu et la « terre promise » découverte par les Vikings a été oubliée. Durant les grands voyages d'exploration, à la fin du XVe siècle, les derniers chevaliers à la main ensanglantée étaient morts depuis longtemps. Mais le mythe, transmis de père en fils par les descendants du *félag*, a perduré dans le plus grand secret, à travers toute l'Europe, puis en Amérique. Au XIXe siècle, les dépositaires de l'histoire de Harald ont pensé qu'elle n'avait pas plus de fondement historique que celle du roi Arthur et des chevaliers de la Table ronde, mais ils ont respecté leur serment pour faire vivre la légende. Puis cette histoire a fini par arriver aux oreilles d'un savant fou autrichien, obsédé par la doctrine de « la glace éternelle ».

– Nous en avons déjà entendu parler, intervint Costas. C'est pour cette raison que les nazis sont allés au Groenland.

– Alors c'est cet homme qui a ranimé le *félag* ? demanda Jack.

– Un de ses collaborateurs, un chef d'entreprise lituanien nommé Piotr Reksnys. Le père d'Andrius. Un sale type.

– Décidément, c'est une histoire de famille, dit Costas.

– C'était une époque propice, reprit O'Connor. Dans les premières décennies du XXe siècle, l'Allemagne et l'Europe du Nord ont connu un regain d'intérêt pour les Vikings et l'héritage nordique. Après la folie de la Première Guerre mondiale, cet engouement a donné naissance à un mouvement soutenant l'idée de la suprématie raciale parmi un peuple qui avait perdu ses repères. Les sociétés secrètes se sont multipliées. Elles ont commencé à attirer les crapules et les doux rêveurs qui souhaitaient établir un nouveau Reich en Europe. C'est ainsi qu'a été fondée la plus horrible de toutes, la *Schutzstaffel* de Himmler, la SS, qui reposait sur une ascendance et des rituels norrois créés de toutes pièces. L'idée d'un nouveau *félag* était tout à fait dans le ton de cet univers sinistre mais, contrairement aux autres sociétés du même type, cette confrérie avait des racines historiques.

– Et un tout autre objectif, fit remarquer Jack.

– La menora, confirma O'Connor. Le *félag* avait tous les atours d'une société suprématiste, mais ce n'était qu'une mascarade. Ses membres étaient obsédés par la menora.

– Alors qu'est-ce que c'est ? demanda Costas en montrant la bague.

– Un faux, répondit O'Connor avec dédain. Reksnys a déclaré que ces bagues provenaient d'un héritage ancien, qu'elles avaient été forgées dans l'or du trésor de Harald. Mais il a menti. Elles sont typiques de l'époque. Reksnys savait que les rois vikings offraient des bagues à leurs hommes et leur léguaient des torques et des bracelets de bras en or et en argent. Comme les nazis, il était obsédé par les opéras de Wagner, le cycle de l'anneau, le *Nibelungenlied*, la légende du Ragnarok et la chute des dieux norrois. Il a ranimé le mantra de l'ancienne confrérie, *hann til ragnarøks*. Les membres étaient *fostbrœdralag*, frères de serment. Ils se donnèrent le nom de compagnons de tolet, terme viking qui signifie rameurs. Ils devaient être douze. Reksnys a même rénové un château en Norvège et persuadé ses premiers initiés qu'il s'agissait d'un ancien siège du *félag*. Ce château abritait des armures et des haches vikings, prétendument laissées par les Varègues. Ils sont allés jusqu'à rétablir la forme la plus extrême de châtiment, instaurée par les Norrois à l'encontre des membres du *félag* qui rompaient leur serment de fidélité.

– L'aigle de sang ? demanda Maria horrifiée.

O'Connor confirma.

– Le navire de Harald était l'*Aigle*, poursuivit-il. Et le gardien du *félag* était Hræsvelg, le géant qui avait la forme d'un aigle. Le supplice de l'aigle de sang était exécuté en son nom, comme un rite sacrificiel.

– C'était l'équivalent norrois de pendu, éviscéré et écartelé, expliqua Jeremy, la pendaison et l'écartèlement en moins.

– Un aigle était tracé au couteau dans le dos du condamné pendant que celui-ci était encore en vie, murmura Maria. Ensuite, on coupait les côtes et on arrachait les poumons de la victime.

– Mon Dieu, dit Costas à court de mots.

– Ils n'ont pas encore appliqué ce supplice à un des leurs, souligna O'Connor, mais, au procès des *Einsatzgruppen*, un des survivants juifs a parlé d'une rumeur, selon laquelle un officier SS aurait fait subir quelque chose de ce genre à un groupe de prisonniers avec sa dague cérémonielle.

Il regarda l'objet posé sur son bureau avec dégoût.

– Même parmi toutes les horreurs de l'Holocauste, poursuivit-il, c'était trop difficile à croire et il ne restait personne pour confirmer cette rumeur. Mais cet acte de barbarie aurait eu lieu dans le secteur d'Andrius Reksnys.

– Il commence vraiment à me plaire, ce type, murmura Costas.

– Et ce n'est pas tout, reprit O'Connor, les membres du *félag* pouvaient se reconnaître partout où ils allaient. Ils s'étaient entaillés la paume de la main pour conclure le pacte du sang. Ils se prenaient pour les nouveaux chevaliers à la main ensanglantée.

– La SS, l'*Ahnenerbe*, la quête des civilisations aryennes perdues, de l'Atlantide, murmura Jack. Autant de couvertures parfaites pour dissimuler le véritable objectif du *félag*.

– Andrius Reksnys, le fils, était un nazi intégriste. La photo que le vieil Inuit vous a montrée de lui est tout à fait fidèle au personnage. C'était un tyran sadique. Mais il était encore plus fanatique en tant que membre du *félag*, imprégné qu'il était de cette quête obsessionnelle depuis l'enfance. Les nouveaux chevaliers ont découvert que Harald Hardrada s'était rendu au Groenland. Ils ont étudié *La Saga des Groenlandais* et *La Saga d'Éric le Rouge*, dans lesquelles le *Norðrseta*, le territoire septentrional commençant autour de la baie de Disko, est présenté comme le point de départ des voyages vers l'ouest. Lorsqu'ils ont appris que l'explorateur Knud Rasmussen préparait une expédition à destination de la calotte glaciaire du Groenland, basée à Ilulissat, ils ont sauté sur l'occasion. À ce moment-là, Himmler était déjà obsédé par la doctrine de « la glace éternelle » et par l'existence d'une civilisation polaire perdue. Il n'a donc pas été difficile de rattacher une équipe de l'*Ahnenerbe* à l'expédition de Rasmussen.

– Et Rolf Künzl dans tout ça ?

– Totalement étranger aux objectifs du *félag*. C'est lui qui a repéré le trajet décrit dans les sagas. C'était un expert d'envergure internationale en matière de civilisation viking, le partenaire idéal pour Reksnys. Ils se sont servis de lui. Quand ils ont appris qu'il avait trouvé un indice dans la glace et qu'il l'avait ensuite dissimulé, ses jours ont été comptés.

– La pierre runique du drakkar, dit Costas.

– Oui. Künzl avait l'esprit suffisamment vif pour s'être rendu compte qu'il avait fait une découverte capitale. Et les efforts que Reksnys a déployés pour mettre la main dessus ont achevé de le convaincre. Il détestait Reksnys et les nazis avec une égale ferveur. Il a donc décidé de confier la pierre runique à l'Inuit pour la mettre en lieu sûr. Il ne savait rien du *félag*, mais il commençait à comprendre qu'il y avait autre chose là-dessous que la folie nazie. Il s'était battu avec Reksnys dans la crevasse et, dès cet instant, il avait dû savoir qu'il serait victime de la vendetta, que ce duel se poursuivrait jusqu'à la mort. Cela avait toujours été la faiblesse de l'ancien *félag*. Assassinés, Thomas Becket et Richard de Haldingham avaient emporté leur secret dans la tombe. Dans leur soif de vengeance, les tueurs perdaient de vue leur objectif. Quand la guerre a éclaté, Künzl a été en sécurité tant qu'il a combattu au sein de l'Africakorps. Mais, lorsque celui-ci a été arrêté avec les conspirateurs du groupe de von Stauffenberg, Andrius Reksnys a eu sa chance. Recourant à son expertise illimitée, il a tenté d'obtenir tout ce qu'il pouvait de Künzl dans les salles de torture de la Gestapo. Mais il a échoué et, fou de colère, il l'a laissé se faire exécuter avec les autres. Il avait dû penser que l'archéologue, un grand érudit, avait laissé des traces écrites de sa découverte. Mais Künzl avait détruit l'ensemble de ses documents personnels et tout ce qui concernait l'expédition avait disparu du siège de l'*Ahnenerbe* au début de la guerre.

– Une question me taraude, dit Maria à voix basse. La menora était un symbole puissant pour les nazis. Elle représentait leur domination sur une race qu'ils étaient déterminés à exterminer. Ils l'auraient brandie comme les Romains lors de leur triomphe sur les Juifs deux mille ans auparavant. Mais qu'en aurait fait Reksnys s'il l'avait trouvée ?

O'Connor se leva pour regarder pensivement la carte.

– La quête de la menora était restée secrète. Même Himmler n'était pas au courant. S'il avait découvert quoi que ce soit à propos de la menora et du *félag*, s'il avait su qu'on lui avait caché cette quête, il aurait probablement réservé à Reksnys le même sort que Künzl. Pour répondre à votre question, nous devons faire un bond vers le présent. Aujourd'hui, nous n'avons pas affaire à des néonazis. Ce n'est pas aussi banal que cela. Le *félag* est encore parmi nous, aussi puissant qu'alors. Et la menora revêt désormais encore plus d'importance qu'elle n'en avait dans les jours sombres des années 1940. La confrérie pourrait mettre le monde entier à rançon. L'Église catholique, l'État juif, les États arabes. Des groupes extrémistes de toutes les confessions.

– Une enchère au plus offrant, murmura Costas.

– Alors c'est vraiment une question de cupidité, et non d'idéologie, en conclut Maria.

– C'est ce qui a entraîné le schisme au sein du *félag* il y a près de mille ans, répondit O'Connor amèrement. La cupidité et le pouvoir.

– Mais comment savez-vous tout cela ? demanda Costas sans détour. Je veux dire, si tout est secret, comment un historien jésuite du Vatican a-t-il pu avoir accès à ce genre d'informations ?

– Cela devait être ma dernière révélation.

O'Connor respira profondément, remonta la manche droite de sa soutane et tendit la main en avant, la paume tournée vers le haut. Tout le monde resta muet de stupéfaction : une cicatrice blanche et irrégulière lui traversait la paume en diagonale.

– La main ensanglantée, murmura Maria. J'ai cru que ce n'était qu'une vieille blessure.

– Soyez sans crainte, dit le jésuite en laissant retomber sa manche et en s'effondrant sur sa chaise. Je n'en fais plus partie. Mon grand-père, un inventeur américain, était membre du cercle de la doctrine de « la glace éternelle ». Il n'était pas moins excentrique que l'auteur de cette théorie, mais moins fou. J'ai été intégré au *félag* dans ma jeunesse et je me suis soumis à tous les rites d'initiation. J'ai détesté ça. J'avais les faux rituels en horreur et, dès que j'ai eu conscience des ramifications de la confrérie avec les nazis, j'ai voulu en sortir. Je me suis découvert une vocation de jésuite, inconciliable avec mon appartenance au *félag*, qui s'est toujours déclaré païen. Les membres de cette société secrète méprisent le christianisme, même lorsqu'ils travaillent au sein de l'Église. Je pense qu'ils s'attendaient à ce que je rentre au bercail. Au Vatican, j'aurais pu être un atout pour eux. Ils ont accepté de me laisser partir en me faisant jurer le secret. Je viens de rompre mon serment.

– Mais vous n'êtes pas lié par leurs rituels absurdes ! s'écria Jack.

– En effet, dit O'Connor d'un air préoccupé avant de regarder Jack droit dans les yeux. Mais j'ai ranimé la flamme de la vengeance. Au fil des ans, j'ai rassemblé de nombreuses informations sur Andrius Reksnys. J'avais du mépris pour le *félag* mais, pour Reksnys, c'était pire. Plus je découvrais ses activités meurtrières dans les *Einsatzgruppen*, plus j'étais déterminé à le faire traduire en justice, même si cela m'obligeait à rompre mon serment. La mémoire de Rolf Künzl m'aidait à aller de l'avant. Inspiré par le credo de la garde varangienne, du premier *félag*, je me suis dit que le Ragnarok était inévitable, que notre sort était prédéterminé et que ce qui comptait, c'était notre conduite dans ce monde. C'était tout ce que la tradition m'avait légué. Cette conviction, un peu décalée par rapport à ma vocation de jésuite, m'a permis de retrouver la noblesse du premier *félag* et m'a donné la force d'agir.

– Vous n'avez pas pu agir seul, affirma Jack. Ce n'est pas vous qui avez abattu Reksnys.

– Une fois au Vatican, j'ai rassemblé quelques fidèles compagnons. L'un d'eux se trouve à l'abbaye aujourd'hui. Peut-être l'avez-vous vu dans l'église. Et Jeremy a été amené à faire partie de notre petit groupe. Nous avions rassemblé presque assez de preuves contre Reksnys, mais pas assez encore. Nous voulions lui faire connaître l'horreur avant la mort.

– Vous avez relancé la vendetta, murmura Maria.

– Parfois, les procédés ancestraux servent mieux la justice.

– Et le *félag* sait qui vous êtes.

– Tout à l'heure, je vous ai dit que le Vatican avait été infiltré par le *félag* à son âge d'or, au XIIe siècle. Aujourd'hui, il abrite encore un des membres de la confrérie. Il s'agit d'un de mes supérieurs. Il est au courant de votre expédition pour retrouver la menora.

– Qui l'a mis au courant ? demanda Costas.

– Un des vôtres.

Jack pensa immédiatement à un suspect.

– Je sais de qui il s'agit, déclara-t-il. Je me suis posé des questions dans la Corne d'Or. C'est le second du capitaine de la *Sea Venture*, l'Estonien recruté récemment. Il nous écoutait depuis la passerelle quand nous avons discuté de la menora pour la première fois.

– Il a disparu de la circulation il y a deux jours, annonça Costas d'un air sombre. On ne voulait pas te déranger avec cette histoire, mais Tom York m'en a parlé quand je l'ai appelé ce matin.

O'Connor hocha la tête avec gravité et poursuivit.

– Je savais déjà que le Saint-Siège ferait tout ce qui était en son pouvoir pour que l'existence de la menora ne soit pas révélée, mais j'ai compris que ce n'était pas le seul enjeu. Les membres du *félag* chercheront à déterminer ce que nous savons par tous les moyens, pour contrecarrer nos plans, nous détruire et poursuivre eux-mêmes les recherches. L'un d'eux est particulièrement dangereux.

– Qui ? demanda Jack.

– Le petit-fils. Andrius Reksnys est mort, son fils Pieter se terre quelque part en Amérique centrale, mais il y a le petit-fils. Il doit désormais faire partie du *félag*. C'est un truand. Il a hérité des gènes de la famille.

– Tel grand-père, tel petit-fils, murmura Costas.

– Le fils, Pieter, ne vaut pas mieux, souligna O'Connor. Souvenez-vous de l'éducation qu'il a reçue sur le front russe. Mais il semble se consacrer pleinement à la gestion de son organisation criminelle en Amérique centrale. C'est le petit-fils qui représente la plus grande menace. C'est le guerrier du *félag*, l'éclaireur. Élevé dans le respect de tous les rituels, il a adopté tout ce que j'ai rejeté. Il a utilisé de nombreux alias, dont le plus récent est Poellner, Anton Poellner. Au sein du *félag*, il se fait appeler Loki, nom d'un dieu norrois particulièrement malveillant. Son rôle absurde de guerrier l'a poussé à suivre une formation de mercenaire. Après avoir répandu le sang dans les conflits des Balkans, il a perfectionné ses compétences dans un camp d'entraînement terroriste situé sur la rive orientale de la mer Noire, en Abkhazie.

– Je pense que nous connaissons cet endroit, affirma Costas.

– Quand son grand-père a été assassiné, il a cédé à une véritable folie meurtrière au Kosovo et baissé sa garde. Arrêté par le SAS britannique, il a été reconnu coupable de crime de guerre à La Haye. Condamné à perpétuité, il a été jeté en prison il y a cinq ans en Lituanie, le pays dont il s'était déclaré ressortissant. Une vieille prison du goulag a été rouverte spécialement pour lui. Des officiers de la SS y avaient été détenus pendant des années après la guerre, avant d'être exécutés. Il y a environ un mois, un nouveau juge a estimé que les preuves retenues contre lui étaient insuffisantes. Il a été libéré.

Les lèvres du père O'Connor se mirent à trembler de dégoût.

– Ce n'était qu'un enfant quand j'ai quitté le *félag*, poursuivit le jésuite, mais je me souviens encore de son visage. Son père avait refusé qu'il se coupe la paume avant le moment venu. Alors, en proie à une violente colère, il s'était balafré la joue avec une hache. Il me tourmentait sans cesse. Il appuyait sur sa cicatrice jusqu'à ce que je pleure. J'en faisais des cauchemars. Et maintenant le revoilà. Il sait que c'est moi qui ai traqué son grand-père. La vendetta est de retour. Nous avons très peu de temps devant nous.

– Qu'allez-vous faire désormais ? demanda Jack.

– Je vais rester ici. Il est trop risqué pour moi de retourner à Rome.

– Pourquoi ?

– Un autre événement a eu lieu, répondit O'Connor d'un air sombre, les yeux rivés au sol. Je voulais vous expliquer le contexte avant de vous annoncer la nouvelle. Il y a eu un autre meurtre. Très récent, cette fois.

– Où ça ?

– Au Vatican. Il y a deux jours. La police pense que c'est un coup de la mafia, car la victime était au centre de la lutte contre le marché noir des antiquités.

– De qui s'agit-il ?

– Du conservateur en chef.

– L'homme qui a vu la chambre secrète de l'arc de Titus avec vous ?

– Alberto Bellini. Un des grands spécialistes de la sculpture romaine. Une perte immense. Et le seul homme en qui je pouvais avoir confiance au Vatican.

– Croyez-vous qu'il…

– Je ne crois pas, j'en suis sûr. Alberto n'hésitait pas à prendre des risques dans la lutte publique contre la mafia. Il devait être accompagné de gardes du corps armés à chaque fois qu'il sortait de l'enceinte du Vatican. Mais il n'avait aucune fermeté d'âme lorsqu'il était confronté à quelqu'un entre quatre murs. La veille de son meurtre, il m'a confié qu'on l'avait forcé à parler de notre découverte dans l'arc et de l'intérêt que nous portions à la menora. Je me retrouve donc dans la ligne de tir. Et vous aussi, je le crains.

– Savez-vous qui est derrière tout cela au Vatican ?

– Il existe une sorte d'inquisition interne, dirigée par un des cardinaux. Cela a toujours été ainsi. Mais il y a quelque chose d'encore plus sinistre. Je ne sais pas avec certitude qui en est à la tête, mais j'ai ma petite idée. Le *félag* a changé depuis que je l'ai quitté, il y a plus de quarante ans. Mais je connais quelques-uns de ses membres. Le juge des crimes de guerre qui a fait relâcher Loki, par exemple.

O'Connor se cramponna à sa chaise avec colère.

– Tout ce que je peux dire, poursuivit-il, c'est que cet individu est scandaleusement puissant au sein du Vatican. Il pourrait m'écraser sur un coup de tête. Je n'ai aucune certitude à son sujet, mais j'en sais suffisamment pour que mes futures révélations au public attirent l'attention sur ses activités. Ce dont je suis sûr, c'est qu'Alberto n'a pas été abattu par la mafia. Vous devinez probablement qui est mon suspect, et celui-ci ne s'arrêtera pas là.

– Que pouvez-vous faire maintenant ?

– Je pense que je suis en sécurité ici pour l'instant. L'île sainte a conservé un caractère sacré, même parmi les membres de l'actuel *félag*. Mais nous ne nous en sortirons plus seuls maintenant. Il faut mettre fin à la vendetta. Nous avons affaire à un meurtre pur et simple. Et si le *félag* parvient à mettre la main sur la menora, si celle-ci existe toujours, le meurtre deviendra monnaie courante. Le Moyen-Orient s'embraserait à une vitesse record si le plus grand symbole de la religion juive entrait en jeu. Personne n'en sortirait indemne, ni les Juifs, ni les Arabes, ni l'Église catholique.

– Avez-vous rassemblé des documents ?

– Tout est là, répondit O'Connor en tapotant sur le porte-documents adossé à sa chaise. Uniquement sur papier, je redoute les piratages informatiques. Loki est au centre de tout. Il travaille seul, à une vitesse terrifiante. Ses maîtres font partie de la bonne société. Ce sont des juges, des ecclésiastiques de haut rang, des hommes politiques. L'époque où les membres du *félag* pouvaient tous porter des casques et brandir des haches d'armes est révolue depuis longtemps, mais tout ce folklore les fait encore fantasmer. Loki est le seul dans son genre. Si nous parvenons à l'arrêter, nous gagnerons le temps dont nous avons besoin.

– Vous pensez à Interpol ?

– Je peux tirer quelques ficelles. J'ai des amis haut placés. Un mandat d'arrêt international, une notice internationale d'alerte sécurité feraient l'affaire. Mais il me faut du temps, au moins deux jours, pour monter un dossier. Si celui-ci était rejeté, notre initiative se retournerait contre nous. Il ne doit pas y avoir de fuite concernant notre quête de la menora.

– Cela nous donne une échéance, déclara Jack pensivement. Deux jours ou l'enfer se déchaîne. C'est peu.

– J'ai confiance en vous.

– Laissez-moi vous aider, Patrick, dit Maria en se penchant en avant sur sa chaise.

Elle se tourna vers Jack.

– Je crois que j'ai fait tout ce que je pouvais pour toi sur la *Seaquest II*, Jack. J'avais l'intention de rester ici, de toute façon, pour étudier la pierre runique de plus près et voir si nous avions laissé passer quelque chose. Mais cette affaire est beaucoup plus importante et le père O'Connor aura besoin de toute l'aide qu'on pourra lui offrir.

– Je ne dis pas non, répliqua O'Connor. Nous avons bien travaillé ensemble par le passé.

– Il est évident que tu peux rester avec nous, Maria, dit Jack. J'aurais dû te le dire plus tôt.

– Jeremy sera l'expert de l'expédition, insista Maria. S'il y a quoi que ce soit en rapport avec les Vikings et le Nouveau Monde, il sera votre homme.

– Bien, consentit Jack, le visage assombri par l'inquiétude. Mais fais bien attention à toi.

O'Connor avait une dernière chose à leur montrer. Il précéda Jack et Maria à travers le cloître et ils sortirent sur la pelouse extérieure, devant l'abbaye. Costas était resté à l'intérieur pour aider Jeremy à reformater un nouveau scan de la carte de Hereford qui venait d'arriver. À travers la brume du soir qui envahissait peu à peu l'île, Jack aperçut les rochers qui s'élevaient au-delà de l'enceinte, une vue restée inchangée depuis l'époque des Vikings. O'Connor conduisait désormais ses compagnons le long de la voie pavée de Sràid nam Arbh, la rue des Morts. Ils passèrent devant le «Reilig Odhrain», le cimetière sacré des rois. En chemin, Jack s'arrêta devant la grande croix de pierre de saint Martin, dont la silhouette érodée se dressait toujours là où elle avait été érigée, plus d'un millier d'années auparavant. Il posa la main sur la pierre et suivit des doigts les serpents entrelacés qui avaient été sculptés dans le granit près de deux siècles avant la bataille de Stamford Bridge, lorsque les aventuriers du Nord ne constituaient pour les moines de l'île qu'une vague rumeur. Il eut un frisson d'excitation, comme lorsqu'il avait vu le drakkar dans la glace. Harald Hardrada était passé par ici, il avait vu cette croix. Jack se mit à imaginer le roi vaincu, transporté sur un brancard vers l'abbaye, tandis que ses hommes blessés remontaient du rivage où étaient échoués leurs drakkars. Il avait eu le sentiment de marcher sur ses traces depuis le début, dans la Corne d'Or, dans le fjord glacé, mais il ne s'en était jamais senti aussi proche. Le chemin qui s'ouvrait devant eux les invitait à suivre le grand roi dans l'inconnu.

Une demi-heure plus tard, ils se trouvaient sur la côte ouest de l'île, au bord d'une vaste baie bordée de plages dorées. O'Connor entraîna Jack et Maria au sommet d'une dune et s'assit dans le sable entre eux deux. La brume s'était levée pour dégager l'horizon, rejoint par les rayons orange du soleil couchant. Le jésuite alluma une pipe, sur laquelle il tira plusieurs fois avant de commencer à parler à voix basse.

– C'est Camus cùl an t'Saimh, la Baie du bout de l'océan, annonça-t-il. Après avoir passé des jours entre la vie et la mort, Harald a été transporté à cet endroit de peur que les Normands ne découvrent qu'il avait survécu. Ses hommes ramenèrent les drakkars, l'*Aigle* et le *Loup*, les échouèrent sur le rivage et les remplirent de provisions. Ils le déposèrent sur son brancard au centre du *Loup*. Halfdan l'Intrépide, son vieux compagnon, était couché à ses pieds, grièvement blessé, prêt à mourir au moindre signe de défaillance de son roi.

– Le *Wergild*, murmura Maria. Un homme pouvait payer Odin de sa vie pour sauver celle de son maître.

– Les moines aidèrent les Vikings à remettre les navires à flot. Les hommes encore vaillants prirent place sur les bancs de nage et manièrent les longues rames dans les tolets. Les mâts furent guindés et les voiles hissées. Et de là, Harald et ses compagnons de tolet voguèrent vers l'Histoire, sous le regard des moines d'Iona et des quelques fidèles chargés d'entretenir le souvenir de leur roi.

– Où sont-ils partis ? demanda Maria.

O'Connor prit sa pipe entre ses doigts et la pointa vers l'horizon, à l'ouest. Puis il se mit à réciter de mémoire.

Mais maintenant adieu. Je pars pour un long voyage
Avec ceux que tu vois ici – si vraiment je pars
(Car mon esprit est obscurci par le doute)
Pour l'île-vallée d'Avalon ;
Il n'y tombe ni grêle, ni pluie, ni flocons,
Pas même le vent ne souffle fort ; car c'est une terre
De prairies, bienveillante, tapissée de vergers

Et de vallons ombragés, couronnée d'une mer d'été,
Où je me remettrai de ma lourde blessure.

Ainsi parla-t-il, et le bateau à rames et à voile
Quitta le rivage, tel un cygne à la poitrine gonflée
Qui entonne un chant sauvage avant de mourir,
Agite son plumage pur et froid, et s'élance sur les flots
De sa brune palmure. Sir Bedivere demeura longuement
Repassant maints souvenirs, jusqu'à ce que la coque
Ne soit plus qu'un point noir à l'orée de l'aube
Et que les plaintes du lac se soient tues.

– Tennyson, *Morte d'Arthur* ! s'exclama Jack émerveillé. Une vision typiquement victorienne mais, si ce que vous dites est vrai, la version romanesque de la légende d'Arthur trouve ses origines ici même.

– Remplacez Avalon par Vinland, dit O'Connor, et vous avez la Terre promise, le paradis sur Terre. La cour de Harald a dû entendre parler de la découverte du Nouveau Monde par Leif Eriksson bien avant que le roi ne décide d'envahir l'Angleterre. Il y avait de quoi intriguer un homme qui avait tant voyagé. Harald avait une vie sédentaire depuis des années, à part quelques campagnes au Danemark et en Suède. Il devait avoir soif de voyages. Peut-être avait-il même prévu une expédition au-delà de l'océan avant la bataille de Stamford Bridge. Après sa défaite, le voyage est devenu impératif. Il avait dû avoir vent de cette terre d'abondance, de ces prairies verdoyantes idéales pour le pâturage et de ces forêts interminables permettant de construire des bateaux, deux atouts que les Vikings convoitaient par-dessus tout. Et il n'avait aucune raison de retourner en Norvège. Il aurait perdu son prestige s'il y était retourné vivant, alors que la mort lui assurait une place parmi les héros. La *Heimskringla* raconte même que le reste de son armée, en Norvège, lui fit acte d'allégeance éternelle après avoir appris la défaite, croyant qu'il était mort.

– Et il avait son trésor, souligna Jack.

– Des coffres entiers, confirma O'Connor. Il n'est certainement pas allé jusqu'au Nouveau Monde pour trouver de l'or. Il en avait déjà tant qu'il n'avait pas besoin de surcharger davantage son bateau. Des pièces d'argent par dizaines de milliers, des dirhams arabes, des pennies anglais de Cnut et d'Ethelred, des pièces de son empire et d'ailleurs. Des torques en or et en argent, des bracelets de bras, de l'argenterie de famille. Sans compter le butin qu'il avait amassé dans toute la Méditerranée en tant que chef de la garde varangienne, dont une partie était encore intacte. D'inestimables reliquaires religieux et des bijoux anciens. Et pour couronner le tout, le plus grand trésor de tout le règne de Harald, celui qui avait été ennobli par l'exploit de Constantinople et dont la valeur avait fini par dépasser largement son poids en or.

– La menora, murmura Jack.

– Si le Vinland correspond bien à L'Anse aux Meadows, à Terre-Neuve, cela fait un bon bout de chemin vers l'ouest depuis ici, plusieurs milliers de milles nautiques de haute mer, fit remarquer Maria. Alors que fait notre drakkar encore plus au nord, dans la mer de Baffin, à Ilulissat ?

– Les sagas l'expliquent très bien, répondit Jack. Avant d'arriver au Vinland, Leif est d'abord remonté le long de la côte Ouest du Groenland, puis il a traversé la mer pour découvrir le Helluland et le Markland. Ces lieux correspondent à la terre de Baffin et au Labrador. Au Groenland, il a dû faire escale dans la baie de Disko, à l'endroit le plus étroit du détroit de Davis. Harald n'a fait que suivre le meilleur itinéraire de l'époque.

– C'est ce que Künzl a dû comprendre dans les années 1930, affirma O'Connor.

– Alors Harald et ses hommes ont hiverné à Ilulissat ? demanda Maria.

– Ils ont probablement été contraints de rester sur place en raison de l'obstruction de la mer par la glace, répondit Jack. Ils ont dû arriver en automne. À ce moment-là, il y a de moins en moins de lumière et les navires sont glacés par les embruns. D'après Macleod, la glace commence à se former à la surface de l'eau en octobre et, lorsqu'elle durcit, elle peut couper le bois comme une scie. Hiverner au Groenland n'a sans doute pas été facile, mais c'étaient des hommes robustes, habitués à vivre durement. Ils ont probablement été aidés par les Vikings groenlandais établis dans le sud, qu'ils ont pu employer comme guides ou chasseurs. Je ne serais pas surpris qu'ils aient installé leur campement près du fjord glacé, dans les cercles de tente où nous avons rencontré Kangia.

– Je suppose que les conditions de vie ont été très difficiles pour les blessés, dit Maria.

– Beaucoup d'entre eux ont dû périr pendant le voyage et dans le campement, présuma O'Connor. À mon avis, lorsque Halfdan est mort, l'effectif était si réduit qu'ils ont pu aisément sacrifier un des navires pour le rite funéraire, le *Loup*, celui que vous avez vu dans la glace. Il n'y avait plus assez de mains pour manœuvrer deux bateaux.

– Alors comment a-t-on su ce qu'ils étaient devenus ? demanda Maria. Deux siècles plus tard, Richard de Haldingham avait la certitude qu'ils avaient atteint le Vinland, au point de pouvoir dessiner cette terre sur la carte. Les recherches archéologiques montrent que L'Anse aux Meadows n'a pas été longtemps occupée et qu'elle a été abandonnée bien avant 1066. Ils ne dépendaient donc pas, pour leur approvisionnement, de contacts avec l'extérieur qui auraient permis de faire remonter l'information.

– Jack avait raison en ce qui concerne les Groenlandais, expliqua O'Connor. Ils étaient bien disposés envers Harald, un compatriote norvégien, surtout lorsqu'ils ont constaté qu'il n'avait aucune intention de les assujettir ni même de rester sur leur territoire. Il leur a fait jurer le secret et leur a donné suffisamment d'argent pour entretenir un commerce florissant avec l'Ancien Monde pendant des générations. Nous le savons grâce au *félag*, qui a envoyé une expédition sur les traces de Harald, plusieurs générations plus tard. Éric Gnupsson, évêque du Groenland et membre du *félag*, a convaincu ses ouailles qu'il était un fidèle de Harald. Il a découvert ce que je viens de vous raconter et appris que Harald avait promis de laisser des traces de son passage au Vinland si ses compagnons et lui décidaient de poursuivre leur voyage vers le sud. Cette information a dû être transmise à Richard, dans le plus grand secret. Éric Gnupsson est parti pour le Vinland, mais on n'a plus jamais entendu parler de lui. Il n'y eut jamais d'autre expédition et l'emplacement du Vinland a été perdu. Même aux yeux des Groenlandais, ce territoire est devenu une sorte d'Avalon, de terre promise mythique, dominée par celui qui fut et sera roi.

– Cela me fait penser que le roi Arthur avait sa reine, Guenièvre, fit remarquer Maria. Harald ne se serait donc pas simplement emparé de la menora à Constantinople ?

– Ah ! s'écria O'Connor en vidant sa pipe sur le sable, un sourire aux lèvres. Je me demandais quand vous y viendriez. D'après la légende, Harald a été soigné par une femme aux cheveux courts, qui portait la tunique et le pantalon comme un homme. L'histoire nous dit que, des années auparavant, il avait libéré la princesse pour la faire escorter jusqu'à Constantinople après sa fuite. Mais nous savons que Maria n'a jamais été enlevée. Elle est partie volontairement et c'est même elle qui a libéré Harald et ses hommes de la prison la nuit précédant leur fuite. Elle est restée aux côtés de Harald coûte que coûte, y compris lorsqu'il a contracté un mariage de convenance avec la princesse de Kiev. Elle a accepté tout ce qu'il devait faire pour devenir roi. Puis elle l'a dompté pour finalement devenir son guide. Quand, dans son ultime tentative d'élargir son pouvoir, il a voulu conquérir l'Angleterre, elle l'a accompagné. Née princesse, elle aurait enfin pu reprendre ses droits dans ce royaume. Harald envisageait d'en faire sa consort, de la couronner reine d'Angleterre.

– Harald avait cinquante et un ans en 1066 et elle avait peut-être une dizaine d'années de moins, précisa Maria. Y avait-il d'autres femmes dans le drakkar lorsqu'ils sont partis pour le Vinland ?

– Maria était la seule.

– Ce n'était pas l'idéal pour établir une nouvelle colonie.

– N'oublie pas que les Vikings avaient une sacrée mentalité, plaisanta Jack. On vole ce dont on a besoin sur place. Et puis, l'épuisement et la douleur les avaient probablement rendus à moitié fous, incapables de se projeter dans l'avenir. La plupart pensaient sans doute qu'ils partaient pour le Valhalla.

Le soleil commençait à s'enfoncer dans la mer, à l'ouest, en projetant une lumière orangée sur les rochers érodés des versants donnant sur la baie. Ils regardèrent les vagues en silence pour s'imprégner du rayonnement discret du crépuscule.

– On dit que l'île sainte est inondée par la lumière éclatante des anges, dit O'Connor, une lumière telle qu'on en voit dans des endroits comme celui-ci, où le ciel et la terre semblent se rejoindre, où l'activité humaine a cédé la place à la roche nue. Comme dans le forum de Rome ou le mont du Temple à Jérusalem.

– Des endroits qui ont abrité la menora, songea Maria.

– C'est ce à quoi je pensais, murmura O'Connor.

Jack se pencha en avant et fixa l'horizon, une lueur étincelante dans les yeux.

– La menora a été ici, avec Harald, à cet endroit précis. Dès que j'ai vu Halfdan dans la glace, j'ai su que nous étions sur la bonne voie, comme si nous étions portés par quelque chose. Tout ce qu'il nous faut désormais, c'est un indice, une information plus concrète sur la direction qu'ils ont prise lorsqu'ils ont quitté le fjord glacé.

O'Connor lança un regard pénétrant à Jack en rallumant sa pipe.

– Halfdan vous a donné la chance du combattant, n'est-ce pas ? Il vous a transmis le flambeau. Je pense que vous n'êtes pas au bout de vos découvertes.

Ils étaient sur le point de se lever lorsque Jeremy apparut sur la dune. Derrière sa silhouette bondissante, la forte carrure de Costas suivait un peu plus loin. Jeremy s'arrêta devant eux, rouge d'excitation. Il avait retrouvé toute son exubérance.

– Eh bien, qu'y a-t-il ? demanda Jack d'un ton aimable. Vous nous aviez caché autre chose ?

– Pas vraiment, répondit Jeremy en essayant de reprendre son souffle. La Mappa Mundi. Pendant que vous étiez dans l'iceberg. Je le savais.

– Du calme. Prenez votre temps.

Jeremy se laissa tomber sur les genoux et sortit une feuille enroulée dans un tube. Il respira profondément et commença à retrouver son sang-froid.

– Désolé, mais j'ai fait une découverte encore plus palpitante.

– Je vous écoute.

– Pendant tout le temps que j'ai passé dans ma cabine, en m'isolant de vous tous, commença Jeremy d'un air contrit, j'ai étudié de près une version numérisée de la carte que nous avons trouvée à Hereford, l'exemplaire de Richard, résolution 1 200 dpi. Il y avait quelque chose qui me travaillait, une chose que je pensais avoir vue quand Maria et moi avions déroulé la carte pour la première fois dans l'escalier de la cathédrale.

– Continuez.

– J'ai demandé au labo d'imagerie d'Oxford de générer une image multispectrale. Regardez ça.

Jack prit la feuille et la déroula sur ses genoux. C'était un agrandissement de l'angle inférieur gauche de la Mappa Mundi, de l'extraordinaire tracé du Vinland et du Nouveau Monde qu'ils avaient examiné en Cornouailles quelques jours auparavant. Jack voyait clairement les deux inscriptions, dont l'une faisait référence à Leif Eriksson et l'autre à Harald Hardrada et au trésor de Miklagard. Soudain, il comprit où Jeremy voulait en venir.

– Il y a un autre croquis là-dessous ! s'exclama-t-il.

– Le voilà, isolé et agrandi. Costas m'a aidé à le faire.

Jeremy lui tendit une autre feuille avec un papier calque. Maria et O'Connor se penchèrent pour mieux voir. C'était un croquis linéaire, un grand U, dont la ligne se recourbait de chaque côté pour redescendre vers le bas, devant lequel se trouvaient deux cercles irréguliers.

– Le Vinland ! s'écria Maria. C'est exactement le même croquis que celui qui a été fait par-dessus mais à plus grande échelle. Le U représente la baie et le Vinland est indiqué juste à l'entrée, sur la carte superposée. Je me suis rendue sur le site archéologique viking de L'Anse aux Meadows, à Terre-Neuve, l'année dernière. Il se trouve à l'entrée de la baie, exactement au même endroit, et ces bandes de terre sont les promontoires qui s'étendent de part et d'autre dans le détroit de Belle-Isle. Les cercles représentent les îlots situés au large de la côte, Little Sacred Island et Great Sacred Island, des repères de navigation précieux pour les Vikings.

– C'est là que ça devient intéressant ! s'exclama Jeremy.

– Comment ça ? demanda Jack.

– Regardez bien le plus grand des deux cercles, lui conseilla l'étudiant en lui tendant une loupe. Là où il semble y avoir une traînée.

Jack retira le papier-calque et regarda la deuxième carte de plus près.

– Je vois une croix, murmura-t-il. Oui, c'est une croix. Et cette traînée sur le côté, est-ce une série de lettres ?

– Ce sont des runes.

– Traduction ? demanda Jack de plus en plus intrigué.

– Il y a deux lignes. Même avec l'intensificateur d'image, je peux à peine les lire, mais je n'ai quasiment aucun doute. Sur la première ligne, il est écrit *Harald Kringlia*, le roi Harald. La seconde se compose de deux mots, or et Miklagard, l'or de Miklagard. Il s'agit de Constantinople, bien sûr.

– Incroyable…

– Richard de Haldingham a dû d'abord faire ce croquis, puis il s'est ravisé. Celui-ci était trop précis. Il en disait trop long. Alors Richard l'a effacé pour le remplacer par une carte moins détaillée et ne mentionner que Leif Eriksson. Puis il a de nouveau changé d'avis et ajouté une référence à Harald Hardrada attestant de la présence du roi viking au Vinland avec le trésor de Miklagard.

– Le premier croquis comporte une information supplémentaire, murmura Jack, une information incroyablement précise.

– La croix est un repère, dit O'Connor en souriant pour la première fois depuis le début de l'affaire. Nous n'avons pas fait tous ces efforts en vain.

Soudain, Costas apparut au sommet de la dune, un peu agité par cette traversée de l'île.

– L'hélico est là, cria-t-il en haletant. Macleod veut savoir si tu reviens à bord de la *Seaquest II* ou si tu retournes à Istanbul. Il attend tes instructions dans la baie de Disko. Il est censé mettre le cap au nord pour effectuer des recherches au bord de la calotte glaciaire polaire et certains scientifiques commencent à s'impatienter.

Costas remarqua tout à coup la feuille que Jack avait sur les genoux et se laissa tomber sur le sable pour la regarder de plus près.

– Une carte au trésor ! s'exclama-t-il. C'est ce que je préfère. Alors, où est-ce exactement ?

Jack le regarda avec cette petite lueur qu'il avait parfois dans les yeux et montra du doigt le disque lumineux accroché à la ligne d'horizon.

– Plein ouest, à environ 2300 milles nautiques. Tu peux dire à Macleod de ressortir l'exemplaire des sagas vikings que je lui ai laissé. L'itinéraire pour se rendre au Vinland y est tout tracé.

O'Connor se leva et serra la main de Jack.

– Je ne sais pas où va me mener ma route, dit-il. J'aimerais que vous fassiez une chose pour moi, Jack.

– Tout ce que vous voudrez.

– La menora. Essayez de savoir ce qu'elle est devenue.

Jack sourit et posa l'autre main sur l'épaule du jésuite.

– Nous ferons de notre mieux, assura-t-il. Les choses ont plutôt bien tourné depuis que Halfdan m'a prêté sa hache. Je suis sûr qu'elle me portera encore chance.

Il prit brusquement un air grave.

– Faites très attention à vous, ajouta-t-il.

Chapitre 14

Trente-six heures plus tard, Jack était couché par terre dans le noir complet, de l'autre coté de l'Atlantique, blotti dans un sac de couchage et isolé de l'humidité du sol par un matelas Thermarest. Il se suréleva la tête avec ses vêtements enroulés qui lui servaient d'oreiller et se mit à fixer l'obscurité. À côté de lui, Costas ronflait bruyamment. À ses pieds, Jeremy gigotait de temps à autre. Il avait saisi l'occasion de dormir dans une hutte viking, une construction peu élevée aux murs épais, entièrement faite de tourbe, à l'endroit même où Leif Eriksson et son escouade d'aventuriers norrois avaient bâti leur premier abri sommaire sur la côte de l'Amérique du Nord, un millier d'années auparavant. Mais il avait passé une nuit agitée, tourmentée par des rêves obscurs. Il était encore hanté par le récit extraordinaire que le père O'Connor leur avait conté la veille sur l'île d'Iona, par cette confrérie secrète qui avait traversé les siècles pour finalement tremper dans la plus effroyable atrocité des temps modernes. Chaque fois qu'il s'endormait, il revoyait les mêmes images, des dieux loups montrant les dents et des aigles tournoyants, le chandelier à sept branches et la redoutable croix gammée, autant de symboles qui n'étaient plus des fragments isolés de l'Histoire mais s'imbriquaient en une seule trame à la fois passionnante et terrifiante.

Il se réveilla avec l'odeur d'un café qu'on lui tenait sous le nez. Costas le secoua doucement et pencha son visage mal rasé au-dessus de lui.

– Debout là-dedans ! lui dit-il allègrement. Nous n'avons que la matinée devant nous. Parcs Canada va ouvrir le site pour une visite guidée à midi.

Jack acquiesça et se leva rapidement. Il enfila son jean et son pull marin, laça ses chaussures. Il tressaillit en sentant la blessure qu'il s'était faite à la cuisse, un petit souvenir de l'iceberg. Dans la lumière qui entrait par la petite porte, il aperçut Jeremy, qui enroulait son matelas et rangeait son sac de couchage. Ils étaient arrivés de nuit la veille et, pour la première fois, ils pouvaient se rendre compte des dimensions de la hutte. Celle-ci était basse et tout en longueur, bâtie entièrement en tourbe sur une charpente de bois autour d'un sol de terre battue. Elle avait sans doute abrité vingt à trente personnes, plusieurs familles, rassemblées autour de foyers régulièrement espacés le long de la pièce. Il devait y faire sombre et humide, l'atmosphère devait y être nauséabonde pendant les longs mois d'hiver. Jack comprenait pourquoi les Vikings avaient toujours eu soif de grand air et de vastes horizons, pourquoi ils s'étaient embarqués pour de nombreux raids et voyages d'exploration.

Il prit son café et baissa la tête pour passer la porte en se protégeant les yeux de l'éclat du soleil du matin. Sur l'herbe, un peu plus loin, se trouvait encore le S-61 N Sea King de Sikorsky. L'hélicoptère rouge et blanc de la Garde côtière canadienne les avait conduits de l'aérodrome de Goose Bay, au Labrador, où le jet Embraer de l'UMI avait atterri, à la lointaine péninsule septentrionale de Terre-Neuve. Jack tourna le dos à l'hélicoptère et regarda le site autour de lui. La hutte faisait partie de trois bâtiments en tourbe reconstruits au bord du village viking d'origine, à quelques mètres seulement du pré où trois habitations ainsi qu'une forge primitive avaient été découvertes par les inventeurs norvégiens du site, en 1960. Ceux-ci n'avaient mis au jour que quelques monticules là où se trouvaient jadis des murs de tourbe, d'anciens foyers, des trous où avaient été plantées des poutres et une poignée d'artefacts, mais cela avait suffi à prouver de façon concluante la présence des Vikings. Jack regarda la prairie luxuriante qui s'étendait jusqu'au rivage et les îlots rocheux presque nus adossés à la ligne d'horizon. Si le site n'avait pas la splendeur d'un tombeau ancien ni d'une cité perdue, il n'en comptait pas moins parmi les plus grandes découvertes archéologiques de tous les temps. Il constituait la preuve irréfutable que les aventuriers de l'Ancien Monde avaient découvert les Amériques cinq cents ans avant Christophe Colomb. C'était le premier établissement européen en Amérique du Nord, au-delà du Groenland, le premier territoire du Nouveau Monde où du fer avait été fondu. Et Jack savait qu'ils étaient sur le point d'ouvrir un nouveau chapitre de l'histoire de ce site, un épisode qu'on aurait difficilement pu imaginer avant la découverte de la Mappa Mundi. Tandis qu'il finissait son café, il sentit l'engourdissement de la nuit le quitter et l'exaltation monter en lui.

– Difficile de croire que l'île d'Iona se trouve à une telle distance, déclara Jeremy, dont la tête ébouriffée apparut à l'entrée de la hutte.

Il s'approcha de Jack en se frottant les yeux, une tasse de café à la main.

– On dirait le même paysage, poursuivit-il. Cette terre a dû sembler familière aux Vikings.

– Tu dois aussi te sentir chez toi ici, répliqua Jack en faisant un clin d'œil à l'étudiant, avec qui avait fini par tisser des liens d'amitié.

– Ma mère était canadienne. Elle était originaire de Nouvelle-Écosse. C'est après être venu ici quand j'étais gosse que j'ai eu envie d'étudier l'archéologie nordique. C'est étonnant que cet endroit soit si peu visité. C'est pourtant un site classé au patrimoine mondial de l'Unesco. Quand on lit certains livres d'histoire, on pourrait encore croire que les Européens sont arrivés pour la première fois en Amérique du Nord en 1497, avec John Cabot.

– Cela dit, les Vikings n'ont pas traîné ici, fit remarquer Costas, qui avait entendu Jeremy pendant qu'il empilait les matelas et les sacs de couchage devant la hutte. Je pensais que L'Anse aux Meadows était un avant-poste, un camp saisonnier.

– D'un point de vue strictement archéologique, admit Jeremy, cet endroit n'a été occupé que pendant quelques saisons, même si les Vikings ont pu y repasser sporadiquement quelques années plus tard. Les trois huttes pouvaient abriter plus d'une centaine de personnes, alors peut-être y a-t-il eu une tentative de créer un établissement permanent. Il y avait des femmes ici, et du bétail. Mais cela n'a pas duré. C'était en l'an 1000 apr. J.-C., peut-être un peu plus tard. L'Islande avait été colonisée par la Norvège vers la fin du IXe siècle, et le Groenland par Éric le Rouge environ un siècle plus tard. Les occupants de ces huttes étaient donc probablement originaires de ces pays. Le style d'habitat est typique de l'Islande et du Groenland de cette période. Et Leif Eriksson, comme son nom l'indique, était le fils d'Éric le Rouge.

– Ils essayaient probablement de repousser les frontières de leur monde, songea Jack. C'est aussi ce qu'ont fait les Phéniciens. Les premiers comptoirs datent du tout début de la période d'exploration et n'ont pas fait long feu. Mogador, en Afrique occidentale, les Cornouailles en Angleterre. Un potentiel commercial attractif mais des terres trop éloignées et trop vulnérables sur la durée. Ici, c'est sans doute ce qui s'est passé.

– C'est un bon exemple, affirma Jeremy en se passant la main dans les cheveux. Les fouilles effectuées ici dans les années 1970 ont mis au jour des travaux de menuiserie, des bûches et des planches destinées à la construction de bateaux. C'est difficile à imaginer aujourd'hui, mais de denses forêts de feuillus s'étendaient jusqu'à cette prairie. Pour les Islandais et les Groenlandais, qui n'avaient pas de forêts et devaient importer leur bois de construction de Scandinavie, c'était l'équivalent d'une mine d'or. Les explorateurs ont dû réparer leurs bateaux ici et peut-être même en construire d'autres, mais la plus grande partie du bois a probablement été expédiée au Groenland et en Islande.

– Je ne comprends pas, dit Costas. Avec tout ce bois, les pâturages et les eaux poissonneuses, pourquoi n'ont-ils pas établi une colonie permanente ?

– À cause des Skraelings, répondit Jack.

– Qui ça ?

– C'est le nom que les Vikings ont donné aux indigènes, les Indiens, précisa Jeremy. Il signifie *chétifs*. Les Indiens étaient assez nombreux à Terre-Neuve à cette époque et, avec leurs pirogues de guerre et leurs arcs, ils étaient largement de taille à faire face aux envahisseurs. L'archéologie ne nous donne pas beaucoup de précisions, mais les sagas rapportent un épisode peu glorieux.

Quand Leif Eriksson est arrivé pour la première fois, les relations avec les indigènes ont été tendues dès le début. Des conflits violents n'ont pas tardé à éclater. Un meurtre d'un côté ou de l'autre a probablement dégénéré en guerre ouverte. D'autres indigènes établis un peu plus loin sont venus prêter main-forte aux Indiens, les Vikings ont été rapidement dépassés en nombre. Ceux-ci ont sans doute consacré toute leur énergie à la construction d'une palissade en bois autour de leurs huttes. Ils n'ont pas dû avoir la possibilité d'élever du bétail, ni de chasser ou de pêcher. Affaiblis, ils ont dû tomber malades. Et ils n'ont vraisemblablement pas pu abattre les arbres et préparer le bois qu'ils voulaient expédier chez eux, la principale raison de leur présence ici. D'après les sagas, Thorvald, le frère de Leif, a été tué d'une flèche et c'est peut-être cet événement qui a sonné le glas du campement viking.

– Cela rappelle les Pères pèlerins aux États-Unis, à Jamestown, observa Jack. Cernés par les indigènes hostiles, affamés et malades.

– Il y a même eu un épisode encore plus sombre, reprit Jeremy en sortant un livre de poche abîmé de sa poche arrière. Ce sont *Les Sagas du Vinland*, transmises de bouche à oreille puis écrites en Islande au XIIIe siècle. Elles sont difficiles à lire, parfois contradictoires et confuses, mais la découverte de ce site prouve qu'elles sont fondées sur de véritables voyages. D'après *La Saga des Groenlandais*, un autre enfant d'Éric le Rouge, sa fille Freydis, a organisé une expédition à *Leifsbúðir*, «Les Maisons de Leif», nom de l'établissement au Vinland. Il y avait deux bateaux, dont l'un transportait une trentaine de Groenlandais et l'autre environ autant d'Islandais. Sur place, une violente dispute, peut-être provoquée par des femmes, a éclaté et réveillé une animosité ancestrale. Freydis et les Groenlandais se sont déchaînés. Ils ont tout saccagé et tué tous les Islandais. Freydis a tué elle-même les cinq femmes islandaises du second bateau et probablement leurs enfants. Si c'est vraiment ce qui s'est déroulé, le massacre a dû avoir lieu de nuit, dans l'une de ces huttes.

– Une vendetta, murmura Jack en se souvenant de ses rêves de la nuit. J'espère que ce n'est pas l'héritage le plus durable que nous aient légué les Vikings.

– Avons-nous des dates précises concernant tout cela ? demanda Costas.

– D'après les différentes datations au carbone 14, le village a été établi vers 1000 apr. J.-C. et les autres expéditions rapportées dans les sagas ont eu lieu dans la quinzaine d'années qui a suivi. L'expédition de Freydis a peut-être été la dernière.

– Jusqu'à celle de Harald Hardrada.

– Nous sommes ici pour le découvrir, dit Jack en se frottant les mains avec impatience avant de regarder le tube à cartes que Jeremy avait posé contre leurs sacs. Jetons encore un coup d'œil à cette carte.

Vingt minutes plus tard, ils se trouvaient sur l'estran, à quelques centaines de mètres du site archéologique. Derrière eux, les prairies ondulantes entouraient le village viking et, sur les côtés, la côte rampante longeait les *waddens* de la baie. Tout près, deux hommes de la Garde côtière canadienne étaient en train de préparer un canot pneumatique Zodiac qu'ils avaient déchargé de l'hélicoptère. La main en visière, Jack regardait la mer. La lumière était aussi éclatante que dans le fjord glacé et la brise apportait les vestiges de l'air frais qui flottait encore au-dessus de la glace, au nord, même au mois de juin. Pendant un moment, Jack se surprit à repenser à l'iceberg et se demanda si celui-ci finirait par fondre quelque part près de ces côtes afin que Halfdan puisse retrouver les traces de ses compagnons. Il se concentra de nouveau sur leur objectif, la masse rocheuse qui rasait la mer, à quelques kilomètres de là.

– Great Sacred Island, murmura-t-il. C'est là que nous devons aller.

– Il n'y a aucun doute sur l'identification, déclara Jeremy, qui comparait une copie du croquis de Richard de Haldingham à une photocopie de la carte marine locale. D'après ce que Maria m'a dit, Richard était un homme minutieux, qui a dû transcrire la carte aussi précisément que possible, sans doute à partir d'un croquis original qui lui était parvenu du Groenland d'une façon ou d'une autre.

Tout à coup, il posa le croquis et se précipita vers un *hummock*, sur lequel un nuage de vapeur s'échappait d'un petit réchaud de camping.

– Alors, qu'est-ce qu'on cherche exactement ? demanda Costas. Poterie, pièces, vieille hache d'armes rouillée ?

– Pas la peine, répondit Jack en souriant. Après huit ans de fouilles à L'Anse aux Meadows dans les années 1960, seuls quatre artefacts norrois ont été trouvés : une épingle en bronze, une lampe à huile en pierre, une fusaïole et un morceau de laiton. Le tout pour une communauté de peut-être plus de cent personnes, qui a passé plusieurs années ici. Les Norrois sont repartis avec tout ce qui leur appartenait et n'ont quasiment rien abandonné sur place. Si Harald Hardrada a décidé de laisser des traces de son passage, nous les trouverons peut-être. Sinon, nous ne trouverons probablement rien.

Jeremy traversa l'herbe d'un pas incertain avec deux bols et deux cuillères en bois qu'il tendit à Jack et Costas.

– Je les ai taillés moi-même quand j'étais gosse, annonça-t-il fièrement. Ce sont des copies exactes des bols norrois du Groenland. Et ce qu'il y a dedans est tout aussi authentique !

Costas regarda le contenu figé de son bol avec méfiance et le tapota avec sa cuillère.

– On dirait que c'est là-dedans depuis une éternité, dit-il. Sans parler de l'odeur d'usine de résine. Ça se mange, ça ?

– C'est une recette de ma confection, poursuivit Jeremy en faisant semblant de ne pas l'entendre. Basée sur l'analyse des sites de déchets nordiques. Farine d'orge complète, pois de terre et écorce de pin. Un genre de gruau. Très bon, vraiment.

– Où est le tien ?

– Je n'ai pas pu résister. Je l'ai déjà mangé.

– Bien, dit Costas en sentant le contenu de sa cuillère avant de goûter. Nom d'un chien, des déchets, c'est le mot !

– C'est tout ce qu'il y a. On vit comme des Vikings ou quoi ? Aucun aliment moderne n'est autorisé à L'Anse aux Meadows.

Costas grommela et Jeremy se tourna vers Jack, qui avait déjà terminé son bol et regardait de nouveau la carte.

– C'était le point de non-retour, songea Jack. Si Harald et ses hommes sont vraiment allés aussi loin, aucun d'eux n'a pu rebrousser chemin sain et sauf. C'était un aller simple pour le bout du monde.

– Et leurs guides ? demanda Costas la bouche pleine et pâteuse en lançant un regard menaçant à Jeremy.

– Je doute fort que les Groenlandais aient accompagné Harald aussi loin, répondit Jack. Après la cérémonie funéraire de Halfdan, il ne restait qu'un drakkar et ils n'auraient eu aucun moyen de rentrer. Même à Ilulissat, ils auraient dû attendre le retour des chasseurs et des pêcheurs qui, en été, montaient dans le *Norðrseta*.

– Mais si nous sommes ici, c'est parce que la Mappa Mundi comporte une représentation du Vinland avec une référence à Harald Hardrada. Alors, si Harald est bien arrivé au Vinland, comment l'information est-elle remontée en Angleterre, au sein du *félag* et jusqu'aux oreilles de Richard de Haldingham des années plus tard ?

– D'après ce que nous a dit O'Connor, l'évêque qui est arrivé au Groenland au début du XIIe siècle, celui qui était membre du *félag*, est parvenu à soutirer aux colons norrois un récit de l'expédition de Harald. Une fois de retour dans la colonie occidentale du Groenland, les guides qui se trouvaient au fjord glacé ont dû parler du départ de Harald pour le Vinland. Ensuite, ce récit a sans doute été transmis de génération en génération. Si l'on se fie à l'histoire de l'Islande, les Groenlandais ont dû eux aussi avoir une riche tradition de sagas, rapportées dans le plus grand secret. Aucune de ces sagas n'a survécu à leur mystérieuse disparition, quelques siècles plus tard.

– Et la croix sur la carte, celle qui sert de repère ? insista Costas. Si elle indique vraiment quelque chose, comment les Groenlandais ont-ils pu le savoir ?

– Facile ! s'écria Jeremy. Les Norrois ont posé des balises, des repères de navigation. Ils ont dû prendre soin de laisser des traces de leur passage dans un territoire aussi immense, qui n'avait quasiment pas été exploré. Certains cairns de pierres longeant la mer de Baffin et attribués aux Inuits pourraient bien avoir été érigés par les Vikings. *La Saga des Groenlandais* raconte même que Thorvald, celui qui a été abattu par les Indiens, a laissé une quille de bateau en guise de balise sur un cap, quelque part au nord-est d'ici. Cet endroit a été désigné sous le nom de Kjalarnes, cap de la Quille.

– Alors Great Sacred Island aurait été un repère connu ?

– Je crois qu'il y a autre chose, intervint Jack. Pour que l'île soit indiquée aussi précisément sur la carte, il faut que l'endroit ait été clairement associé à la progression de Harald. C'est juste une supposition, mais je me demande si, avant de quitter Ilulissat, Harald n'a pas promis à ses guides groenlandais de laisser des traces de sa progression. Si c'est le cas, les Groenlandais ont pu suggérer leur propre repère de navigation pour *Leifsbúðir*, Great Sacred Island, un endroit que Harald allait trouver facilement. Ensuite, ils ne se sont peut-être jamais aventurés jusque-là pour savoir s'il avait réussi, mais le souvenir de sa promesse est resté dans les mémoires.

– Alors allons voir s'il a laissé quelque chose pour nous, déclara Costas en tendant à Jeremy son bol vide avant de se diriger vers son sac à dos. Tu n'aurais pas un peu d'hydromel ou de bière pour faire passer tout ça ?

– Non, pas de chance, mais ce que j'ai est tout aussi authentique. C'est une sorte de yaourt aigre liquide à base de petit-lait de vache qui a passé plusieurs semaines à l'air libre dans un bac. Ça se boit chaud. J'allume le réchaud, j'en ai pour une minute…

Costas reculait déjà en direction de la plage, les mains en avant pour se protéger. Jack sourit à Jeremy et indiqua le Zodiac d'un signe de tête.

– Je crois que le petit déjeuner est terminé.

Quelques instants plus tard, ils enfilaient la combinaison de survie et le gilet de sauvetage que leur avait prêtés la Garde côtière. Ils poussèrent le Zodiac sur les bas-fonds et sautèrent à bord pour s'asseoir sur le plat-bord, pendant qu'un des hommes d'équipage faisait démarrer le moteur. Comme ils avançaient lentement vers le large, ils se retournèrent pour voir la côte basse reculer derrière leur sillage.

– La marée est haute, cria Jeremy pour couvrir le bruit du hors-bord. À marée basse, toute cette baie est une vaste étendue de terre. Les Vikings attrapaient des saumons en posant des pièges. Les hommes de Harald ont dû trouver facilement de quoi se nourrir.

Lorsqu'ils sortirent de la baie, l'homme d'équipage ouvrit les gaz et ils passèrent des bas-fonds transparents à l'obscurité tirant sur le vert du large. Devant eux, l'île fut soudain éclairée par un rayon de soleil éclatant, qui s'était faufilé entre les nuages en passe d'assombrir le ciel.

– Un éclat de *Mjøllnir*, cria Jeremy.

– Quoi ?

– Les Norrois pensaient que les éclairs et les rais de lumière étaient des éclats de *Mjøllnir*, le marteau de Thor, expliqua Jeremy.

En général, c'est bon signe.

– Assez de présages norrois ! lança Costas. Je commence à rêver de dieux loups et d'aigles de sang.

– Ne t'inquiète pas, le rassura Jack. Ça va passer. Et tu vas bientôt redescendre sur terre.

Chapitre 15

Vingt minutes plus tard, ils se trouvaient le long de la côte sous le vent de Great Sacred Island, au large du cap nord de Terre-Neuve. Chacun retira sa combinaison de survie pour la confier à l'homme d'équipage, qui allait rester à proximité du Zodiac. L'île faisait environ un kilomètre de long sur cinq cents mètres de large. La roche nue était entrecoupée de marais et de prairies. À plusieurs endroits, elle s'élevait pour former de petits sommets, que Jack entreprit d'observer avec une paire de jumelles légères.

– Une chasse au trésor, j'adore ! s'exclama Costas, soupirant de joie alors qu'il enfilait ses chaussures de marche.

– Pas de gadgets sophistiqués, cette fois, lui fit remarquer Jack en posant les jumelles pour lacer ses chaussures à son tour. La géophysique est inutile sur ce genre de terrain et ne nous serait d'aucun secours. Ouvre ton œil bionique. De toute façon, c'est le seul moyen de trouver un trésor.

– Alors, qu'est-ce qu'on cherche ?

– Quelque chose qui se trouve sur le point le plus élevé de l'île, du côté de la mer. Mais je n'en sais pas plus que toi. Un cairn peut-être, ou des pierres étalées sur le sol de façon trop régulière et qui pourraient être tombées d'une pile. Mais si la balise était en bois, comme la quille évoquée dans la saga, nos chances seront d'autant plus réduites.

Les trois hommes se dispersèrent sur une zone d'une vingtaine de mètres et commencèrent leur ascension vers le centre de l'île. Jack était au milieu. Le terrain n'était pas difficile à traverser, mais c'était un mélange étrange de roche nue et de rigoles boueuses qui lui rappelait sa promenade avec O'Connor et Maria sur l'île d'Iona quelques jours auparavant. Après avoir gravi le premier petit sommet, Costas s'arrêta brusquement, les yeux baissés vers le sol. Jack, qui s'en était aperçu, se tourna vers lui.

– Tu as trouvé quelque chose ? demanda-t-il.

– Non, je me pose des questions sur les Vikings de Harald.

– Je t'écoute, dit Jack en lui prêtant une oreille attentive.

– Pas de femmes. À part celle de Harald, qui n'était de toute évidence pas accessible aux autres.

– C'est ce qu'a dit Maria. Mais n'oublie pas qu'ils n'avaient pas l'intention d'établir une colonie. Dans leur esprit, ils allaient d'une bataille à l'autre, la dernière. Tout ce qu'ils trouvaient sur leur chemin était bon à prendre, mais ils avaient un objectif plus noble. Et puis, ils étaient en piteux état.

– Est-ce que tu t'inquiètes pour elle ? Je veux dire pour Maria ?

Jack garda le silence un instant avant de répondre.

– Elle sait prendre soin d'elle. C'est O'Connor qui est en danger.

Un peu plus de deux heures après, ils avaient passé toute l'île au peigne fin sans trouver le moindre indice. Jack avait perdu de vue ses deux compagnons et errait le long de l'estran rocheux de la côte ouest de l'île. Son esprit commençait à vagabonder et le souvenir de ses rêves agités de la nuit précédente revenait le hanter. Pour la première fois, il se demanda s'ils n'étaient pas arrivés au bout du chemin. Pour les archéologues qui avaient suivi les traces des Vikings avant eux, ce site morne et inhospitalier avait été une véritable récompense. À L'Anse aux Meadows, l'euphorie du triomphe avait rendu le moindre fragment de vestiges aussi précieux que le trésor de Toutankhamon. Mais la piste n'allait pas plus loin. On n'avait rien trouvé à l'ouest ni au sud, aucune preuve d'exploration ni de la présence d'un établissement viking.

Jack s'accroupit sur l'estran, prit un galet plat et le lança à la surface de l'eau en comptant les ricochets jusqu'à ce qu'il disparaisse. Peut-être cet endroit était-il vraiment le bout du monde des Vikings, la frontière de l'au-delà. Peut-être était-ce là que Harald et ses hommes avaient trouvé le Ragnarok et livré la bataille mystique de la fin des temps. Sur l'île d'Iona, Jack s'était senti extraordinairement proche de Harald, comme si celui-ci l'avait accompagné depuis l'au-delà, tel un compagnon spirituel. Maria lui avait dit que, selon la tradition norroise, les hommes partant à l'aventure suivaient les traces de leurs ancêtres, qui les guidaient depuis le monde des esprits. Il avait eu l'impression d'être attiré ici par une présence à ses côtés. Mais désormais, il se sentait abandonné, aveuglé par une brume d'incertitude, ne sachant plus où aller.

Peut-être était-ce précisément ce que Harald avait éprouvé à ce stade. Jack repensa à la carte, au navire pris dans la glace, à la grande hache de guerre de Halfdan. Il n'avait pas rêvé. Tout cela était bien réel. Il devait bien y avoir autre chose. Il posa les mains contre la roche dure de l'île dans l'espoir qu'elle lui livre ses secrets. Il pensa à nouveau à la hache, censée porter chance au combattant. Puis il se leva et retourna résolument vers les sommets de l'île. Il repéra ses compagnons sur un rocher plat, près de la côte est. Il les rejoignit en quelques minutes et leur tendit sa bouteille d'eau avant d'avaler lui-même une gorgée.

– Il nous reste une heure jusqu'à ce que la marée descendante ne nous oblige à quitter les lieux. Des suggestions ?

– Eh bien, dit Jeremy, je disais justement à Costas qu'il y a quelque chose qui me tracasse sur cette carte.

Il prit la carte de Richard de Haldingham, la posa sur le rocher et s'assit pour l'examiner une nouvelle fois, les mains croisées sur la tête. Soudain, il bondit en jubilant.

– Quel imbécile je fais ! s'exclama-t-il. Je vous ai dit que Richard était très méticuleux. Regardez bien ce croquis. Ce n'est pas une croix. C'est le symbole viking du marteau de Thor, une hampe avec deux bras se rejoignant au sommet.

– Génial ! s'écria Costas avec ironie. Et en quoi cela va-t-il nous aider ?

– Imaginons que les Vikings aient trouvé un rocher de cette forme. C'est là qu'ils auraient érigé leur cairn. Si ce n'était pas le meilleur endroit pour placer une balise, ignorer ce rocher aurait été un affront à Thor.

– Il est là ! s'exclama Costas. Sous nos pieds !

Baissant les yeux, ils constatèrent que le rocher plat sur lequel ils se trouvaient avait une forme étrangement régulière. Ils ne s'en étaient pas rendu compte mais, en tournant autour, ils virent que, sous un certain angle, il ressemblait clairement au marteau de Thor.

– Bon ! reprit Jeremy au comble de l'excitation. Il doit y avoir des inscriptions, probablement des runes. Regardez sous toutes les parties en surplomb, là où on peut cacher quelque chose.

Il se pencha sous le rocher plat et commença à examiner attentivement le granit érodé. Après seulement quelques secondes, il passa brusquement la tête sous une partie saillante et poussa un cri de joie. Jack se précipita à ses côtés et Jeremy lui prit la main pour la poser à plat sur la roche.

– Tu sens ?

Jack, qui avait glissé les doigts le long de la surface rugueuse et humide, sentit des entailles linéaires qui se rejoignaient.

– Oui !

– Tu as une torche ?

Costas s'approcha et tendit une Mini Maglite à Jeremy. Celui-ci s'accroupit sous le surplomb et orienta la lampe vers la roche.

– Deux runes, annonça-t-il. La première est la troisième rune du *futhark* norrois, qui correspond au *th* anglais. Étant donné qu'il n'y en a que deux, ce ne sont sans doute pas les lettres d'un mot. Mieux vaut s'intéresser à la valeur symbolique de chacune. Celle-ci symbolise l'aigle.

– L'aigle ! s'écria Jack. Il pourrait s'agir d'une référence au navire de Harald.

– La seconde est juste à côté, précisa Jeremy. Tu ferais mieux de venir voir toi-même.

Il sortit en donnant la lampe à son compagnon, qui s'accroupit à sa place sous le rocher. Dans la lumière de la torche, Jack découvrit le symbole à sept branches de la menora. Stupéfait, il pouvait à peine respirer. Il n'arrivait pas à y croire. Harald Hardrada avait dû se trouver à cet endroit précis et regarder les inscriptions que ses hommes avaient gravées dans la pierre. Peut-être avait-il été la dernière personne à les voir. En voyant la roche écorchée de runes anciennes, Jack pensa aux pierres sculptées qu'il avait admirées deux jours auparavant sur l'île d'Iona. Cependant, il n'avait jamais vu le symbole de la menora ailleurs que sur l'arc de Titus, à Rome. Cette découverte semblait remettre en question tous les paramètres conventionnels de l'Histoire. C'était ahurissant. Il ferma les yeux un instant pour se rappeler qu'il se trouvait à des milliers de kilomètres de l'île d'Iona et de Rome, de l'autre côté de l'Atlantique.

Il sortit avec un large sourire aux lèvres et donna à Jeremy une tape dans le dos en lui serrant la main.

– Parfait ! s'écria-t-il. Absolument parfait. Félicitations, Jeremy !

– Alors, que signifient ces runes ? demanda Costas.

– L'*Aigle*, le drakkar, et le symbole du trésor de Harald, répondit Jack.

– Harald est passé par ici.

– Quelque chose comme ça.

– Alors c'était vrai, dit Jeremy en se laissant tomber dans l'herbe à côté du rocher, fou de joie mais épuisé. Il faut réécrire tous les livres d'histoire. Le Vinland n'était pas un vague avant-poste, mais une terre foulée par le plus grand roi de l'époque des Vikings.

– Et celui-ci ne s'est pas arrêté là, murmura Jack.

– Que s'est-il passé ici ? demanda Costas en regardant d'un air sombre la côte, qui commençait à être éclaboussée par la pluie. Si ce trou perdu était un tel paradis pour les Norrois, pourquoi Harald n'est-il pas resté ?

– Les Norrois croyaient au monde des esprits, répondit Jeremy. La frontière entre leur monde et celui des esprits n'était pas étanche et pouvait être facilement franchie. Le dieu loup, le dieu aigle et le dieu du mal, Loki, ou n'importe quelle autre divinité, pouvaient apparaître dans le monde des hommes sous différentes formes à ceux qui avaient le *seid*, une sorte de sixième sens. Les esprits des morts hantaient certains endroits. Peut-être Harald et ses hommes ont-ils senti ici une présence maléfique.

– Inutile d'avoir un sixième sens, déclara Costas. Même après un demi-siècle, les squelettes des morts devaient toujours être là, surtout si les premiers Vikings avaient été bloqués à l'intérieur d'une hutte.

– Les hommes de Harald ont dû se sentir obligés de recueillir les ossements et de les incinérer, puis de brûler et d'enterrer tout le reste, affirma Jeremy. Et les runes avaient sans doute un double sens, un pouvoir magique susceptible de tenir les esprits malins à l'écart et de protéger Harald et les siens. Elles constituaient un *galdrastafr*, un couplet d'incantation.

Il se leva et tendit la main sous le surplomb pour passer les doigts sur les runes sculptées dans la pierre.

– Une rune pouvait représenter un bec d'aigle, une dent de loup ou le marteau de Thor, poursuivit-il.

– Ou la menora, ajouta Jack.

– Plus je la vois, plus je me dis que cette menora est devenue le symbole de Harald lui-même, non seulement l'emblème de son exploit et de sa réussite, mais aussi une sorte de talisman, un objet intimement lié à sa propre destinée.

– La survie du roi viking à Stamford Bridge a dû être considérée comme un miracle, fit remarquer Jack. En tant que guerrier, Harald espérait sans doute une mort glorieuse sur le champ de bataille mais, ayant été épargné, il a peut-être pensé qu'une plus grande bataille l'attendait. Dans leur état, ses hommes et lui avaient probablement déjà franchi la frontière du monde des esprits et prenaient ce qu'ils voyaient pour des présages de leur destinée à la dernière bataille du Ragnarok.

– Souvenez-vous de ce qu'a dit le père O'Connor, rappela Jeremy. Les Norrois croyaient en la prédestination. Ils pensaient que leur destin était écrit depuis leur naissance. Peut-être Harald a-t-il eu envie d'aller de l'avant parce qu'il avait le sentiment que son heure n'était pas arrivée. Il n'avait pas encore connu le plus grand des triomphes, une mort digne d'un héros viking.

– Bon, les gars, je suis perdu, avoua Costas. Tout ce que je veux savoir, c'est où il est allé ensuite.

Jack abonda dans son sens et reprit son raisonnement de manière plus concrète.

– Eh bien, ici, ses hommes et lui ont pu faire le plein d'eau et de nourriture ainsi que des réparations sur leur bateau. Dans les années 1960, les archéologues ont découvert une forge primitive où de la limonite avait été fondue pour faire des rivets. Quant aux morceaux de bois trouvés près de l'estran, ils provenaient peut-être de travaux effectués sur la coque du navire de Harald.

– Et ensuite ? Est ou sud ?

– À l'ouest, du côté du golfe du Saint-Laurent, il aurait fallu remonter le courant du fleuve, précisa Jeremy. Et puis en allant encore plus loin dans cette direction, les Vikings auraient eu peur d'atteindre le bout du monde et de tomber dans le *Ginnungagap*, le grand Vide.

– Ils n'auraient pas eu la fin glorieuse qu'ils espéraient, en conclut Costas. Alors, le sud ?

Jack acquiesça et se retourna pour s'accroupir contre le rocher et sortir un ordinateur de poche de son sac à dos.

– À mon tour de m'excuser de vous avoir caché quelque chose, annonça-t-il en levant les yeux vers Jeremy. J'ai une longueur d'avance sur vous.

Il déploya l'écran, alluma l'ordinateur devant Costas et Jeremy, qui s'étaient eux aussi accroupis à côté de lui. Quelques secondes plus tard, une image isométrique représentant un drakkar viking apparut à l'écran.

– Lanowski m'a envoyé ce document par e-mail hier soir, tard dans la soirée, pendant que vous dormiez déjà tous les deux, expliqua Jack. C'est une image en 3D du drakkar pris dans la glace, générée à partir des données photogrammétriques que nous avons recueillies dans l'iceberg. Si l'on part du principe que le *Loup* et l'*Aigle* étaient construits sur le même modèle, cela nous donne une idée assez précise de ce à quoi ressemblait le bateau qui a transporté Harald et ses hommes jusqu'au Vinland.

Il fit défiler l'image pour afficher différentes vues isométriques et zooma sur plusieurs détails. C'était un navire élégant, à large barrot, avec poupe et proue symétriques, doté d'un seul mât et d'une voile carrée. Les virures de la coque étaient constituées de planches qui se chevauchaient, assemblées par des rivets et des clous. La quille, dont les planches formaient un angle aigu, était grande et devait limiter efficacement la dérive latérale. Un aviron de gouverne était posé sur un bossage saillant et le plat-bord surmontait une série de tolets régulièrement espacés. Lanowski avait omis la superbe sculpture qui ornait l'étrave mais, à l'arrière, flottait un drapeau blanc qui, vu de près, s'avéra arborer le logo de l'UMI et une minuscule reproduction du chandelier à sept branches.

– Ça alors ! murmura Costas. Finalement, ce type a un certain sens de l'humour.

– Après avoir hiverné près du fjord glacé, Harald et ses hommes ont sans doute été contraints de remettre leur bateau en état avant de piquer vers le sud, conjectura Jack. N'oublions pas qu'il s'agissait d'un vénérable navire pour l'époque. C'était celui à bord duquel Harald avait fui Constantinople, près de trente ans auparavant. Il y avait certainement beaucoup de travaux à effectuer pour qu'il puisse reprendre la mer après avoir survécu au trajet depuis l'île d'Iona et passé tout l'hiver sur la glace.

– C'était à quelle époque de l'année ?

– Les paléoclimatologues de l'équipe de Macleod se sont intéressés de près aux carottes de glace prélevées dans l'iceberg là où se trouvait le navire. Apparemment l'hiver 1066-1067, particulièrement rude au Groenland, annonçait la petite période glaciaire du Moyen Âge. Le détroit de Davis a sans doute été obstrué par la glace flottante jusqu'au mois de mai ou même jusqu'au début du mois de juin.

– Lorsqu'ils ont décidé de consolider un des navires, l'*Aigle*, ils ont pu utiliser le bois de l'autre pour procéder aux réparations nécessaires.

– C'est exactement ce que Lanowski a découvert en examinant les photos. Des traverses et même une partie de la quille ont été retirées à l'arrière du navire.

– Et les matériaux de calfatage ?

– Pour survivre en plein hiver, il a fallu qu'ils chassent et qu'ils pêchent à travers la glace. Je suis persuadé qu'ils étaient accompagnés de Norrois du Groenland, qu'ils avaient pris à leur bord à la colonie occidentale. Ceux-ci ont dû non seulement leur servir de guides mais aussi leur apprendre à enduire le bois de blanc de phoque pour le protéger contre les tarets et à fabriquer des cordages avec de la peau de morse.

– Et ils ont dû leur dire que ce n'était pas la peine d'aller vers le nord.

– En théorie, expliqua Jeremy, les Vikings auraient pu franchir le passage du Nord-Ouest et traverser l'Arctique jusqu'au détroit de Béring, mais rien ne prouve qu'ils soient jamais allés à l'ouest de la mer de Baffin. Quelques artefacts norrois ont été trouvés sur des sites inuits de l'île d'Ellesmere, au bord de la calotte glaciaire polaire, mais ils ont probablement été ramassés par des chasseurs inuits dans des épaves ou des campements norrois abandonnés au Groenland. Lors de la funeste expédition de Franklin pour trouver le passage du Nord-Ouest, en 1845, de nombreux objets ont également été dispersés au sein d'une autre culture.

– Tout cela fait froid dans le dos, murmura Costas. Où que nous allions, il semble que nous suivions les traces des Vikings et, pourtant, c'est comme s'ils n'avaient jamais vraiment été là. Je crois que je vais commencer à croire au monde des esprits, moi aussi.

Jack se retourna en direction du site de L'Anse aux Meadows. Il imaginait le navire viking, voile ferlée, tiré à sec sur le rivage.

– Tu peux être sûr qu'ils ont été là. Et n'oublie pas le drakkar pris dans la glace.

– Alors on peut considérer qu'ils sont arrivés ici, disons, fin juin 1067 ? demanda Jeremy.

– Oui, répondit Jack. À ce moment-là, la glace flottante avait disparu et le temps était plus clément. Ils ont donc pu traverser assez facilement le détroit de Davis depuis Ilulissat et longer la côte de la terre de Baffin et du Labrador pour arriver jusqu'ici en suivant l'itinéraire que leur avaient indiqué les Groenlandais. Ils ont dû être entourés d'icebergs, mais peut-être ont-ils eu recours à quelques rameurs expérimentés pour de courtes distances afin d'éviter le danger. Il est très possible qu'ils aient bénéficié d'un vent favorable et régulier tout au long de leur périple, derrière eux ou par la hanche. Avec une structure assez souple pour tanguer sur les vagues et un franc-bord suffisamment élevé pour que la coque ne coule pas sous le poids du givrage, un navire comme celui-ci a dû pouvoir étaler les tempêtes, même par mer agitée. De plus, les Norrois étaient d'excellents navigateurs. Ils possédaient une sorte de pierre de soleil, une variété de feldspath aux propriétés réfringentes qui accrochait la lumière polarisée par temps couvert et indiquait l'emplacement du soleil. Mais ils se fiaient surtout à leurs sens, à leur parfaite connaissance de la mer et des étoiles. Si Harald a été aveuglé par le brouillard qui voile constamment la côte, il a dû poursuivre sa route en suivant l'odeur de la terre, la fragrance des forêts de pins.

– Et tu crois vraiment que le Vinland était leur terre promise ?

demanda Costas en regardant la côte d'un air perplexe. Pour moi, ce n'est qu'un territoire désolé.

– Mais pas pour les premiers Vikings qui sont arrivés ici, répliqua Jack. Cette terre offrait tous les ingrédients d'une vie heureuse.

Il s'interrompit pour regarder pensivement en direction de l'ancien site viking.

– Mais à l'époque de Harald, cet horizon avait été obscurci entretemps par les crimes effroyables de Freydis. Les Groenlandais devaient le savoir et peut-être ont-ils même conseillé à Harald de garder ses distances. Un demi-siècle après les événements décrits dans les sagas, le Vinland avait probablement acquis une sinistre réputation. On pouvait y aller, mais on en revenait rarement. Robustes aventuriers, les Norrois n'en étaient pas moins superstitieux et, pour eux, c'était une terre maudite. Ils n'ont pas dû avoir envie de s'y attarder.

– Sans parler des Skraelings.

– Exact. Traditionnellement, l'équipage d'un drakkar comptait une trentaine d'hommes et, à ce stade, il est probable que celui de Harald ait été beaucoup moins important, peut-être même réduit de moitié. Les Norrois du Groenland avaient dû parler des Skraelings au roi viking. Provoquer le moindre affrontement aurait été suicidaire. Harald et ses hommes se sont sans doute glissés dans cette baie discrètement. Ils ont pris le bois et le fer dont ils avaient besoin, extrait de la résine de pin pour le calfatage, tué quelques cerfs pour les peaux et la venaison, et fait le plein de poisson, de viande et de fruits sauvages. Leur dernier geste a peut-être été de brûler et de raser leur campement. Puis ils ont fait un arrêt sur cette île pour laisser une trace de leur passage avant de quitter *Leifsbúðir* pour toujours.

– Et mettre le cap au sud.

– Ils ont dû longer la côte de Terre-Neuve, de la Nouvelle-Écosse et peut-être même celle des États-Unis. Tu te souviens du logiciel de simulation que Mustafa avait utilisé pour reconstituer l'exode de la mer Noire, la progression journalière des réfugiés de l'Atlantide ? J'ai demandé à Lanowski de s'en servir pour évaluer la progression potentielle d'un navire viking le long de ces côtes en prenant en compte tout ce que nous savons sur le drakkar, la saison et les conditions météorologiques au XIe siècle. Le capitaine de la

Seaquest II, qui est canadien, connaît ces eaux comme sa poche. Il a également apporté une contribution inestimable. Ensemble, ils ont calculé la progression des Vikings en *dœgr*, c'est-à-dire en courses. Le courant du Labrador et le vent leur étant favorables, Harald et ses hommes ont dû naviguer rapidement vers le sud. En trois semaines, ils ont pu descendre jusqu'à la pointe de la Floride et arriver dans les Caraïbes.

– Les Caraïbes ? murmura Costas. Incroyable !

– Simple hypothèse. Où qu'ils aient pu aller, il a fallu qu'ils fassent escale quelque part pour faire le plein d'eau et de nourriture, disons une semaine ou dix jours après être partis. S'ils ont de nouveau été confrontés à des indigènes, ils n'ont pas dû vouloir s'attarder. Et une semaine ou dix jours plus tard, ils se trouvaient à hauteur de la Géorgie et de la Floride. Le littoral, avec sa végétation tropicale et ses broussailles touffues, a dû leur sembler de plus en plus inhospitalier. Mais il leur aurait été difficile de faire demi-tour, de naviguer contre le courant et le vent avec une seule voile et trop peu d'hommes en état de ramer pendant des heures. En désespoir de cause, peut-être ont-ils poursuivi leur route vers le sud. Ce ne sont là que conjectures bien sûr, mais ils ont pu traverser les Cayes de Floride et arriver dans les Caraïbes. Si c'est le cas, les vents dominants ont pu les pousser vers le sud-ouest, jusqu'en Amérique centrale.

– Cela fait un sacré bout de chemin depuis Constantinople !

Jack se rappela soudain les jours merveilleux qu'il avait passés à Istanbul avec Katya six mois auparavant. Plongés dans le passé labyrinthique de la ville, ils avaient beaucoup parlé des détours de l'Histoire, qui pouvaient mener aux découvertes les plus extraordinaires. L'espace d'un instant, il éprouva une pointe de regret mais fut rapidement submergé par un enthousiasme débordant.

– C'est sûr ! Mais regarde où nous nous trouvons. Nous sommes déjà loin du pays des Norrois. La présence des Vikings à L'Anse aux Meadows a été attestée et corroborée par la recherche archéologique. Tout est possible.

– Rendus à moitié fous par la soif et l'épuisement, les hommes souffraient encore de leurs blessures de Stamford Bridge, murmura Jeremy. Quel étrange tableau ! Terrifiés mais euphoriques, ils devaient craindre de tomber au-delà du bout du monde à tout instant mais se rapprochaient chaque jour du Ragnarok, de la bataille lors de laquelle ils rejoindraient Odin et Thor, armés pour la dernière fois de leurs grandes haches de guerre. Pour nous, les tropiques sont anodins mais, pour les Vikings, ils devaient représenter les enfers et revêtir une aura de mystère les rapprochant de plus en plus de leur destin.

Costas se leva et regarda vers l'horizon nord-est, en direction de la côte du Labrador et de l'Atlantique. Les nuages s'accumulaient et le littoral commençait à disparaître sous un linceul de brume. Soudain, Costas montra du doigt une forme blanche qui apparaissait par intermittence à travers la brume sur la ligne d'horizon.

– C'est la *Seaquest II* ! s'écria-t-il. Et le Lynx est en route.

Jack se tourna vers la mer. Il avait mis sa réputation en jeu en persuadant Macleod d'interrompre son projet dans le fjord glacé et de mettre le cap au sud pour les rejoindre et aller encore plus loin que L'Anse aux Meadows. Habituellement, il n'exerçait jamais la moindre autorité sur ses collègues des autres départements de l'UMI et, par chance, Macleod s'intéressait authentiquement à l'archéologie depuis qu'il l'avait fait venir à Ilulissat. Mais à l'approche de l'été, il allait devenir de plus en plus difficile d'extraire des carottes de glace et il y avait eu une vague de mécontentement parmi les scientifiques invités à participer au projet. Jack se mordit les lèvres. Pendant quelques minutes, il regarda le Lynx entrer dans la baie avec un bruit retentissant. L'hélicoptère s'immobilisa dans les airs, avant de se poser sur ses flotteurs dans les bas-fonds, à proximité du Zodiac. Une fois le moteur arrêté, Ben et Andy, coiffés d'un casque, sautèrent dans l'eau et se dirigèrent vers les deux hommes de la Garde côtière canadienne pour les saluer.

– Où va-t-on maintenant ? demanda Costas. Les possibilités sont infinies.

– Il nous faut une piste, répondit Jack les sourcils froncés. J'espérais qu'on trouverait autre chose, un petit indice. Mais au moins personne d'autre ne pourra aller plus loin. Autrement dit, je peux donner le feu vert au père O'Connor pour qu'il révèle l'affaire à la presse et à Interpol. Maria et lui doivent avoir fini de monter le dossier contre le *félag* et il n'y a rien ici qui nous oblige à attendre plus longtemps. Tant que nous avions des chances de découvrir la menora, O'Connor voulait avant tout que nous arrivions les premiers pour qu'elle ne tombe pas entre de mauvaises mains. Mais maintenant, nous devons tout faire pour arrêter ce Loki. La vie du père O'Connor en dépend peut-être.

– Je préfère ne pas être là quand tu diras à Macleod de faire demi-tour pour retourner au fjord glacé, dit Costas.

Il s'accroupit pour resserrer les lacets de ses chaussures et s'adossa contre une butte verdoyante, sous le rocher plat. Tout à coup, Jack et Jeremy entendirent un grand fracas en même temps qu'un chapelet de jurons grecs. Ils ne voyaient plus que les chaussures de Costas émergeant d'un monticule de tourbe.

– Ça va ? demanda Jack en regardant avec inquiétude dans le trou noir qui s'était formé sous le rocher.

Aidé de Jeremy, il se mit à extraire la tourbe et les pierres qui coinçaient les jambes de Costas.

– Ma fierté en a pris un coup, c'est tout, répondit la voix étouffée. Mais je me suis fait un nouvel ami.

Quand le buste de Costas réapparut, Jack et Jeremy firent une étrange découverte. Dans une petite cavité, juste en face du visage de Costas, se trouvait un squelette humain recroquevillé, le crâne sous les genoux et les pieds enterrés dans le sol. Une peau d'animal en loques pendait sur les os et que le cuir chevelu retenait encore quelques longues mèches de cheveux blancs.

Jeremy se pencha en avant.

– Je suis un peu rouillé en paléopathologie, mais je dirais qu'il s'agit d'une personne de sexe masculin, d'âge moyen voire avancé.

– Un Skraeling ? demanda Costas.

– Non, c'est une physionomie européenne. Et ce type est grand. Il mesure bien plus d'un mètre quatre-vingt. Il pourrait s'agir d'un des premiers explorateurs anglais ou français, mais je pense que ces ossements sont plus anciens, beaucoup plus anciens. Je crois bien qu'on a trouvé un Norrois.

Jack ferma les yeux et chancela légèrement. C'était tout à fait possible. Il pria pour que sa chance ne l'abandonne pas.

– Il y a des entailles assez impressionnantes sur les os, indiqua Costas.

– J'ai déjà vu ça en Angleterre, dans des sépultures de guerriers vikings, se rappela Jeremy. Ce sont des blessures causées lors de batailles par des haches et des épées. Rien à voir avec celles qu'aurait pu occasionner un combat avec les Skraelings, qui n'avaient pas d'armes en métal tranchantes. Ce type a été taillé en pièces. Il a des marques étranges, qui sont peut-être liées à des lésions ultérieures, notamment ces cercles autour des poignets, comme s'il avait été enchaîné. Mais il semble s'être remis de toutes ses blessures de guerre bien avant de mourir.

Jack examinait le squelette d'un air songeur.

– Tu penses à ce que je pense ?

– N'oublions pas qu'il y a eu d'autres Norrois ici, répondit Jeremy. Mais il est possible, je dis bien possible, que nous ayons encore trouvé un des hommes de Harald, en plus de Halfdan. Ce qui m'étonne, c'est l'ancienneté des blessures. Si ce type était mort pendant le voyage, les fractures dues aux coups reçus à Stamford Bridge, l'automne précédent, auraient dû être encore fraîches. Or les os s'étaient ressoudés des années, peut-être même des décennies auparavant.

– Et ce n'est pas une sépulture, ajouta Jack. Cet homme s'est faufilé là-dessous pour se terrer près du rocher. C'est pourquoi son squelette n'a pas été retrouvé.

– Cela peut peut-être nous donner un indice, dit Costas, qui s'était glissé au-dessus du squelette.

Dans l'obscurité, il tendit la main avec précaution sous la cage thoracique. Il parvint à retirer deux objets et confia le plus gros à Jack. Celui-ci le prit sans y faire attention, encore plongé dans l'impénétrable énigme du squelette.

– Alors, c'est quoi ? demanda Costas.

Il redressa la tête et vit ses compagnons fixer l'objet bouche bée. C'était un pendentif plat, de la taille d'une petite soucoupe, sculpté dans une pierre verte lustrée, indubitablement du jade. Sur la surface curviligne se dessinait un motif qui, au premier abord, semblait abstrait mais s'avéra représenter deux yeux, un bec et des ailes stylisées.

– Bon Dieu ! s'exclama Jeremy. C'est le dieu aigle des Mayas.

Costas sortit du trou et s'épousseta.

– Les Mayas... dit-il d'un ton flegmatique. Le Mexique, le Yucatan. Les temples dans la jungle, les sacrifices humains, c'est ça ?

– Impossible ! lança Jack.

Il retira avec précaution la pellicule de poussière qui recouvrait les deux disques en argent formant les yeux de l'aigle. Il les fixa en hochant la tête et donna le pendentif à Jeremy.

– C'est impossible. Tu vois ce que je vois ?

– Ce sont des pièces, répondit Jeremy à voix basse. Bon, soyons purement objectifs. Celle de gauche est une pièce viking d'Angleterre, un penny quadrilobé du roi Cnut. Regardez, on peut lire CNUT REX ANGLO autour du buste couronné.

Il retourna le pendentif.

– On voit le revers de l'autre côté, poursuivit-il. ARNCETEL OEO, frappée par un dénommé Arncetel à York. Cnut a régné de 1016 à 1035, mais ses pièces étaient appréciées pour leur pureté. Elles ont été largement utilisées dans toute la Scandinavie au moins jusqu'en 1066.

– Et l'autre ? demanda Costas.

– C'est une pièce romaine. À toi, Jack.

Jeremy redonna le pendentif à Jack, qui observa attentivement la pièce de droite.

– C'est un denier en argent de l'empereur Vespasien, annonça-t-il. IMP CAESAR VESPASIANUS AUG. Un portait particulièrement fin de Vespasien avec une couronne de laurier.

– Je suis encore perdu ! s'exclama Costas. Vespasien ? L'empereur romain ?

– Les Vikings emportaient parfois de vieilles pièces en or et en argent, répondit Jeremy. Ils les volaient dans les trésors des cités méditerranéennes qu'ils pillaient et les ramenaient comme souvenirs.

Jack leva les sourcils et retourna le pendentif. Il nettoya le revers de la pièce avec le doigt et resta interdit.

– Incroyable… C'est une *Judaea Capta*, une des pièces frappées sous Vespasien après la conquête romaine de la Judée, en 70 ou 71 apr. J.-C.

Il orienta le pendentif dans la lumière et ses compagnons virent clairement une femme assise sous un trophée de la légion romaine avec, au-dessous, un seul mot, *IVDAEA*.

– Est-ce que tout cela a un rapport avec ce que nous cherchons, le trésor perdu du temple de Jérusalem ? demanda Costas.

– Je fais peut-être fausse route, répondit Jack, mais je crois ces deux pièces sont issues du trésor de Harald Hardrada. Quant à savoir comment elles ont atterri dans ce pendentif, ça, c'est un mystère. Il s'est passé quelque chose d'extraordinaire, quelque chose qui a poussé cet homme à revenir, des années plus tard, à cet endroit où il était venu pour la première fois à bord du drakkar de Harald. Eh oui, cela a un rapport avec ce que nous cherchons ! C'est fantastique ! Cette pièce a peut-être été frappée avec l'argent des vases volés dans le Temple avec la menora. Qui sait, Vespasien lui-même l'a peut-être eue entre les mains. Si elle s'est trouvée dans le trésor de Harald, c'est peut-être un pur hasard, mais j'en doute. Harald connaissait l'histoire de l'empereur. Il était allé à Jérusalem. Tout ce qui était associé à la menora et au trésor du Temple devait renforcer sa propre gloire. Maintenant, j'ai vraiment le sentiment que nous sommes sur ses traces. C'est notre plus belle découverte jusqu'ici. Peut-être n'approcherons-nous jamais la menora de plus près.

– Ou peut-être que si, s'empressa d'ajouter Costas en glissant un clin d'œil à Jack. Regarde ça.

Il se pencha à nouveau sous le rocher et ramassa le second objet qu'il avait trouvé auprès du squelette.

– Je crois que c'est une autre pierre runique, annonça-t-il.

Jeremy se précipita sur l'éclat de roche et l'examina attentivement. L'une des faces, grossièrement polie, portait une inscription à peine visible.

– Elle ressemble à celle que les nazis ont trouvée dans le drakkar, murmura-t-il. Même *futhark* classique, même époque, mais écriture différente. Les runes ont été gravées en superficie. Ce fut peut-être le dernier geste de cet homme tapi sous le rocher.

– Il se pourrait que notre homme soit précisément revenu ici pour laisser un message, suggéra Costas. Peut-être voulait-il honorer la promesse que Harald avait faite aux Groenlandais.

– Tu parviens à lire quelque chose ? demanda Jack à Jeremy.

– Il est plus facile pour moi de translittérer les runes en vieux norrois en utilisant l'alphabet classique, répondit Jeremy.

Il sortit un carnet et traça une ligne régulière de symboles sur une page en revenant parfois en arrière pour faire des rectifications.

þar var øræfi ok strandir langar ok sandar. Rak þá skip þeirra um haf innan. Sandar hvitir viða þar sem þier fóru ok ósæbratt.

– Je ne parviens pas à lire la première ligne complètement, mais elle comporte le mot *dœgr*, courses, et la rune qui correspond au nombre vingt. Je pense que cela signifie que les Vikings ont parcouru vingt courses le long d'une côte bordée de longues plages de sable. Ensuite leur navire, le *skip*, a été ballotté dans l'océan intérieur, *um haf innan*. Puis ils sont arrivés sur une terre sans relief, recouverte d'arbres et précédée de grandes plages de sable blanc descendant en pente douce vers la mer. Les deux dernières lignes ne sont pas claires non plus, mais la deuxième semble faire référence à une terre de feu et de lumière.

– C'est exactement ce que tu disais, Jack ! s'exclama Costas. Vingt courses, vingt jours, ils ont pu longer la côte est des États-Unis. C'est une côte bordée de longues plages de sable, notamment quand on arrive en Floride. Et l'océan intérieur pourrait tout à fait être la mer des Caraïbes.

– Leur navire a été ballotté, précisa Jack avec enthousiasme. Juillet, août, c'est le début de la saison des ouragans. Il a pu être poussé au beau milieu de la mer et ils n'avaient plus aucune idée de l'endroit où ils se trouvaient.

– Et la terre sans relief, recouverte d'arbres ! s'écria Jeremy. Quand j'étais gosse, j'ai pris le bateau pour aller sur la péninsule du Yucatan. C'est exactement ce que l'on voit. Le Yucatan est un plateau calcaire incroyablement plat, à seulement quelques mètres au-dessus du niveau de la mer, recouvert d'arbres, de broussailles, et entouré de plages de sable blanc étincelantes.

– Aussi chaud que l'enfer en plein été, ajouta Costas. Une terre de feu et de lumière.

– Ce n'est plus une simple hypothèse, conclut Jack. Tout concorde.

Il regarda le pendentif en jade et se tourna vers Jeremy.

– Et la dernière ligne ?

Jeremy essaya d'apaiser sa respiration et leva les yeux vers Jack, les pommettes rouges d'excitation.

– Je parviens à discerner trois mots. Le premier, *Ginnungagap*, l'abîme recouvert par les eaux du bout du monde, est un terme norrois qui correspond aux enfers. Le deuxième, c'est *Ragnarok*. Le troisième, je ne l'ai jamais vu jusqu'ici dans un texte en vieux norrois. C'est un nom propre, un nom de lieu. *Ukilabnal* ou quelque chose comme ça. Il semblerait que Harald et ses hommes aient trouvé le Ragnarok à cet endroit et livré leur dernière bataille au bord des enfers.

– Excepté notre ami, souligna Costas en montrant le squelette. Je suis sûr qu'il aurait aimé partir au Valhalla avec ses compagnons.

– Est-ce que ce nom te dit quelque chose ? demanda Jack à l'étudiant.

– Oh oui ! s'écria Jeremy d'une voix enrouée par l'émotion. Initiation à l'anthropologie. Heureusement, mon conseiller d'orientation m'a recommandé de ne me fermer aucune porte. Étude de la civilisation mésoaméricaine.

– Je t'écoute.

– Au XIe siècle, Uucil-abnal était le nom de Chichén Itzá, le plus grand centre religieux des Mayas, enfoui au cœur de la jungle du Yucatan.

– Ça alors !

Costas poussa un soupir de satisfaction.

– Enfin ! s'exclama-t-il.

Il se leva en déployant avec raideur ses jambes encore couvertes de tourbe et regarda avec dégoût le crachin qui tombait sur lui.

– Vous qui avez du sang viking, poursuivit-il, vous avez peut-être une certaine tendresse pour ce climat pourri mais moi, cela me laisse froid.

Il se tourna vers Ben et Andy, arrivés auprès d'eux entre-temps, et leur adressa un large sourire.

– Faites vos valises, les gars. On va au Mexique !

Chapitre 16

Maria avait commencé à se douter de quelque chose juste avant minuit. Dans une cellule de moine du cloître médiéval de l'île d'Iona, à trois portes de celle du père O'Connor, elle était penchée au-dessus d'un ordinateur portable. Ils avaient décidé de ne pas se coucher tant qu'ils n'auraient pas terminé leur tâche. Cela faisait déjà deux jours que Jack et ses compagnons étaient partis en hélicoptère. Elle avait longuement observé l'extraordinaire photo du pendentif de jade que Jack lui avait envoyée la veille par courrier électronique depuis L'Anse aux Meadows. Elle était impatiente de rejoindre son collègue. Pour la troisième et dernière fois, elle relisait le document sur le *félag* qu'elle avait préparé avec le père O'Connor et plissait les yeux pour rester concentrée sur l'écran. Dans quelques minutes, elle pourrait envoyer une copie du fichier au jésuite et le rejoindre pour une dernière relecture. Ensuite, ils n'auraient plus qu'à l'expédier par courrier électronique à Interpol, où O'Connor avait un contact en Autriche. Elle était fatiguée, plus épuisée que jamais. Toutefois elle commençait à se sentir soulagée. Ils n'étaient pas encore hors de danger, mais elle était parvenue à persuader O'Connor de quitter le monastère dès le lendemain matin et de l'accompagner à bord la *Seaquest II*, où il serait en sécurité.

Le bruit de pas sourd qu'elle avait entendu dans le couloir avait été le premier signe inquiétant. Il n'y avait pas de quoi s'alarmer, mais elle était sur les nerfs à cause de la fatigue et du stress. Elle se tourna vers la porte, légèrement entrouverte, et regarda dans le couloir sombre. Tout était redevenu calme. Elle s'était habituée au silence du monastère, mais il y avait quelque chose d'étrange. Elle eut un frisson, une sorte de pressentiment.

Soudain, la porte s'ouvrit brusquement. Une main gantée surgit et l'attrapa pour l'empêcher de claquer contre le mur. Puis une silhouette sombre se précipita tête baissée vers Maria à la vitesse de l'éclair. Celle-ci n'eut pas le temps de réagir. Une main la gifla et lui tordit sauvagement l'oreille, l'autre lui ferma la bouche. Après que la table eut été jetée contre le mur, un pied écrasa son ordinateur portable. Violemment tirée en arrière, elle fut traînée hors de sa cellule et dans le couloir. La main collée à sa bouche était humide, poisseuse et chaude. On lui tordit à nouveau l'oreille. Aveuglée par la douleur, elle eut les larmes aux yeux. Elle ne pouvait plus respirer. Soudain, l'étreinte se relâcha et on la poussa la tête la première contre le mur tout en lui tenant les mains derrière le dos. Son agresseur lui colla un morceau de ruban adhésif sur la bouche et autour des poignets. Il la pressa contre lui et la tira en arrière par les cheveux. Elle sentit sa peau rugueuse contre la sienne et l'odeur métallique de son haleine.

Pendant un instant, plus rien ne se passa, ce qui était encore plus terrifiant. Elle se mit à trembler de façon incontrôlable. Puis elle parvint à respirer par à-coups, par le nez. Prise de claustrophobie, elle était au bord de la suffocation. Avec un grognement rageur, son agresseur la bouscula et faillit la faire tomber. Il la jeta de l'autre côté d'une porte avant de se coller à nouveau derrière elle pour l'immobiliser. Elle sentit sa respiration contre son oreille, son odeur nauséabonde.

– Regarde ça !

Il lui lança ces mots à l'oreille d'un ton hargneux, avec un accent indéfinissable. Elle refoula ses larmes en clignant des yeux. Elle se trouvait dans la cellule du père O'Connor. Elle discerna la bougie sur la cheminée et la reproduction de la Mappa Mundi sur le mur. La flamme vacillait devant l'encre de la mer Rouge et semblait diffuser une lumière pourpre sur le reste de la carte. Maria eut un vertige. Elle était sur le point de s'évanouir. Elle cligna de nouveau des yeux en essayant désespérément de ne pas perdre conscience. Elle vit la bougie posée sur le bureau, celle qu'elle avait allumée pour O'Connor une heure auparavant. Elle baissa les yeux. Sa respiration se fit de plus en plus difficile, puis s'arrêta brusquement.

Quelqu'un était allongé par terre. Elle sentit ses jambes se dérober sous elle, mais son agresseur l'obligea à se tenir debout en la serrant brutalement contre lui.

Elle regarda de nouveau le sol.

Le père O'Connor.

Son cœur lui parut s'arrêter. La bougie projetait une ombre par terre et, au début, elle ne vit qu'une silhouette sombre. Puis elle commença à discerner la tête du jésuite. Celui-ci était lui aussi bâillonné avec du ruban adhésif et ses yeux étaient grands ouverts. Elle s'efforça d'émettre un son pour attirer son attention, mais son agresseur lui boucha le nez. O'Connor la voyait forcément et devait comprendre qu'elle essayait de communiquer. Il restait immobile, les yeux ouverts. Il était couché sur le ventre, la tête sous son bureau, bras et jambes écartés. Il portait sa robe de bure marron.

Soudain, Maria reconstitua le puzzle. La couleur sur la carte. L'humidité poisseuse sur son visage. Le goût métallique.

C'était du sang.

Elle regarda à nouveau O'Connor. Il y avait quelque chose d'horriblement étrange. Ce n'était pas sa robe de bure qu'elle voyait sur son dos. Elle sut ce que c'était, avec une certitude écœurante.

L'aigle de sang.

Ses yeux, désormais habitués à l'obscurité, balayèrent frénétiquement la pièce. Il y avait du sang partout. Il s'infiltrait dans le tissu de la robe de bure et se répandait sous le corps inerte du jésuite, après avoir éclaboussé le bureau et les livres et laissé de macabres traînées jusque sur le plafond.

Elle regarda attentivement. Elle voyait la plaie béante, la forme de l'aigle, d'une épaule à l'autre et jusqu'en bas du dos. Les ailes, la queue. De chaque côté, elle vit des choses trop horribles pour les saisir pleinement. Des morceaux de chair sanguinolente. Des rangées d'os tranchés, la cage thoracique. Des tas d'organes rebondis, éparpillés comme des abats sur l'étal d'un boucher.

Elle cria mais n'émit aucun son.

Son agresseur lui attrapa le menton et pressa sa joue contre la sienne. Elle discernait à peine son visage mais aperçut un sourire lubrique, des yeux délavés effroyables ainsi que des traces de sang séché. Il se mit à se frotter la joue contre la sienne. Sa barbe de plusieurs jours lui râpait la peau comme du papier de verre. Elle perçut l'aspect lisse d'une cicatrice, qui allait de l'œil à la mâchoire. Il haletait et souriait de façon obscène en voyant le carnage qu'il avait fait. Elle sentit son excitation, l'odeur de l'adrénaline. Elle commença à perdre connaissance, cherchant l'oubli face à l'horreur.

– Ça, c'était pour mon grand-père, murmura la voix. O'Connor était conscient quand je lui ai découpé les poumons. Il savait ce qui était en train de se passer. La vendetta est terminée. Maintenant, il ne me reste qu'à reprendre ce qui me revient de droit.

Il la fit tomber en lui donnant un coup de pied dans les jambes et la traîna vers la porte. Elle éprouva une douleur lancinante à la joue, tandis que son propre sang se mêlait à celui du père O'Connor. Elle sombra dans le noir.

Jack conduisait adroitement le Zodiac vers le rivage en le laissant glisser sous son propre poids dans chaque creux avant de faire ronfler le moteur jusqu'à ce qu'il monte au sommet de la vague suivante. Au-dessus d'eux, le ciel était empli de nuages d'altitude qui se déplaçaient à toute vitesse en direction du sud. Un fort vent de mer, qui s'était accru toute la matinée pour produire une grosse houle leur fouettait le visage. L'air avait la même transparence que dans l'Arctique, mais même le vent ne pouvait masquer l'intensité du soleil, qui dardait sur eux ses rayons brûlants et les aveuglait de lumière. Derrière eux, les brisants se dressant au-dessus des bas-fonds entourés de récifs soulignaient les lignes épurées de la *Seaquest II*, qui maintenait sa position en eau profonde à un mille nautique de la côte.

Pour Jack, c'était une joie de sentir à nouveau les embruns, après deux jours de voyage le long de la côte Est des États-Unis, de Terre-Neuve à la mer des Caraïbes. C'était toujours pareil, où qu'il soit, dans l'Arctique, dans la Corne d'Or ou sur les rives de l'île d'Iona ou de Great Sacred Island. Le goût de la mer dans sa bouche lui réchauffait le cœur. Il se leva en tenant la manette des gaz de la main gauche et l'amarre avant de la main droite, et s'écarta pour que ses deux compagnons puissent se glisser à l'avant. Juste avant que le Zodiac n'entre dans l'écume, il coupa le moteur du hors-bord. Costas et Jeremy sautèrent dans l'eau et maintinrent le canot fermement en luttant contre le ressac jusqu'à ce qu'il arrive contre une barre. Ils le dégagèrent et l'avant piqua à nouveau vers les vagues. Ils attendirent que Jack ait jeté l'ancre et, voyant qu'il avait la situation en main, gagnèrent le rivage à pied dans leur combinaison de l'UMI ruisselante d'eau de mer chaude, les cheveux emmêlés par les embruns.

Ils étaient sur une plage étroite, bordée d'une jungle épaisse, où les troncs d'arbres tortueux et les fragments de corail mort et de bois flotté témoignaient de la violence de l'ouragan qui s'était abattu sur ces côtes l'année précédente.

– Broussailles xérophytes, annonça Jeremy. Bienvenue au Yucatan ! Nous sommes loin de la forêt tropicale humide. C'est la jungle au sens propre du terme.

– Une terre en friche, tu veux dire ! s'exclama Costas qui, après s'être aventuré dans les broussailles enchevêtrées, recula brusquement en retirant une toile d'araignée pleine de moucherons de son visage. Je préfère de loin les Caraïbes au Groenland, mais je ne comprends pas comment une civilisation a pu se développer ici.

– Les Mayas s'y sont établis à cause de l'eau douce, expliqua Jeremy.

Il conduisit Costas le long de la plage, en amont de la barre, et ils découvrirent un fleuve d'une transparence extraordinaire, d'environ trois mètres de large, qui traversait la jungle et se jetait dans la mer.

– Cet endroit est criblé de rivières d'eau douce, poursuivit-il. Certaines s'écoulent en sous-sol, à travers un réseau incroyable de grottes qui commence loin à l'intérieur des terres. Je devrais pouvoir t'en montrer dans la journée.

– Tu es déjà venu dans le coin ?

– Oui, en voyage d'études. J'ai sué dans la jungle, mesuré des ruines enfouies sous les broussailles, je me suis fait piquer par toutes sortes de bestioles…

– Tu devrais apprendre la plongée, dit Costas d'un ton compatissant.

– C'est ce que Jack m'a dit. Il affirme que tu es un excellent conseiller technique, un des meilleurs. Peut-être que je me laisserai tenter quand tout cela sera fini…

– Ce sera avec plaisir, à condition que tu ne te mettes pas en tête de plonger à l'intérieur d'un iceberg.

– Les sensations fortes, très peu pour moi ! Ce serait à des fins purement archéologiques.

– Comment s'appelait cet endroit déjà, celui qui était inscrit sur la pierre runique du type que nous avons trouvé sous le cairn ? demanda Costas en épongeant la sueur qui commençait à lui dégouliner sur le visage.

– *Uucil-abnal*, répondit Jeremy. Au XIe siècle, c'était le nom de Chichén Itzá, le site archéologique le plus célèbre du Yucatan. Une fantastique cité recouverte par la végétation au beau milieu de la jungle. Il y a des pyramides et tout ça. Je crois que c'est notre prochaine étape.

Après avoir ancré le Zodiac dans le ressac, Jack les rejoignit et ils retirèrent leur combinaison jusqu'à la taille.

– Belle plage, observa Costas, mais un peu désolée.

– Cortés est arrivé ici en 1519, précisa Jack, mais les conquistadors ont jeté un coup d'œil et passé leur chemin. Ils n'ont conquis l'intérieur du Yucatan que des années plus tard.

– Je les comprends ! s'écria Costas, qui gesticulait pour retirer sa combinaison et s'énerva encore davantage lorsqu'une bourrasque projeta du sable sur lui. Alors tu crois que Harald Hardrada est venu jusqu'ici ?

– Lanowski a fait une estimation pour déterminer où le drakkar avait pu aborder après avoir été poussé par un vent d'été nord-ouest en provenance des Cayes de Floride, répondit Jack. Nous avons choisi cet endroit précis en raison du fleuve. Les Vikings devaient chercher désespérément de l'eau douce. Ils ont pu tirer à sec leur navire dans la crique. De plus, c'est sans doute en remontant le fleuve vers l'intérieur des terres qu'ils ont découvert le site maya.

– Cette plage était peut-être même un port maya, ajouta Jeremy. La plupart des grands sites sont très éloignés de la mer, mais les Mayas étaient de bons marins. J'ai vu des peintures représentant des pirogues de guerre au moins aussi grandes qu'un drakkar viking.

– Ce n'était pas vraiment ce que Harald et ses hommes espéraient trouver, fit remarquer Costas.

– Ils avaient beau être de braves guerriers vikings, s'ils redoutaient les Skraelings, ils ont dû être terrorisés par les hommes de cette terre, songea Jeremy. Même s'ils attendaient avec impatience l'ultime bataille du Ragnarok, quand ils ont vu ce qui les attendait, ils ont dû changer d'avis.

– À ce stade, ils n'avaient probablement plus le choix, dit Jack. Après ce long voyage, leur navire devait être une véritable épave. Et ils devaient mourir de faim. Ils étaient condamnés à finir ici. Je pense qu'ils se sont enfoncés dans la jungle.

– Au fait, ce Pieter Reksnys, le fils du nazi et le père de Loki, n'a-t-il pas fini au Mexique, lui aussi ? demanda Costas.

– Apparemment, quand il était missionnaire en Amérique centrale, dans les années 1960, le père O'Connor suivait tous les faits et gestes de Reksnys, répondit Jack, la main en visière pour se protéger de l'éclat du soleil. Mais il est resté discret pour éviter l'affrontement. À cette époque, sa tête était déjà mise à prix au sein du *félag*. Quand Andrius Reksnys et son fils ont vendu leur mine d'opale en Australie, ils sont d'abord allés au Costa Rica, où se réfugiaient de nombreux nazis en fuite. Et à la fin des années 1960, quand la traque des nazis s'est essoufflée, Andrius Reksnys est retourné en Europe pour se retirer dans le château de l'Obersalzberg, où il a été abattu il y a cinq ans.

– C'était le vieil homme avec un brassard à croix gammée que nous avons vu mort sur la photo de journal ?

– Oui.

– O'Connor t'a-t-il dit autre chose à ce propos ?

– Non, il ne nous dira pas à qui ils ont eu recours et nous n'avons pas besoin de le savoir. Peut-être changera-t-il d'avis mais, pour l'instant, il affirme n'avoir aucun regret. Je crois qu'il a pensé de son devoir, en tant qu'ancien membre du *félag*, de s'amender et de veiller à ce que la justice rattrape Reksnys.

– Je comprends.

– Le fils, Pieter, celui qui a assisté Andrius lors des exécutions effectuées par la SS, avait plus d'argent qu'il n'en fallait pour se retirer et se consacrer à l'éducation de son propre fils, à qui il a donné la même vision distordue du monde. Mais comme beaucoup d'hommes de son genre, il n'a pas pu résister à tremper dans le crime organisé dans un pays où pratiquement tout est permis.

– Trafic de drogue ? Trafic d'armes ? demanda Costas.

– Oui, mais ce n'est pas tout. Il s'est impliqué de plus en plus dans le marché noir des antiquités, puis il a fini par laisser tomber tout le reste. C'est devenu une obsession, extrêmement lucrative. À partir des années 1960, aux États-Unis et en Europe, la demande d'antiquités mésoaméricaines, de poterie décorée, et de sculptures sur pierre, jade ou or est montée en flèche. D'après O'Connor, Reksnys convoitait le Yucatan avant même que la région ne commence à intéresser les investisseurs étrangers.

– Il est là ? demanda Costas en balayant la jungle du regard. Juste sous notre nez ?

– Pour lui, cet endroit était une mine d'or inexploitée. Même aujourd'hui, les autorités mexicaines ont beaucoup de difficultés à faire régner l'ordre, notamment dans les zones de la jungle qui appartiennent à des étrangers comme Reksnys. Et tout comme la mafia qui dirige le secteur du tourisme, les types comme Reksnys ont des relations parmi les politicards et la police. Tout est corrompu ici. Il y a littéralement des centaines de sites mayas non répertoriés dans toute la jungle, qui continueront à être pillés à loisir tant que les quelques policiers intègres et les archéologues seront tenus à l'écart.

– Sait-on où Reksnys sévit ?

– Il est très difficile à localiser. Il vit barricadé. Mais on sait qu'il possède une grande partie de la jungle dans le nord du Yucatan, entre la côte sur laquelle nous nous trouvons et le site de Chichén Itzá, à l'intérieur des terres.

Costas siffla longuement.

– Quelle incroyable coïncidence…

– Le *félag* n'a pas pu faire le lien avec le Yucatan, à moins de se fonder sur une simple hypothèse. Le seul indice qui mène à cet endroit est le pendentif en jade de L'Anse aux Meadows et, d'après ce que nous avons vu sur place, personne ne l'a trouvé avant nous. Mais s'il y a vraiment quelque chose ici, si Harald et ses hommes sont bien arrivés jusqu'à Chichén Itzá, Reksnys pourrait le découvrir par hasard. Il a probablement davantage de personnes à son service qu'il n'y a d'archéologues sur toute la péninsule du

Yucatan. Tout ce que j'espère, c'est que si nous trouvons quelque chose, ce sera dans une des zones archéologiques surveillées et non dans les recoins sauvages de la jungle.

– La menora ferait merveilleusement l'affaire de Reksnys, murmura Costas. C'est non seulement un artefact sacré pour le *félag*, mais aussi une antiquité inestimable. Il saurait en tirer le meilleur prix.

– C'est justement ce qui inquiète O'Connor. De plus, nous n'avons pas simplement affaire à des collectionneurs. Un nazi influencerait à nouveau le cours de l'histoire des Juifs.

– Comment va Maria ?

Jack se détendit un peu.

– Elle regrette d'avoir raté la découverte de L'Anse aux Meadows mais prévoit de nous rejoindre ici, à moins qu'on ne trouve rien. Je suis très content qu'elle envisage de quitter l'île d'Iona.

– Et qu'elle soit de nouveau parmi nous.

– Il y a trop d'hommes ici.

– Tu sais qu'elle est proche du père O'Connor.

– Je sais.

– Je veux dire, très proche.

– Je sais. Je pense que cela a commencé après la conférence d'Oxford, avant qu'ils ne nous montrent la Mappa Mundi.

– Le Vatican a peut-être plusieurs raisons de lui en vouloir.

– O'Connor marche sur la corde raide dans plus d'un domaine, mais Maria a toujours été très discrète, précisa Jack.

Il s'interrompit un instant et baissa les yeux.

– Quoi qu'il en soit, elle fait partie de mes plus vieux amis. Je l'ai rencontrée avant même d'avoir le privilège discutable de faire ta connaissance.

– C'était le destin, répliqua Costas. Que serais-tu devenu sans mes conseils techniques ? Je n'ai jamais vu quelqu'un d'aussi nul en informatique. Et moi, je serais cloîtré dans une de ces prisons sans fenêtres de la Silicon Valley. Je gagnerais un tas d'argent, sans plaisir.

Il écrasa un moustique sur sa nuque et baissa la tête lorsque le vent souleva un tourbillon de sable qui leur fouetta le visage comme l'air chaud d'un fourneau.

– Pas d'icebergs, pas de vacances sur la plage, reprit-il.

– Et pas de psychopathe meurtrier sur tes traces, ajouta Jack. J'espère vraiment que le père O'Connor pourra contacter Interpol avant que Loki ne mette la main sur lui.

– Qu'est-ce que tu feras si cela ne se passe pas comme tu l'espères ?

Jack lança à Costas un regard tourmenté, alors qu'ils commençaient à pousser le Zodiac pour le remettre à flot.

– Je n'en ai aucune idée.

Trois heures plus tard, après un parcours accidenté le long d'une piste traversant la jungle, ils arrivèrent à l'entrée de Chichén Itzá, à environ soixante kilomètres de la plage. Les ruines de l'ancienne cité s'étendaient sur une vaste zone, mais seule l'enceinte centrale avait été débarrassée de la végétation et restaurée. Des édifices gris en calcaire se dressaient au-dessus de la cime des arbres, mais Jack savait que tout autour d'eux, des ruines étaient enfouies sous la végétation, qui avait enseveli la cité au cours des siècles depuis son abandon. Certaines structures, comme les pyramides et les temples à colonnades, leur étaient étrangement familières, mais d'autres, notamment les autels sacrificiels et les terrifiantes sculptures de créatures mi-animales mi-humaines, semblaient provenir d'une autre planète. C'était un spectacle lugubre, presque irréel, comme s'ils étaient entrés dans un décor de film représentant l'Égypte ou la Mésopotamie, où l'on aurait tenté de reproduire la réalité historique tout en laissant libre cours à l'imagination d'un décorateur incorrigiblement ancré dans une science-fiction de mauvais goût.

Jack était au volant d'un quatre-quatre qui leur avait été fourni par les autorités archéologiques mexicaines et, lorsqu'il ouvrit la portière, il fut accueilli par un responsable qui les introduisit dans le site. Quelques jours auparavant, une secousse sismique avait mis en péril la stabilité des constructions anciennes et le site avait été fermé aux touristes pendant l'évaluation des dégâts. Jack remercia le responsable puis trouva un coin à l'ombre pour déplier sa carte. Il fut rapidement rejoint par Costas. Ils étaient en short et tee-shirt et portaient des bottes de jungle, mais il régnait une chaleur écrasante et Costas dégoulinait déjà de sueur.

– Tu repenses à notre iceberg avec nostalgie ? demanda Jack sur le ton de la plaisanterie.

– Sûrement pas ! répondit Costas en s'épongeant le front, apparemment très incommodé par la chaleur malgré son panama. N'oublie pas que je suis Grec. J'ai la chaleur dans le sang.

– Oui, c'est ça.

Jeremy les rattrapa, après avoir discuté en espagnol avec le responsable. Il indiqua un itinéraire sur la carte.

– Il a fallu que je passe tout un été ici pendant mes études pour un stage sur le terrain, dit-il avec amertume. Je vais essayer de vous en donner une image objective, mais je peux vous dire que cet endroit m'a donné des cauchemars. Les Vikings, c'était une thérapie après ça !

– Dans quelle période nous situons-nous ? demanda Costas.

– Les Mayas constituaient une des grandes civilisations primitives, répondit Jeremy. Celle-ci a été florissante d'environ 300 à 900 apr. J.-C., c'est-à-dire de la chute de l'Empire romain à l'ère des Vikings. Puis au milieu du XIe siècle, la cité a été dirigée par les Toltèques, une caste guerrière venue du nord. Les Mayas étaient encore là, mais ils avaient été réduits en esclavage. Les Toltèques se sont abattus sur le Yucatan à peu près à l'époque où Harald est entré dans la garde varangienne. Une grande partie de ce que vous voyez ici n'est pas maya mais date de la période toltèque.

Ils progressèrent péniblement dans la jungle, sous la voûte des arbres. Ils croisèrent un iguane et un groupe de singes à queue zébrée, dont les hurlements rivalisaient avec les cris rauques des toucans et des merles noirs aux allures maléfiques. Il faisait une chaleur torride, beaucoup plus humide que dans les sites archéologiques méditerranéens où Jack s'était rendu. Il était difficile d'imaginer qu'un peuple puisse mener une vie normale dans un endroit aussi éloigné des effets bienfaiteurs de la mer. Au bout de quelques minutes, ils parvinrent dans une vaste zone verdoyante entourée d'immenses bâtiments en pierre. Ils découvrirent alors un panorama extraordinaire, la quintessence de la civilisation mésoaméricaine, dominée par un temple imposant qui se dressait le long de gradins comme une pyramide.

– Ne me dis pas que ce peuple n'a pas été influencé par les Égyptiens ! s'écria Costas en épongeant la sueur qui lui coulait sur le visage.

– C'est la pyramide de Kukulkan, le joyau de Chichén Itzá,

annonça Jeremy tandis qu'ils passaient devant l'édifice. Mais c'est dans ce bâtiment, là-bas, qu'avaient lieu la plupart des sacrifices. Le « temple des guerriers ». Au sommet, on voit l'autel en pierre sur lequel les victimes étaient attachées vivantes et se faisaient arracher le cœur.

– Charmant, dit Costas. Mais je croyais que ces histoires avaient été exagérées par les Espagnols…

– Pas du tout.

Jeremy les conduisit vers le nord et ils passèrent devant une structure, où Jack vit un glyphe gravé dans la pierre qui lui sembla étrangement familier.

– Le dieu aigle, affirma Jeremy en le voyant hésiter. C'est exactement le même que celui du pendentif en jade de L'Anse aux Meadows. Je suis sûr que celui-ci venait de cet endroit.

Il s'arrêta devant la construction suivante, une grande plate-forme de pierre aussi haute que lui, et attendit que ses deux compagnons le rejoignent.

– Tu te posais des questions sur les sacrifices, dit-il à Costas, voici mon endroit préféré. C'est le *Tzompantli*, la plate-forme des Crânes. Les têtes coupées des ennemis étaient exposées ici et, pour être sûr que personne ne les oublie, elles étaient gravées sur le mur.

Sur les côtés de la plate-forme, étaient effectivement gravés des centaines de crânes sinistres, les mâchoires tombantes et les yeux grands ouverts de terreur.

– Pour couronner le tout, poursuivit Jeremy, il faut imaginer que tous les bâtiments, la pyramide, le « temple des guerriers », cette plate-forme, étaient peints en rouge.

– Avec du sang humain, je présume, répliqua Costas en passant le doigt sur un des crânes. Je sais que nous avons eu des épisodes obscurs, le Colisée de Rome, l'Inquisition espagnole et tout ça, mais le génocide et le massacre à grande échelle n'ont jamais été institutionnalisés. Ils n'ont jamais fait partie de notre mode de vie. Pour eux, c'était normal. Quand on était né ici, on était sacrifié. Il y avait quelque chose de profondément dysfonctionnel dans cette société.

– Les Mayas avaient aussi beaucoup d'atouts, souligna Jeremy dans un souci d'objectivité. Une architecture et un art époustouflants, une organisation économique exceptionnelle. Ils auraient pu aisément rivaliser avec les premières cités-États du Proche-Orient.

– Fondées quatre mille ans auparavant, fit remarquer Jack.

– Et les Mayas ne connaissaient pas le bronze, insista Costas.

– Ni le fer, ni la roue…

– D'accord, admit Jeremy. Disons que cette société était à l'apogée de la civilisation telle qu'elle a existé dans les Amériques avant la conquête espagnole. Mais tout a basculé avec l'arrivée des Toltèques. C'étaient les pires guerriers de la Mésoamérique, les SS de l'époque. Tout ce qu'on a entendu sur les Aztèques, les témoignages concernant les sacrifices humains à grande échelle rapportés par les conquistadors espagnols au XVIe siècle, ce n'était rien à côté de ce qui s'était passé cinq cents ans auparavant. Cet endroit était un monde de ténèbres apocalyptique. Les Mayas n'étaient pas opposés au sacrifice humain mais, quand ils sont arrivés, les Toltèques ont transformé la cité en camp de la mort.

– Pas étonnant que Reksnys se soit installé ici, murmura Costas. Il a dû s'y sentir à son aise.

– Pour les Européens du Moyen Âge, cette cité correspondait à l'idée qu'on se faisait de l'enfer, songea Jack. Pour les Vikings, elle devait être pire que tous les cauchemars sur la fin du monde, sur le Ragnarok. Et pour ses prisonniers, c'était un aller simple pour l'enfer de Dante.

– Je voudrais vous montrer autre chose, déclara Jeremy en pressant le pas. Suivez-moi.

Ils laissèrent la plate-forme des Crânes derrière eux et sortirent de l'enceinte centrale pour suivre Jeremy le long d'une large voie processionnelle, légèrement en pente, qui s'enfonçait dans la jungle en direction du nord. Au bout d'environ deux cents mètres, ils arrivèrent sur un versant rocheux irrégulier et débouchèrent au bord d'une plate-forme érodée. Ils découvrirent devant eux un large entonnoir, d'environ cinquante mètres de diamètre et vingt mètres de profondeur, dont le pourtour était dissimulé par la végétation et les parois calcaires à plusieurs niveaux s'enfonçaient loin dans le sol. L'eau qui stagnait au fond, recouverte d'une épaisse couche d'algues, était d'un vert putride. Il n'y avait aucun moyen d'accéder à ce bassin et, si quelqu'un avait eu le malheur de glisser dans l'entonnoir, il n'aurait jamais pu en ressortir.

– Le « cenote » des sacrifices de Chichén Itzá, murmura Jack. J'ai toujours rêvé de le voir.

– Un cenote, qu'est-ce que c'est ? s'enquit Costas.

– Un terme espagnol, issu du maya *dzonot*, qui signifie puits sacré, puits des sacrifices, expliqua Jeremy. C'est ce que je te disais sur la plage. Tout le Yucatan était autrefois un récif de corail. Pendant la période glaciaire, quand le niveau de la mer a baissé, c'est devenu un plateau calcaire. Pendant des millions d'années, l'eau de pluie s'est infiltrée dans la roche pour créer un immense labyrinthe de grottes et de tunnels, remplis de stalactites et de stalagmites. Et à la fin de la période glaciaire, il y a huit mille ans, le niveau de la mer a remonté et le réseau a été inondé. Les grottes dont le plafond est resté au-dessus de l'eau ont fini par s'effondrer, créant ainsi des entonnoirs comme celui-ci.

– Et les secousses sismiques ?

– Nous sommes tout près du lieu d'impact d'une énorme météorite, le cratère de Chicxulub, qui se trouve sur la côte nord du Yucatan.

– La météorite qui a provoqué la disparition des dinosaures ? demanda Costas en regardant autour de lui avec une inquiétude feinte. Y a-t-il une seule catastrophe qui n'ait pas eu lieu ici ?

– Cette histoire d'extinction des dinosaures est vraie, répondit Jeremy en souriant. Le pourtour est délimité par une série de cenotes, dont beaucoup se sont effondrés pour créer de vastes entonnoirs. Personne ne peut vraiment l'expliquer, mais le cratère a une sorte d'effet déstabilisant sur le calcaire.

– Ce doit être le paradis des plongeurs.

– C'est absolument fantastique. Les plongeurs ont exploré des galeries de cinquante, cent kilomètres de long. Il s'agit parfois de rivières souterraines, qui vont jusqu'à la mer. L'eau est transparente. C'est comme si on nageait dans un aquarium rempli de spectaculaires formations de calcite. Mais c'est aussi mortellement dangereux. C'est ce qui m'a passé l'envie d'apprendre à plonger quand j'étais en stage ici. Il y a eu plus de décès ici que n'importe où ailleurs.

– Les Toltèques auraient été ravis, fit remarquer Jack.

– Laisse-moi deviner, intervint Costas. Ils sacrifiaient des êtres humains ici aussi ?

– Cet endroit a été dragué pour la première fois en vue de retrouver des artefacts dans les années 1930 mais, dans les années 1950, ce fut l'un des premiers sites archéologiques explorés en scaphandre, répondit Jack. Ensuite, il y a eu d'autres expéditions. Cousteau lui-même est venu ici. Les dépôts les plus profonds n'ont toujours pas été fouillés, mais de nombreux artefacts, poterie, or, jade, ont été remontés. Ceux-ci avaient pratiquement tous été jetés intacts dans le puits. Il devait s'agir d'un rituel. Mais ce n'est pas tout : des centaines de squelettes humains ont également été retrouvés.

– C'est comme ça dans tout le Yucatan, précisa Jeremy. Pour les Mayas, les cenotes étaient des sources d'eau douce mais aussi les portes des enfers. Des guerriers, des vierges et des enfants y étaient sacrifiés. Ce petit bâtiment là-bas est le *temazcal*, une sorte de sauna où les victimes subissaient un rituel de purification. Les pierres que nous avons enjambées sur ce versant tout à l'heure étaient les sièges des spectateurs, sur lesquels l'élite des Toltèques s'asseyait pour regarder.

– Il faut varier les plaisirs, murmura Costas avec dégoût. Une fois qu'on a vu un millier de cœurs arrachés au temple, on a sûrement envie de changer de programme.

Un responsable mouillé de sueur et à bout de souffle apparut derrière eux sur la voie processionnelle. Il brandissait un téléphone portable et appelait Jeremy. Celui-ci hésita, voyant que l'homme l'avait pris pour le chef des opérations. Il regarda Jack, qui lui sourit et lui fit signe d'y aller. Tandis que le jeune homme grimpait sur les hauteurs avec le responsable pour que la communication passe mieux, Jack se retourna pour scruter le bord de la plate-forme. Le plan d'eau semblait étrangement inoffensif mais, l'espace d'un instant, il éprouva la terreur des victimes qui, mille ans auparavant, s'étaient trouvées aux portes des enfers.

– Tu crois qu'il y a encore des artefacts là-dessous ? demanda Costas en s'épongeant le visage avant de jeter un regard interrogateur à Jack.

– La plupart des artefacts et des ossements se trouvant en superficie ont été remontés, mais il y a encore des dépôts profonds qui contiennent peut-être des objets plus lourds.

– Tu penses à ce que je pense ?

– Je pense à ta sonde, répondit Jack en souriant. Si tout se passe bien dans la Corne d'Or, nous pourrions contacter les autorités mexicaines et suggérer un transfert des opérations ici.

– Tu crois vraiment qu'il y a une chance ?

Jack se frotta le menton et plissa les yeux, aveuglé par le reflet du soleil sur la roche.

– D'après ce que Jeremy nous a dit, des trophées de guerre ont pu être présentés aux dieux à cet endroit. Imagine que Harald et ses hommes aient débarqué quelque part au nord d'ici et qu'ils aient été capturés.

– Après tout ce qu'ils avaient déjà traversé, j'espère que non ! s'écria Costas.

– Pour les Vikings qui n'avaient pas eu la chance de mourir au combat, il n'y avait pas d'autre issue. Les guerriers ont dû se faire arracher le cœur dans le temple. Les éventuels serviteurs ayant survécu ont peut-être été réduits en esclavage. Notre ami de L'Anse aux Meadows a vraisemblablement trouvé un moyen de retourner au cairn.

– Les entailles qu'il avait aux poignets et aux chevilles ! s'exclama Costas. Il portait des chaînes.

– D'autres ont dû être amenés jusqu'ici pour être sacrifiés. Il a dû y avoir une procession spectaculaire depuis le temple jusqu'au cenote. C'était l'apogée du rituel de la victoire. Tout comme le triomphe d'un empereur romain. Écraser les Vikings a dû être un exploit pour les Toltèques. Ils avaient vaincu des géants blonds et barbus maniant de redoutables armes en fer. Ceux-ci avaient dû s'aventurer ici tels des dieux étrangers et les Toltèques les avaient anéantis. Le butin de guerre a dû être présenté aux dieux.

– La menora a dû être un sacrifice spectaculaire.

– À ton avis, combien pesait-elle ? Cent cinquante, peut-être deux cents kilos ?

– Cela faisait énormément d'or à sacrifier ?

– Énormément, confirma Jack en regardant le miroitement vert de l'eau avant de se tourner à nouveau vers Costas. Et les Toltèques aimaient l'or.

Jeremy réapparut en haut du versant calcaire. Il commença à redescendre auprès d'eux. Il titubait légèrement et se laissa tomber lourdement sur un rocher. Il était livide.

– La chaleur te joue des tours, lui dit Costas en posant sur lui un regard inquiet avant de lui tendre sa bouteille d'eau. Bois un peu et allons à l'ombre.

– Ce n'est pas ça, murmura Jeremy d'une voix rauque en laissant la bouteille lui glisser des mains. Je viens d'avoir Ben au téléphone. C'est une mauvaise nouvelle.

Accablé, il leva les yeux vers Jack.

– La pire de toutes.

Jack sentit son estomac se nouer. Il avait essayé de se préparer à cette éventualité. Mais il avait espéré qu'ils n'en arriveraient pas là.

– Qui vient de l'île d'Iona, poursuivit Jeremy abasourdi, en clignant des paupières pour que la sueur ne lui coule pas dans les yeux.

Sa voix devint à peine audible.

– C'est le père O'Connor. Il a été tué. Et Maria a disparu.

Chapitre 17

Plus tard – elle n'aurait su dire combien de temps après – Maria émergea d'une effrayante obscurité, tandis que son esprit se délivrait avec peine d'un cauchemar oublié qui l'avait inexorablement affaiblie. Elle se sentait au comble de l'épuisement, harassée par sa lutte contre les démons sans visage de ses rêves, et pourtant encore engourdie par un sommeil profond. Pendant une éternité, elle resta immobile, à la lisière de la conscience, attendant que son corps réagisse. Elle sentait sa respiration, la dureté de la surface sur laquelle elle était allongée, une raideur dans la nuque. Elle était couchée en chien de fusil, sur le côté droit, les mains entre les cuisses. Lentement, elle ouvrit les yeux. Il faisait sombre, mais pas autant que dans ses rêves. Du coin de l'œil, elle aperçut le vacillement d'une bougie. En face d'elle, le mur était couvert de formes, de couleurs, d'éclaboussures rouges.

Elle se crispa, le souffle coupé. Le bureau du père O'Connor. Elle ferma très fort les yeux, à nouveau avide de cette obscurité, de tout ce qui était susceptible d'effacer une réalité à laquelle elle ne pouvait pas croire, une vision d'horreur qu'elle tentait désespérément de renvoyer dans ses rêves.

Elle éprouva une douleur cuisante à la joue gauche. Quelque chose semblait l'effleurer légèrement, comme une petite brise. Soudain, elle cria et s'assit brusquement. Son cœur battait à tout rompre et l'afflux de sang lui faisait bourdonner les oreilles. Elle se passa frénétiquement les mains sur le visage tout en reculant et heurta un mur. Tandis qu'elle respirait par à-coups, elle entendit un battement d'ailes s'éloigner au-dessus d'elle.

Elle porta la main à son visage et sentit une humidité poisseuse sur sa joue. Elle leva les yeux. À la lueur de la bougie, elle vit un haut plafond en ogive, composé de petits blocs de pierre partiellement recouverts de plâtre. Il semblait vieux et délabré. Au sommet, elle discerna une ligne de formes plus sombres, pendues au-dessus d'elle.

Elle était en train de se faire manger.

Cette idée lui souleva le cœur. Elle croisa les bras fermement sur son estomac en se laissant aller sur le côté. L'haleine métallique lui revint aux narines. Elle tenta de vomir, de plus en plus écœurée, dans l'espoir d'expulser la révulsion qu'elle éprouvait, le souvenir de la mort et du viol qui accaparait toutes ses pensées, le seul qu'il lui restait de tout ce qui s'était déroulé.

Haletante, elle renonça et tenta de se calmer. Elle ferma les yeux, sa joue ensanglantée appuyée contre le mur humide, et s'efforça de recouvrer des forces. La sueur ruisselait sur le sang coagulé de son visage. Elle rouvrit les paupières. Elle ne portait que son pantalon et sa veste kakis, déchirés et souillés. On lui avait retiré son pull. Et sa montre. Elle avait chaud. Elle se sentait fiévreuse et terriblement déshydratée. Prise d'un besoin impérieux de boire, elle se mit à lécher la sueur et le sang qui ruisselaient sur ses lèvres.

Elle se redressa à nouveau, respira profondément et s'obligea à regarder autour d'elle. Tout semblait humide, recouvert d'un dépôt vert. Elle était dans une pièce rectangulaire d'environ dix mètres de long et cinq mètres de large. Il y avait une sorte d'entrée à une extrémité, taillée dans l'obscurité.

Elle pensa aux édifices qu'elle connaissait à Iona, la vieille chapelle côté nord, le réfectoire. Elle les élimina tous rapidement. Le sol sur lequel elle se trouvait était taillé dans la pierre. À première vue, il s'agissait de calcaire, poli par endroits, qui n'avait rien à voir avec le soubassement en granit de l'île d'Iona. Elle repéra une plaque de bois circulaire, semblable à un couvercle de puits. Il s'agissait d'un bois dur exotique, encore plus sombre que le chêne ancien. À l'autre extrémité de la pièce, une partie de la maçonnerie s'était effondrée et obstruait l'espace du sol au plafond. D'après les trous dans les décombres, des pierres avaient été récemment retirées et jetées par terre. À partir de là, le mur était recouvert de planches en bois, un moyen de protection rudimentaire qui s'étendait sur environ trois mètres vers le centre de la pièce.

Maria se leva en s'appuyant contre le mur. Elle avait des difficultés à garder l'équilibre. Elle resta debout un instant, le temps que cette sensation de vertige s'estompe, et avança d'un pas hésitant vers les taches de couleur qu'elle avait vues. Il faisait une chaleur étouffante, comme dans un sauna. Une chose était sûre, elle n'était plus dans les îles occidentales de l'Écosse ! Les murs paraissaient aussi anciens que ceux du monastère, mais tout le reste indiquait qu'elle se trouvait incroyablement loin de l'île d'Iona. C'était une possibilité inconcevable, que son esprit refusait d'analyser davantage.

Elle tituba jusqu'au mur d'en face. L'unique bougie qui éclairait la pièce était posée sur une petite pierre plate devant elle. Lorsqu'elle la prit, la flamme projeta des ombres tout autour d'elle. Elle mit fin à cette danse macabre en la tenant des deux mains et observa le mur.

Elle resta bouche bée.

Puis elle cligna des yeux. Elle savait que son corps arrivait au bout de ses réserves d'énergie, qu'elle n'avait ni mangé ni bu depuis des heures, des jours. Elle pouvait être en proie à des hallucinations. Elle regarda à nouveau.

Les taches rouges étaient toujours là. C'était du sang. Mais pas du véritable sang comme dans l'étude du père O'Connor. C'était une autre forme d'abomination. Il jaillissait de toutes parts, se répandait sur des corps dépecés, s'écoulait sur une rampe, le long d'une pente en gradins.

C'était une fresque, une peinture murale d'une barbarie inimaginable, qui représentait une exécution de masse. Les victimes nues étaient conduites dans un temple. Au sommet, l'une d'elles était maintenue bras et jambes écartés sur un autel. Le bourreau plongeait les mains dans ses entrailles et, à côté de lui, un autre personnage brandissait un cœur arraché. Maria eut de nouveau envie de vomir. Le bourreau était un redoutable géant, torse nu, le front plat et fuyant, le nez crochu, qui portait un pagne et une coiffure élaborée. Des animaux stylisés, des jaguars, des oiseaux, des monstres aux couleurs criardes, étaient représentés au-dessus de lui. Maria regarda l'autre personnage et celui-ci lui sembla soudain familier. Elle repensa au moment où le cauchemar avait commencé, lorsqu'elle était dans sa cellule à Iona et observait la photo du pendentif du dieu aigle que Jack lui avait envoyée.

Elle cligna de nouveau des yeux pour essayer de comprendre ce qu'elle voyait. Elle fit quelques pas hésitants en arrière, tandis que la flamme de la bougie vacillait entre ses mains. À droite, elle discernait les victimes, réunies comme des prisonniers après une bataille. La fresque était nettement narrative. C'était une succession de scènes relatant une histoire, de droite à gauche. Maria regarda à nouveau le plafond. Puis elle essaya de rassembler ses idées, de penser comme quelqu'un qui avait l'habitude de réfléchir. Elle se souvint de ses années d'études avec Jack et de ses cours d'histoire de l'architecture, comme si tout cela remontait à une autre vie. Voûte en encorbellement. Une grande civilisation avait bâti toutes ses voûtes de cette façon et n'avait jamais appris à faire un arc. Une civilisation admirée pour son architecture et tristement célèbre pour sa cruauté.

Elle baissa la tête vers le mur. Voûte en encorbellement. Fresque narrative se lisant de droite à gauche. Redoutables guerriers au front plat. Symboles, glyphes. Sacrifice humain sur l'autel d'un temple, sacrifice à très grande échelle. Elle commença à concevoir l'inconcevable.

Les Mayas.

Elle recula, prise de vertiges, puis rassembla toutes ses forces pour marcher vers la droite, en direction du couvercle en bois. Elle tenait la bougie contre le mur, à mi-chemin entre deux scènes, les premières de la fresque. La scène de départ représentait un combat naval, de longues pirogues remplies de guerriers, dont l'une arborait une voile carrée. La scène suivante illustrait une bataille sanglante, à terre cette fois. Les guerriers, vêtus de la même façon que le bourreau, luttaient contre d'autres guerriers, ceux qui deviendraient bientôt les prisonniers. Ils avaient tous le front fuyant, mais les vaincus étaient encore plus grands, de véritables géants. Ils étaient tous torse nu. Au premier plan, Maria aperçut les morts des deux camps, démembrés ou jetés dans une rivière apparemment souterraine. Les vainqueurs brandissaient des massues et des gourdins et les vaincus, des épées et des haches.

Maria s'arrêta un instant. *Des épées et des haches.*

Elle regarda de plus près et se mit à trembler. Elle s'efforça de stabiliser la flamme. Le front fuyant des vaincus n'était pas un front mais le nasal d'un casque. Et ces hommes étaient torse nu mais, contrairement aux vainqueurs, ils portaient un pantalon et non un pagne. Ils étaient barbus, blonds. Armés de glaives et d'immenses haches à simple tranchant.

Les haches d'armes des Varègues.

Maria chancela. Elle avait l'impression de rêver le dernier chapitre d'une histoire qui la hantait depuis des jours, un chapitre si extraordinaire qu'il ne pouvait être qu'imaginaire. Si seulement Jack avait été là, auprès d'elle, pour lui dire de sa voix calme et rassurante que rien de tout cela n'était vrai. Elle regarda de nouveau la scène du sacrifice, l'autel et le bourreau, là où le mur semblait suinter de sang. Elle recula en titubant et se laissa tomber contre le mur opposé en fermant les yeux dans l'espoir de se réveiller dans sa cellule de l'île d'Iona, de sentir la chaleur et la respiration régulière de quelqu'un d'autre auprès d'elle.

– Docteur de Montijo. C'est très gentil à vous d'être venue jusqu'ici. Les effets de la drogue s'estomperont rapidement.

Une voix s'adressait à elle. Une vraie voix.

– Vous êtes au Mexique, reprit-elle.

Maria se réveilla en sursaut.

– Oui, dit-elle avant même d'avoir compris ce qui se passait. Je sais.

– Comment le savez-vous ? demanda la voix aiguë d'un ton irrité.

Maria essaya de se lever mais glissa le long du mur pour retomber par terre. Éblouie par la torche qui éclairait directement son visage, elle ne voyait rien. Elle avait la bouche terriblement sèche et la voix enrouée.

– Je l'ai deviné, répondit-elle.

La torche descendit en fendant l'air et elle vit un homme de petite taille, maigre, les cheveux noirs et lissés en arrière. Maria lui donna soixante-dix ans. De toute évidence, il avait les cheveux teints mais arborait le physique d'un homme de trente ans de moins. Il avait les yeux gris délavé.

Maria commença à entrevoir la vérité. Elle le regarda avec dégoût. Elle n'arrivait pas à croire qu'elle se trouvait en sa présence et cela éclipsait tout le reste, son état effroyable et même la mort du père O'Connor. *C'était lui.* Elle s'appliqua à maîtriser ses émotions et à garder son sang-froid. Soudain, elle se sentit tout à fait réveillée.

– Pieter Reksnys. Je vois que votre père vous a bien élevé. Lituanien, je suppose ? De race supérieure.

Une main surgit et lui serra la nuque comme un étau. Reksnys fit preuve d'une agilité et d'une rapidité étonnantes pour un homme de son âge. Il tira Maria vers lui et la souleva presque au-dessus du sol. Derrière la douleur suffocante, elle reconnut quelque chose, l'odeur forte et nauséabonde de son haleine, une odeur de famille.

– Ne parle plus jamais de mon père, Juive, siffla-t-il. Et ne crois pas qu'il ait été le seul à appuyer sur la détente à l'époque. Je me suis bien amusé avec les enfants.

Il lâcha Maria et resta debout auprès d'elle, tandis qu'elle toussait et respirait péniblement.

– Tout ce que je regrette, c'est que mon fils n'ait pas encore été là. Il aurait fait la fierté de son grand-père.

Il lui donna un coup de pied dans le dos et essuya ostensiblement sa chaussure sur le sol. Elle vit un autre homme s'avancer vers elle. La tête basse, il serrait et ouvrait les poings dans un geste obsessionnel qu'elle reconnut immédiatement. Il l'attrapa par les cheveux et la traîna jusqu'au couvercle en bois, qu'il ouvrit d'un coup dc pied. Puis il la poussa au-dessus du puits. Elle ne vit rien d'autre que l'obscurité, un trou noir béant qui apportait une bouffée d'air frais, comme s'il y avait eu de l'eau tout au fond.

– Ne t'inquiète pas, lui dit-il en l'attirant contre lui, lui dévoilant ainsi son horrible cicatrice. J'ai réservé l'aigle de sang à ton petit ami. Quand je te jetterai aux enfers, tu ne mourras même pas. Du moins, c'est ce que les Toltèques disaient à leurs victimes.

Il parlait d'une voix rauque, laide, moins raffinée que celle de son père. Il fit mine de la précipiter dans le puits, puis la tira brusquement en arrière.

– Eux, ils savaient vivre ! s'écria-t-il.

Il éclata de rire avec un gloussement aigu de dément, puis la jeta à terre.

– Le *félag* va avoir besoin de toi. Profite de notre petit séjour ici pendant qu'il en est encore temps.

– Le vrai *félag* est mort il y a sept cents ans, lança Maria en redressant la tête pour essayer de regarder Loki droit dans les yeux. Les hommes de Harald Hardrada n'auraient jamais accepté une ordure comme vous. Ils ne vous auraient même pas jugé digne d'une vendetta.

Il la frappa, mais son père le retint.

– Pas encore, murmura le vieil homme, avant de se tourner vers Maria avec l'air de s'excuser. Mon fils est encore très romantique. Il se prend pour un SS.

– Il est trop faible pour en être un, répliqua Maria.

Loki la frappa une deuxième fois. Reksnys le maîtrisa à nouveau puis parla d'une voix plus dure.

– Notre *félag* était un moyen d'arriver à nos fins. Ni plus ni moins. Et apparemment, c'est nous qui aurons le dernier mot.

Loki gronda de plaisir et fit brusquement demi-tour pour se diriger vers la sortie, de l'autre côté de la pièce. Tandis que Maria se redressait péniblement contre le mur, Reksnys lui lança une petite bouteille d'eau.

– Maintenant que les présentations sont faites, je vais avoir besoin de votre expertise. Et vous allez m'aider.

Il sortit un appareil photo numérique et pointa le viseur sur elle. Elle commençait à perdre toutes ses forces et glissait à nouveau sur le sol. Mais elle regarda Reksnys et se rappela ce que son fils et lui avaient fait. O'Connor avait veillé à ce que justice soit faite concernant le père de Reksnys. Il avait mis sa vie en jeu et payé le prix fort. Elle devait faire tout ce qui était en son pouvoir pour aller jusqu'au bout. Pour lui, et pour elle aussi.

Elle tiendrait bon.

Un café à la main, Jack regardait pensivement une grosse averse s'abattre au loin sur la mer depuis la salle de commande de la *Seaquest II*. Le ciel était recouvert d'un voile gris et les nuages d'altitude qu'ils avaient vus sur la plage le matin même s'étaient accumulés pour former une masse noire déferlant depuis les Caraïbes. Lorsque le soleil parvenait à percer, des rideaux de lumière ondoyaient dans le ciel en se mêlant les uns aux autres, semblables à ceux du Groenland mais plus soutenus en raison du mauvais temps qui se préparait.

– On dirait qu'il va pleuvoir, dit le capitaine canadien de la *Seaquest II*, qui s'était approché de Jack pour regarder la mer avec ses jumelles. C'est presque la saison des ouragans. Par précaution, je préfère fermer boutique. J'ai fait mettre l'hélicoptère dans le hangar et nous allons nous éloigner de la côte.

Jack répondit par un grognement. Ce n'était pas ce qu'il avait envie d'entendre.

– Merci, ajouta-t-il. Faites ce que vous avez à faire.

Le capitaine sortit en direction de la passerelle et Macleod, qui était en train d'analyser des données concernant le fjord glacé sur ordinateur, quitta son siège. Toutes les personnes présentes dans la pièce avaient vu Jack mais préféraient garder leurs distances. Certains membres d'équipage, qui avaient travaillé à bord de la première *Seaquest*, se souvenaient de la disparition de Peter Howe dans la mer Noire. Ils savaient que Jack s'en était senti personnellement responsable. De plus, Maria avait été extrêmement populaire parmi l'équipage et les scientifiques pendant leur séjour dans le fjord glacé. Même Lanowski avait fait preuve de discrétion lorsqu'il avait tendu sans un mot à Jack une série de documents sur le drakkar de l'iceberg qu'il avait rédigés à partir des images photogrammétriques.

Macleod se glissa à côté de son collègue devant la fenêtre.

– Combien de temps comptes-tu rester ici, Jack ? lui demanda-t-il à voix basse.

Jack se tourna vers lui, les traits tirés et le regard distant, puis fixa de nouveau la mer.

– Je ne sais pas, Malcolm. Je n'en sais rien du tout.

Il se mordit les lèvres et posa son café. Cela faisait maintenant six heures que ses compagnons et lui étaient retournés à bord de la *Seaquest II* et ils n'avaient toujours aucune nouvelle de l'île d'Iona. Seul un bref message téléphonique avait été laissé au siège de l'UMI par le collègue du père O'Connor, l'homme que Jack se rappelait avoir vu brièvement dans l'église du monastère. Apparemment, la police gardait le secret sur l'affaire, qui n'était pas encore relayée par les médias. Mais il n'y avait aucun doute concernant les faits. Le père O'Connor était mort et Maria avait disparu.

– Nous devons considérer qu'elle a été kidnappée, dit Ben, qui se trouvait dans la pièce et s'était également approché de Jack. Du moins tant qu'il n'y a pas de corps.

– Je sais, admit Jack. Il poussa un long soupir et se retourna, les mains sur les hanches, retrouvant son énergie habituelle.

– Nous ne devons pas nous laisser abattre. Il faut espérer que nous aurons bientôt d'autres nouvelles. En attendant, nous ne pouvons rien faire. Les choses doivent donc suivre leur cours normalement.

Il regarda Macleod avec un air sombre mais déterminé.

– Pour répondre à ta question, reprit-il, j'avais l'intention, après avoir visité Chichén Itzá, de sillonner tout le nord du Yucatan pour rassembler le plus d'éléments possibles datant de la seconde moitié du XIe siècle, c'est-à-dire de l'époque où Harald a peut-être foulé cette terre. Peintures murales, glyphes, édifices, tout ce qui pourrait nous donner un indice.

Il fit un signe de tête en direction de Jeremy, qui leur tournait le dos, penché sur un écran d'ordinateur et entouré de livres ouverts.

– Je mettrai Jeremy sur le coup dès que nous serons retournés là-bas.

– Il a très mal pris la nouvelle, murmura Macleod.

– Il adorait O'Connor, dit Jack à voix basse. Et Maria est son mentor. Pour lui, c'est vraiment un coup dur. Il se retrouve tout seul.

– Nous sommes avec lui.

– C'est un type bien.

Costas se trouvait à côté de Jeremy, sur une autre station de travail. Il se pencha en arrière sur sa chaise pour regarder Jack.

– Jack, notre affaire progresse. J'ai pris l'initiative de contacter le responsable de l'UMI dans les Caraïbes, Jim Hales, de Grand Cayman. Tu sais, c'est un vieil ami du labo de recherche en submersibles de l'US Navy. Il s'est adressé directement à Mexico et les autorités nous ont donné le feu vert pour Chichén Itzá. Ce type réussit toujours à contourner la paperasse. Si tu as envie de monter une équipe pour le cenote, j'ai une liste de contacts.

– Ça a l'air d'être un bon plan, répondit Jack, qui, en croisant le regard de Costas, sut qu'ils éprouvaient tous deux le besoin de rester positifs, d'aller de l'avant. Dès que les recherches seront terminées dans la Corne d'Or, je ferai venir la sonde ici. Jeremy, tu viens avec nous ?

Jeremy le regarda, pâle et distrait.

– Hein ? Oui, si Maria est d'accord, répondit-il.

Il se rendit brusquement compte de ce qu'il venait de dire et tout le monde se tut.

– Elle l'est, affirma Jack fermement.

Jeremy s'efforça de faire bonne contenance.

– Quoi qu'il en soit, reprit-il, je ne suis pas sûr de vouloir faire ma première plongée dans le puits des sacrifices.

– Ne t'inquiète pas, dit Costas en lui posant la main sur l'épaule. On fera d'abord quelques plongées dans les coraux.

Une lumière rouge se mit à clignoter au centre de la pièce. Ben lança à Jack un regard grave.

– À la passerelle !

Les deux hommes sortirent de la salle de commande et gravirent les escaliers quatre à quatre, suivis de Costas. Le capitaine, qui discutait avec son second dans l'habitacle, se dirigea immédiatement vers la chambre de veille.

– Message prioritaire sur le canal de sécurité !

Ben arriva le premier et décrocha le récepteur radio. Il dit quelques mots et prit des notes.

– C'était le siège de l'UMI. Un message a été envoyé par courrier électronique. Il nous renvoie à un site sécurisé en indiquant un mot de passe.

Costas était déjà assis devant l'ordinateur de la table à carte.

– Ça y est, je suis connecté. Adresse ?

Ben la lut et Costas la tapa sur le clavier.

– Mot de passe ?

Ben hésita un instant et regarda Jack.

– *Menora.*

Costas siffla longuement.

– Au moins nous savons à quoi nous en tenir.

Jack se cramponna furieusement à la chaise de Costas et parla d'une voix rauque.

– Nous avions deviné à qui nous avions affaire. Cela ne fait que le confirmer.

– Le message t'est adressé, Jack, précisa Costas en se penchant sur le côté pour que son ami puisse lire les quelques lignes qui venaient d'apparaître à l'écran.

À: Jack Howard

Kazantzakis et vous arriverez par Zodiac à 23 heures ce soir à la plage où vous avez débarqué ce matin. Apportez votre équipement de plongée souterraine. Vous vous banderez les yeux et attendrez notre arrivée. Si vous faites appel à la sécurité ou tentez de contacter un organisme extérieur, votre collègue sera exécutée.

– Maria est en vie ! s'écria Jack avec soulagement.

– La plage où vous avez débarqué, murmura Ben. Je ne suis pas surpris qu'ils sachent où nous étions. C'est probablement un coup de la police mexicaine. S'il s'agit de Reksnys, il doit avoir des hommes tout au long de la côte.

– Et votre équipement de plongée souterraine, ajouta Costas. Qu'est-ce que ça veut dire ? Je ne fais pas de plongée souterraine quand il pleut ! Toutes les poches d'air seront inondées.

– Ils ont dû trouver quelque chose, songea Jack.

– Le mot de passe ?

– J'espère que non.

– Maria est ici, près de nous, fit remarquer Ben. Ils ont dû lui faire prendre l'avion depuis Iona. Reksnys a un jet privé et sa propre piste d'atterrissage dans la jungle. C'est une des rares choses qui ne puissent échapper à la surveillance satellite. Ils ont dû savoir que la *Seaquest II* se dirigeait vers le Mexique avant même d'arriver à Iona.

– Je pense que les événements de l'île d'Iona sont le fait d'un seul homme, dit Jack d'un ton morne

– Loki.

– On nous a envoyé une photo. Attendons-nous au pire.

Costas cliqua sur la pièce jointe et une photo commença à se télécharger. Elle avait été prise au flash dans une pièce en pierre dont le sol était irrégulier et les murs recouverts d'un dépôt vert. Lorsqu'elle s'afficha en entier, ils virent une silhouette allongée sur le sol, une femme. C'était une horrible image de torture, le genre de photo prise clandestinement en Irak ou dans les bouges du Tiers-Monde. La femme était sale et portait une veste cintrée partiellement arrachée au niveau des seins. Elle avait les cheveux emmêlés sur la nuque et les bras couverts de traînées vertes. Elle avait essayé de regarder l'appareil photo, mais le flash l'avait aveuglée. Les yeux fermés et gonflés, les lèvres blanches, elle avait une vilaine écorchure sur la pommette, qui suintait de sang et de pus.

Jack chancela lorsqu'il la reconnut.

– *Maria.*

Il fut saisi d'un profond dégoût. Ses mains glissèrent sur le dossier de la chaise et il se laissa tomber sur le banc situé juste à côté. Il regarda la photo longuement. Et son effroi se transforma en colère, en rage.

Le capitaine apparut sur le seuil de la porte.

– Un message de l'île d'Iona. Un policier du service médico-légal a été autorisé à nous parler.

Apercevant l'écran, il vacilla sur ses jambes.

– J'arrive, répondit Jack d'une voix froide et impassible.

Dix minutes plus tard, il était de retour à la salle de commande. Il ne restait plus que Jeremy. Macleod et Lanowski, qui avaient suivi Jack à la passerelle, y étaient restés. Jeremy était toujours derrière son écran et travaillait en silence. Il imprimait des photos trouvées sur le Web et mettait des signets sur des pages concernant l'art toltèque. Au-dessus de lui, la fenêtre était fouettée par les premières gouttes de pluie. Jack constata que le temps se détériorait rapidement. Il s'arrêta un instant, encore extrêmement affecté par ce qu'il venait d'entendre, regarda à nouveau Jeremy, puis se dirigea vers les consoles. Il ne savait pas comment lui dire. Il prit une chaise et la retourna pour s'asseoir dos à la fenêtre puis observa attentivement les photos imprimées.

– Bon travail, dit-il à voix basse. Je n'aurais jamais pu interpréter tout ça. Contrairement à toi, je n'ai jamais fait d'archéologie mésoaméricaine.

– J'ai fait une découverte vraiment intéressante, déclara Jeremy en lui tendant une feuille de papier. Tu te souviens de l'ancienne prophétie aztèque concernant le retour du dieu roi Quetzalcóatl ? Quand les Espagnols sont arrivés à Tenochtitlán, au centre du Mexique, en 1519, l'empereur Moctezuma a pris Cortés pour Quetzalcóatl. C'est une des raisons pour lesquelles la conquête espagnole s'est faite aussi rapidement.

– Oui, et alors ?

– Eh bien, Quetzalcóatl était un roi toltèque semi-légendaire. D'après la légende aztèque qui circulait à l'époque de Moctezuma, il avait été exilé du royaume cinq siècles auparavant, mais avait promis qu'il reviendrait de la terre du Soleil levant.

– Cinq siècles auparavant, songea Jack. Cela nous ramène au XIe siècle, précisément la période qui nous intéresse.

– Exact. La terre du Soleil levant, à l'est de la capitale aztèque, dans la vallée du Mexique, était très probablement la péninsule du Yucatan. L'Histoire corrobore cette hypothèse puisque c'est à peu près à cette époque que les Toltèques ont envahi Chichén Itzá.

Jack regarda Jeremy droit dans les yeux, s'apprêta à parler, puis décida de le laisser poursuivre.

– Quand on étudie les textes mayas, c'est encore plus intrigant, reprit Jeremy. Ce que nous savons des dernières années des Mayas provient essentiellement des livres du Chilam Balam, le prophète Jaguar, écrits en grande partie par des scribes indigènes en alphabet latin après la conquête espagnole. Ces livres ont été cachés et jalousement gardés. Chacun d'eux fait référence à une communauté du nord du Yucatan, un peu comme les sagas nordiques en Islande. Dans l'une des prophéties les plus extraordinaires, il est question de l'arrivée d'hommes barbus provenant de l'est.

– D'hommes barbus ?

– Tu vois ce que je veux dire ? De nombreux experts ont considéré ce détail comme un enjolivement ultérieur de l'histoire. Certains livres n'ont pas été écrits avant le XVIIIe siècle ou même le XIXe siècle. Mais un autre livre vient d'être mis au jour, dans les archives mêmes du Vatican, à Rome. Il semble que ce soit le plus ancien de tous. Partiellement écrit en maya, il a apparemment été confisqué par les premiers missionnaires jésuites du Yucatan au XVIe siècle. Il renferme les légendes et les prophéties de la communauté maya qui vivait au nord de Chichén Itzá. On y retrouve le même récit concernant des hommes barbus, mais à une différence près. Ceux-ci ont un roi, qui mène une grande bataille contre les oppresseurs des Mayas, vraisemblablement les Toltèques. Ensuite, le roi disparaît dans les enfers et les Mayas attendent son retour. Cette histoire pourrait être à l'origine de la prophétie des Aztèques concernant Quetzalcóatl, à cette différence près que dans le récit maya le roi s'appelle Wukub Kaqix, monstre mi-dieu mi-oiseau, le dieu aigle.

Jack regarda la photo du pendentif en jade épinglée à côté du moniteur.

– C'est une figure courante par ici, souligna-t-il.

– Mais c'est aussi le nom du navire de Harald Hardrada, l'*Aigle*. D'après les sagas nordiques, quand ils partaient à la guerre sans aucune intention de revenir, les Vikings brûlaient leur drakkar. Et il leur arrivait parfois d'en scier la proue et de la porter devant eux comme un étendard dans les batailles. Cela signifiait qu'ils combattraient jusqu'à la mort, qu'ils étaient en route pour le Valhalla. C'était une façon de semer la terreur parmi leurs ennemis. Peut-être est-ce ce qui s'est passé ici, sous les yeux des Mayas.

– Fantastique ! C'est fantastique, Jeremy ! C'est exactement ce que nous cherchions.

Jack se pencha brusquement en avant, la tête entre les mains, oubliant son flegme habituel. Il ne pouvait pas cacher la vérité à Jeremy plus longtemps.

– Il faut que je te dise quelque chose, avoua-t-il. Nous avons reçu des nouvelles de l'île d'Iona.

– Je sais, l'interrompit Jeremy à voix basse en posant le livre qu'il avait à la main.

Jack leva les yeux vers lui. Jeremy lui sembla infiniment plus vieux que l'étudiant exubérant rencontré pour la première fois une semaine auparavant.

– Je l'ai su dès que j'ai appris l'assassinat du père O'Connor, poursuivit Jeremy. Il m'en avait parlé. Il m'y avait préparé. Je sais ce qui s'est passé à Iona.

Il marqua un temps d'arrêt, essaya de parler, puis les mots sortirent de sa bouche dans un murmure rauque.

– *Le dieu aigle.*

Chapitre 18

Il était bien plus de minuit, sans doute près d'une heure du matin. Il faisait déjà noir quand Jack et Costas avaient quitté la *Seaquest II* et conduit le Zodiac jusqu'à la côte pour rejoindre le point de rendez-vous, bien avant l'heure fixée. Ils n'entendaient plus que le martèlement incessant de la pluie. Le son montait et descendait à chaque fois qu'une averse torrentielle s'abattait sur eux. L'humidité était étouffante. Jack savait qu'ils se trouvaient dans un petit véhicule, un quatre-quatre d'après le bruit du moteur. Il était recroquevillé sur la banquette arrière, à côté de Costas. Depuis une éternité, qui n'avait probablement duré qu'une demi-heure, ils étaient secoués par les cahots d'une piste qui partait de la plage et s'enfonçait quelque part dans la jungle. Jack avait des élancements dans la cuisse. Ils avaient suivi les instructions à la lettre et attendu à côté du Zodiac, les yeux bandés, avec leur équipement de plongée. Leur ravisseur était arrivé sans un mot et les avait poussés dans la voiture sans dévoiler son identité ni l'endroit où ils se rendaient. C'était troublant, mais Jack était rassuré par la présence de Costas, qui faisait des bonds à côté de lui en jurant à chaque ornière.

Depuis qu'il avait reçu l'ultimatum par courrier électronique, il avait compris qu'ils seraient seuls, qu'ils devraient suivre les instructions des ravisseurs de Maria à la lettre et s'en remettre au hasard. Il ne savait pas ce qu'on attendait d'eux mais, apparemment, ils allaient devoir plonger. Et étant donné l'itinéraire qu'ils avaient emprunté, ils se dirigeaient probablement vers l'intérieur des terres. Allaient-ils plonger dans les cenotes, dans les rivières souterraines ? La pluie commençait à inquiéter Jack. Avec une tempête comme celle-ci, les eaux de crue pouvaient être dangereusement hautes et remplir les grottes souterraines. De plus, si près de la mer, les courants d'eau douce qui sillonnaient le Yucatan pouvaient être extrêmement forts et aspirer l'eau de pluie à travers le labyrinthe de galeries calcaires pour la véhiculer jusqu'à la mer.

La voiture s'arrêta, Jack revint brusquement à la réalité. On le sortit par la portière pour lui faire traverser un terrain irrégulier, recouvert d'une végétation rendue glissante par la pluie torrentielle qui s'abattait sur lui. Puis il se trouva à l'intérieur d'une sorte d'abri, sec mais horriblement chaud. On projeta Costas contre lui et il entendit qu'on déchargeait leur matériel. Il fut de nouveau poussé en avant. Enfin, on lui arracha son bandeau. Il chancela en clignant des yeux. On lui retira brutalement le ruban adhésif qu'il avait autour des poignets. Il était dans un endroit obscur, éclairé à la bougie. Il vit Costas à côté de lui, sur sa gauche, et un homme en face d'eux. Il sut immédiatement de qui il s'agissait : Pieter Reksnys était le portrait craché de son père, Andrius, l'homme qu'il avait vu sur la photo de l'équipe de l'*Ahnenerbe* au Groenland, celle que Kangia avait donnée à Macleod.

Kangia. Le fjord glacé. Tout cela paraissait si loin, de l'autre côté d'une frontière invisible qu'ils avaient franchie pour venir ici, jusqu'à cet endroit où l'enfer peuplé de démons semblait être bien davantage qu'un simple mythe médiéval.

Jack regarda autour de lui. Ils se trouvaient dans une pièce en pierre, peut-être une ancienne église. Il faisait chaud comme dans un compartiment de chaudières et Jack dégoulinait de sueur. Le plafond, en encorbellement, était haut. Il y avait un trou circulaire dans le sol. Un des murs était peint, la bougie en éclairait les couleurs vives.

Puis Jack vit Maria.

Il avait essayé de se préparer à cet instant. Il avait regardé la photo reçue par courrier électronique avant de quitter la *Seaquest II*, mais ce fut néanmoins un choc. Elle était assise contre un mur, en face de la peinture murale, faible et chancelante. Elle avait les jambes droites, les poignets liés et la bouche fermée par un morceau de ruban adhésif. Son visage était sale et enflé, une écorchure encore à vif lui traversait la joue. Leurs yeux se croisèrent.

Jack s'efforça de maîtriser sa colère.

– C'est lui qui t'a fait ça ?

Maria lui lança un regard implorant puis hocha la tête en montrant quelqu'un d'autre derrière lui. Il se retourna et vit l'homme qui était venu les chercher sur la plage. Il devait s'agir de Loki. Les mêmes cheveux lissés en arrière, le visage sec et mauvais, les yeux délavés. Tel père, tel fils. Loki sourit en voyant Jack le dévisager. Il se tourna vers la lumière et passa le doigt sur sa joue. Puis Jack se souvint de la description du père O'Connor. La cicatrice.

Costas, qui n'avait pas quitté Maria des yeux, se précipita soudain vers Loki. La réaction fut horriblement sûre, rapide et fluide, semblable à celle d'un animal en train de chasser. Loki le tenait par le cou et lui tirait sur la tête en le soulevant du sol sans efforts, malgré sa corpulence.

– Lâche-le !

Jack entendit la voix de Reksnys pour la première fois. Dure, grinçante, elle trahissait un accent indéfinissable semblant provenir d'Europe de l'Est. Loki obéit à son père : il jeta Costas sur le côté. Jack le fixa. C'était bien le tueur sans pitié que lui avait décrit O'Connor, un indépendant qui adorait travailler seul. Cependant, il était totalement asservi à son père. La rage n'était pas sa seule faiblesse.

Costas se releva avec une grimace de dégoût et s'essuya ostensiblement l'épaule du revers de la main, là où Loki l'avait touché. Loki ricana et retourna se tapir dans le coin sombre de la pièce. Reksnys sortit un pistolet, indubitablement un Luger de l'époque nazie, pour le pointer sur les jambes de Maria.

– D'abord un genou, puis l'autre. Ensuite, je monte progressivement. Ou bien vous cessez de faire l'idiot.

Sa voix avait quelque chose de laid. Costas ne répondit pas tout de suite, puis hocha la tête à contrecœur. Maria était devenue blanche comme un linge à la vue du pistolet, qu'elle fixait avec horreur.

Reksnys se tourna vers Jack.

– Je veux que vous examiniez cette peinture murale. Attentivement.

Jack le regarda, imperturbable, puis baissa les yeux vers Maria, qui hocha faiblement la tête en essayant de l'encourager à travers le ruban adhésif collé sur sa bouche. Il lança à Reksnys un regard de mépris puis s'approcha de la peinture.

C'était une représentation en deux dimensions, sans relief. Il avait dû y avoir autrefois tout un éventail de couleurs éblouissantes, des nuances de marron, de rouge et de vert, sur un fond jaune et bleu. Jack repéra immédiatement la séquence narrative, les vainqueurs et les vaincus. À droite, il vit une mêlée de bateaux, des guerriers au front fuyant vêtus de façon élaborée, des navires à rames dont la proue et la poupe étaient symétriques. Un navire avec une voile carrée, d'autres guerriers.

Une voile carrée.

La scène suivante illustrait une violente bataille dans la jungle. Certains combattants étaient à terre, d'autres sur une rivière rapide apparemment souterraine. Des corps mutilés gisaient un peu partout. Les vainqueurs étaient armés d'un *atlatl*, un propulseur de lance, et d'un bouclier carré sur lequel était représenté un dieu de la guerre. Ils étaient dirigés par un guerrier aigle, un géant musculeux portant un masque d'aigle. Le redoutable prédateur avait les yeux perçants, les ailes repliées en arrière et d'immenses serres au bout des pattes. Les hommes du géant portaient une coiffure en peau de jaguar, des bracelets aux chevilles et aux poignets, un lourd collier de jade et des boucles d'oreilles. Ils combattaient avec un gourdin et s'abattaient sur leurs victimes avec un regard furieux et terrifiant. Leurs adversaires avaient un bouclier arrondi rouge, une coiffure et des armes différentes.

Jack observa attentivement les armes. Il regarda Maria du coin de l'œil. Déjà assise par terre en face de la fresque avant qu'ils n'arrivent, elle avait dû voir ce qu'il venait de voir, cette scène inconcevable. Elle hocha la tête, presque imperceptiblement. Elle avait vu. Il se tourna à nouveau vers la peinture.

Maintenant, tout était clair.

Jack ne laissa transparaître aucune émotion sur son visage. Il se déplaça vers la gauche. Les prisonniers étaient allongés sur le dos ou à genoux. Certains hommes qui n'étaient pas vêtus en guerriers, des serviteurs, avaient été enchaînés pour devenir les esclaves personnels des guerriers victorieux. Jack se rappela le squelette viking de L'Anse aux Meadows, l'homme qui avait parcouru plus de quatre mille kilomètres en direction du nord et presque réussi à retourner dans son monde. C'était donc ce cauchemar que cet homme avait tenté de fuir...

La scène suivante, caractérisée par des images de mort et de mutilation, dominait la fresque. Un roi-prêtre portant le masque du dieu aigle se tenait au sommet d'une plate-forme en gradins. Il prononçait une sentence contre les hommes capturés au cours de la bataille. Sur les marches du bas se trouvaient des prisonniers soumis à la torture, dont les ongles étaient arrachés. Quelques marches plus haut, un prisonnier demandait grâce en vain, les mains levées vers le ciel. Un autre, dont les doigts saignaient abondamment, s'était évanoui et gisait sur les gradins. En haut, un prêtre plongeait un couteau dans la poitrine d'une victime pour lui arracher le cœur, et l'âme du défunt montait au ciel depuis l'autel en laissant derrière elle une traînée sanglante. Une tête tranchée reposait sur un lit de feuillages et d'autres tombaient dans une cascade de sang le long des gradins. La scène était entourée de feux, de bûchers d'encens. Le rituel n'était pas réservé aux infortunés prisonniers de guerre. Sous une divinité à tête de mort, des guerriers toltèques faisaient jaillir leur propre sang en offrande, s'infligeant des blessures sur tout le corps. Trois femmes richement parées, la tête rasée, se tenaient sur une table de pierre à côté du roi. Un serviteur leur tendait un instrument de saignée et l'une d'elles se passait une corde parsemée d'épines à travers la langue. Juste à côté, un noble se faisait la même chose à travers le pénis.

Jack détourna le regard. Reksnys se délecta de sa réaction.

– J'ai trouvé ce bâtiment moi-même, il y a des années, quand j'ai acheté cette terre, déclara-t-il. C'est un temple situé au beau milieu de la jungle, une chambre sacrificielle surplombant un cenote sacré.

Il fit un signe de tête en direction du trou noir situé au milieu du sol.

– J'ai fouillé toute la jungle pendant des années dans l'espoir de faire une découverte de ce genre. Ce que j'ai trouvé est véritablement remarquable. Les autres membres du *félag* et moi l'avions deviné, mais nous n'avions aucune preuve.

– Aucune preuve de quoi ? demanda Jack.

Reksnys l'ignora.

– D'après nos sources, vous étiez à la recherche de la menora.

– Vos sources ! dit Jack avec raillerie. Vous voulez dire les aveux que vous avez arrachés au père O'Connor sous la torture.

– O'Connor nous a été très utile, répliqua Reksnys d'une voix soudain plus aiguë. Mais pas de la façon que vous imaginez. Au Vatican, il était devenu moins prudent. En entrant dans la chambre secrète de l'arc de Titus, il est allé trop loin. Il avait un supérieur qui nous rapportait tous ses faits et gestes. Et nous connaissions déjà cette femme.

Il désigna Maria d'un hochement de tête. Lorsqu'il vit le demi-sourire de Jack, il plissa brusquement les yeux.

– Cette information ne vous est d'aucune utilité pour le moment. Que je vous le dise ou non, cela n'aura aucune conséquence. Si je vous fais part de ma découverte, c'est uniquement en tant que collègue archéologue.

Jack promena son regard de part et d'autre de la pièce.

– Je ne vois aucun autre archéologue ici, lança-t-il.

Reksnys fit mine de ne pas l'entendre.

– Nous savons que vous êtes allés jusqu'au Groenland. Bien sûr, nous étions au courant de l'existence du drakkar pris dans la glace, que mon père avait découvert lors de l'expédition de l'*Ahnenerbe* dans les années 1930. Juste avant d'être assassiné, celui-ci m'avait raconté toute l'histoire. Künzl lui avait arraché la pierre runique des mains avant d'essayer de le tuer avec sa propre dague SS dans la crevasse. Heureusement, mon père avait une excellente mémoire photographique. Il a pu reproduire les symboles devant un runologue des années plus tard, après la guerre.

– J'espère que sa mémoire a aussi photographié toutes les femmes et tous les enfants qu'il a tués sur le front de l'Est et qu'elle l'a empêché de dormir, dit Jack d'un ton glacial.

– On ne les a pas encore tous dénombrés, affirma Reksnys avec dédain avant de poursuivre. Quelque chose m'a rappelé ce petit temple. J'avais eu un aperçu de cette scène de bataille, de l'apparence des guerriers provenant de la mer. Quand je l'ai trouvé, il était englouti par la jungle et rempli de décombres. Les indigènes mayas ne s'en approchent pas. Ils attendent je ne sais quel dieu aigle, le retour de leur roi. Je me suis souvenu de Harald Hardrada, de la menora. Le vieux rêve du *félag*. Ce n'était pas impossible. J'ai dégagé le temple moi-même, pierre par pierre.

Il parut en tirer une satisfaction puérile.

– Ce fut un de mes meilleurs moments de loisirs, conclut-il.

– Ne jouez pas au plus malin avec moi, le prévint Jack froidement. Ce n'est pas un simple loisir. C'est une obsession. Et c'est illégal.

Reksnys se renfrogna et claqua des doigts. Loki se campa devant Jack à la vitesse de l'éclair. Il tourna vers lui son horrible cicatrice violette et l'obligea à reculer. Il avait manifestement l'habitude d'intimider les personnes plus faibles que lui, mais Jack faisait une tête de plus que lui et le toisait avec mépris.

– Assez ! aboya Reksnys.

Loki se mit à grogner puis à serrer et desserrer les poings en regardant son père comme un chien regarde son maître.

– Tu auras tout le temps plus tard, décréta-t-il.

Loki s'éclipsa et Reksnys se tourna vers la fresque.

– Venons-en à la raison de votre présence ici, reprit-il.

Il traversa la pièce et retira le grand panneau de bois qui masquait le côté gauche du mur, près des décombres.

– Voilà !

C'était la dernière scène, la seule qui ne soit pas baignée de sang. Cependant, les personnages étaient peints dans des couleurs criardes et vêtus de façon plus extravagante qu'auparavant. Une procession se mettait en marche depuis la base du temple. Il y avait des êtres humains, mais aussi des créatures surnaturelles. Des musiciens jouaient et chantaient avec des trompettes et des maracas. Une carapace de tortue s'ouvrait pour faire apparaître un dieu qui tenait une jarre et versait un liquide. D'autres dieux émergeaient de la carapace d'un crabe, de la gueule d'un serpent. Des guerriers et des femmes avançaient entre des rangées d'hommes tenant des torches. Un jaguar mangeait un cœur humain. Une troupe de mimes se produisait en se tortillant, en apparaissant et en disparaissant. L'un d'eux était travesti en crocodile, un autre en crabe, avec d'immenses pinces tournées vers le ciel. Des joueurs équipés d'une ceinture de protection et de genouillères se bousculaient autour d'une balle. Un prêtre chargé du rite sacrificiel emmenait l'un d'eux vers le temple. Au-dessus de la procession, des crânes humains trônaient au bout de piquets. Certains étaient complètement nus, comme les sculptures de Chichén Itzá. D'autres, arrachés à de plus récentes victimes, arboraient encore des lambeaux de chair et des mèches de cheveux. *Des cheveux blonds. Une barbe.*

Reksnys avait masqué une partie de la scène à l'aide d'un morceau de tissu. Une rangée de femmes en robe blanche, le front fuyant et les cheveux roux attachés en arrière, semblait monter vers cette zone. Elles étaient parées d'immenses coiffes et de plumes vertes de quetzal sacré, qui décrivaient des arcs de cercle derrière leur dos.

Jack comprit qu'il s'agissait là d'une procession triomphale. Une autre image lui vint à l'esprit, une image qui semblait incroyablement éloignée du monde du Yucatan. L'arc de Titus, à Rome. La procession à travers le forum. Le triomphe de Vespasien sur les Juifs.

Il fit quelques pas sur la gauche, sous le regard méfiant de Loki. Le dernier dessin était encore partiellement dissimulé par les décombres, mais suffisamment clair. C'était une forme abstraite, semblable à un chaudron, dont le bord marquait la fin de la voie processionnelle. C'était l'immense gueule béante des enfers, avide de sacrifices.

Chichén Itzá. Le cenote des sacrifices.

Reksnys s'approcha du morceau de tissu et indiqua le coin inférieur.

– Je pense que nous nous trouvons ici, affirma-t-il à Jack comme s'ils étaient collègues. Les enfers, la fin de la procession. Nous savons tous qui sont les vaincus. Je crois que la procession triomphale s'est terminée là où nous nous trouvons actuellement, à l'entrée de ce cenote, situé juste au-dessous de nous.

Il parlait avec assurance, avec la conviction inébranlable des ignorants. Jack chercha le regard de Maria. Cette fois, elle fit non de la tête. Il examina de nouveau la peinture. Rien dans cette fresque ne permettait d'identifier le lieu. Il existait des dizaines de sites cérémoniels toltèques et il pouvait s'agir de n'importe lequel d'entre eux. Seule l'inscription de la pierre runique de L'Anse aux Meadows permettait de faire le lien avec Chichén Itzá. Et Reksnys ne la connaissait pas. La pierre était sous clé à bord de la *Seaquest II*.

– J'ai découvert ce que vous êtes sur le point de voir il y a seulement trois jours, déclara Reksnys, juste avant que le *félag* n'exerce sa vengeance sur celui qui l'avait trahi. Une heureuse coïncidence pour votre collègue.

Il pointa son pistolet en direction de Maria.

– Nous savions que votre navire était dans les Caraïbes, poursuivit-il. Nous en avons conclu que nos chemins convergeaient. J'ai pensé que nous pourrions tirer profit de votre expertise. C'est la seule raison pour laquelle mon fils n'a pas également pratiqué son art sur elle.

Il se tenait dos au mur et, d'un mouvement rapide, il souleva le morceau de tissu.

Le silence envahit la pièce. Jack resta bouche bée un instant puis retrouva sa contenance. Maria lui avait dit quelque chose, quelques phrases issues de la tradition rabbinique, qui lui revinrent subitement à l'esprit.

Tracé par le doigt divin. Tracé par un doigt de feu.

C'était la menora.

Sept branches, sept tiges d'un jaune lumineux, comme si elles étaient enflammées, répandant leur éclat tels des faisceaux de lumière. En tête de la procession triomphale, le chandelier d'or était porté devant le puits des sacrifices.

Jack regarda Maria, qui fixait la peinture en transe, comme si elle en tirait une mystérieuse énergie.

Reksnys lâcha brusquement le morceau de tissu pour dissimuler à nouveau le dessin et éclata d'un rire gras.

– Surpris ?

– Vous ne l'avez pas regardée, fit remarquer Jack. Peut-être ne pouvez-vous pas.

– Je la méprise, siffla Reksnys. Je n'ai aucune envie de posséder cet objet. C'est juste un moyen pour arriver à mes fins.

Il fit un signe de tête à Loki, qui obligea Maria à se lever et la poussa vers lui. Il la garda à distance, la poussant légèrement avec la pointe de son Luger, un air de dégoût sur le visage. Puis il lui enfonça le pistolet dans le creux des reins en visant vers le bas.

– Je sais exactement comment faire pour lui assurer une mort lente. J'ai beaucoup d'expérience avec les gens comme elle.

Il hocha la tête vers les recycleurs et les sacs de plongée entassés à côté du trou, au milieu du sol, et leva les yeux vers Jack.

– Vous êtes le meilleur explorateur sous-marin du monde, non ? lança-t-il d'un ton sarcastique. Maintenant, votre ami et vous allez descendre dans les enfers et me ramener ce que je convoite.

Chapitre 19

Jack fendit la surface de l'eau dans un grand éclaboussement, qui résonna contre les parois de la grotte. Costas, qui l'avait précédé, était déjà en reconnaissance et le faisceau de lumière de sa lampe frontale se reflétait sur la roche. Jack ouvrit le mousqueton puis tira d'un coup sec sur la corde. Celle-ci commença à remonter en se dandinant et il suivit l'éclat du mousqueton qui reculait vers l'étroit trou de lumière, situé près de vingt mètres plus haut, au milieu du plancher calcaire. Quelques minutes auparavant, dans l'ancien temple, Costas et lui avaient revêtu en silence l'équipement que Reksnys leur avait demandé d'apporter. Il avait refusé de livrer ses conclusions concernant la peinture murale et Maria avait obstinément gardé le silence au fond de la pièce, même après que le ruban adhésif lui avait été retiré brutalement de la bouche.

Il était convaincu que la dernière scène de la fresque représentait le puits des sacrifices de Chichén Itzá et non cet endroit. Cependant, Reksnys avait sans doute raison de penser que le tunnel s'ouvrant devant eux renfermait un indice à propos du dernier combat de Harald Hardrada. Plusieurs pistes plaidaient dans ce sens : l'emplacement du temple au-dessus de la grotte, la représentation de la bataille au-dessus d'une rivière souterraine, et la tradition maya.

Depuis qu'ils étaient partis à bord du Zodiac, deux heures auparavant, Jack et Costas n'avaient pas pu contacter l'équipe de sécurité. Ils savaient que le Lynx faisait des rondes quelque part au large de la côte, mais Ben ne pourrait rien faire tant qu'ils ne trouveraient pas un moyen de lui communiquer leurs coordonnées par radio et de lui confirmer que son intervention ne mettrait pas la vie de Maria en péril. Jack avait eu un regard rassurant pour Maria juste avant de mettre son casque. Il s'était montré serein lorsque Loki l'avait fait descendre par le trou avec la corde. Mais il était très tendu. Bien qu'excité à l'idée de ce qu'ils pouvaient trouver, il se demandait ce qui se passerait s'ils revenaient les mains vides. Pour l'instant, leurs chances étaient minces et ils étaient en mauvaise posture.

La voix de Costas retentit à travers l'interphone.

– Une rivière souterraine coule sous le plancher de cette pièce, à environ huit mètres de ta position actuelle. Le courant est dangereux. Ce n'est pas l'idéal pour une plongée souterraine.

– Message reçu, répondit Jack, qui flottait encore à la surface en suivant des yeux le faisceau lumineux qui indiquait la progression de Costas.

Il testa son compensateur de flottabilité et lança un contrôle complet des systèmes sur l'ordinateur qui gérait les mélanges. Costas et lui étaient équipés d'un recycleur semi-fermé et d'un système de mélanges variables qui leur permettait de descendre à une profondeur plus importante qu'avec de l'oxygène pur ou de l'air. C'était une simple précaution, car le réseau de galeries ne descendait pas au-dessous de cinquante mètres.

– C'était quoi déjà, cette histoire de carbonate de calcium ? demanda Jack.

Costas revint à la surface en augmentant sa flottabilité et en ajustant l'interphone fixé à son casque.

– C'est du calcaire dissous, répondit-il. Pendant la période glaciaire, tout était au-dessus du niveau de la mer. C'est à cette époque que les stalagmites et les stalactites, qui sont désormais immergées, se sont formées. À la fin de la période glaciaire, le niveau de la mer a monté et les grottes ont été inondées. Tout ce qui se trouve audessus de l'eau dans ces grottes est rapidement pris dans la pierre. Et tout ce qui est dans l'eau reste comme neuf. Nous sommes en eau douce jusqu'à quinze mètres de profondeur. Au-delà, c'est de l'eau de mer.

Jack leva les yeux vers le puits de lumière provenant du temple. Il discerna le visage laid de Loki, penché au-dessus d'eux. La corde que celui-ci avait utilisée pour les faire descendre au fond du puits avait été remontée et attendait leur retour. Jack pensa à Maria, respira profondément et donna le signal de départ.

– Bon. Allons-y !

Ils purgèrent leur réservoir de flottabilité et descendirent l'un derrière l'autre juste au-dessus du courant. L'eau, plus froide que dans la mer, avait un effet rafraîchissant après la chaleur torride subie dans le temple, mais ils avaient eu raison de mettre leur combinaison complète. Ils avaient tous deux une triple lampe frontale sur leur casque et, lorsqu'ils regardèrent autour d'eux, ils découvrirent un paysage souterrain impressionnant. Des stalagmites se dressaient en bouquets depuis le plancher de la grotte et l'eau, transparente comme du cristal, était teintée de couleurs pastels. Ils descendirent encore et longèrent le courant, les bras et les jambes tendus pour rester stables. Quelques secondes plus tard, ils passèrent sous un surplomb, dans un tunnel sombre, et perdirent de vue la faible lumière de la salle d'entrée.

– Quand il ne pleut pas, ce tunnel n'est pas totalement inondé, affirma Costas. On voit la ligne des hautes eaux sur les parois et des formations calcaires récentes au-dessus. En temps normal, il y aurait assez d'espace pour faire passer une pirogue ou un radeau.

Costas sortit un bâton lumineux de la taille d'un crayon, le cassa pour que les composés chimiques se mélangent, et le coinça dans une fissure. Jack regarda la lueur verte disparaître derrière eux. Costas fixa encore une demi-douzaine de bâtons en chemin.

– Je pars du principe que nous reviendrons par là, expliqua-t-il. Près du plafond, le courant est faible. Il ne devrait donc pas y avoir de problème.

Jack tourna sur lui-même pour constater que la voûte rocheuse ne comportait aucun pli indiquant la présence de poches d'air. Ils étaient au moins à deux cents mètres de l'entrée, peut-être plus.

– À ton avis, c'est encore loin ? demanda-t-il.

– Je suppose que nous devons trouver une autre salle, répondit Costas, un endroit accessible depuis la salle d'entrée. Si ce tunnel descend au-dessous de la ligne des hautes eaux, c'est que nous ne sommes pas sur la bonne voie.

À peine avait-il dit cela que la galerie commença à remonter et à s'élargir. Leurs faisceaux lumineux se reflétèrent sous la surface d'un vaste bassin, qui s'étendait à perte de vue.

– Et voilà ! s'écria Costas.

Ils émergèrent à la surface du bassin et regardèrent autour d'eux, stupéfaits. Ils étaient dans une autre grotte, immense – au moins cinquante mètres de large –, qui s'élevait jusqu'à un grand dôme touchant le sol de la jungle. C'était exactement ainsi que Jack voyait le cenote sacré de Chichén Itzá avant que le plafond calcaire ne s'effondre. Contrairement à la salle d'entrée, celle-ci était dans le noir total. Il n'y avait aucune ouverture visible à la surface. Ils traversèrent lentement le bassin, tandis que leurs lampes éclairaient d'étranges formes qui les éblouissaient comme des sculptures de glace. Des stalagmites se dressaient des profondeurs telles des cheminées volcaniques sous-marines. Certaines rejoignaient des stalactites pour former des colonnes semblables aux piliers d'une immense cathédrale. La force de la nature était encore en pleine action. L'eau de pluie s'infiltrait dans le plafond calcaire et ruisselait sur les formations rocheuses pour ajouter une nouvelle couche de minéraux, selon un processus qui avait commencé des milliers d'années avant l'histoire du peuple maya.

Une île, visiblement faite de concrétions calcaires, se trouvait au centre du bassin. Elle était jonchée d'étranges formes qui se rejoignaient pour bâtir une sorte de citadelle imaginaire. D'immenses filaments, les racines fossilisées d'arbres morts depuis longtemps, pendaient au-dessus d'eux depuis le plafond.

Lorsque la côte menant à l'île devint visible, Costas se laissa tomber au fond, environ huit mètres plus bas. Soudain, il fut projeté sur le côté et saisit une stalagmite avant de se hisser le long de la côte jusqu'à ce qu'il sorte du courant et puisse à nouveau nager librement.

– J'ai eu chaud ! s'exclama-t-il. Il s'était stabilisé à environ cinq mètres au-dessous de Jack et tentait de reprendre son souffle. Il est impossible de nager à contre-courant. Regarde sur ta droite et tu verras où cette rivière mène.

Jack regarda à l'opposé de l'entrée du tunnel et vit une perturbation miroitante, là où la rivière sous-marine traversait la salle, qui disparaissait derrière un surplomb, près du plancher de la grotte, environ vingt mètres plus loin. Il comprit qu'il avait failli perdre Costas. Il ferma les yeux et jura en silence. Comme souvent en plongée, une décision banale, dans des conditions apparemment sûres, avait failli avoir des conséquences dramatiques. Jack n'avait pas réfléchi lorsque Costas avait décidé de descendre et, pourtant, le danger n'était pas moins important que dans l'iceberg ou dans le dédale de l'Atlantide. De plus, en plongée souterraine, on avait rarement une seconde chance. On ne pouvait pas revenir en arrière.

– Jack, j'ai trouvé quelque chose, déclara Costas.

Il était remonté un peu le long de la côte et s'était calé le dos dans une fissure. Jack le rejoignit tout en gardant l'œil sur le courant, qui sévissait quelques mètres plus loin. Costas émergea dans un nuage de limon et lui mit un objet dans la main.

– Tiens-moi ça.

C'était un maxillaire humain. Au vu de sa petite taille, c'était celui d'un enfant. Bruni par le temps, il était néanmoins parfaitement préservé. Costas tenait le reste du crâne. Jack vit les orbites et les cartilages reliant les os du crâne, qui n'avaient pas encore fusionné.

– Il y en a partout, reprit Costas. Par centaines.

Jack regarda autour de lui. Dans le limon, des crânes, des os de membres, des côtes étaient étalés au pied des stalagmites. Il descendit dans le limon et ramassa un petit pendentif en jade. Celui-ci représentait la gueule ouverte d'une bête mythique, semblable à la représentation des enfers sur la peinture murale du temple. Jack regarda à travers l'eau transparente le trou noir dans lequel la rivière disparaissait. Soudain, il eut une révélation.

– Les sacrifices humains, dit-il. Les Toltèques ont dû descendre avec leurs victimes par le trou du plafond, tout comme nous, et pagayer jusqu'à cette salle. Pour eux, c'était l'orée des enfers, la limite qu'ils pouvaient atteindre. Quand le courant était fort, après une tempête, ils devaient jeter leurs victimes directement dans les enfers et les regarder s'en aller vers ce trou noir, qui les aspirait hors du monde terrestre. Un endroit qui devait être l'ultime plateforme des sacrifices.

– Décidément, nous n'en sortons pas, murmura Costas. Je commence à me languir des Vikings.

– C'est ton jour de chance.

– Comment ça ?

– Jette donc un œil en haut de la côte, à environ trois mètres, au bord de l'île.

C'était un autre crâne, plus grand que les autres. Les dents étaient davantage usées. Les os avaient été fracassés, comme si la victime avait reçu un coup terrible au visage. Pourtant ce n'était pas le crâne qui avait attiré l'attention de Jack, mais ce dont il était encore coiffé.

Un casque conique en métal doré avec un long nasal.

Jack sentit son cœur s'emballer. Il gratta le sol en soulevant des nuages de limon. Des pots mayas, intacts. D'autres ossements humains. Un disque étincelant, en or, recouvert de glyphes. Une anse enduite de métal doré dépassant d'une fissure. Une poignée d'épée. Et à côté, un long manche en bois dont l'extrémité métallique miroitait dans la lumière.

N'y tenant plus, Jack surgit hors de l'eau, suivi de Costas. Ils ôtèrent tous deux leur recycleur et leurs palmes et les mirent de côté. Lorsqu'ils retirèrent leur casque, ils entendirent le bruit de la grotte, l'eau qui clapotait sur le bassin, le bruissement d'ailes de chauves-souris, des sons lugubres amplifiés et altérés par l'écho. Ils montèrent sur une plate-forme et observèrent l'île souterraine. Celle-ci faisait environ dix mètres de diamètre et s'élevait en son milieu pour former un cône, recouvert de concrétions superficielles. Au centre, une gigantesque stalagmite s'élevait depuis le sol, juste au-dessous du centre du plafond, là où les infiltrations d'eau calcaire avaient été les plus abondantes. Elle était entourée d'autres stalagmites, qui s'étaient formées plus récemment à mesure que la forme du plafond avait évolué. Certaines d'entre elles se trouvaient sous les racines d'arbres calcifiées qui pendaient au-dessus d'eux comme d'étranges haubans.

Jack avait une torche à la main et balayait la surface de l'île lorsqu'il posa la main sur une stalagmite située à côté de lui. Celle-ci avait une forme singulière et semblait s'incurver vers le haut mais, à première vue, elle n'avait rien d'extraordinaire par rapport à ce qu'ils voyaient autour d'eux.

– Ça alors ! s'exclama Jack, dont la voix résonna dans la grotte.

– Quoi ?

Jack fit quelques pas maladroits en arrière et brandit sa torche devant la stalagmite. Il se rappela ce que Jeremy lui avait dit la dernière fois qu'ils avaient discuté ensemble. Il avait la voix enrouée de stupéfaction.

– Tu te souviens du drakkar pris dans la glace ?

Costas suivit son regard, perplexe, et resta bouche bée. La stalagmite recourbée se terminait par une forme arrondie. C'était la proue d'un navire viking. Les détails sculptés à la surface étaient enfouis sous un millénaire de concrétions, mais la forme était parfaitement reconnaissable. C'était un spectacle époustouflant.

– Ils ont dû la transporter avec eux dès l'instant où ils ont quitté le navire, murmura Jack. Et ils l'ont érigée ici en guise d'étendard de leur dernière bataille.

Il approcha la torche de la forme arrondie.

– L'*Aigle* !

– Regarde de chaque côté ! s'écria Costas. Je me trompe peut-être, mais je crois que c'est un mur de boucliers.

Jack discerna un mur de concrétions d'environ un mètre de haut qui s'étendait en arc de cercle de part et d'autre de la proue, face à l'entrée de la grotte. Costas avait raison. Le rempart, qui s'arquait avec une régularité frappante, se composait de demi-cercles identiques, de la largeur d'un homme, trois d'un côté de l'étrave, quatre de l'autre. Il donnait l'impression d'être recouvert de givre. Juste au-dessous, de grands morceaux de bois équarris, peut-être des traverses récupérées sur le drakkar, étaient étalés sur le sol. Jeremy avait parlé d'ouvrages défensifs bâtis à partir du bois des navires. Jack regarda de l'autre côté du mur de boucliers, là où les défenseurs s'étaient rassemblés, et fit une découverte encore plus saisissante. La silhouette spectrale d'un homme, bras et jambes écartés, était adossée au rempart. Le squelette était recouvert d'une telle couche de concrétions qu'il paraissait avoir retrouvé sa chair, comme les corps de plâtre de Pompéi.

Il portait un casque, dont la forme conique et le nasal étaient à peine reconnaissables sous les concrétions. Il avait un bouclier, visiblement déformé par les coups. Il était grand, au moins aussi grand que Jack.

C'était sidérant.

Était-ce lui ?

Jack s'adossa au mur de boucliers fossilisé, la gorge nouée par l'émotion.

– Je pense que nous nous trouvons dans la rivière souterraine illustrée sur la peinture murale. C'est sans doute ici que l'histoire de nos Vikings s'est terminée et que Harald Hardrada a mené son dernier combat.

– Tu crois vraiment que les ennemis représentés sur la fresque étaient des Vikings ?

– L'illustration de la menora le confirme.

– Alors ce serait là que le périple de Harald se serait achevé.

– Il devait y avoir une douzaine d'hommes, guère plus, estima Jack. Sur la peinture, la taille de l'armée vaincue a dû être exagérée pour donner encore plus de poids à la victoire.

Il s'interrompit un instant pour rassembler ses idées et imagina la scène.

– Ils marchent vers l'intérieur des terres avec tout ce qu'ils peuvent emporter, leurs armes et leurs armures, leur trésor, et le bois qu'ils ont récupéré sur leur drakkar pour se construire un abri, exactement comme Cortés et sa petite suite de conquistadors des centaines d'années plus tard, mais sans aucune intention de retourner chez eux.

– Et ils tombent sur les indigènes.

– Les Mayas sont impressionnés. Ils les prennent pour des dieux, des sauveurs venus les libérer du joug toltèque. Mais les Toltèques finissent par découvrir leur présence. Le chef suprême de Chichén Itzá envoie une armée, qui se lance dans une violente bataille contre eux. Les quelques survivants cherchent un refuge, un ultime bastion. Pense au camp retranché de Rorke's Drift, à Fort Alamo. Dans le Yucatan, pour se protéger, il faut aller sous terre. Ils découvrent le temple dans la jungle, peut-être grâce aux indications des Mayas. Ils suivent la voie sacrificielle. Ils allument des torches pour éclairer leur chemin et font peut-être brûler le bois du navire sur l'île. Entourés de feu, ils sont prêts à combattre, à défendre leur mur de boucliers au bout du monde. Mais cela ne décourage pas leurs ennemis. Quand ils retrouvent leurs traces, les Toltèques les suivent et finissent par triompher.

– J'espère pour les Vikings qu'ils n'ont pas fait de prisonniers.

– Le seul dont nous ayons connaissance est notre ami de L'Anse aux Meadows. C'était probablement un serviteur. Jeremy m'a dit que les Toltèques faisaient parfois des serviteurs de leurs ennemis leurs propres esclaves. C'était une façon d'afficher leur suprématie sur les vaincus. On l'a vu sur la fresque. L'homme de L'Anse aux Meadows était peut-être un renégat. Il devait être, comme beaucoup de ses compagnons, affamé et à moitié fou. C'est peut-être lui qui a indiqué cet endroit aux Toltèques. Dans ce cas, sa fuite, des années plus tard, et son retour à L'Anse aux Meadows auraient pu constituer un acte d'expiation. Mais il n'a pas été le seul survivant. Si l'on en croit la fresque, plusieurs hommes de Harald ont subi le pire des supplices. Ils ont été emmenés à Chichén Itzá pour être sacrifiés.

– Avec la menora.

Jack se rappela soudain la représentation prodigieuse du chandelier d'or sur la peinture murale, ce rayonnement flamboyant.

– Reksnys se trompe, affirma-t-il. Je suis convaincu que la menora n'est pas là. Les Toltèques ont peut-être laissé les armes des Vikings ici en guise d'offrandes, mais je pense qu'ils ont emporté la menora avec eux. Nous savons qu'ils n'ont pas fait don de tout le trésor de Harald aux dieux puisque nous avons trouvé deux pièces dans le pendentif en jade de L'Anse aux Meadows.

– Ce qui n'arrange pas nos affaires.

– Reksnys va être déçu.

– Nous ne pouvons pas revenir les mains vides, insista Costas. Nous pourrions essayer de gagner du temps, mais cela n'avancerait à rien. Reksnys nous renverrait dans le trou et, cette fois, nous serions morts avant d'avoir atteint la surface de l'eau. Comme il l'a dit lui-même, Maria n'a eu la vie sauve que parce qu'il en a eu le caprice. Dès qu'il saura que nous n'avons pas trouvé la menora, nous ne l'intéresserons plus. Ce genre de type réagit toujours comme ça.

Il leva les yeux vers Jack.

– Il laissera son fils passer sa colère sur elle, ajouta-t-il.

– Ils pourraient essayer de nous suivre…

– Loki en aurait les moyens. Il y avait de vieux scaphandres dans le temple. Reksnys avait dû les apporter avant d'avoir l'opportunité de se servir de nous. Loki pourrait facilement retrouver notre trace grâce aux bâtons lumineux que j'ai laissés dans le tunnel. Mais s'il en arrivait là, cela voudrait dire qu'il aurait perdu patience. Maria serait fichue.

– Tu penses à ce que je pense ?

– Je crains que nous n'ayons pas le choix.

– Les rivières souterraines finissent toujours par remonter à la surface. Mais celle-ci peut parcourir plusieurs kilomètres sous terre.

– Ou peut-être moins.

Cinq minutes plus tard, ils étaient assis au bord de l'eau dans leur équipement de plongée, la lampe de leur casque de nouveau allumée. Après avoir été portée par l'écho de la grotte, leur voix semblait lointaine et métallique à travers l'interphone. Costas acheva de vérifier le matériel de Jack et lança un regard intense à son ami.

– Tu es vraiment prêt à le faire ? demanda-t-il.

– Il n'y a pas d'autre solution. Nous n'avons aucun moyen de sortir de cette grotte.

– Bien. Nous devons être attentifs à toute source de lumière naturelle. Il est plus de cinq heures du matin et le soleil devrait bientôt se lever. Nous nous laisserons emporter par le courant. Au moins, nous sommes sûrs qu'il débouchera quelque part. On y va ?

– On y va.

Ils se laissèrent glisser dans l'eau et s'enfoncèrent dans l'obscurité. Une fois sa décision prise, Jack ne s'était pas laissé aller à penser aux conséquences de ce qu'ils s'apprêtaient à faire. Quelques minutes auparavant, le courant, qui avait failli emporter Costas, avait été synonyme de mort certaine. Désormais, ils allaient se laisser emporter volontairement. Jack fixait l'obscurité du tunnel, refusant d'envisager l'échec. Cet endroit réunissait tous les ingrédients de son pire cauchemar et c'était la seule façon pour lui de résister. Il devait rester concentré, penser à Maria.

Soudain, ils furent happés par le courant. Jack se retrouva la tête en bas et s'efforça de se redresser. Entraîné à une vitesse vertigineuse, il voyait les stalagmites lumineuses défiler comme autant d'immenses sentinelles blanches postées le long de la grotte. Puis ils entrèrent dans le tunnel et passèrent rapidement un virage, toujours dans l'obscurité. La galerie semblait serpenter comme une bête rampante se faufilant entre les concrétions calcaires. Totalement à la merci du courant, ils comptaient sur son débit pour ne pas s'écraser contre les parois. Jack tendit la tête en avant jusqu'à ce que son corps se trouve dans l'alignement du tunnel. Costas était sur sa gauche. Ils déployèrent tous deux les bras dans une tentative désespérée pour se stabiliser. Des formes arrondies venues de nulle part surgirent dans la lumière de leur lampe frontale et disparurent derrière eux après les avoir dangereusement frôlés. Tout à coup, Jack aperçut un embranchement, un élargissement du tunnel, divisé par une colonne, un pilier blanc vers lequel ils étaient précipités à toute allure.

– À droite ! cria Costas. Je vois de la lumière !

Jack tendit les bras à droite et s'arc-bouta pour suivre le courant principal, mais en vain. À la dernière seconde, il replia les bras brusquement pour éviter de se fracasser contre la colonne et ils dégringolèrent dans le tunnel de gauche, une galerie obscure de plus en plus étroite dont les parois étaient lisses comme un pertuis à glace. Jack fut propulsé contre Costas. La secousse lui causa une douleur insoutenable en réveillant sa blessure à la cuisse. L'espace d'un instant, il eut l'impression d'être dans l'iceberg.

– On est dans le mauvais tunnel ! cria Costas.

Jack se cramponna à lui et vit son expression tourmentée à travers sa visière.

– C'est un bras secondaire, poursuivit Costas. Le bras principal remontait vers la surface. J'ai vu de la lumière.

Le courant, agité de remous, devint plus faible, mais il était toujours impossible de nager en sens inverse. Ils étaient inexorablement emportés. Ils s'agrippèrent aux murs, sans succès. Soudain, tout se déforma autour d'eux. La dernière fois que Jack avait eu cette impression de flou, c'était dans le fjord glacé, là où l'eau douce provenant du glacier avait formé une couche homogène au-dessus de l'eau de mer. Tout semblait étinceler d'un éclat huileux. Le changement d'indice de réfraction troublait leurs sens. Jack commença à se sentir désorienté.

– Merde ! s'écria Costas. C'était l'halocline. Nous sommes au-dessous du niveau de la mer.

C'était comme s'ils étaient passés dans une autre dimension, dans un monde encore plus obscur. Les formations calcaires avaient disparu pour céder la place à un environnement morne autant qu'inhospitalier. L'intense faisceau de lumière semblait se rétrécir progressivement, ce qui ne faisait qu'accroître l'angoisse de Jack. Le tunnel était elliptique et mesurait environ cinq mètres de large, mais le plafond s'abaissait et un profond lit de graviers émergeait du sol. Ils sombraient toujours, précédés par leur lampe qui perforait l'obscurité.

– Profondeur : quarante mètres, annonça Costas. Le réseau de galeries souterraines du Yucatan ne descend pas au-delà d'une cinquantaine de mètres. Nous allons forcément remonter.

Jack regarda son profondimètre. Quarante-six mètres. Cinquante-deux mètres. Le plafond et le sol se rejoignaient presque. Ils allaient être pris en étau et s'enfonçaient de plus en plus dans le gravier pour élargir leur espace. Ils s'arrêtèrent brusquement, dans un nuage de limon. Jack regarda devant lui. Sa lampe fit apparaître une fissure de seulement quelques centimètres au-dessus du gravier. C'était une impasse. Ils étaient bloqués dans le tunnel.

Costas s'approcha tant bien que mal de Jack. Son recycleur frottait contre le plafond et ses jambes crissaient dans le gravier.

– Ce n'est pas normal, observa-t-il. Nous étions emportés par un courant. Celui-ci va forcément quelque part. Ce tas de graviers s'incurve sur les côtés en raison du passage de l'eau. Il doit y avoir une sortie.

Il se hissa à droite du tas de graviers, jusqu'à une fissure étroite se découpant sur le plancher du tunnel, et se propulsa en avant. Jack ne voyait plus que ses palmes. Il ferma les yeux et les rouvrit en se concentrant sur de petites choses, comme la forme d'un fossile dans le limon, à quelques centimètres de son visage. Puis il regarda la crevasse où Costas avait disparu. Elle n'était pas recouverte de limon. Elle était donc balayée par le courant. Costas avait raison.

– Jack, suis-moi ! cria Costas.

Jack plongea les mains dans le gravier et rampa jusqu'à la fissure pour pénétrer dans les entrailles du tunnel. Il sentit à nouveau le courant et vit de la lumière devant lui.

– Il remonte ! s'exclama Costas avec enthousiasme.

Jack le suivit, lentement, en se faufilant dans un goulet d'étranglement. Il pouvait à peine bouger et devait se tortiller en frottant son recycleur contre la paroi rocheuse. Le tunnel qui s'ouvrait devant eux, semblable à un conduit de drainage, était encore plus étroit. Lisse et arrondi par le courant qui l'avait érodé, il ne mesurait qu'un mètre de diamètre. Jamais Jack n'avait traversé un espace aussi étroit. C'était plus qu'oppressant. Le courant les poussait vers l'avant et ils n'avaient plus aucun moyen de revenir en arrière. S'ils étaient de nouveau bloqués dans le tunnel, leur sort serait scellé. Jack restait concentré sur les palmes de Costas, à quelques centimètres de son casque. Il regarda son profondimètre, la roche tout près de son visage, puis le profondimètre à nouveau. Quarante et un mètres. Trente-sept mètres. Ils remontaient, lentement mais sûrement. Soudain, le tunnel vira vers le haut et ils aboutirent dans une cavité, un vaste espace entrecoupé de formes indistinctes, de grandes colonnes qui se dressaient comme des géants vêtus de blanc leur montrant le chemin à suivre pour sortir des enfers. Tout en haut, Jack vit un miroitement vert, distinct de la lumière blanche de sa lampe frontale. Il ferma les yeux à nouveau, envahi par une vague de soulagement, le cœur battant de joie et non plus de peur. Ils poursuivirent tous deux leur remontée à l'intérieur de la cavité. L'eau était si transparente qu'on pouvait les croire suspendus dans les airs comme les héros d'une scène d'apothéose. Ils arrivèrent au plafond de la grotte, à seulement dix mètres de la surface de l'eau. Une fissure dans la roche laissait filtrer la lumière de l'aube.

Ils n'étaient pas encore au bout de leurs peines. La fissure était étroite, un peu plus large qu'un homme. Et il n'y avait pas d'autre issue.

– Pourquoi est-ce que ce genre de choses arrive toujours quand je plonge avec toi ? demanda Costas. Si on faisait une plongée en eaux libres la prochaine fois, pour changer ?

– S'il y a une prochaine fois.

Jack regarda l'abîme noir qui s'étendait sous leurs pieds, puis leva les yeux vers la fissure. Il aperçut des feuillages, le profil ondoyant d'arbres qui se penchaient au-dessus de l'eau. Son cœur s'emballa de nouveau mais, cette fois, ce n'était plus sous l'effet de la joie. Ils ne pouvaient tout de même pas mourir ici, si près du but !

– Il va falloir y aller en apnée, déclara Costas. À toi l'honneur.

– Pas question. Tu seras encore plus à l'étroit que moi. Je te pousserai par derrière.

Costas défit les sangles de son recycleur et le laissa pendre derrière lui. Il s'enfonça aussi loin que possible dans la fissure, à environ deux mètres de Jack, puis il retira son casque et laissa tomber tout son équipement. Jack vit celui-ci sombrer à côté de lui et disparaître dans le noir. Il s'enfila à son tour dans la fissure et appuya de toutes ses forces sur les jambes de Costas. Sans résultat. Il se sentit soudain impuissant, terrifié à l'idée de voir son ami mourir à seulement quelques mètres de la surface, tandis qu'il lui tenait les jambes. Mais Costas parvint à se dégager et monta en flèche vers le puits de lumière. Jack prit le temps de reprendre son souffle. Puis il défit son harnais et le laissa pendre derrière lui. Il prit cinq respirations, ôta son casque et se débarrassa de son équipement. À son tour, il se faufila entre les parois de la fissure, les yeux grands ouverts dans le scintillement flou de l'eau transpercée par la lumière du jour. Après un ultime battement de palmes, il arriva à la surface au milieu d'une couche d'algues vertes, dans un petit bassin en sous-bois tapissé de feuilles.

Costas haletait au bord de la rive. Il ressemblait à la créature du lagon noir. Il retira le dépôt visqueux qui lui recouvrait le visage, mit la tête sous l'eau, s'ébroua violemment et bondit hors du bassin avant de tendre la main à Jack.

– Tu ferais bien d'en faire autant. Inutile de faire peur aux indigènes.

Une fois Jack hors de l'eau, il plongea la main dans sa combinaison pour en extraire un petit appareil métallique de la taille d'une calculatrice de poche. Il appuya sur une touche, déploya une antenne et le posa contre son oreille.

– Qu'est-ce que tu as encore bien pu inventer ? demanda Jack en haletant.

– Balise GPS doublée d'une radio bidirectionnelle, répondit Costas. Il me suffit d'activer l'appel d'urgence pour que Ben repère notre position. J'essaierai d'établir une liaison radio et de lui parler lorsque nous y verrons plus clair.

Ils se trouvaient à proximité d'une piste accidentée traversant la jungle. Il pleuvait encore, par averses plus ou moins abondantes. Costas activa la boussole de son appareil et s'orienta rapidement. Dix minutes plus tard, ils rampaient sur le dôme calcaire recouvrant le cenote pour regagner le temple envahi par la végétation. La jeep qui les avait conduits jusqu'ici était garée au bout de la piste. Ils aperçurent un jeune garçon, un indigène maya, qui jouait sur la route sans se rendre compte de leur présence. Après avoir fait discrètement le tour du bâtiment, ils se postèrent de part et d'autre de l'entrée, dos au mur, pour écouter. Mais ils n'entendirent rien. Jack sentait le goût salé de la sueur qui se mêlait à l'eau sur son visage. Il regarda Costas et hocha la tête. Ils se faufilèrent dans la pièce tout en restant dans l'ombre et en plissant les yeux jusqu'à ce qu'ils s'habituent à la faible lueur de la bougie. Rien n'indiquait la présence de Maria ni de Loki. Il n'y avait qu'un homme assis de dos sur un chariot porte-bouteilles, en train d'astiquer un pistolet. Jack fit signe à Costas, puis retourna à l'entrée pour faire le guet. Costas s'approcha furtivement de l'homme et lui passa le bras autour du cou en lui fermant la bouche. Le pistolet tomba bruyamment. Costas attira sa victime contre lui et lui parla à l'oreille d'un ton rageur.

– Bon. Où en étions-nous ?

Chapitre 20

Vingt minutes plus tard, le bruit de la pluie fut éclipsé par le grondement trépidant du Lynx, qui apparut dans le ciel et balaya le sol dans un grand tournoiement de feuilles. Deux hommes furent hélitreuillés à travers les frondaisons de la jungle. Après eux, une trousse de secours rouge descendit au bout du câble. Une fois le chargement à terre, l'hélicoptère s'éleva dans les airs et disparut derrière les nuages. Jack sortit de son abri et se précipita vers la trousse pour l'extraire des broussailles avant de rejoindre Ben.

– Nous ne savions pas quoi faire, cria Ben pour couvrir le bruit de la pluie torrentielle en rangeant le pistolet qu'il tenait à la main. Quand Costas nous a envoyé vos coordonnées GPS, nous étions à moins de cinq kilomètres. Nous faisions des rondes au large de la côte. Nous avons dit aux autorités que nous survolions la zone dans le but de trouver des vestiges archéologiques. Jeremy est venu avec moi, parce qu'il était le seul archéologue à bord. Il a insisté. On ne peut pas traverser l'espace aérien mexicain armé jusqu'aux dents, surtout de nuit, alors il n'y a que moi et mon Glock. Mais maintenant que nous vous avons trouvés, le Lynx va ramener toute une équipe de sécurité. Nous avons également contacté la police locale.

– Loki est parti, cria Jack. Son père lui a ordonné de nous suivre dans la grotte. Il a emmené Maria avec lui. Il n'avait pas confiance en nous. Mais nous avons Reksnys.

– Je dois d'abord balayer le périmètre, précisa Ben. Il va falloir que Jeremy s'occupe du prisonnier.

Les lunettes pleines de buée, Jeremy se fraya un chemin entre les broussailles dans lesquelles il avait atterri en essayant de se dégager de l'étreinte d'une plante rampante. Jack conduisit ses compagnons à travers la jungle jusqu'à la piste et ils coururent vers le temple. Arrivés à l'entrée, ils s'ébrouèrent et Jeremy essuya ses lunettes. À l'intérieur, Costas braquait le Luger sur un homme bâillonné, couché face contre terre, les poignets grossièrement ficelés. Jeremy se précipita vers la fresque et observa attentivement la représentation de la menora, désormais découverte, et la scène de bataille.

– Ce sont des Vikings ! s'exclama-t-il, les lunettes à nouveau recouvertes de buée. Tu avais raison. C'est fantastique ! Et regarde, là, je suis sûr que c'est une femme.

– On verra ça plus tard, répliqua Jack.

Il fit un signe de tête à Costas, qui lui donna le Luger, tandis que Ben renforçait les liens de Reksnys, à genoux à côté lui.

– Costas va devoir aller diriger l'hélitreuillage, Jeremy, annonça Jack en lui tendant le pistolet. Tu sais te servir de ça ?

– J'ai passé six mois dans le Corps d'entraînement des officiers de réserve de Stanford, répondit Jeremy en retirant ses lunettes. Un sens du devoir déplacé après les événements du 11 Septembre. Ce n'est pas vraiment mon truc.

– Tu sais à qui tu as affaire, insista Jack. Pense à ce qu'ils ont fait à O'Connor et à Maria.

– Mon grand-père a ramené un Luger de la guerre, dit Jeremy en remettant ses lunettes.

Il prit le pistolet, tira sur la culasse pour regarder dans la chambre et la relâcha. Puis il s'agenouilla à côté de Reksnys et lui pointa l'arme au creux des reins. Après lui avoir brusquement tiré la tête en arrière, il se pencha derrière son oreille.

– Mon ami Costas m'a dit que vous aviez menacé de faire ça à Maria, de lui infliger une mort lente.

Il obligea Reksnys à se lever, le poussa vers l'entrée et disparut avec lui dans la pluie. Ben se tourna vers Jack.

– Je crois qu'on n'a pas de souci à se faire pour eux.

– Bien. Je vais chercher Maria, annonça Jack.

– Pas seul.

– Je n'ai pas le choix. Nous ne pouvons pas récupérer nos recycleurs. Reksnys avait apporté deux scaphandres en cas de besoin et Loki en a pris un. Il semble qu'il ait pris le détendeur avec octopus pour Maria, afin qu'elle puisse respirer à partir de la même bouteille que lui. L'équipement qu'il nous reste n'a pas d'octopus et, en tout état de cause, la bouteille ne contient pas suffisamment d'air pour deux.

– Je pourrais contacter le Lynx et faire expédier un équipement depuis le navire.

– Pas le temps. Nous avons déjà pris suffisamment de risques.

Jack se mit la bouteille sur le dos et attacha le gilet stabilisateur.

– Loki doit déjà être furieux, reprit-il. Il a sans doute constaté qu'il aurait mieux fait de rester ici. C'est un indépendant. Son père est un monstre, mais c'est un amateur à côté de lui et il le sait très bien. Il oscille entre l'obéissance aveugle à toutes les absurdités du *félag* et ses instincts les plus forts. Il a été contraint de pénétrer dans un environnement où il ne peut pas tout contrôler. C'est notre chance. Mais cela signifie aussi qu'il va être versatile. Il faut agir tout de suite. Je ne veux pas qu'il revienne ici et découvre ce qui s'est passé. Maria ne vivrait pas une seconde de plus. Si elle est encore en vie.

– Tu n'es même pas armé.

– J'improviserai.

– Tu as une torche ?

– Costas et moi avons laissé des bâtons lumineux pour repérer l'itinéraire.

– Bonne chance.

Ben passa la corde sous les bras de Jack. Après avoir vérifié la bouteille et le lestage, Costas prit son ami par les épaules et le regarda droit dans les yeux.

– N'oublie pas, lui dit-il, tu as la chance du combattant.

– Je n'oublierai pas.

Jack baissa son masque, assis au bord du trou, et se laissa tomber dans le puits, retenu uniquement par la corde. Costas et Ben le firent descendre immédiatement. Il était concentré sur son objectif. Dès que son détendeur brisa la surface, il se mit à nager sous l'eau en direction du tunnel, en suivant les bâtons lumineux qu'ils avaient laissés dans la grotte à peine plus d'une heure auparavant. Le tunnel lui semblait désormais moins oppressant et, devant lui, il vit l'extraordinaire luminosité des murs calcaires éclairés par les bâtons lumineux, et les fantastiques formations de stalagmites et de stalactites qui se dressaient de chaque côté telles des sculptures de glace abstraites.

Dix minutes plus tard, il vit de la lumière provenant de la deuxième salle. C'était une lumière différente, plus intense que l'éclairage chimique des bâtons lumineux. Il arriva à l'entrée de la salle. Les bulles s'échappant de sa soupape d'expiration remontaient le long des parois au-dessus de lui. Il émergea avec prudence dans une petite cavité secondaire, juste assez haute pour qu'il puisse sortir la tête hors de l'eau. Au milieu de la grotte, il voyait les étranges formations calcaires de l'île, à environ vingt mètres de l'endroit où il se trouvait. La lumière provenait de l'autre rive et diffusait un large faisceau sur le plafond.

Jack risquait d'être trahi par les bulles de son détendeur. L'espace d'un instant, il regretta d'avoir jeté son recycleur dans la rivière souterraine. Il devrait nager à la surface en espérant ne pas se faire repérer.

Il retira son masque et l'accrocha à son gilet puis chercha autour de lui de quoi se noircir le visage, quelque chose qui absorberait la lumière si une torche était orientée vers lui. Il tendit la main avec précaution et passa les doigts sur une surface plane se trouvant juste devant lui. Il sentit la substance qu'il avait prélevée et fronça les narines : du nitrate de potassium. De la fiente de chauve-souris. Il en prit encore un peu et s'étala le tout sur le visage en veillant à ne pas faire de bruit.

Il gonfla son gilet stabilisateur à la bouche, car l'alimentation à basse pression du détendeur aurait fait trop de bruit, et poussa sur ses palmes pour nager lentement en direction de l'île.

Parvenu à mi-chemin, il sentit le courant de la rivière souterraine, beaucoup plus fort que lorsque Costas et lui avaient décidé de le suivre. Un faisceau lumineux balaya la grotte et lui accrocha le visage. Il se figea. La lumière disparut et il se remit à nager. S'il se faisait prendre maintenant, il n'aurait aucune chance de s'en sortir. Loki était probablement armé. Tout dépendrait de l'effet de surprise.

Jack arriva au bord de l'île. Il entendit une voix de l'autre côté, amplifiée et déformée par la grotte mais indubitablement masculine. Le ton était hargneux et menaçant. Il se débarrassa de sa bouteille et de ses palmes avant de se glisser furtivement jusqu'à un endroit qu'il avait repéré lors de sa plongée avec Costas et où ils avaient trouvé le premier indice de la présence des Vikings. Il tendit la main dans l'eau. L'objet se laissa prendre facilement. Préservé par l'eau douce, il n'était pas encombré de concrétions. Il était en aussi bon état que celui qui s'était trouvé pris dans la glace. Jack sortit de l'eau dans sa combinaison noire ruisselante et l'emmena avec lui.

C'était une hache d'armes viking.

Il se faufila rapidement entre les concrétions noueuses, se réjouissant d'avoir des semelles en néoprène qui adhéraient bien à la surface. Il longea le mur de boucliers fossilisé pour se tapir derrière l'étrave du navire viking et la silhouette spectrale du guerrier vaincu. Du haut de l'île, il regarda sur l'autre versant. Loki était là, à seulement dix mètres de lui. Il lui tournait le dos, assis à califourchon sur Maria, qui le fixait avec un air de défi, allongée par terre. Il tenait un pistolet de la main gauche, un Browning GP. De l'autre, il pointait une lame sur le cœur de sa victime, une épée. C'était l'épée viking que Jack et Costas avaient vue dans l'eau à côté de la hache.

Jack frissonna à la vue de ce spectacle terrifiant. L'histoire ne s'était jamais vraiment arrêtée. La pierre du Yucatan était imprégnée d'un mal impossible à exorciser. Le sacrifice humain.

Jack fondit sur Loki à toute vitesse en brandissant la hache et lui asséna un coup violent qui lui trancha le bras gauche. Le pistolet, encore tenu par les doigts, voltigea dans les airs et tomba à l'eau pour disparaître dans les profondeurs obscures. Loki chancela sous le choc puis se retourna, défiguré par la stupeur autant que par la rage, pour faire face à Jack. Son bras dégoulinait de sang. Il lâcha l'épée, tituba, porta la main à la cicatrice qui lui traversait la joue, puis ramassa l'épée. Il se jeta brusquement sur Jack. Aveuglé par le métal étincelant et surpris par la rapidité du geste, Jack faillit être pris au dépourvu et brandit la hache juste à temps. Les deux lames s'entrechoquèrent, grincèrent, crissèrent, autant de sons qui n'avaient pas résonné à cet endroit depuis près d'un millier d'années. Jack frémissait sous les coups mais tenait bon. Son adversaire ne tarderait pas à perdre ses forces. Loki était déjà trop faible pour empêcher son corps de suivre les mouvements de l'épée. Il vacillait, tournait sur lui-même en tentant de garder l'équilibre. Au comble de la douleur, il parvint à se redresser, à bout de souffle, et pointa l'épée sur la poitrine de Jack en titubant au bord de l'eau.

Par sa colère, Loki avait précipité sa propre chute. Il aurait pu rester à la surface avec son père, essayer de se raisonner, de contenir ses ardeurs meurtrières.

Jack serra l'arme entre ses mains, tout comme quelques jours auparavant dans l'iceberg, lorsqu'une autre hache à long manche et simple tranchant lui avait sauvé la vie.

La chance du combattant.

Il souleva la lame au-dessus de sa tête, fit deux pas en avant et, au moment de l'abattre, crut voir des runes étinceler devant lui, là où le nom de Halfdan était écrit sur l'autre hache.

C'était la hache d'armes d'un puissant roi. Éclair du Nord.

La lame fendit l'air et frappa Loki à la base de la nuque. Jack lâcha le manche, laissant la hache tournoyer avant de tomber à l'eau, au-dessus de la rivière souterraine. La tête de Loki, semblable à celle d'une marionnette, se pencha en arrière puis se replaça aussitôt. L'espace d'un instant, Loki sembla intact. Puis la cicatrice de son visage s'allongea pour lui traverser l'œil et se déchira complètement. Jack vit ses maxillaires et ses dents grimacer horriblement comme les crânes sculptés de Chichén Itzá. Une flaque de sang épais se répandit rapidement sur la roche.

Loki fit un pas en arrière et glissa sur son propre sang avant de tomber lourdement la tête la première contre une stalagmite. Il se releva en s'appuyant sur son unique bras et resta debout, chancelant. La moitié de son visage était désormais totalement décharnée et son œil pendait au-dessus de ses os. Il respirait par à-coups dans un râle atroce. Jack vit l'impact de la lame dans son cerveau. Loki tituba une dernière fois puis tomba à l'eau avec fracas, emportant l'épée avec lui. Pendant un instant, il resta suspendu entre deux eaux en fixant Jack de son œil aveugle, encore en vie, dans un ultime effort pour remonter à la surface. Puis il s'enfonça plus profondément et le courant le happa pour l'emporter au loin, dans les ténèbres des enfers.

Il était parti.

Jack se laissa tomber à côté de Maria et ils restèrent un moment allongés au bord de l'eau. Il tremblait encore sous l'effet de l'adrénaline, tandis qu'elle se cramponnait fermement à lui. L'eau redevint calme et ils n'entendirent plus que le clapotement de la pluie qui s'infiltrait par le plafond. Le son était amplifié par la grotte mais apaisant après le tintement retentissant des lames d'acier. Jack s'arrêta peu à peu de trembler. Maria fixait l'eau cristalline à quelques centimètres de son visage. Elle tendit la main et en sortit un éclat de roche poli, inaccessible aux concrétions. Des signes avaient été gravés à la surface. Ils s'assirent brusquement.

– Une pierre runique, murmura Maria.

– Tu peux la lire ?

– Elle a été gravée à la hâte, répondit Maria. Comme la dernière page d'un journal de bord ayant appartenu à une expédition vouée à l'échec.

– Essaie, insista Jack, dont la voix se révélait à peine audible tant il était épuisé.

Maria réfléchit, marmonna quelques mots, puis lut à voix haute.

– Il ne reste que Ulf, Finn et Halldor. Les Skraelings ont pris l'entrée de la grotte. Que Thor nous protège. Hann til ragnarøks.

Jack n'éprouva aucune émotion. Il était trop exténué pour réagir. Il ne put que tendre la main et toucher la pierre mouillée.

– Peut-être est-ce Harald lui-même qui a gravé ces mots, songea Maria, dans un dernier geste avant l'arrivée des Toltèques. Tout a recommencé comme à Stamford Bridge mais, cette fois, ce fut vraiment la fin.

Elle regarda les formes spectrales qui se dressaient sur la plateforme, derrière elle, puis l'obscurité des profondeurs où Loki avait disparu. Elle eut un frisson.

– Ils ont fait tout ce qui était humainement possible, dit-elle. Ils sont allés jusqu'à l'entrée des enfers.

– Je comprends ce qu'ils ont éprouvé, murmura Jack. Nous sommes à l'orée du monde des esprits, juste à la frontière. Il y a quelque chose qui me pousse à descendre dans ce tunnel, à suivre Loki, une force pernicieuse m'incitant à relever le défi. Je me sens plus proche de Harald que jamais, vraiment proche.

Il regarda les ombres ondoyer sur les parois de la grotte, puis secoua la tête et prit la bouteille de plongée que Loki avait déposée au bord de l'eau.

– Et je sais qu'il ne faut pas se laisser entraîner ici.

– Ce n'est pas encore fini, affirma Maria.

– Tu as largement assez d'air. Et des bâtons lumineux indiquent le chemin à suivre. L'enfance de l'art ! Je serai juste derrière toi.

– Je ne parlais pas de cela.

Jack tira sur les sangles de la combinaison de Maria, s'aspergea le visage d'eau pour retirer la couche noire dont il était enduit et s'assit à côté de sa collègue. Celle-ci se mit à lui parler, lentement d'abord, d'une voix hésitante, puis dans un flot continu de paroles, comme si elle se libérait de quelque chose qu'elle n'avait jamais dit à personne mais répété mentalement à de nombreuses reprises. L'histoire que Jack entendit de sa bouche était plus effroyable que tout ce qu'il aurait pu imaginer. Elle rendait les monstres des enfers aussi redoutables qu'ils l'avaient été aux yeux des Vikings. Elle semblait donner corps au mal qui se dégageait de cet endroit pour engendrer une force d'une malveillance intolérable.

Vingt minutes plus tard, Jack se hissa hors du puits pour regagner le temple aux murs peints. Accroupi en face de lui, Costas était à bout de souffle après avoir mené les opérations d'hélitreuillage. Maria était assise sur le sol de pierre, ruisselante, quelques mètres plus loin. Malgré la chaleur, elle tremblait légèrement et Costas lui tendit une serviette et une veste de l'UMI, ainsi qu'une bouteille d'eau. Dès qu'il la vit saine et sauve, Jack se tourna vers Costas.

– Quelle est la situation ?

– Les Mexicains sont ici, répondit Costas en haletant. Deux types sont arrivés en jeep il y a environ dix minutes. Ce sont des *judiciales*, des flics en civil. Pas très recommandables, à mon avis. Ils ont dit qu'un hélicoptère était en route. Apparemment, toute cette zone appartient à Reksnys, mais nous sommes très loin de son fief principal. Je ne crois pas qu'il ait des hommes par ici. Il y a quelques indigènes dans la jungle, des Mayas, mais ils sont de notre côté. Dès que les renforts de police seront là, le Lynx reviendra avec une équipe de sécurité complète. Il n'y a pas de danger pour l'instant. Ben est en train de balayer le périmètre.

Jack fit un signe de tête en direction du puits.

– Tu auras compris que notre ami Loki ne nous rejoindra pas.

– Jamais ? demanda Costas en levant les sourcils.

– Il tente de battre le record de plongée souterraine en apnée.

– Dans les enfers des Toltèques, dit Costas à voix basse. Je ne resterais pas là pour l'éternité.

Jack attira Costas dans un coin de la pièce et lui parla de façon animée dans l'obscurité. De temps à autre, Costas jetait un coup d'œil à Maria, la mine de plus en plus sombre. Après quelques minutes, la jeune femme vit que Jack lui faisait signe de les rejoindre. Costas lui tendit un objet enveloppé dans un morceau de tissu. Elle vérifia le contenu du paquet et cacha celui-ci à l'intérieur de sa veste.

Jeremy apparut brusquement à l'entrée, essoufflé et dans tous ses états.

– Vite, dépêchez-vous ! Reksnys s'est échappé. Il a pris un gosse indigène en otage et menace de le tuer.

– Comment a-t-il…

– La police mexicaine l'a libéré et il s'est volatilisé avec le gosse. Il a mis les bouts !

– Merde !

Soudain, des cris retentirent au dehors et Reksnys apparut avec un petit garçon d'environ cinq ans. Il le poussa devant lui, suivi des parents de l'enfant, qui l'imploraient en espagnol. Jeremy retint ceux-ci à l'extérieur et Reksnys entra en tenant une ceinture en cuir autour du cou de son otage. Il parada un instant en ricanant, la tête haute, et traîna l'enfant comme un animal au centre de la pièce.

– Je peux lui rompre le cou en une seconde, juste comme ça, annonça-t-il en claquant des doigts.

Il semblait avoir oublié qu'il n'était pas seul et parlait avec une jubilation presque enfantine. Puis il regarda brusquement autour de lui.

– Où est mon fils ?

– Il est allé se baigner.

Reksnys ne saisit pas ce que Costas venait de lui dire et attira l'enfant contre lui.

– *Cómo te llamas ?*

L'enfant était trop terrorisé pour répondre.

Reksnys l'obligea à le regarder en face.

– *Cómo te llamas !*

L'enfant murmura son prénom, en larmes.

– Daniel.

– Daniel, répéta Reksnys en desserrant son étreinte avant de ramener l'enfant contre lui en tirant brutalement sur la ceinture. Intéressant pour un Maya. Quand j'avais son âge, j'ai connu quelques petits garçons qui portaient ce prénom. Daniel, Doron, Menachem. Et il y a eu plusieurs fillettes avec eux. Mais pas pour longtemps.

Il ricana à nouveau et regarda avec méfiance Maria, qui se dirigeait pas à pas vers le mur contre lequel elle avait repris conscience après le cauchemar de l'île d'Iona. Elle s'arrêta en face de Reksnys, les jambes légèrement écartées.

– Je crois, dit-elle, que vous préfériez autrefois utiliser ceci.

Lentement, posément, elle sortit le Luger et visa la tête de Reksnys, les deux mains refermées sur la culasse et l'index posé sur la détente.

Jeremy la regarda avec stupéfaction.

Reksnys ricanait toujours.

– Vous ne savez pas vous en servir.

Elle retira le cran de sécurité situé sur la gauche.

– Oh, si, je le sais !

– Il n'est pas chargé.

– Jack ? demanda Maria sans détourner le regard.

Jack sortit une petite boîte sur laquelle il était écrit *Neuf millimètres Parabellum* et en montra l'intérieur à moitié vide.

– Nous avons trouvé cela dans votre poche, rappela-t-il. Vous vous souvenez ?

Reksnys le regarda avec mépris.

– Lâchez ce pistolet ou je tue le gosse.

Maria se mit à réciter à voix basse ce qu'elle avait appris par cœur dans son enfance.

– *Compte rendu de situation opérationnelle URSS n° 129a. Einsatzgruppe D. Lieu : Nikolaïev, Ukraine. Addendum au compte rendu n° 129 sur l'activité des Einsatzkommandos visant à débar-*

rasser les villes des Juifs et à éradiquer les groupes partisans. Le SS-Sturmbannführer Andrius Reksnys a exécuté personnellement 341 Juifs. Nouveau total pour ces deux dernières semaines : 32 108.

Le silence envahit la pièce. Maria visait toujours la tête de Reksnys. Celui-ci, immobile, la fixait avec une colère froide, la ceinture tendue autour du cou de l'enfant.

– 14 mai 1943, reprit Maria. Belle matinée de printemps. Les fleurs s'ouvrent, les oiseaux chantent. La dernière ligne de Juifs qui reste devant la fosse est une jeune famille, un père, une mère enceinte et quatre enfants en bas âge. Vous vous souvenez ? Votre père vous a laissé les petits.

– Impossible ! lança Reksnys en regardant les autres d'un air conspirateur. Cette femme est folle. Il n'y avait aucun témoin. Il n'y en a jamais eu.

– Ce furent vos premières victimes, poursuivit Maria d'un ton neutre. Vous ne saviez pas encore bien vous servir du Luger. Trois jours plus tard, la plus jeune des enfants a rampé hors du tas de corps, une balle logée dans le cerveau. C'était une adorable petite fille, en pleurs, sans défense dans le soleil printanier.

Maria sentait les larmes lui couler sur les joues, mais sa voix restait ferme.

– C'est un soldat allemand de la *Wehrmacht* qui l'a trouvée. Il a eu pitié d'elle. Elle est restée dans son unité jusqu'à son retour à Berlin, choyée par des Allemands, des hommes écœurés par ce que les SS avaient fait. Lorsqu'ils furent tous tombés au champ d'honneur, elle a été recueillie par un soldat britannique. Des années plus tard, elle a épousé un diplomate espagnol. Et elle a eu une fille à son tour. Au printemps dernier, je l'ai ramenée à Nikolaïev dans cette jolie prairie, où elle a retrouvé ses frères et sœurs, son papa et sa maman. Elle a dit qu'elle leur avait manqué, qu'ils l'avaient cherchée partout pour la protéger.

La gorge serrée, Maria refoula ses larmes d'un battement de paupières sans quitter le canon du Luger des yeux.

– Cette petite fille, c'était ma mère.

– C'est absurde ! cria Reksnys d'une voix aiguë de fou furieux en attirant l'enfant contre lui, le regard fuyant. Ne croyez pas un mot de ce qu'elle dit. Elle est juive.

Après un silence pesant, il sembla perdre toute contenance. Il se mit à trembler, le visage pâle et trempé de sueur. Il poussa l'enfant, que Jack empoigna et entraîna vers la sortie. Puis il chancela mais se redressa rapidement en tentant de retrouver son aplomb habituel.

– Vous avez le gosse, déclara-t-il en rabattant ses cheveux en arrière de ses mains tremblantes et en s'efforçant de reprendre une voix normale, conciliante. Alors mettons fin à ces absurdités. Vous avez ce que vous voulez. La police ne pourra jamais me coincer. Nous pouvons tous nous en sortir. Où est mon fils ?

– Il a pris un aller simple pour les enfers, dit Costas.

– Où est mon fils ? demanda à nouveau Reksnys, qui ne comprenait pas.

Le regard fixe et les yeux injectés de sang, il cédait à la panique. Face au silence obstiné de ses interlocuteurs, il les observa frénétiquement les uns après les autres, puis se mit à tituber.

– Non…

Maria abaissa le canon lentement, tout en continuant à viser la tête de Reksnys, et parla d'une voix froide, sans laisser transparaître la moindre émotion.

– À genoux. Face au mur.

Reksnys perdit tout contrôle. Il tomba à genoux, les lèvres tremblantes, paralysé de terreur. Une tache sombre apparut sur son pantalon et se répandit le long de ses jambes.

– Non, je vous en supplie. Pas ça.

– Je suis juive, murmura Maria.

Une détonation assourdissante retentit dans la pièce. La tête de Reksnys se renversa brusquement et il tomba à terre, pris de convulsions. Son sang jaillit contre le mur. Pendant un instant, il resta conscient, les yeux grands ouverts, les jambes animées de secousses incontrôlables. Puis il s'affaissa, immobile. Sur le mur, le sang commença à ruisseler sur les couleurs passées de la scène sacrificielle pour rejoindre la flaque qui stagnait sur le sol.

Reksnys se remit à bouger, sous le regard atterré de Maria. Il paraissait à nouveau pris de convulsions et se tordait comme une poupée de chiffon en rampant vers Maria. Celle-ci laissa tomber le pistolet et s'effondra sous le choc. Jack la rattrapa et l'éloigna de Reksnys. Soudain, le sol se mit à trembler violemment. Jack ne comprenait pas ce qui se passait. Puis il se souvint de Chichén Itzá, de la secousse sismique qui s'était produite quelques jours auparavant. Reksnys n'était pas revenu à la vie. C'était un tremblement de terre. Le mur se fissura et fendit la fresque en deux. Un vacarme épouvantable résonna depuis la grotte. En l'espace d'une seconde, Jack se précipita vers l'entrée en traînant Maria derrière lui. L'eau monta brusquement dans la pièce avant de redescendre par le puits, qui demeura le seul vestige du temple.

Quelques instants plus tard, Maria ouvrit les yeux, tandis que l'eau ruisselait sur son visage. Le soleil perçait à travers les feuillages enchevêtrés, les oiseaux poussaient des cris stridents. Jack respira profondément en savourant la brise fraîche qui suivait la pluie. Il pensa à la mère de Maria, au père O'Connor.

Tout était fini.

Chapitre 21

– Il faut compter vingt-trois mètres entre le bord de la plate-forme et la surface de l'eau, à quelques centimètres près. Il va falloir qu'on installe une structure élaborée pour pouvoir utiliser le matériel.

– Si on a pu le faire dans les années 1950, on peut le faire aujourd'hui. Je m'en remets à ton ingéniosité.

– Il se trouve que j'ai conçu exactement ce qu'il nous faut.

Costas sortit un grand plan d'un tube en carton et le déroula sur la pierre chaude en posant sur un coin le télémètre laser qu'il avait à la main. Jack se résigna à entendre une analyse technique détaillée mais fut sauvé au dernier moment par l'arrivée de Jeremy et Maria, qui venaient d'apparaître au bout de la voie processionnelle.

– À table ! cria Jeremy voûté sous la roche, une glacière à la main, avant de baisser la tête pour entrer sous la bâche qu'ils avaient tendue pour se protéger du soleil.

Deux jours s'étaient écoulés depuis la tempête. L'air était encore pur et frais mais, ce matin-là, la chaleur était revenue, encore plus écrasante, et l'humidité était suffocante.

Jeremy ouvrit la glacière et disposa la nourriture et les boissons sur la table. Jack le rejoignit. Costas, qui grommelait dans son coin, finit par céder en voyant la nourriture et rangea son plan. Ils prirent place, tandis que Maria était adossée contre la roche derrière eux.

– Qu'est-ce que tu nous a rapporté cette fois ? demanda Costas. Des spécialités toltèques ? Du cœur humain aux petits légumes, peut-être ?

– Pas du tout, répondit Jeremy entre deux bouchées. De la bonne vieille cuisine mexicaine.

Il se tourna vers Jack.

– Les touristes reviennent cet après-midi, annonça-t-il.

Il avala et but une lampée d'eau.

– La secousse que nous avons sentie dans la jungle n'a quasiment eu aucun effet ici, alors ils pensent qu'il n'y a pas de danger. De toute façon, il fait bien trop chaud pour bosser ici.

Il prit un autre morceau de pain et montra du doigt le puits des sacrifices, près de la plate-forme sur laquelle Jack et Costas se trouvaient quelques minutes plus tôt.

– On va vraiment faire ça ?

– Plus tard dans l'année, répondit Jack. Je suis sûr qu'il y a encore des objets fabuleux là-dessous.

– J'ai tout prévu, affirma Costas la bouche pleine, brillant de sueur sous son panama. Viens voir quand tu auras fini, je vais te montrer.

– J'adorerais voir le dernier bastion de Harald, lança Jeremy, ce que vous avez trouvé dans l'autre cenote.

– Je n'en suis pas si sûr, murmura Jack. L'entrée est bloquée par des centaines de tonnes de pierre et, en passant par l'autre côté, il faudrait remonter un courant impossible à contrer. Nous savons où Harald a livré sa dernière bataille. Nous avons trouvé son Ragnarok et cela me suffit. Quelque chose me dit que la chance du combattant risquerait de m'abandonner si je retournais là-bas.

– C'est un lieu de ténèbres, ajouta Maria, frissonnante. Personne ne peut avoir envie d'y aller.

– Il n'y a que des stalagmites de toute façon, renchérit Costas.

Jeremy regarda la surface verte du puits d'un air perplexe.

– Si vous avez l'intention de m'envoyer dans celui-ci pour compenser, ne comptez pas sur moi. Cet endroit me donne la chair de poule.

– Tu pourras toujours faire partie de l'expédition en tant que cuistot.

– Maria ? demanda Jeremy en tendant le cou par-dessus la table pour la regarder. Mon contrat pour la bibliothèque de Hereford prévoit-il des absences répétées ?

Maria posa sa bouteille d'eau et lui adressa un sourire fatigué. De l'autre côté de la table, Jack l'observait attentivement. Depuis la mort de Reksnys, elle n'avait pratiquement fait que dormir ou se reposer. L'équipe médicale de la *Seaquest II* avait soigné ses écorchures au visage en les recouvrant de gaze blanche. Il n'y aurait aucune cicatrice susceptible de lui rappeler sa terrible épreuve. Mais psychologiquement, elle ne s'en sortirait pas indemne. Jack savait, pour en avoir fait lui-même l'expérience, que la perte d'un proche était plus dure à supporter après le retour au calme, quand on avait du temps pour réfléchir. Deux jours auparavant, Maria avait pointé un pistolet sur la tête d'un homme qui l'avait traumatisée bien avant qu'elle ne rencontre le père O'Connor, dont il avait ordonné le meurtre. Jack l'avait découverte sous un nouveau jour lorsqu'elle lui avait révélé la terrible vérité sur le passé de sa famille. Il avait rencontré sa mère alors qu'ils étaient tous deux étudiants. Il avait pensé que celle-ci était juive séfarade, comme son père. Il ne s'était jamais douté de tout cela. Comme beaucoup de survivants de l'Holocauste, sa mère avait trouvé le moyen d'enfouir l'horreur qu'elle avait vécue au fond de sa mémoire et ne l'avait laissée prendre le dessus que lorsqu'elle s'était sentie mourir. Ce vécu expliquait la force de Maria, mais aussi sa fébrilité et sa réticence à s'engager auprès de quelqu'un. Maintenant qu'elle avait extériorisé le traumatisme qu'elle avait gardé en elle toute sa vie, elle changerait forcément. La confrontation avec Reksnys lui avait en quelque sorte permis de tourner une page, de mettre un terme à sa propre vendetta, mais ce nouvel épisode serait lui aussi lourd de conséquences. Par chance, la police mexicaine avait rapidement changé de camp en apprenant la mort de Reksnys et Maria avait été accueillie en héroïne pour avoir sauvé la vie du petit garçon. Seuls Jack, Costas et Jeremy avaient été témoins de la dernière scène.

Maria regarda Jeremy.

– Ce poste est à toi, mais si tu continues à traîner avec les gars de l'UMI, ils vont te mettre le grappin dessus, lui répondit-elle en souriant d'un air las.

Elle se tourna vers Jack.

– Quelles sont les dernières nouvelles concernant la menora ?

– J'ai réfléchi à la symétrie de l'Histoire, répliqua Jack.

Costas lui jeta un regard tourmenté et se leva brusquement.

– Oh, non ! De la philosophie ! Je ferais mieux de retourner à mes plans.

– Non, attends ! C'est important. C'est peut-être la clé de toute l'histoire.

Costas se rassit en se laissant tomber lourdement, alors que Jack rassemblait ses pensées.

– Cette idée m'est venue après avoir vu la peinture représentant cette procession toltèque en direction du puits des sacrifices, si semblable à la procession romaine qui avait eu lieu mille ans auparavant sous l'arc de Titus. Pensez à tous les endroits où la menora a été emmenée, à toutes ces différentes cultures. Le chandelier d'or est le symbole suprême du peuple juif après l'Arche d'alliance. Il est arraché au Temple par les empereurs romains et devient pour eux un trésor prestigieux. Puis ce sera celui des Byzantins. Et de Harald Hardrada, le roi viking. À chaque fois, il aurait pu être fondu, mais il ne l'a pas été. Pour les Romains, c'est un symbole de conquête et de suprématie. Pour les Byzantins, un des trésors qui les relient à l'ancienne Rome, aux anciennes vertus. Et pour Harald Hardrada, un symbole de ses exploits personnels, puis quelque chose de plus mystique, une sorte de talisman. Au fil du temps, la menora a perdu son sens initial lié à la culture juive mais gardé un pouvoir surnaturel, celui de forger la destinée des hommes.

Costas écoutait attentivement.

– La quatrième croisade, le sac de Constantinople, dit-il. J'y suis ! Tout ce que nous cherchons, les œuvres d'art de l'Antiquité ! Certaines, les plus prestigieuses, ont été intégrées dans une autre culture. À Venise, les chevaux de Saint-Marc sont devenus l'emblème de la cité médiévale. Or les artistes à qui l'on doit cette sculpture antique n'auraient jamais pu l'imaginer.

– Je crois que tu vois où je veux en venir.

– Et le reste, les œuvres d'art qui ont été jetées dans la Corne d'Or. Elles n'étaient pas prestigieuses.

– Ou leur symbolisme était dangereux, indésirable. Pour les croisés et le Vatican, la menora avait retrouvé sa valeur symbolique initiale, ses origines juives. C'est pourquoi nous avons pensé que nous avions une chance de la trouver dans la Corne d'Or.

– Donc, si je suis bien ton raisonnement, après les Vikings, nous en venons aux Toltèques.

– Les Toltèques attachaient beaucoup d'importance aux symboles de victoire, d'exploits guerriers et de domination. Énormément d'importance. Regardez l'architecture de cet endroit, les sculptures. Et ils adoraient l'or. Peut-être n'ont-ils pas porté la menora en offrande à leurs dieux à la fin de la procession. Ils ont pu la mettre de côté pour ne la ressortir qu'à l'occasion des cérémonies les plus sacrées. Pensez à l'empereur Vespasien, mille ans auparavant, à sa procession triomphale dans le forum romain. Comme les Toltèques, il a sacrifié ses prisonniers de guerre, ses ennemis juifs. Il aurait également pu sacrifier leur trésor, le fondre pour frapper une quantité inestimable de pièces. Au lieu de cela, il l'a mis en lieu sûr dans le temple de la Paix.

– Le « temple des guerriers », murmura Jeremy. C'était le lieu le plus sacré des Toltèques, qui n'avait assurément rien à voir avec un temple de la paix. Il ressemblait plutôt au château du Wewelsburg, en Bavière, le quartier général de la SS.

– Ce n'était pas tout à fait ce que Vespasien avait en tête, confirma Maria.

Costas hochait la tête avec enthousiasme.

– On se place d'un nouveau point de vue. Voilà qui me plaît !

– Tu vois ? dit Jack. Ce n'est pas si différent de l'ingénierie. Il y a les bûcheurs et il y a les génies.

– Je suppose que tu parles de Jeremy.

Maria était encore plongée dans ses pensées.

– Alors quand les Toltèques meurent, reprit-elle, la menora disparaît de l'Histoire, tout comme elle semblait s'être volatilisée à la fin de l'Empire romain.

– Nous perdons à nouveau sa trace, admit Jack. Des idées ?

Il se tourna vers Jeremy, qui regardait dans le vide et plongea brusquement la main dans un porte-documents posé sur la table pour en sortir un livre.

– Ce que tu viens de dire me fait penser à quelque chose, annonça-t-il. C'est une information que j'ai trouvée quand je cherchais des indices dans les textes mayas. Sur le moment, je n'ai pas vu le rapport, mais ça vient de faire tilt. C'est une possibilité, juste une hypothèse.

– Ah non ! s'écria Costas en feignant l'appréhension. Tu ne vas pas encore nous révéler l'existence d'une société secrète.

– Ne t'inquiète pas, répliqua Jeremy.

Il termina son pain et s'essuya la bouche avant de boire une gorgée d'eau.

– Les Espagnols ont mis des années avant de s'intéresser au Yucatan, conquis beaucoup plus tard que le centre du Mexique, poursuivit-il. C'est au Yucatan que Cortés a débarqué, mais il n'y est pas resté longtemps.

– Parce qu'il n'y avait pas d'or ? suggéra Costas.

– En effet. Mais il a peut-être raté le coche. Il se peut qu'il soit passé à côté du plus grand de tous les trésors.

– Continue, dit Jack.

– Vous n'allez pas me croire, mais le dernier roi maya n'a pas été détrôné avant 1697. 1697 ! Et c'était un descendant direct des rois de Chichén Itzá.

– Cela fait près de deux siècles après Cortés ! s'exclama Jack, interdit.

– Je croyais que Chichén Itzá avait été détruite et abandonnée avant l'arrivée des Espagnols, intervint Costas.

– Oui, acquiesça Jeremy, plusieurs décennies avant le débarquement de Cortés, au XVe siècle. Les Toltèques étaient déjà partis depuis longtemps. Leur société avait implosé dans un effroyable bain de sang deux siècles auparavant. Ils avaient été remplacés par une dynastie maya plus civilisée, celle des Itzá, le peuple qui a donné son nom à cette cité. Pour une raison qui reste mystérieuse, les Mayas ont fini par abandonner leurs temples et sont partis pour toujours. Ils se sont évanouis dans la jungle, où ils ont erré pendant des années comme les tribus perdues d'Israël.

– Peut-être ont-ils tous sombré dans une sorte de dépression collective, songea Costas. Après avoir vécu pendant des siècles dans un abominable tourbillon de violence, ils ont dû être ébranlés par la terreur et le sacrifice. Ils ont fini par craquer.

Jeremy éclata de rire.

– En tous cas, affirma-t-il, quelle que soit la raison de leur départ, ils sont ensuite allés jusqu'au lac de Petén, à plus de quatre cents kilomètres au sud, ce qui correspond aujourd'hui au Guatemala. Ils se sont enfoncés dans la jungle impénétrable et se sont éloignés le plus possible des Espagnols. Puis ils ont pagayé vers une île lointaine, où ils ont fondé une nouvelle cité, Tayasal. Ils y sont restés pendant des générations. Personne n'était au courant de leur existence, excepté quelques missionnaires. Tayasal a progressivement acquis une réputation mystique. Certains y voyaient une terrifiante forteresse au milieu de la jungle, un bastion de féroces guerriers pratiquant des rituels sataniques, l'enfer sur Terre. D'autres la considéraient comme un lieu mythique renfermant des richesses inestimables qu'on ne pouvait atteindre qu'en triomphant de terribles épreuves, une sorte de Shangri-La ou d'Avalon maya.

– Revoilà le roi Arthur, murmura Costas. Je doute que Tennyson ait jamais envisagé de situer Avalon dans la jungle du Mexique.

– Peut-être les Mayas avaient-ils leur trésor avec eux, dit Jack. C'était un peuple vaincu, qui n'était plus que l'ombre de ce qu'il avait été, mais ils avaient dû sauver tout ce qu'ils pouvaient à Chichén Itzá. Comme les Israélites, ils avaient dû emmener ce qu'ils avaient de plus sacré, leur plus grande richesse.

– Peut-être ont-ils associé la menora au dieu aigle, au retour du roi, songea Maria. La référence aux hommes barbus que Jeremy a trouvée dans le Chilam Balam laisse entendre que les Mayas n'avaient pas oublié Harald et les Vikings. Souvenez-vous ce qu'a dit Reksnys à propos des indigènes. Ils n'auraient jamais osé descendre dans le cenote situé sous le temple. Peut-être Harald était-il devenu une sorte de dieu sauveur mythique, qui avait combattu aux côtés des Mayas contre leurs oppresseurs toltèques. Et il se pourrait que, deux cents ans après la mort de Harald, un Maya intrépide ait eu la bravoure d'aller sauver la menora des enfers toltèques. Ainsi, le chandelier aurait encore changé de culture.

– Si les Toltèques ne l'avaient pas déjà sacrifié, précisa Jack.

– Ou fondu.

– Tout ce que nous savons à ce jour est là-dedans, reprit Jeremy en montrant son livre. C'est le récit incroyable d'un moine franciscain, Fray Andrés de Avendaño y Loyola, qui est arrivé à Tayasal en 1695 et dont le manuscrit a été mis au jour au Mexique dans les années 1980. Avendaño était un homme d'une intelligence et d'une résistance physique exceptionnelles, qui plus est doté d'une force morale et d'une détermination à toute épreuve. Il a été fasciné par le peuple qu'il avait été chargé de convertir. Il se souciait de ses moyens de subsistance et ne pensait pas uniquement à faire des prosélytes. Les premiers missionnaires ont mauvaise presse ici mais, sans l'intervention d'érudits comme Avendaño, nous ne saurions pratiquement rien de ce peuple et des populations entières auraient disparu. Le père O'Connor se situait dans la droite lignée de cette tradition.

– Je me demande si Patrick savait tout cela, murmura Maria.

Jeremy ouvrit le livre.

– D'après son propre récit, poursuivit-il, Avendaño est donc arrivé cette année-là sur la rive du lac de Petén accompagné de deux franciscains et de dix Mayas convertis. De l'autre côté du lac, ils ont découvert un spectacle extraordinaire.

Il lut un passage à voix haute.

– *« De l'est vint une grande flottille de pirogues disposées en triangle, toutes ornées de nombreuses fleurs, où l'on jouait de la musique avec des tambours et des flûtes en bois. Assis dans la plus grande de toutes, se trouvait le roi des Itzá, qui était le chef Canek, ce qui signifie Serpent aux vingt étoiles. »*

– Cela a dû être impressionnant, murmura Costas. Et il y avait de l'or ?

– Ce qu'Avendaño a vu correspondait à l'idée même que les Espagnols se faisaient du Nouveau Monde. Pour de telles richesses, les conquistadors auraient vendu leur âme deux siècles auparavant, mais ils n'en virent que très peu. On sent qu'Avendaño est troublé. Son instinct de jésuite est brouillé par la soif de conquête dont les Espagnols étaient habités. Il est attiré par l'or comme un requin par le sang.

Jack sourit.

– Continue, lui dit-il.

– Le dernier des rois mayas s'est approché d'eux. Écoutez ça : *« Il portait une couronne en or, et des disques en or aux oreilles, lesquelles étaient ornées de pendentifs en or allant jusqu'aux épaules. Il avait des bracelets de bras en or pur et des bagues en or, et ses sandales bleues étaient couvertes de grelots en or. »*

Costas siffla.

– Il ployait sous le poids de l'or ! s'exclama-t-il.

Jeremy ferma le livre.

– Avendaño n'a pas réussi à convertir les Itzá. Deux ans plus tard, la cité est tombée aux mains des Espagnols.

– Et tu dis que les Mayas avaient quitté Chichén Itzá avec leur trésor ? demanda Costas.

– Je vous ai dit toute l'histoire.

– Ça fait un sacré paquet d'or pour un peuple vaincu.

– Ce n'est qu'une hypothèse.

Jack hochait la tête lentement.

– Les Mayas ont fait grand mystère de leurs textes sacrés, des livres du Chilam Balam qui prophétisaient l'arrivée d'hommes barbus en provenance de l'est. Ils ont donc également pu dissimuler d'autres trésors. Entourés d'Espagnols qui cherchaient de l'or partout, ils ont eu raison de s'établir dans une île située sur un lac enfoui au beau milieu de la jungle.

– Pour eux, la menora n'était peut-être que de l'or, purement et simplement, suggéra Costas. Elle n'avait peut-être plus la même valeur prestigieuse que pour leurs ennemis toltèques. Une fois en sécurité dans leur refuge, il se pourrait qu'ils l'aient fondue.

– Et qu'elle soit revenue à son point de départ, dit Maria à voix basse.

– Comment cela ? demanda Costas.

– Réfléchissez. Les Espagnols conquièrent le dernier bastion des Itzá. Ils finissent par mettre la main sur l'or des Mayas, sauf que ce n'est pas du tout celui des Mayas. Et qu'est-ce qu'ils en font ? Je doute qu'ils décident de rester assis sur leur tas d'or au milieu de la jungle.

– Ils le ramènent chez eux, répondit Jeremy.

– Ils le fondent à nouveau, font frapper des pièces, et l'expédient à Cadix et à Séville par les flottes du Trésor. Cela représente une quantité inestimable d'or, un butin spectaculaire, qui va directement dans les coffres du roi d'Espagne. Et de l'autre grand pouvoir qui se cache derrière les conquistadors.

– L'Église catholique, murmura Jack. Et une partie de cette richesse retourne au siège de l'Église, au Vatican, à Rome.

– Attendez, intervint Costas. Je suis perdu.

– Tu ne comprends pas ? s'exclama Maria les yeux pétillants. Si nous voyons juste, la menora n'a jamais été perdue. Il y a trois cents ans, l'or fondu pour devenir un objet sacré dans l'ancien Israël est retourné sur les terres qui en avaient été les premières héritières. Il a été transformé en lingots et en artefacts sacrés pour établir un nouvel ordre du monde. Peut-être a-t-il toujours été là, sous nos yeux, dans les splendeurs de Saint-Pierre, dans les reliquaires du trésor du Vatican, dans les innombrables ornements et artefacts des églises de toute la chrétienté qui ont bénéficié des largesses du Vatican.

– Une partie de cet or est peut-être même revenue à Jérusalem, suggéra Jeremy. Souvenez-vous, Harald Hardrada avait lui-même déposé une offrande sur le tombeau du Christ, à Jérusalem. L'histoire de l'implication occidentale en Terre sainte, qui a commencé avec les croisades, ne s'est pas bornée à une succession de pillages due à la cupidité des hommes. Peut-être, je dis bien peut-être, qu'une partie de l'or des Itzá est retournée dans l'ombre du mont du Temple, à Jérusalem, et qu'elle y est encore aujourd'hui.

Costas prit soudain une mine déconfite. Il regarda son plan posé sur le rocher, à côté du cenote.

– Mais ma sonde… Tous mes plans. Est-ce que vous êtes en train de dire que…

– Ce ne sont que des conjectures, murmura Maria.

– Et nous n'avons rien qui prouve que Harald est venu jusqu'ici, insista Costas. La fresque a été détruite et la grotte où Harald a livré sa dernière bataille s'est effondrée. Personne ne nous croirait.

– Nous avons ceci, répliqua Maria en sortant de la poche de son short la pierre runique qu'elle avait trouvée dans le cenote.

– Cette pierre ne mentionne pas directement Harald. Et elle ne vient pas d'ici. On dirait du schiste. Les Vikings l'ont probablement ramassée à L'Anse aux Meadows.

– Mais nous, nous savons ce qui s'est passé.

– En ce qui concerne la menora, je préfère m'en tenir à la thèse des Mayas plutôt que de réfléchir à ce qu'on pourrait en faire si on la trouvait, déclara Jeremy.

Jack se leva, se dirigea vers la plate-forme sacrificielle et regarda l'eau d'un vert impénétrable. Puis il tourna le dos au cenote et prit un récepteur radio qui était accroché à sa ceinture.

– La menora est peut-être dans le puits des sacrifices après tout. À moins que nous ne soyons arrivés au bout de la piste. Quoi qu'il en soit, avant d'envisager un autre projet, je dois m'acquitter d'une dette envers un vieil ami. Une histoire de chance du combattant…

Il posa les yeux sur Maria.

– Et puis, nous sommes restés ici assez longtemps.

Chapitre 22

Quarante-huit heures plus tard, Jack était voûté près de la poupe de la *Seaquest II*, la main sur l'oreille pour s'isoler du bruit de l'eau qui bouillonnait dans le sillage du navire. Il venait de recevoir un appel d'Istanbul de la part de Maurice Hiebermeyer. Il alla rejoindre Costas, Maria et Jeremy, assis sur un banc derrière l'hélistation.

– Ça y est, je t'entends, dit Jack qui tenait le récepteur contre son oreille. Bon, c'est parfait. Rendez-vous demain matin dans la Corne d'Or. Merci d'avoir pris le relais, Maurice. Bon travail. Je te revaudrai ça. Terminé.

Il ferma le récepteur radio et se faufila entre les cordes qui avaient été fixées au pont pour arrimer le Lynx après son arrivée. La *Seaquest II* retournait dans l'Arctique. Le projet scientifique du fjord glacé d'Ilulissat allait reprendre et plusieurs scientifiques qui avaient quitté le navire lors de son déroutement vers les Caraïbes étaient ramenés à bord par hélicoptère. La *Seaquest II* se trouvait actuellement à moins de cent milles nautiques à l'est de Terre-Neuve et le dernier trajet du Lynx était prévu pour la fin d'après-midi. Malgré la houle, la mer était relativement calme et le ciel dégagé mais, tandis qu'ils se dirigeaient vers le nord, les membres de l'équipe craignaient la fraîcheur de l'air, qui leur semblait encore plus intense après les quelques jours passés dans la jungle étouffante du Yucatan. Maria et Jeremy, emmitouflés dans des anoraks de l'UMI, étaient blottis derrière le bastingage, à l'abri du vent.

– C'était Maurice Hiebermeyer, annonça Jack. Les nouvelles sont excellentes. Ils ont fini par trouver des artefacts jetés dans la Corne d'Or après le sac de Constantinople, en 1204.

– L'or des croisés ? demanda Costas plein d'espoir.

– Une statue colossale en bronze doré de l'empereur Vespasien avec une dédicace indiquant qu'elle avait été initialement érigée dans le forum de la Paix, à Rome, après le triomphe consécutif à la Guerre juive. Ce n'est pas vraiment ce que nous cherchions, mais ce sont les aléas de l'archéologie.

– Ça, c'est une bonne nouvelle ! s'exclama Costas avec un soupir de satisfaction. Ma sonde a mis dans le mille. De toute manière, si mes souvenirs sont bons, beaucoup d'autres objets ont été volés dans le temple de Jérusalem outre la menora. Nous les trouverons. Faites confiance à la technologie de l'UMI.

– Cela va devoir attendre, déclara Jack. Maurice Hiebermeyer était impatient de me parler d'une découverte faite dans le désert égyptien après notre retour de l'Atlantide et j'ai fini par l'écouter. C'est incroyable.

– J'espère que ce n'est pas encore un papyrus, se plaignit Costas. Le dernier nous a déjà créé suffisamment de problèmes.

– Celui-ci est romain. C'est juste un fragment de manuscrit, mais il donne un indice fantastique.

– Encore une chasse au trésor ?

– Tu as déjà entendu parler d'Alexandre le Grand ?

Costas reconnut la lueur qui brillait dans les yeux de Jack.

– D'accord, dit-il. L'archéologie, dans ces conditions, ça me va. Tu peux compter sur moi, du moment qu'il n'y a pas d'icebergs.

– Marché conclu !

Jack sourit et se tourna vers Maria et Jeremy. Son expression changea brusquement lorsqu'il vit l'air abattu de Maria.

– Je voulais te demander Maria, commença-t-il d'une voix douce, à propos de tes origines ukrainiennes… Je sais que la population juive était ashkénaze, mais en sais-tu davantage sur tes ancêtres ? J'essaie simplement de comprendre d'où te vient cette passion pour les Vikings.

Le visage de Maria s'éclaira d'un sourire mélancolique.

– Lorsque j'ai enterré ma mère, l'année dernière, répondit-elle, j'ai passé quelques jours en Ukraine. Je suis allée à la cathédrale Sainte-Sophie de Kiev où j'ai étudié les célèbres fresques. J'ai observé les rois et les reines qui ont régné sur Kiev à l'époque des Vikings, les marchands et les guerriers qui sont venus par les fleuves à bord de galères. Des hommes blonds, barbus, incroyablement grands, le portrait craché de Harald Hardrada et de ses compagnons.

– Des Varègues, murmura Jack. Les Rus.

– Avant de mourir, ma mère m'a raconté quelque chose à propos de sa famille. Une histoire de mariage, une légende familiale selon laquelle nous descendrions de la noblesse rus.

– Je m'en doutais.

– Il semble que je sois le seul ici à n'avoir pas de sang viking dans les veines, affirma Costas.

– N'y compte pas trop, répliqua Jack. L'inscription de Halfdan dans la cathédrale Sainte-Sophie de Constantinople n'est pas la seule preuve de la présence des Vikings dans le coin. Il y a une autre inscription runique sur une sculpture antique d'Athènes. Il semblerait que Harald et ses hommes aient également fait un petit tour en Grèce. Ils sont allés à peu près partout.

Costas regarda une carte sur laquelle il avait tracé leur périple.

– Dans l'hémisphère occidental, en tous cas.

Jack reprit son sérieux.

– J'ai également eu des nouvelles du chef de la sécurité de l'UMI au Royaume-Uni. Par mesure de précaution, Maria a envoyé le brouillon du dossier qu'elle préparait avec O'Connor au chef de la sécurité de l'UMI juste avant d'être kidnappée. Interpol procède en ce moment même à une série d'arrestations dans des cercles très influents. Apparemment, le *félag* était impliqué jusqu'au cou dans la criminalité internationale : blanchiment d'argent, trafic de drogue, d'armes et d'antiquités. Un des membres aurait même été à la tête d'un vol audacieux sur le site d'Herculanum, dans la baie de Naples, effectué juste sous le nez des autorités italiennes. On dirait que Reksnys n'était pas le seul à se servir du *félag* pour s'en mettre plein les poches.

– Que nous sommes loin des idéaux héroïques de Harald Hardrada ! s'écria Costas.

– Le nouveau *félag* n'avait rien à voir avec lui, fit remarquer Jeremy avec amertume. C'était une organisation criminelle pure et simple, qui avait à peu près autant de légitimité historique que les nazis.

– Le dossier que le père O'Connor et toi avez monté semble avoir été d'une importance cruciale, dit Jack à Maria. Il a permis à Interpol de faire le lien entre différents criminels. Et maintenant qu'il y a une accusation de meurtre, on ne devrait plus entendre parler du *félag* avant un bon bout de temps.

– Et cet obscur personnage du Vatican ? demanda Costas.

Jack hocha la tête, le visage soudain assombri par l'inquiétude.

– C'est une exception, en effet. Reksnys a failli le vendre lorsqu'il se vantait de ses sources dans le temple, mais il s'est interrompu au dernier moment. O'Connor avait des soupçons concernant cet informateur, mais il voulait être sûr de lui avant de nous en parler. Son meurtre à coupé court à ses investigations. C'est la seule petite victoire de Loki. Mais qui que ce soit, nous pouvons être sûrs qu'il va se faire discret maintenant, au moins pendant toute la durée de l'enquête. Pendant ce temps, peut-être découvrirons-nous de nouvelles informations, un indice sur son identité, dans les documents du père O'Connor.

– Je vais retourner sur l'île d'Iona pour boucler le dossier, annonça Maria les yeux embués de larmes, en esquissant un sourire. Le père O'Connor sera resté digne jusqu'à la fin. Vous vous souvenez de ce qu'il disait à propos des Vikings ? Notre destin est prédéterminé. Alors ce qui compte, c'est notre façon de mener notre vie, sans compromis. Afin que nous puissions aller au Valhalla et nous ranger aux côtés des dieux pour l'ultime bataille du Ragnarok avec la certitude que notre honneur et celui de nos frères sont saufs.

– Il faisait partie de ceux que Hardrada aurait aimé avoir à ses côtés, dit Jeremy.

– Quel gâchis ! murmura Maria en baissant les yeux, la voix enrouée par l'émotion. Tout ce savoir, toute cette humanité.

– Le savoir, c'est la continuité, lui dit Jack avec douceur en lui posant la main sur l'épaule. C'est transmettre la sagesse à la génération suivante, en sachant qu'elle pourra donner lieu à de nouvelles découvertes, à des révélations que l'on n'imagine même pas.

Il leva les yeux vers Jeremy.

– Je crois que c'est ce que le père O'Connor a fait.

– À propos ! s'exclama Jeremy avec un enthousiasme soudain en montrant un paquet qu'il avait sur les genoux. J'ai fait venir ça via Goose Bay lors du dernier trajet de l'hélicoptère. Je voulais le voir de mes propres yeux avant de vous en parler.

Jack lui sourit chaleureusement.

– Je me doutais que tu n'avais pas encore dit ton dernier mot.

– Vous vous souvenez de la conversation que nous avons eue sur la disparition des Norrois du Groenland au XIVe siècle. De la possibilité que les Skraelings se soient emparés de toute la colonie occidentale ?

– Oui, eh bien ?

– Une découverte phénoménale vient d'être faite à la bibliothèque de Hereford, annonça Jeremy rouge d'excitation. Les spécialistes de la civilisation norroise en rêvent depuis des années. C'est une découverte aussi fabuleuse que le trésor perdu de Harald. Voilà ce qui a été trouvé au milieu de tout le reste dans l'escalier abandonné.

– Voyons cela.

Jeremy arracha le papier bulle et sortit du paquet un livre ancien orné d'une reliure en cuir.

– C'est fantastique ! s'exclama-t-il en se tournant vers Maria. C'est la saga perdue de la colonie occidentale du Groenland, la *Vestribygða saga*. Écrite au XIVe siècle.

Maria retint son souffle et regarda par-dessus l'épaule de Jeremy, qui ouvrait avec précaution le codex médiéval à la dernière page.

– Est-ce qu'elle explique ce qui s'est passé ? demanda Costas.

– Sûrement, affirma Maria en parcourant le texte. Maintenant, tu peux certainement reconnaître ces mots.

Elle indiqua deux mots au centre de la page et Costas se pencha en avant.

– *Haraldi konungi*, notre vrai roi, lut Maria à voix haute. Harald Sigurdsson.

Costas siffla.

– Harald Hardrada ! s'exclama-t-il. Ils se souvenaient de lui, près de trois siècles après son départ !

– Et regarde le symbole associé à son nom.

– Quoi, la menora ? s'écria Costas, tandis que ses compagnons fixaient tous le symbole qui ressemblait à une rune au milieu des lettres latines. Nous sommes revenus au point de départ. Constantinople, Iona, le fjord glacé, le Vinland, le Yucatan, et nous revoilà dans la vieille bibliothèque de la cathédrale où tout a commencé.

– La boucle est bouclée, déclara Jeremy, mais cela ouvre une piste fantastique. Attendez de savoir ce que le dit le texte.

Maria traduisit lentement en suivant les lignes du doigt.

– *« Anno Domini 1332. Les chefs du Vestribygð ont décidé de suivre leur vrai roi Harald Sigurdsson au Norðrseta et de l'autre côté de la mer en direction de l'ouest. »*

Elle leva les yeux.

– Ils fuyaient l'oppression de l'Église, notamment l'impôt destiné aux croisades instauré au XIIe siècle. Les Norrois du Groenland étaient païens dans l'âme. Pour eux, leur vrai roi, c'était Harald Hardrada et non un obscur souverain pontife de Rome.

– Alors où sont-ils allés ? demanda Costas.

Maria poursuivit en glissant le doigt le long de la page.

– *« Au nord du grand fjord glacé où Halfdan l'Intrépide est parti pour le Valhalla à bord de son navire. »*

– Incroyable, murmura Jack. Cette saga mentionne Halfdan et le drakkar.

Il se tourna vers Costas.

– Ce n'était pas juste un rêve.

– C'était plutôt un cauchemar.

– Il y avait cent vingt hommes, femmes et enfants et, après avoir rempli leurs navires de provisions, ils sont partis vers le nord-ouest et on ne les a jamais revus, poursuivit Maria. Ils ont été conduits par Erling Sigvatsson, Bjarni Tordsson et Eindridi Oddson.

Elle interrompit sa lecture.

– Je connais ces noms ! s'exclama-t-elle. La pierre runique de Kingigtorssuaq, trouvée sur une île au nord du fjord glacé ! C'était la seule pierre runique trouvée au Groenland avant la découverte du drakkar.

– Parfois toutes les pièces du puzzle s'emboîtent à la perfection, murmura Jack émerveillé.

– Est-ce que cela signifie que Bjarni et ses compagnons ont conduit les réfugiés du Groenland vers le passage du Nord-Ouest ? demanda Costas.

– C'est ce que laisse entendre la saga.

– Tu crois qu'ils ont réussi ?

– Il n'y a aucune raison qu'ils aient échoué, répondit Jack. C'étaient les meilleurs marins qui aient jamais existé. Regarde jusqu'où Harald et les quelques hommes qu'il lui restait sont allés après Stamford Bridge. Ils ont quasiment fait le tour de l'hémisphère occidental. S'il n'y avait pas de glace dans les passages menant de la mer de Baffin à la mer de Beaufort au cours de l'été 1333, les Groenlandais ont très bien pu s'en sortir.

– Des Vikings dans le Pacifique au XIVe siècle, songea Jeremy, avant les voyages d'exploration des Chinois. Ils auraient battu tous les records.

– Tu pourrais envoyer quelques collègues anthropologues là-bas pour les soumettre à une série de tests ADN, murmura Costas.

– Excellente idée ! s'écria Jack. Depuis le début, nous cherchons Harald, son trésor, mais le plus bel héritage qu'il nous ait légué, c'est peut-être avant tout le peuple de l'ensemble du monde nordique, qui s'est reconnu en lui et dont il a permis la survie. Son bref séjour au Groenland a peut-être été l'étincelle qui a sauvé ces hommes et ces femmes d'une fin misérable des années plus tard.

– Dans ce cas, dit Maria en regardant Jack, je ne peux pas m'empêcher de penser qu'il en aurait retiré autant de satisfaction que de n'importe laquelle de ses grandes victoires. D'une certaine façon, grâce à lui, les plus intrépides des siens ont vécu une vie héroïque et digne jusqu'au bout.

Jeremy referma le livre et le glissa dans son emballage. Maria et lui se levèrent entre Jack et Costas. Pendant un instant, ils restèrent debout tous les quatre à regarder par-dessus la poupe les rayons du soleil de l'après-midi danser au loin sur les vagues de l'Atlantique. Jack se sentait rappelé par l'horizon du Vieux Continent, empreint du rayonnement de l'Histoire, même si les rivages du Nouveau Monde avaient désormais un attrait qu'il n'aurait jamais pu imaginer à peine quelques jours auparavant. Il repensa à la Corne d'Or, à Constantinople, et n'arrivait pas à croire qu'ils avaient parcouru tant de chemin.

Costas tenait le pendentif en jade qu'ils avaient trouvé à côté du squelette, sous le cairn, et observait les deux pièces en argent qui figuraient les yeux. Au bout d'un moment, il regarda Jack, d'un air légèrement perplexe.

– Alors c'est tout ce qu'il nous reste du trésor de Harald Hardrada ?

– Une pièce viking, une pièce romaine, dit Jack en souriant. C'est plutôt pas mal, tu ne trouves pas ? Séparément, ce ne sont que des fragments d'histoire indépendants l'un de l'autre, mais ensemble ils témoignent d'une aventure fantastique, que je n'aurais jamais crue possible. Nous l'avons trouvé, le trésor de Harald. Ces pièces valent tout l'or du monde.

– Une dernière question. La princesse byzantine, l'autre trésor que Harald a ramené de Constantinople, l'homonyme de Maria, tu crois qu'elle est restée avec lui jusqu'au bout ? J'aimerais bien qu'elle ait survécu, qu'elle soit devenue une redoutable reine des Toltèques. Ça ajouterait un peu de piment à l'Histoire.

– Comme si nous en avions besoin, après tout ce que nous venons de vivre ! s'exclama Jeremy.

– Tu as cru voir une femme sur la fresque, une Viking, lui rappela Costas.

Jeremy acquiesça en se souvenant brusquement de ce personnage.

– Pour moi, elle incarne la légende des Valkyries, déclara Maria, ces cavalières du monde des esprits qui sélectionnaient les guerriers tués sur le champ de bataille pour les emmener au Valhalla et les servaient ensuite dans la grande salle des festins. Je pense que Maria est restée avec Harald jusqu'au bout. Elle fut sa compagne de tolet, une princesse guerrière. Elle a dû l'accompagner dans l'au-delà, en bon viking. Je pense qu'elle est là-haut maintenant et qu'elle festoie avec lui ainsi que les membres de sa noble confrérie, le vrai *félag*.

– Maria, reine des Valkyries, plaisanta Costas. D'après ce que j'ai vu, ça te va bien !

– Il était temps que quelqu'un prenne la relève, dit Jack en souriant.

Le navire avait ralenti. Il était désormais immobile sur l'eau, tandis que les derniers remous de son sillage disparaissaient dans les vagues derrière la poupe. Le capitaine sortit de la passerelle et ses pas résonnèrent sur le pont.

– Nous avons atteint notre position, Jack, annonça-t-il. Quand vous voulez.

Jack hocha la tête et regarda la mer avant de se retourner vers un objet posé derrière lui sur le pont. Il retira avec précaution la couverture qui l'enveloppait et le laissa étinceler dans le soleil. C'était la superbe hache de guerre viking que Costas et lui avaient trouvée dans le drakkar, l'arme de Halfdan, qui les avait sauvés d'une mort certaine dans la glace. Il ne l'avait pas retouchée depuis le jour de leur terrible épreuve et il eut la chair de poule lorsqu'il referma la main autour du manche en chêne. Il tourna d'un côté et de l'autre la tête d'acier dorée qui avait la forme du marteau de Thor, *Mjøllnir*, ornée d'une tête de loup et de l'aigle bicéphale représentant Rome et Constantinople. Il passa la main sur les symboles runiques, la signature de Halfdan, des marques que celui-ci avait faites un millier d'années auparavant, lorsqu'il avait servi sous les ordres de son chef bien-aimé à la grande époque de la garde varangienne, dans la plus grande cité du monde.

Les compagnons de Jack s'approchèrent sans un mot et posèrent la main sur le manche.

– La chance du combattant, dit Costas.

– La chance du combattant, répéta Jack à voix basse.

Il y avait seulement dix jours que leur extraordinaire aventure avait commencé dans la Corne d'Or. Jack repensa au père O'Connor, à tout ce que cet homme avait fait pour combattre le côté obscur de l'histoire, au prix de sa propre vie.

La brume commença à descendre sur eux. Elle coupa le navire du monde extérieur, comme s'ils avaient fait un bond en arrière dans le temps. Juste au-dessus de l'horizon, à l'ouest, s'étendait le Vinland, l'avant-poste le plus reculé des Vikings. L'espace d'un instant, Jack eut l'impression de voir sortir de la brume la silhouette spectrale d'un drakkar, précédée du loup féroce que Costas et lui avaient aperçu dans la glace. C'était comme s'ils se trouvaient dans un univers où la réalité devenait mythe, à la frontière entre le monde des Vikings et le monde des esprits, où avait commencé pour Harald et ses hommes un voyage rempli de découvertes terrifiantes.

Jack souleva la hache puis posa les lèvres contre l'acier frais de la lame. Quelque part dans ces eaux froides, les derniers vestiges de l'iceberg libéreraient Halfdan et son drakkar après avoir suivi le courant qui avait porté le roi viking jusqu'à l'ultime bataille de la fin des temps. Halfdan devrait être prêt à combattre fièrement aux côtés de ses compagnons, ceux qui avaient été ses frères d'armes à l'époque où les Varègues étaient des guerriers inégalés dans le monde des hommes.

Jack fit un pas en arrière, laissa glisser la tête de la hache derrière lui et, dans un geste ample, souleva le manche dans les airs. Emporté par le poids de l'arme, il la lâcha au dernier moment. La hache décrivit un grand arc de cercle au-dessus de la poupe et se mit à tournoyer dans un rayon de soleil illuminant la brume avant de disparaître derrière une lueur étincelante, comme un éclair surgi de nulle part, un flot d'énergie provenant de l'âge des héros. Puis elle fendit la mer et sombra pour ne laisser que quelques rides sur l'eau, rapidement balayées par les vagues. Étrangement soulagé, Jack eut le sentiment d'avoir un poids en moins sur le cœur. Il se pencha contre le bastingage et fixa la surface grise de la mer, entouré de ses amis. À voix basse, il prononça en vieux norrois les mots sacrés, ces mots qui avaient perdu toute connotation funeste et racontaient une histoire merveilleuse.

– *Hann til ragnarøks.*

Note de l'auteur

La menora

Le magnifique chandelier d'or du temple de Jérusalem, pillé par les Romains en 70 apr. J.-C., demeure l'un des plus grands trésors perdus de l'Histoire, au même titre que le Saint-Graal et l'Arche d'alliance. La seule description que nous en ayons et dont l'illustration de la couverture est inspirée se trouve sur l'arc de Titus, à Rome. La procession triomphale représentée sur cet arc a été relatée en détail par Josèphe, témoin oculaire juif et confident de l'empereur Vespasien. Parmi les dépouilles du Temple se trouvait un chandelier en or : « La colonne s'élevait du milieu du pied où elle était fixée et il s'en détachait des tiges délicates dont l'agencement rappelait l'aspect d'un trident. Chacune était, à son extrémité, ciselée en forme de flambeau : il y avait sept de ces flambeaux, marquant le respect des Juifs pour l'hebdomade. » (Flavius Josèphe, *Guerre des Juifs* Livre VII, 148-150). Josèphe parle peu du sort réservé aux prisonniers juifs – il ne décrit que l'exécution de leur chef, Simon – mais il affirme qu'au moins une partie des dépouilles a échappé à la fonte : dans son temple de la Paix, Vespasien « consacra les vases d'or provenant du temple des Juifs, butin dont il était particulièrement fier» (Livre VII, 161-162). D'autres trésors ont été fondus pour frapper les célèbres pièces «Judaea Capta», dont le revers représente une femme incarnant la Judée vaincue sous un trophée romain et porte l'inscription IVDAEA.

Il n'existe aucune autre description de la menora du Temple. Cependant, celle-ci aurait été préservée – et peut-être été cachée dans une chambre secrète, comme celle qui a bien été découverte dans l'arc de Titus. L'historien Procope (env. 500-562 apr. J.-C.) en fournit la preuve irréfutable dans un témoignage direct concernant le butin rapporté par le général byzantin Bélisaire, lorsque celui-ci a vaincu les Vandales à Carthage en 534 apr. J.-C. Ce butin contenait des objets dérobés par le roi vandale Genséric lors du sac de Rome en 455 apr. J.-C., «le trésor des Juifs, que Titus, le fils de Vespasien, avait rapporté à Rome, avec certains autres, après la chute de Jérusalem» (Procope, *Guerres de Justinien*, Livre IV, chap. IX, 5-10). D'après Procope, Bélisaire a ramené les trésors à Constantinople – l'actuelle Istanbul – et les a exposés dans l'hippodrome pour l'empereur Justinien. Procope affirme qu'un Juif a ensuite persuadé Justinien de les redéposer dans «les lieux saints des chrétiens de Jérusalem». Lorsqu'il décrit l'arrivée des trésors à Constantinople, son témoignage est sans doute authentique, d'autant que beaucoup de ses lecteurs avaient été vraisemblablement eux-mêmes témoins du triomphe. En revanche, le récit du retour des trésors à Jérusalem semble peu plausible et simplement destiné à mettre en valeur les vertus chrétiennes de Justinien. Rien ne prouve de façon crédible que la menora se soit trouvée à Jérusalem au-delà de 70-71 apr. J.-C.

La quatrième croisade

Les trésors perdus du temple de Jérusalem sont peut-être restés cachés à Constantinople pendant le Moyen Âge. La préservation de beaucoup d'autres antiquités dans la cité est attestée par la liste des objets détruits ou volés par les croisés en 1204, dont le célèbre quadrige, expédié à Venise pour devenir les chevaux de Saint-Marc. Certains croisés avaient dû se rendre en pèlerinage à Rome et il est possible que leur chef, Baudouin de Flandre, ait vu l'extraordinaire bas-relief de l'arc de Titus et lu Procope. Les écrits de l'époque au sujet du sac de Constantinople sont empreints de pieuses justifications, mais il se pourrait que la soif de pillage ait été trop grande et que Baudouin ait cherché désespérément un moyen de payer les Vénitiens pour le transport des croisés jusqu'en Terre sainte.

Harald Hardrada

Rien ne permet de savoir si les trésors juifs sont restés à Constantinople jusqu'en 1204. Un siècle et demi avant la quatrième croisade, l'illustre garde varangienne de l'empereur byzantin était dirigée par Harald Sigurdsson, personnage hors du commun passé à la postérité sous le nom de Hardrada, « l'Impitoyable » ou « le Sévère ». Harald était un mercenaire viking, le fils exilé d'un roi de Norvège, qui irait reprendre le trône et deviendrait le plus redouté de tous les chefs de guerre vikings. À la tête de la garde varangienne, il a été le Bélisaire de l'époque. Il a mené des campagnes en Sicile et en Afrique du Nord pour le compte de l'empereur et amassé une immense fortune personnelle. Les Sarrasins l'appelaient « Éclair du Nord ». Il a réussi là où la quatrième croisade a échoué, puisqu'il est entré à Jérusalem, il a pacifié la Terre sainte, il s'est baigné dans le Jourdain et il a déposé une offrande sur le tombeau du Christ. Son expédition à Jérusalem a eu lieu en 1036 ou 1037, ce qui fait de lui le premier et le plus efficace de tous les croisés, bien qu'il ait agi au nom de l'empereur byzantin et non de l'Église d'Occident.

De retour à Constantinople, Harald a été autorisé à prendre part à un « pillage de palais » en récompense de ses efforts, ce qui lui a permis de s'enrichir encore davantage. Une nuit, en 1042, il a kidnappé la nièce de l'impératrice Zoé, Maria – qu'il avait souhaité épouser mais dont Zoé lui avait refusé la main – et s'est enfui avec ses compagnons de la garde varangienne à bord de deux navires, malgré la grande chaîne qui bloquait l'entrée de la Corne d'Or, le port de Constantinople. D'après le seul récit qu'il existe de cette aventure, Maria a été renvoyée à la cité une fois les fuyards en sécurité, mais peut-être a-t-elle accompagné Harald jusqu'en Norvège. Il se pourrait en effet que Harald l'ait gardée à ses côtés tout au long de sa vie extraordinaire, en dépit de son mariage avec la princesse Élisabeth de Kiev et de sa relation avec au moins une autre femme, Thora, qui lui a donné un fils, son héritier Olaf. D'après sa biographie, il a eu une « fille », curieusement prénommée Maria, qui l'a accompagné lors de son dernier voyage et serait morte subitement «le jour même et au moment même où son père était tombé» (*La Saga de Harald l'Impitoyable*, *Heimskringla*, 98).

Quasiment tout ce que nous savons de Harald Hardrada provient de la *Heimskringla*, un récit de la vie des rois vikings écrit au début du XIIIe siècle par le poète et historien islandais Snorri Sturluson (1179-1241). La symbolique de l'aigle et du loup est très présente dans les passages en vers de ce texte. La *Heimskringla*, de même que la *Chronique anglo-saxonne*, fournit également quelques rares informations à propos de la bataille de Stamford Bridge, près de York. Lors de cette bataille, une armée norvégienne conduite par Harald a été mise en déroute, le 25 septembre 1066, par le roi anglais Harold Godwinson, qui sera à son tour vaincu par les Normands, quelques semaines plus tard. Pour les Norrois, Stamford Bridge a été un événement catastrophique qui, selon de nombreux experts, a sonné le glas de l'époque des Vikings. Sur trois cents navires qui étaient partis pour l'Angleterre, seuls vingt-quatre sont rentrés. La dernière description de Harald Hardrada vivant le montre combattant «à deux mains» au plus fort de la bataille. Entouré de ses fidèles compagnons, peut-être était-il armé d'une grande hache d'armes viking.

Parmi les membres de la garde varangienne qui ont fui Constantinople avec Harald, figuraient Halldor et Ulf, tous deux Islandais, et peut-être Halfdan. Il se peut que celui-ci ait été le frère de Harald. On peut voir son nom gravé sur une balustrade dans la cathédrale Sainte-Sophie d'Istanbul. Des fragments de la chaîne qui traversait la Corne d'Or existent encore. Ailleurs, les preuves des exploits de Harald sont minces, mais il y a de quoi étoffer la vie relatée dans la *Heimskringla*. À Jérusalem, dans l'église du Saint-Sépulcre, j'ai vu une croix de pèlerin gravée dans la pierre qui semblait avoir la forme du marteau de Thor, *Mjøllnir*, un symbole fort pour les Norrois sous la domination chrétienne, jusqu'en Islande et au Groenland, qui a perduré à l'instar des légendes de Loki, de Fenrir et du Valhalla.

La Mappa Mundi

La superbe carte du XIIIe siècle décrite au chapitre 2 est aujourd'hui exposée dans un musée bâti spécialement pour elle à côté de la cathédrale de Hereford, qui abrite également la célèbre bibliothèque enchaînée. Quand, enfant, j'ai visité la cathédrale pour la première fois, la bibliothèque se trouvait encore au-dessus du transept nord dans la salle des archives, où étaient stockés les documents anciens et les trésors à l'époque où la carte a été dessinée. L'absence apparente d'escalier en colimaçon dans l'angle nord-est du transept pour accéder à la galerie m'a toujours semblé étrange. C'est donc là que j'ai situé la découverte fictive de la deuxième carte. Richard de Haldingham est un personnage historique, dont le nom est mentionné dans l'angle inférieur gauche de la carte. On ne sait pas grand-chose de lui et j'ai imaginé qu'il avait été le disciple, au sein du *félag*, de Jacques de Voragine, archevêque de Gênes, qui est aussi un personnage historique. On peut déduire l'absence de Richard lors de la consécration de la carte de l'emplacement erroné de l'Europe et de l'Afrique, une erreur grossière qu'un érudit de son envergre n'aurait certainement jamais tolérée.

Le félag

Un *félag* est une confrérie, une institution viking, qui pouvait se composer de guerriers faisant acte d'allégeance à un seigneur, liés par un serment de fidélité. Les ennemis jurés pouvaient subir le redoutable *blódörn*, « aigle de sang ». Snorri Sturluson, biographe des rois vikings du XIIIe siècle, décrit une victime à qui l'on sculpte un aigle dans le dos. L'ennemi lui « enfonça son épée dans le corps le long de la colonne vertébrale, trancha toutes les côtes jusqu'aux reins et lui arracha les poumons ». L'idée d'un *félag* secret dans l'Angleterre médiévale est née de l'antipathie des Anglais envers leurs suzerains normands et de l'héritage nordique qui demeurait présent dans les régions de la Bretagne où les Vikings s'étaient établis. Cette influence était particulièrement sensible dans les îles occidentales de l'Écosse. Sur l'île sainte d'Iona, on peut encore voir les pierres tombales de chefs vikings au milieu des premières reliques chrétiennes du monastère.

***

La fascination des nazis pour les Vikings est bien connue. La SS, représentée par deux runes *sig* tristement célèbres, était le *félag* des nazis. Sa mission est devenue l'assujettissement de l'Europe de l'Est, des terres ayant appartenu aux rois vikings de Rus et de Kiev, où les activités des *Einsatzgruppen* – dont certains membres ont été recrutés sur place – ont entraîné le meurtre de plus d'un million de Juifs ukrainiens. Le «Compte rendu de situation opérationnelle URSS n° 129a» de l'Einsatzgruppe D, cité aux chapitres 9 et 22, est un addendum fictif au véritable compte rendu n° 129, dont le texte n'a été changé que pour mentionner Reksnys, personnage fictif, et le nombre de ses victimes. Les atrocités nazies décrites dans ce roman m'ont été inspirées par ma visite du ravin de Babi Yar, près de Kiev, où des milliers de familles juives ont été déshabillées et abattues, ou encore par des photos et témoignages exposés au musée dc la Grande guerre patriotique de Kiev. Aujourd'hui, Babi Yar est un joli parc où se dresse une immense sculpture en pierre de la menora.

L'*Ahnenerbe*, «Héritage des ancêtres», était un organisme rattaché à la SS, qui a réellement existé. Récemment, de nouvelles informations ont été découvertes concernant ses activités dans les années 1930, notamment des expéditions en Amérique du Sud et au Tibet, où les scientifiques nazis ont effectué des mesures craniologiques. Ceux-ci pensaient que les populations isolées avaient peut-être gardé des caractères spécifiques de la race supérieure aryenne, à laquelle ils associaient la légende de l'Atlantide et l'étrange *Welteislehre*, la doctrine de «la glace éternelle». Heinrich Himmler, chef de la SS, situait le berceau de la civilisation aryenne en Islande, où des expéditions de l'*Ahnenerbe* ont été envoyées en 1936 et 1938. L'expédition décrite dans ce roman est fictive, de même que ses deux membres, mais le Groenland est proche de l'Islande et Himmler aurait sans aucun doute été intrigué par les récits du célèbre explorateur groenlandais Knud Rasmussen et par son analyse de la culture inuit.

***

Le fjord glacé d'Ilulissat, site classé au patrimoine mondial de l'Unesco, de même que L'Anse aux Meadows et Chichén Itzá, constitue actuellement l'un des meilleurs observatoires du réchauffement de la planète. Il est attentivement étudié par les glaciologues et les climatologues. Le site inuit de Sermermiut, « le village des habitants du glacier », existe réellement, ainsi que Kællingekløften, « la falaise du suicide ». La description de l'iceberg s'inspire de ma propre expérience dans le fjord glacé d'Ilulissat et de mes plongées sous la glace dans les eaux canadiennes. Des plongeurs sont effectivement entrés dans des fissures naturelles d'icebergs et la technologie permettant de pénétrer dans la glace décrite dans ce roman existe.

Le bois, les textiles et le métal doré peuvent être préservés presque indéfiniment dans la glace. L'idée que le corps d'un guerrier viking pouvait se trouver intact dans le glacier est née de la découverte des corps extraordinairement bien conservés de deux membres de la funeste expédition de John Franklin dans l'Arctique canadien, en 1845, exhumés du permafrost à l'île Beechey en 1984. Chez les Norrois, la cérémonie du bateau funéraire était un rite funèbre avéré. Une description célèbre d'un incendie de navire a été faite par le voyageur arabe Ibn Fadlan, qui a assisté au Xe siècle aux funérailles d'un chef rus sur la Volga, lors desquelles une femme a rejoint son seigneur sur le bûcher. Snorri Sturluson nous a légué un autre récit dans lequel un navire en flammes rempli d'armes et de corps prend la mer après une bataille, emportant avec lui un chef viking mortellement blessé qui a supervisé la construction de son propre bûcher funéraire.

La description du bateau pris dans la glace s'inspire des spectaculaires bateaux funéraires de Gokstad et d'Oseberg, en Norvège. Cela dit, le bateau fictif de Harald aurait certainement été de conception plus fonctionnelle. D'après Snorri Sturluson, les deux navires à bord desquels Harald et ses compagnons ont fui Constantinople étaient les « galères des Varègues », des drakkars à rames (*La Saga de Harald l'Impitoyable*, *Heimskringla*, 15). Les navires coulés dans les années 1070 près de Skuldelev, au Danemark, pour restreindre l'accès au fjord de Roskilde, donnent une idée précise de ce à quoi ressemblaient les bateaux vikings au moment du voyage fictif de Harald, qui a lieu quasiment à la même date. L'un d'eux était un navire robuste à coque profonde apte à naviguer sur l'océan. La faisabilité des voyages d'exploration des Vikings aux Amériques a été amplement démontrée par des expérimentations modernes. Des répliques de navires vikings ont notamment navigué jusqu'à

L'Anse aux Meadows pour célébrer le millième anniversaire de l'arrivée de Leif Eriksson au Nouveau Monde.

***

La colonie viking la plus septentrionale du Groenland était le *Vestribygð*, la « colonie occidentale », située à environ huit cents kilomètres au sud du fjord glacé d'Ilulissat. Cependant, la région du fjord glacé et, plus au nord, le *Norðrseta*, étaient fréquentés par les Norrois et indispensables à leur économie. La seule pierre runique découverte au Groenland provient de l'île de Kingigtorssuaq, à approximativement six cents kilomètres au nord du fjord glacé, et se trouve aujourd'hui au musée de la ville voisine d'Upernavik. Elle avait été déposée dans un cairn par trois aventuriers norrois – Erling, Bjarni et Eindridi –, probablement au début du XIVe siècle. D'après mes propres explorations le long de cette côte, des sites éloignés pourraient renfermer d'autres preuves d'une activité norroise. Il est absolument extraordinaire que les chasseurs norrois vivant dans cet environnement extrême, qui partaient à la recherche d'ivoire de morse, de baleines, de peaux d'ours polaires et de défenses de narval – identiques à la « corne de licorne » représentée sur la Mappa Mundi – aient participé au financement des croisades via un impôt instauré après que le roi norvégien Sigurd Jorsalfar, dit « le Croisé », a établi un siège épiscopal au Groenland en 1124. L'Église a exercé une emprise considérable sur les Groenlandais et l'impossibilité de s'acquitter des impôts épiscopaux pourrait bien avoir joué un rôle dans la disparition des Norrois du Groenland au XVe siècle.

Il est fort probable que les explorateurs vikings aient longé les rivages de la mer de Baffin et pénétré dans le détroit de Lancaster, l'entrée du passage du Nord-Ouest, qui mène à la mer de Beaufort et à l'océan Pacifique. Plusieurs artefacts vikings ont été trouvés dans l'Arctique canadien. Certains ont indubitablement été récupérés par les Inuits dans des colonies norroises abandonnées du Groenland, mais d'autres témoignent de la présence et de l'exploration des Vikings. Aucun navire viking n'a été trouvé dans ces eaux à ce jour, mais une découverte exceptionnelle évoquant la présence d'une épave a été faite à proximité de la calotte glaciaire polaire. Sur un site inuit de la minuscule île de Skraeling, un rocher nu au large de l'île d'Ellesmere – à environ mille deux cents kilomètres au nord d'Ilulissat –, plus de cinquante artefacts norrois ont été trouvés, notamment des étoffes de laine, des morceaux de cotte de mailles, des rivets de bateau, des lames de couteau et des pointes de lance, un rabot de menuisier, des fragments de tonneau en bois et une pièce d'un jeu. La datation au carbone 14 situe ces artefacts vers la fin de la période norroise au Groenland, comme la pierre runique de Kingigtorssuaq. On peut rapprocher ce site de celui où Franklin a hiverné, sur l'île Beechey, lors de sa tentative de découvrir le passage du Nord-Ouest en 1845. Malgré la « petite période glaciaire » du Moyen Âge, l'analyse de carottes de glace extraites au Groenland montre qu'il y a eu de courtes périodes de chaleur – notamment au début du XIVe siècle – lors desquelles les eaux séparant les îles de l'Arctique canadien n'ont peut-être pas été encombrées de glace. Il ne faut donc pas négliger la possibilité que les Vikings aient découvert le passage du Nord-Ouest et emprunté à l'envers le chemin parcouru par les premiers chasseurs inuits, ouvrant ainsi la voie aux derniers colons norrois du Groenland.

***

Ce qui est certain, c'est que les Vikings ont parcouru plus de mille cinq cents kilomètres vers le sud-ouest en partant du Groenland pour fonder la première colonie européenne connue sur les rives de l'Amérique du Nord, dans un endroit qu'ils ont baptisé Vinland – peut-être « Terre de prairies » plutôt que « Terre de vignes » contrairement à ce que l'on a pensé au départ – près de cinq cents ans avant l'arrivée de Christophe Colomb. Ils cherchaient probablement du bois, denrée rare au Groenland. Le site de L'Anse aux Meadows, à Terre-Neuve, que de nombreux experts associent au *Leifsbûðir* des sagas nordiques, constitue l'une des plus extraordinaires découvertes archéologiques de tous les temps. « Great Sacred Island » pourrait avoir été un repère de navigation – des cairns, peut-être érigés par les Vikings, ont été trouvés à Terre-Neuve et l'histoire de la quille déposée au Cap Kjalarnes est extraite de *La Saga d'Éric le Rouge* – mais nous n'en avons actuellement aucune preuve. Aujourd'hui, le site de L'Anse aux Meadows est sous la responsabilité de Parcs Canada et on peut visiter la hutte reconstituée près des trois habitations et de la forge découvertes dans les années 1960. Les éléments mis au jour témoignent de la présence d'un établissement temporaire fondé aux environs de l'an 1000 apr. J.-C. L'histoire de Freydis et de sa folie meurtrière est extraite de *La Saga d'Éric le Rouge* et de *La Saga des Groenlandais*, les deux récits nordiques qui traitent du Vinland. Il se pourrait que cet épisode sombre, outre le risque d'être attaqués par les Skraelings – les « chétifs », les indigènes indiens – et la présence de bois plus facilement accessible sur la côte du Labrador, au nord, aient dissuadé les Vikings de s'installer définitivement.

***

Le seul artefact viking authentifié qui ait été découvert dans les Amériques au sud de L'Anse aux Meadows est une pièce en argent usée, mise au jour dans un site indien, à proximité de la baie de Penobscot, dans le Maine. Il s'agit d'une pièce norvégienne du roi Olaf, fils et successeur de Harald Hardrada, qui était avec son père en Angleterre en 1066. Elle pourrait dater de l'année même du voyage fictif de ce roman. Aucune pièce viking n'a été trouvée à L'Anse aux Meadows ni au Groenland et la présence de cette pièce à environ mille cinq cents kilomètres de l'établissement viking le plus éloigné que l'on connaisse reste un mystère.

***

Il n'existe aucune preuve de l'arrivée de marins qui auraient traversé l'Atlantique pour atteindre les rives du Yucatan, au Mexique, avant le débarquement des Espagnols au début du XVIe siècle. Néanmoins, le prophète maya Chilam Balam, le « prophète Jaguar », aurait prédit l'arrivée d'« hommes barbus, les hommes de l'Est ». Les livres du Chilam Balam ont été écrits, pour la plupart, après la conquête espagnole. Certains experts en ont déduit que cette prophétie n'était en réalité qu'un enjolivement ultérieur de l'Histoire, mais il est possible qu'elle s'inspire du souvenir de l'arrivée d'étrangers avant les Espagnols. En l'état actuel de nos connaissances, les seuls « hommes barbus, hommes de l'Est » qui soient allés jusqu'au Nouveau Monde avant le XVᵉ siècle sont les Vikings. Et d'après les éléments archéologiques réunis, l'exploration viking à l'ouest et au sud du Groenland a atteint son apogée au cours du XIᵉ siècle.

Le temple fictif au milieu de la jungle et sa fresque s'inspirent d'une remarquable découverte faite en 1946 par deux Américains, dans le Yucatan, sur un site désormais connu sous le nom de Bonampak, terme maya qui signifie « murs peints ». À l'intérieur d'un édifice en encorbellement recouvert de végétation, les deux aventuriers ont découvert une fresque narrative extraordinaire représentant une bataille dans la jungle, la torture et l'exécution de prisonniers, et des rituels destinés à célébrer une victoire, notamment des femmes mayas en robe blanche qui font couler leur propre sang en se perçant la langue. Cette peinture date de l'apogée de la civilisation maya, vers 800 apr. J.-C., mais il en existe une autre, dans « le temple des guerriers » de Chichén Itzá, qui date de l'époque où les Toltèques ont pris le pouvoir, au XIᵉ siècle. Celle-ci représente des guerriers toltèques à bord de pirogues, en reconnaissance le long de la côte maya, une grande bataille rangée à terre, et le sacrifice des chefs mayas capturés, à qui l'on arrache le cœur.

Aujourd'hui, lorsqu'on visite les ruines de Chichén Itzá, on entend souvent dire que les histoires de sacrifice humain ont été exagérées par les Espagnols ou qu'elles ne concernent que les Toltèques, et non les Mayas, dont les descendants vivent encore au Yucatan. Pour se forger sa propre idée, il suffit d'observer le *Tzompantli*, la plate-forme des Crânes, où l'on peut voir les rangées de têtes coupées qui ont été sculptées du côté de l'autel sacrificiel du « temple des guerriers », et de regarder la voie cérémonielle qui mène au cenote sacré, le puits des sacrifices. Une grande partie des représentations de scènes de torture et d'exécution dans l'art maya et aztèque est antérieure à l'arrivée des Espagnols et les techniques récentes d'expertise médico-légale noircissent encore le tableau : des archéologues mexicains ont découvert que le sol des temples aztèques était rempli de fer, d'albumine et de matériel génétique compatible avec le sang humain.

Dans le Yucatan, c'est l'archéologie sous-marine qui a permis de déceler les signes les plus évocateurs. Le puits des sacrifices de Chichén Itzá, dragué entre 1904 et 1911 et fouillé par des plongeurs dans les années 1960, contenait des centaines de squelettes humains – hommes, femmes et enfants – ainsi qu'une foule d'artefacts : disques d'or, pendentifs en jade sculptés, crâne humain transformé en encensoir, couteau sacrificiel, nombreuses figurines votives en bois et autres offrandes. Des découvertes similaires ont été faites dans d'autres cenotes du Yucatan, dont ceux de la couronne d'entonnoirs qui s'est formée sur le cratère creusé par une énorme météorite près de la côte nord. Un grand nombre de ces cenotes n'ont pas encore été fouillés et sont exposés au pillage. Celui du roman s'inspire de sites que j'ai explorés personnellement, en particulier de plongées que j'ai effectuées dans les galeries spectaculaires de Dos Ojos, « la grotte aux chauves-souris », près de Tulum, ancienne ville côtière fortifiée des Mayas.

La description des derniers jours des rois mayas, près de deux siècles après la conquête espagnole, est tirée du récit du père Andrés de Avendaño y Loyola (*Récit de deux voyages en vue de la conversion des païens ytzaex et cehaches*). Le franciscain a été témoin de cette scène extraordinaire au bord du lac de Petén, en pleine jungle, en 1695 ou 1696. Un nouveau fragment de son texte, cité au chapitre 21, a été découvert dans les années 1980. La véritable origine de l'or des Mayas, décrit par Avendaño et trouvé par les archéologues dans le puits des sacrifices de Chichén Itzá, demeure inconnue.

***

L'épigraphe de ce roman est un extrait de *Guerre des Juifs*, Livre VII, 148-161, de Flavius Josèphe, traduction de René Harmand (Éditions Leroux, 1932). Le texte en vieux français cité au chapitre 2 est la véritable inscription qui figure dans l'angle inférieur gauche de la Mappa Mundi de Hereford. Le passage de la Bible, au chapitre 4, est tiré du livre de l'Exode 25 : 31-40. Au chapitre 5, les deux extraits de *La Saga de Harald l'Impitoyable*, qui fait partie de la *Heimskringla* de Snorri Sturluson, ont été traduits par Régis Boyer (Ed. Payot, 1979). Le poème du chapitre 13 est extrait de *Morte d'Arthur*, de Lord Alfred Tennyson (1809-1892). Au chapitre 15, le texte en vieux norrois décrivant le voyage de Harald est fictif, mais se compose de fragments de phrases tirés mot pour mot de *La Saga d'Éric le Rouge*, écrite au XIIIe siècle, qui relate les voyages des Vikings au Vinland. L'expression norroise *þar liggr hann til ragnarøks* (ci-gît jusqu'à la fin du monde), est extraite de *L'Edda poétique* (*Gylfaginning*, 34), également écrite par le prolifique Snorri Sturluson au début du XIIIe siècle.

Les pièces décrites dans le prologue et au chapitre 15 existent vraiment et font partie de ma collection personnelle. Elles sont reproduites, ainsi que d'autres objets évoqués dans ce livre, sur mon site : www.davidgibbins.com

CET OUVRAGE
A ÉTÉ ACHEVÉ D'IMPRIMER
SUR ROTO-PAGE
PAR L'IMPRIMERIE FLOCH
À MAYENNE EN OCTOBRE 2006

N° d'impr. 66643.
D.L. : octobre 2006.
(Imprimé en France)